ein Ullstein Buch

ÜBER DAS BUCH:

Im Herbst 1804 steht England allein gegen die Flotten Frankreichs und Spaniens. Wieder einmal hängt die Drohung einer Invasion über der Insel. Um die Spanier zu schwächen, wird Vizeadmiral Sir Richard Bolitho in die Karibik entsandt, wo er ihre reichbeladenen Silbergaleonen kapern soll. Sein kleines Geschwader unter Führung des uralten Linienschiffs *Hyperion* fährt einen Nachtangriff auf den Hafen von Caracas und erbeutet unermeßliche Schätze. Dabei kämpft Bolitho so todesmutig, als hätte er nichts mehr zu verlieren. Die Zerrüttung seiner Ehe und eine drohende Erblindung haben ihn in tiefe Depressionen gestürzt.
Erst das Wiedersehen mit seiner Jugendliebe Catherine hilft ihm über die Schwermut hinweg. Doch ihre Affäre wird zu einem Skandal, denn Catherine ist mit dem Generalgouverneur für Westindien verheiratet. Bolitho verliert darüber das Wohlwollen der Admiralität und Catherine fast das Leben. So trägt das alte Linienschiff den Vizeadmiral einer ungewissen Zukunft entgegen, als sein Geschwader ins Mittelmeer strafversetzt wird. Aber inzwischen schreibt man 1805, das Jahr der großen Entscheidungen im Kampf Englands gegen Napoleon. Es bringt auch für Bolitho die Schicksalswende und macht ihn zum Wegbereiter Nelsons in der Schlacht von Trafalgar.
Der neue Roman aus der erfolgreichen Bolitho-Serie erscheint hier erstmals als Taschenbuch. In England stand er wochenlang auf der Bestsellerliste der Sunday Times.

ÜBER DEN AUTOR:

Alexander Kent kämpfte im Zweiten Weltkrieg als Marineoffizier im Atlantik und im Mittelmeer und erwarb sich danach einen weltweiten Ruf als Verfasser spannender Seekriegsromane. Seine marinehistorische Romanserie um Richard Bolitho machte ihn zum meistgelesenen Autor dieses Genres nach C. S. Forester. Seit 1958 sein erstes Buch erschien (*Schnellbootpatrouille,* UB 20798), hat er über dreißig Titel veröffentlicht, von denen die meisten bei Ullstein vorliegen oder vorbereitet werden. Sie erreichten eine Gesamtauflage von 15 Millionen und wurden bisher in 14 Sprachen übersetzt. – Alexander Kent, dessen wirklicher Name Douglas Reeman lautet, ist aktiver Segler, Mitglied der Royal Navy Sailing Association und Governor der Fregatte *Foudroyant* in Portsmouth, des ältesten noch schwimmenden britischen Kriegsschiffes.

Alexander Kent

Die Seemannsbraut

Sir Richard
und die Ehre der Bolithos

Roman

ein Ullstein Buch

ein Ullstein Buch/maritim
Nr. 22177
Herausgegeben von J. Wannenmacher
im Verlag Ullstein GmbH,
Frankfurt/M – Berlin
Titel der Originalausgabe:
Honour This Day
Aus dem Englischen
von Fritz Brustat-Naval

Ungekürzte Ausgabe

Umschlagentwurf:
Hansbernd Lindemann
unter Verwendung einer
Farbillustration von Geoffrey Huband

Printed in Germany 1989
Druck und Verarbeitung:
Ebner Ulm
ISBN 3 548 22177 7

Oktober 1989

CIP-Titelaufnahme
der Deutschen Bibliothek

Kent, Alexander:
Die Seemannsbraut: Sir Richard und die
Ehre der Bolithos / Alexander Kent. –
Frankfurt/M; Berlin: Ullstein, 1989
(Ullstein-Buch; Nr. 22177: Maritim)
ISBN 3-548-22177-7
NE: GT
Vw: Reeman, Douglas [Wirkl. Name] →
Kent, Alexander

Vom selben Autor
in der Reihe der
Ullstein Bücher:

Die Feuertaufe (3363)
Klar Schiff zum Gefecht (3376)
Die Entscheidung (3402)
Zerfetzte Flaggen (3441)
Bruderkampf (3452)
Der Piratenfürst (3463)
Strandwölfe (3495)
Fieber an Bord (3522)
Nahkampf der Giganten (3558)
Feind in Sicht (20006)
Der Stolz der Flotte (20014)
Eine letzte Breitseite (20022)
Galeeren in der Ostsee (20072)
Kanonenfutter (20144)
Admiral Bolithos Erbe (20485)
Der Brander (20591)
Donner unter der Kimm (20973)
Der junge Bolitho (drei Romane in einem Band: Die Feuertaufe, Kanonenfutter, Strandwölfe, 20913)
Bolitho wird Kapitän (drei Romane in einem Band: Zerfetzte Flaggen, Klar Schiff zum Gefecht, Die Entscheidung, 22016)
Fregattenkapitän Bolitho (zwei Romane in einem Band: Bruderkampf und Der Piratenfürst, 220097)

Außerdem: 19 moderne
Seekriegsromane

Kent/Mayger:
Bild-Mappe (20187)

FÜR KIM
mit all meiner Liebe

Mourn, England, mourn and complain
For the brave Nelson's men
Who died upon that day
All on the main . . .

Broadsheet Ballad, 1805

Inhalt

Antigua 1804

Gibraltar 1805

Antigua 1804

I Erinnerungen

English Harbour und die ganze Insel Antigua schienen sich unter der Mittagssonne wie festgeklebt zu ducken. Die Luft war feucht und drückend heiß, so daß die vielen verstreuten Ankerlieger im Dunst wie in einem beschlagenen Spiegel verschwammen.

In diesem Oktober des Jahres 1804 war man, obwohl der Monat schon einige Tage alt war, noch mitten in der Hurrikansaison, und zwar in einer der schlimmsten bisher gekannten. Mehrere Schiffe waren auf See verloren gegangen oder gestrandet, wenn das Unwetter sie in einem gefährlichen Fahrwasser überfallen hatte.

English Harbour war ein wichtiger – einige sagten lebenswichtiger – Stützpunkt für die in der Karibik und in den Inseln Über und Unter dem Winde operierende Flotte. Hier hatte sie einen hurrikansicheren Ankerplatz und eine Werft, auf der selbst schwere Schäden repariert und die Schiffe wieder instandgesetzt werden konnten. Doch im Krieg oder Frieden, die See und das Wetter waren ständige Feinde, und obgleich fast jede ausländische Flagge ebenfalls als feindlich angesehen werden mußte, wurden die Gefahren dieser Gewässer niemals gering geachtet.

English Harbour war nur zwölf Meilen von der Hauptstadt St. John's entfernt und sein gesellschaftliches Leben daher beschränkt. Auf der gefliesten Terrasse eines der besseren Häuser, die den Hang hinter dem Hafen flankierten, stand eine Gruppe von Personen, meist Beamte und ihre Damen, und beobachtete die Ankunft eines Kriegsschiffes. Der Neuling schien eine Ewigkeit zu brauchen, um in dem flimmernden Dunst Umfang und Gestalt zu gewinnen. Doch nun lag er endlich mit dem Bug nach Land zu, obwohl die Segel schlaff an Stagen und Rahen hingen. Kriegsschiffe waren hier häufig und kaum erwähnenswert. Nach dem jahrelangen Konflikt mit Frankreich und seinen Verbündeten gehörte ihr Anblick zum täglichen Leben der Einwohner.

Dieses hier war ein Linienschiff, ein Zweidecker. Sein voller, schwarz und ocker gestrichener Rumpf bildete einen scharfen Kontrast zum milchigen Wasser und dem Himmel, der in der Hitze farblos schien. Die Sonne stand direkt über Monk's Hill und war von einem silbernen Schleier umgeben. Draußen auf See würde bald wieder ein Sturm entstehen. Doch in einer Beziehung unterschied sich dieses Schiff von anderen, die hier kamen und gingen: Ein Wachboot hatte die Nachricht gebracht, daß es aus England kam. Für jene, die sein mühsames Einlaufen beobachteten, bedeutete der bloße Name England schon sehr viel. Wie ein Brief von zu Hause oder der Bericht eines durchreisenden Seemannes: unbeständiges Wetter, Verknappungen, die tägliche Furcht einer französischen Invasion, aber auch saftige Weiden und anregendes Stadtleben. Unter denen, die den Zweidecker beobachteten, gab es kaum einen, der Antigua für einen bloßen Blick auf England nicht eingetauscht hätte.

Abseits von den anderen stand eine Frau, regungslos bis auf eine Hand, die mit angemessener Sorgfalt in der schweren Luft einen Fächer bewegte. Sie war der sprunghaften Unterhaltung ihrer Umgebung längst müde. Einige Stimmen waren bereits durch den warmen Wein beflügelt, und man hatte sich noch nicht einmal zu Tisch gesetzt. Sie wandte sich ab, um ihr Unbehagen zu verbergen. Und die ganze Zeit beobachtete sie das Schiff. Aus England ...

Der Zweidecker schien sich überhaupt nicht zu rühren, wäre nicht die winzige Feder weißen Schaumes unter seiner vergoldeten Galionsfigur gewesen. Zwei Langboote bugsierten ihn herein, eines an jeder Seite. Man konnte noch nicht sagen, ob sie mit ihm durch eine Schleppleine verbunden waren oder nicht. Auch sie bewegten sich kaum, und nur das anmutige Auf und Nieder ihrer Ruder, hell wie Flügel, deutete zielstrebige Mühe an.

Die Frau wußte eine Menge über Schiffe. Sie war schon viele tausend Meilen über See gereist und hatte ein Auge für

Einzelheiten. Eine Stimme der Vergangenheit erklang in ihrem Gedächtnis, die das Schiff als des Mannes schönstes Werk bezeichnet und hinzugefügt hatte: und so anspruchsvoll wie eine Frau. Hinter ihr bemerkte jemand: »Vermutlich wieder ein offizieller Besuch.« Niemand antwortete, denn auch für Spekulationen war es zu heiß. Schritte klapperten über Steinstufen, und sie hörte den Sprecher sagen: »Laßt mich wissen, wenn es weitere Nachrichten gibt.«

Der Bedienstete eilte davon, während sein Herr eine gekritzelte Botschaft aus dem Hafen öffnete. »Es ist die *Hyperion* mit vierundsiebzig Kanonen, unter Kapitän Haven.«

Die Frau besah sich das Schiff näher, ihre Gedanken kreisten um den Namen. Wieso machte er sie stutzig?

Ein anderer murmelte: »Guter Gott, Aubrey, ich dachte, die wäre eine ausgemusterte Hulk in Plymouth!«

Gläser klangen, aber die Frau bewegte sich nicht. Kapitän Haven? Der Name sagte ihr nichts.

Das Wachboot ruderte müde dem hohen Zweidecker entgegen. Die Frau liebte es, einlaufenden Schiffen zuzuschauen, das Durcheinander an Deck wahrzunehmen, die nach außen hin konfus erscheinenden Vorbereitungen, bis der große Anker ins Wasser platschte. Neue Seeleute würden die Insel betreten, viele zum erstenmal. Ein ferner Gruß von den Häfen und Ortschaften Englands.

Der Sprecher erklärte weiter: »Ja, die *Hyperion* war schon außer Dienst gestellt. Aber in diesem Krieg, der sich mit jedem Tag ausweitet, sind unsere Oberen in Whitehall so unvorbereitet wie immer. Ich nehme an, daß sogar noch die Wracks an unserer Küste wieder in Dienst gestellt werden.«

Eine schon schwere Zunge sagte: »Ich erinnere mich jetzt: Sie griff damals allein an und erbeutete einen verdammt großen Dreidecker. Kein Wunder, daß das arme alte Mädchen danach aufgelegt werden mußte. He, was ist das?«

Die Frau wagte kaum zu blinzeln, als der Umfang des Zweideckers sich vergrößerte, während seine Segel sich blähten und das Schiff jeden Hauch einer Brise nützte, den es aufzuspüren vermochte.

Den Sprecher hatte es an die Balustrade getrieben. »Das ist ein besonderes Schiff, Aubrey. Immerhin führt es eine Admiralsflagge.«

»Vizeadmiral«, verbesserte sein Gastgeber. »Anscheinend die Flagge von Sir Richard Bolitho, Vizeadmiral der Roten Flotte.*«

Die Frau stützte eine Hand auf die Balustrade, der heiße Stein gab ihr Halt. Doch ihr Mann mußte es bemerkt haben. »Was hast du, kennst du ihn? Ein wahrer Held, wenn die Hälfte von dem, was ich gelesen habe, zutrifft.«

Sie packte den Fächer fester und drückte ihn gegen die Brust. Das war es also, was ihr bevorstand: *Er* kam hierher nach Antigua. Nach all der Zeit und nach allem, was er durchgemacht hatte.

Kein Wunder, daß sie sich des Schiffsnamens entsann. Er hatte oft so herzlich von seiner alten *Hyperion* gesprochen, einem der ersten Schiffe, die er als Kommandant geführt hatte. Ihre plötzliche Erregung überraschte sie, mehr noch ihre Fähigkeit, sie zu verbergen. »Ich traf ihn vor Jahren.«

»Noch ein Glas Wein, Gentlemen?«

Sie entspannte sich, Muskel für Muskel. Wurde sich der Feuchtigkeit ihres Kleides bewußt und ihres Körpers, der sich darin so beengt fühlte. Dann verwünschte sie sich ob ihrer Dummheit. Es konnte nie wieder so sein wie damals, niemals. Sie drehte dem Schiff den Rücken zu und lächelte die anderen an. Doch selbst ihr Lächeln war eine Lüge.

Richard Bolitho stand unentschlossen in der Mitte der großen Heckkajüte, mit schiefem Kopf dem plötzlichen Stampfen bloßer Füße auf dem Achterdeck über sich lauschend. Vertraute Geräusche drangen in den Raum: der gedämpfte Chor der Kommandos, das prompt folgende Quietschen der Blöcke beim Brassen der Rahen. Und doch bewegte sich das Schiff kaum. Nur die hohen, schimmernden Streifen goldenen Sonnenlichts, die langsam durch die Kajüte wanderten,

* Rote, Blaue und Weiße Flotten: Einteilung nach Operationsgebieten

wiesen darauf hin, daß *Hyperion* mühsam in den ablandigen Wind drehte.

Das Land lag als grünes Panorama vor den Heckfenstern. Antigua ... Schon der Name war für ihn wie ein Stich ins Herz. Er beschwor so viele Erinnerungen herauf, so viele Gesichter und Stimmen.

Es war hier in English Harbour gewesen, wo er als eben beförderter Commander sein allererstes Schiff übernommen hatte: die kleine wendige Korvette *Sparrow.* Eine ganz andere Art von Schiff, aber damals war der Krieg mit den rebellierenden Amerikanern auch ganz anders gewesen. Wie lange schien das alles schon zurückzuliegen! Die Schiffe und Gesichter von damals, der Schmerz und die Freuden der Jugend.

Er bedachte ihre Überfahrt von England. Man konnte sich keine schnellere wünschen: dreißig Tage. Die alte *Hyperion* hatte reagiert wie ein Vollblut und einen Konvoi von Handelsschiffen begleitet. Mehrere davon waren vollgestopft mit Soldaten: Verstärkungen oder Ersatz für die englischen Kompanien in der Karibik. Eher letzteres, dachte er düster. Soldaten starben hier draußen wie die Fliegen an dem einen oder anderen Fieber, ohne jemals den Knall einer französischen Muskete gehört zu haben.

Bolitho trat langsam an die Heckfenster, seine Augen gegen die grelle Sonne abschirmend. Wieder wurde er sich seines Grolls bewußt, seiner Abneigung gegen diese Garnison und seiner Verärgerung darüber, daß die Situation Diplomatie und Prunk verlangen würde, die aufzubieten er keine Lust hatte. Es hatte bereits mit dem vorgeschriebenen Salut begonnen. Sie wechselten Schuß um Schuß mit der nahen Küstenbatterie, über der sich die Unionsflagge in der feuchten Hitze nicht einmal kräuselte.

Er sah das Wachboot über seinem eigenen Spiegelbild dahingleiten, die Ruder eingelegt, während der Bootsoffizier auf das Ankern des Zweideckers wartete.

Ohne selbst oben an Deck zu sein, konnte Bolitho sich alles ausmalen: die Männer an den Brassen und Fallen, andere, die zu beiden Seiten auf den großen Rahen auslegten, um die gewaltigen Segel zu bändigen und zu falten, was von Land dann so aussah, als ob jeder Streifen Leinwand durch den Griff einer einzigen Hand verschwunden sei.

Land! Für den Seemann war es immer ein Traum, ein neues Abenteuer.

Bolitho warf einen Blick auf seine Galauniform, die auf einer Stuhllehne bereit hing. Als er vor Jahren hier das Kommando auf der *Sparrow* erhielt, hätte er nie eine Admiralsuniform für sich erwartet. Tod durch Unglücksfall oder durch eine Kanonenkugel, das ja, sogar Versagen. Denn Mangel an Gelegenheit sich auszuzeichnen oder die Gunst eines Admirals zu gewinnen, machte jede Beförderung zu einer schwer zu nehmenden Hürde.

Nun aber war der Admiralsrock eine Realität, geschmückt mit zwei Goldepauletten und den dazugehörenden Silbersternen. Und doch . . . Er strich die Haarsträhne über seinem rechten Auge zurück. Wie die tiefe Narbe auf seiner Stirn, wo ein Entermesser sein Leben beinahe beendet hätte, hatte sich nichts verändert. Nicht einmal die Ungewißheit.

Er hatte geglaubt, er würde in seine Rolle hineinwachsen, obgleich der Schritt vom Kommandanten zum Flaggoffizier der größte von allen war. Sir Richard Bolitho, Ritter des Bath-Ordens, Vizeadmiral der Roten Flotte und nach Nelson der jüngste auf der Admiralsliste. Er lächelte schwach. Der König hatte sich nicht einmal an seinen Namen erinnert, als er ihn adelte. Bolitho hatte es hingenommen, daß er nicht mehr mit dem täglichen Borddienst konfrontiert war, auch nicht auf den Schiffen, die seine Flagge trugen. Als Leutnant hatte er oft achtern die ferne Gestalt des Kommandanten gemustert, mit Ehrfurcht, wenn auch nicht immer mit Respekt. Als er dann selbst Kommandant war, hatte er oft wachgelegen, besorgt dem Wind und den Bordgeräuschen lauschend, und sich eisern zurückgehalten, um nicht an Deck zu stürzen, wenn er dachte, der Wachoffizier wäre den Gefahren nicht gewachsen. Es war ihm schwergefallen, Aufgaben an andere zu übertragen; aber wenigstens war er auf seinem eigenen Schiff gewesen. Für die Besatzung eines Kriegsschiffes kam der Kommandant gleich nach dem Herrgott. Und einige sagten unfreundlicherweise, daß dem nur wegen Gottes höherem Dienstalter so sei.

Doch als Flaggoffizier, als Admiral, hatte er über allem zu stehen, Kommandanten seines Geschwaders zu kontrollieren und ihre Kräfte dort einzusetzen, wo sie die beste Wirkung erzielten. Seine Macht war größer, aber auch seine Verantwortung. Nur wenige Flaggoffiziere erlaubten sich jemals zu vergessen, daß Admiral Byng wegen Feigheit von einem Exekutionskommando an Deck seines eigenen Flaggschiffes erschossen worden war.

Vielleicht hätte er sich mit dem hohen Rang und dem neuen Adelstitel zufriedengegeben und wäre seßhaft geworden, wenn sein Privatleben glücklicher gewesen wäre. Doch sofort wies er diese Gedanken von sich. Er tastete nach seinem linken Auge, massierte das Lid und starrte gezielt auf die vorbeischwenkende grüne Küste. Gottlob, er sah sie wieder scharf und klar. Doch das würde nicht so bleiben. Der Arzt in London hatte ihn gewarnt: Sein Auge benötige Ruhe, Behandlung und regelmäßige Fürsorge. Das hätte aber bedeutet, daß er an Land bleiben – schlimmer noch, daß er einen Posten im Innendienst der Admiralität annehmen mußte.

Warum also hatte er seine weitere Verwendung auf See erbeten, fast gefordert? Drei seiner Vorgesetzten hatten ihm bedeutet, daß er schon vor seinem letzten großen Sieg einen Posten in London mehr als verdient gehabt hätte. Und dennoch hatte er gefühlt, daß sie froh waren, als er ihre Angebote ablehnte.

Schicksal – das mußte es wohl sein. Er drehte sich in der großen Kajüte um und musterte die niedrige weiße Decke, die grünen Lederstühle, die Lamellentüren, die zu seinem Schlafraum führten oder auf den Vorraum hinaus, wo ein Wachtposten seinen Privatbereich rund um die Uhr abschirmte.

Er konnte sich gut an das letzte Mal erinnern, als er die *Hyperion* mit Mühe nach Plymouth gebracht hatte. An die starrende Menge, die sich am Ufer drängte, und an das Jubelgeschrei, mit dem man den heimkehrenden Sieger empfing. So viele waren gefallen, noch mehr für ihr Leben verkrüppelt nach dem Triumph über Lequillers Geschwader in der Biskaya. Und er dachte auch an die Eroberung seines großen Hundert-Kanonen-Flaggschiffs *Tornado*, das er später als Flaggkapitän eines anderen Admirals führen sollte.

Aber es war dieses Schiff, dessen er sich am besten entsann: die *Hyperion* mit ihren vierundsiebzig Geschützen. Er war zu ihrem Liegeplatz in Plymouth gegangen, um ihr zum letztenmal Lebewohl zu sagen, wie er jedenfalls glaubte. Da lag sie, zerschlagen und von Kugeln aufgerissen, Takelage und Segel zerfetzt, die gesplitterten Decks von Blut befleckt. Es hieß, sie würde nie wieder kämpfen. Während sie sich bei schlechtem Wetter heimwärtsgequält hatte, sah es mehrmals so aus, als würde sie doch noch sinken. Als er sie im Dock so daliegen sah, hatte er fast gewünscht, sie hätte ihren Frieden auf dem Meeresgrund gefunden. Im weiteren Verlauf des Krieges, der sich verschärfte und ausweitete, hatte man sie zu einem schwimmenden Vorratslager gemacht. Mastenlos, ihre einstmals so belebten Batteriedecks mit Kisten und Kästen vollgepackt, war sie zu einem Teil des Arsenals geworden.

Die *Hyperion* war das erste Linienschiff gewesen, das Bolitho kommandierte. Damals wie heute war er im Herzen ein Mann der wendigeren Fregatten geblieben. Die Vorstellung, Kommandant eines Zweideckers zu werden, hatte ihn entsetzt. Aber er hatte trotzdem nicht gezögert, wenn auch aus anderen Gründen. Von einem Fieber heimgesucht, das ihn in der Südsee fast umgebracht hätte, war er an Land stationiert gewesen und hatte Mannschaften rekrutiert. Die Französische Revolution fegte wie ein Flächenbrand über den Kontinent. Als ob es gestern gewesen wäre, entsann er sich auch des Tages, als er sein Schiff in Gibraltar betreten hatte. Die *Hyperion* war alt und müde gewesen, trotzdem hatte sie ihn fasziniert, als hätten sie einander auf irgendeine Weise gebraucht.

Bolitho hörte das Trillern der Pfeifen und das Platschen, mit dem der Anker in dieses Gewässer fiel, das er so gut kannte. Bald würde sein Flaggkapitän weitere Befehle erbitten. So sehr er es auch versuchte, Bolitho vermochte in Kapitän Haven weder einen inspirierenden Kommandanten noch seinen persönlichen Berater zu sehen. Er war ein zu farbloser, sachlicher Mensch. Trotzdem wußte Bolitho, daß er Haven unrecht tat, denn er war nur wenige Tage vor der Überfahrt nach Westindien an Bord gekommen und hatte sich in den folgenden dreißig Tagen in seinen Räumen fast völlig isoliert, so daß sich sogar sein Bootssteurer Allday sorgte.

Das lag wahrscheinlich an Havens Verhalten bei ihrem ersten gemeinsamen Rundgang durchs Schiff an dem Tag, bevor sie in See stachen. Haven hatte es offenbar als merkwürdig empfunden, daß sein Admiral mehr zu sehen wünschte als nur seine Kajüte und das Achterdeck, ganz zu schweigen von seinem Interesse für die Batterien und den untersten Raum im Schiff, das Orlopdeck. Wie sollte Haven auch verstehen? Es war nicht seine Schuld.

Bolitho hatte Havens offensichtliche Unzufriedenheit mit diesem alten Schiff wie eine persönliche Kränkung aufgenommen. »Sie mag alt sein, Kapitän Haven, aber sie hat schon viele weit jüngere besiegt«, rügte er. »In der Chesapeake Bay, bei den Saintes, vor Toulon und in der Biskaya – ihre Verdienste im Kampf lesen sich wie eine Geschichte der Navy selbst!« Seine Reaktion war ungerecht gewesen, aber Haven hätte es besser wissen sollen.

Jeder Schritt auf diesem Rundgang hatte seine Erinnerungen wieder aufleben lassen. Die Gesichter und Stimmen paßten nicht mehr, aber das Schiff war noch immer dasselbe. Sie hatte neue Masten bekommen, auch die Kanonen, mit denen sie die Breitseiten von Lequillers *Tornado* erwidert hatte, waren zum größten Teil durch schwerere ersetzt, dazu leuchtende Farbe und sauber geteerte Decksnähte; doch nichts konnte ihm seine *Hyperion* entfremden. Er blickte sich um und sah sie wie zuvor. Dabei war sie immerhin zweiunddreißig Jahre alt. Als sie in Deptford von Stapel lief, war sie aus bester, abgelagerter kentischer Eiche gebaut. Aber die großen Tage des Schiffbaus waren für immer vorbei; heute waren die meisten Wälder ihres edelsten Holzes beraubt.

Ironischerweise war ihr großer Gegner *Tornado* noch neu gewesen, und trotzdem hatte man ihn vor vier Jahren zur Gefangenenhulk gemacht. Bolitho fühlte wieder sein linkes Auge und fluchte, als ein Schleier es zu trüben schien. Er dachte an Haven und an all die andern, die seinem alten Schiff Tag und Nacht dienten. Wußten sie, daß der Mann, dessen Flagge im Vortopp wehte, auf dem linken Auge fast blind war? Bolitho ballte die Fäuste, als er sich jenes Augenblicks entsann, da ihn Sand, von einer feindlichen Kanonenkugel verspritzt, an Deck warf und blendete. Dann beruhigte er sich wieder. Nein, Haven schien außer auf seine Obliegenheiten auf nichts zu achten.

Bolitho stützte sich auf einen der Stühle und grübelte. Soviel von ihm steckte in diesem Flaggschiff. Sein Bruder war auf dem Achterdeck gestorben, gefallen, um seinen einzigen Sohn Adam zu retten. Und der gute Inch, der es bis zum Ersten Leutnant der *Hyperion* gebracht hatte. Er sah ihn wieder vor sich mit dem offenen Grinsen auf seinem Pferdegesicht. Nun war auch er tot wie so viele. Wie Cheney – sie war ebenfalls über diese Decksplanken gegangen . . . Er stieß den Stuhl beiseite und trat verärgert an die Heckfenster.

»Sie haben gerufen, Sir Richard?«

Das war Ozzard, sein Steward. Was wäre das Schiff ohne ihn? Bolitho drehte sich um. Er mußte Cheneys Namen laut ausgesprochen haben. Wie oft und wie lange würde er sie noch so vermissen?

Er sagte: »Ich . . . Tut mir leid, Ozzard.«

Ozzard faltete seine Hände unter der Schürze wie Pfötchen und blickte auf die glitzernde Reede hinaus.

»Alte Zeiten, Sir Richard?«

»Aye.« Bolitho seufzte. »Wir sollten lieber in der Gegenwart bleiben.«

Ozzard hielt ihm den schweren Rock mit den glänzenden

Epauletten hin. Draußen vor der Tür hörte Bolitho das Trillern der Pfeifen und das Knarren der Taljen, als die Boote ausgeschwungen wurden.

Landgang! Das war auch für ihn einmal ein Zauberwort gewesen.

Ozzard beschäftigte sich mit dem Rock, nahm aber keinen der beiden Degen aus dem Gestell. Er und Allday waren enge Freunde, obwohl manche sie eher für Feuer und Wasser hielten. Allday erlaubte es keinem anderen, Bolitho den Degen umzuschnallen. Er war wie das alte Schiff, dachte Bolitho, ein Herz aus bester englischer Eiche; wenn er einmal abtrat, würde keiner seinen Platz einnehmen.

Ozzard schien bestürzt darüber, daß er den alten Zweidecker gewählt hatte, obwohl er ein Schiff der Ersten Klasse hätte haben können. Auf der Admiralität hatten sie leise angedeutet, daß *Hyperion*, nach dreijähriger Reparatur und Ausrüstung wieder seetüchtig, sich von der letzten Schlacht trotzdem nie ganz erholen würde.

Merkwürdigerweise war es Nelson gewesen, den Bolitho niemals getroffen hatte, der die Angelegenheit entschied. Irgendjemand mußte dem kleinen Admiral geschrieben und von Bolithos Ersuchen berichtet haben. Nelson hatte Ihren Lordschaften mit der für ihn typischen Kürze in einer Depesche mitgeteilt: »Man gebe Bolitho jedes Schiff, das er verlangt. Er ist Seemann, kein Landmann!«

Es hätte »Nel« amüsiert, dachte Bolitho. *Hyperion* war bis zu ihrer Wiederverwendung vor wenigen Monaten eine ausgemusterte Hulk gewesen. Aber Nelson selbst hatte seine Flagge auf der *Victory* gesetzt, einem Schiff der Ersten Klasse, das er als eine vor sich hinfaulende Gefangenenhulk vorgefunden hatte. Seltsamerweise hatte er gewußt, daß nur sie als Flaggschiff für ihn in Frage kam. Soweit sich Bolitho entsann, war die *Victory* sogar acht Jahre älter als seine *Hyperion*. Irgendwie schien es nur richtig, daß die beiden alten Schiffe wieder auflebten, nachdem man sie trotz allem, was sie geleistet hatten, gedankenlos verstoßen hatte.

Die Tür öffnete sich, und Daniel Yovell, Bolithos Sekretär, trat verdrossen ein. Bolitho wurde wieder weich. Wegen seiner schlechten Stimmung war es für keinen von ihnen leicht gewesen. Sogar Yovell, rundlich, gebeugt und so penibel in seiner Arbeit, hatte sich während der vergangenen dreißig Tage sorgfältig auf Distanz gehalten.

»Der Kommandant wird gleich hier sein, Sir Richard.«

Bolitho schlüpfte mit den Armen in den Galarock und zwängte sich schulterzuckend in die bequemste Haltung.

»Wo ist mein Flaggleutnant?« Er mußte lächeln. Anfangs war es ihm schwergefallen, einen persönlichen Adjutanten zu akzeptieren. Jetzt, nach zwei Vorgängern, fand er sich leichter mit diesem hier ab.

»Wartet auf die Offiziersbarkasse. Danach –,« Yovells Schultern hoben sich, »– danach müssen Sie die örtlichen Würdenträger aufsuchen.« Er deutete Bolithos Lächeln als Wende zum Besseren, denn nach der einfachen Denkart seiner Landsleute aus Devon sollte alles so sein wie immer.

Bolitho erlaubte es Ozzard, sich auf die Zehenspitzen zu stellen und seine Halsbinde zurechtzurücken. All die Jahre war er vom Wort der Admiralität oder des jeweiligen Vorgesetzten abhängig gewesen, wo immer er sich auch befand. Es fiel ihm noch schwer zu glauben, daß diesmal keine übergeordnete Instanz zu fragen oder zufriedenzustellen war. Jetzt war er der ranghöchste Offizier. Natürlich würde sich am Ende der ungeschriebene Marinekodex durchsetzen: Wenn er erfolgreich war, würden andere das Verdienst beanspruchen. Lag er falsch, konnte er ebensogut gleich die Schuld auf sich nehmen.

Bolitho besah sich im Spiegel und schnitt eine Grimasse. Sein Haar war noch schwarz, abgesehen von der silbernen Strähne, welche die alte Narbe bedeckte. Die Falten in den Mundwinkeln hatten sich vertieft. Sein Spiegelbild erinnerte ihn an das Ölporträt seines älteren Bruders Hugh, das in Falmouth hing wie so viele ehemalige Bolithos aus dem großen grauen Steinhaus. Jetzt stand es bis auf seinen treuen Verwalter Ferguson und die Diener leer. Er unterdrückte einen plötzlichen Anfall von Depression.

Nun war er hier und hatte, was er sich gewünscht hatte: *Hyperion.* Sie wären beinahe zusammen gestorben.

Yovell trat beiseite, sein rotbäckiges Gesicht wurde wachsam. »Der Kommandant, Sir Richard.«

Haven kam herein, den Hut unterm Arm. »Schiff liegt vor Anker, Sir.«

Bolitho nickte. Er hatte Haven angewiesen, ihn nicht mit seinem Titel anzureden, es sei denn, die Etikette verlangte es. Die Kluft zwischen ihnen war ohnehin groß genug.

»Ich komme.«

Ein Schatten verdunkelte die Tür, und Bolitho entging nicht der Anflug von Ärger auf Havens Gesicht.

Doch Allday drückte sich am Flaggkapitän vorbei. »Die Barkasse liegt bereit, Sir Richard.« Nachdenklich betrachtete er die Degen in ihrer Halterung. »Den richtigen heute?«

Bolitho lächelte; Allday hatte zwar eigene Probleme, aber die behielt er für sich. Bootssteurer? Ein echter Freund wäre die bessere Bezeichnung für ihn gewesen. Sicherlich mißbilligte es Haven, daß ein Untergebener kommen und gehen konnte, wie es ihm gefiel.

Allday beugte sich vor und schnallte Bolitho den alten Familiendegen um. Die Lederscheide war schon mehrmals erneuert worden, aber der verfärbte Griff war noch derselbe und die blanke, veraltete Klinge so scharf wie eh und je.

Bolitho tätschelte den Degen an seiner Hüfte. »Noch ein guter Freund.« Ihre Augen trafen sich. Aller Einfluß seines Ranges zählte nichts im Vergleich zu ihrer engen Bindung.

Haven war mittelgroß, fast untersetzt, mit lockigem rotblondem Haar. Erst Anfang der Dreißig, hatte er doch schon das Aussehen eines seriösen Anwalts oder eines Kaufmanns in der Londoner City. Seine Miene drückte zurückhaltende Erwartung aus. Bolitho hatte ihn gelegentlich in seiner Kajüte aufgesucht und dort das kleine Porträt einer hübschen Frau mit lockigem Haar in einem Blumenkranz bewundert.

»Meine Frau«, hatte Haven entgegnet, aber in einem Tonfall, der weitere Fragen ausschloß. Ein seltsamer Mann, dachte Bolitho. Doch das Schiff wurde von ihm geschickt geführt, trotz der vielen neuen Leute und einer Überzahl von Landratten. Es schien aber, daß auch dem Ersten viel Verdienst daran zukam.

Bolitho schritt durch die Tür, an dem strammstehenden Seesoldaten vorbei und in das gleißende Sonnenlicht hinaus. Es war sonderbar, das Ruder verlassen und in Mittschiffsstellung festgelascht zu sehen. Auf See hatte Bolitho täglich seine einsamen Spaziergänge an der Windseite des Achterdecks absolviert, hatte sein kleines Geleit und die dazugehörende Fregatte beobachtet, während er über die abgenutzten Planken schritt ohne nachzudenken, den Geschütztaljen und Ringbolzen automatisch ausweichend.

Augen sahen ihn vorübergehen, um sich schnell abzuwenden, wenn er in ihre Richtung blickte. Damit mußte er leben, aber er würde es nie leiden können.

Nun lag das Schiff still. Taue wurden heruntergegeben, Decksoffiziere beaufsichtigten halbnackte Matrosen, damit das Flaggschiff des Admirals so schmuck aussah, wie man es erwarten konnte. Hoch oben im schwarzen Gewirr der Stage, Pardunen und festgemachten Segel bewegten sich perspektivisch verkürzte Gestalten und sicherten eifrig alles.

Einige der Leutnants gingen dem Admiral aus dem Weg, als er übers Achterdeck schritt, um herunterzuschauen auf die Reihen der Achtzehnpfünder, welche die Originalbatterie der Zwölfpfünder ersetzt hatten.

Geisterhaft tauchten Gesichter vor ihm auf, Kanonendonner übertönte die gebrüllten Anweisungen und das Geklapper der Blöcke. Die Decks schienen durch Einschläge wieder wie von Riesenkrallen zerkratzt. Darauf Männer, die fielen und starben und nach Hilfe flehten, wo es keine gab. Sein eigener Neffe Adam, damals vierzehn Jahre alt, mitten drin, bleich und doch wild entschlossen, als die kämpfenden Schiffe zu einem letzten Ringen zusammenprallten.

Havens Stimme riß Bolitho aus seinen Erinnerungen.

»Das Boot lieg bereit, Sir.«

Bolitho wies an ihm vorbei. »Wieso haben Sie keine Windhutzen aufriggen lassen, Kapitän?«

Warum konnte er es nicht über sich bringen, Haven mit Vornamen anzureden? Was war mit ihm los?

Der zuckte mit den Achseln. »Sie sind von Land aus kein schöner Anblick, Sir.«

»Aber sie führen den Leuten in den Batteriedecks frische Luft zu. Also hoch damit.«

Er gab sich Mühe, seinen Ärger zu unterdrücken, daß Haven nicht der Backofenhitze in den übervölkerten Decks Rechnung trug. Die *Hyperion* war hundertachtzig Fuß lang und trug eine Besatzung von sechshundert Offizieren, Matrosen und Seesoldaten. In dieser Hitze mußten sie sich wie doppelt so viele vorkommen.

Er sah, wie Haven dem Ersten Leutnant die Anordnung kurz weitergab. Letzterer warf Bolitho einen dankbaren Blick zu. Frische Luft!

Der Erste war auch so ein komischer Vogel. Mit über dreißig etwas alt für seinen Rang, war er schon Kommandant einer Brigg gewesen. Als man die Brigg auflegte, wurde seine Ernennung nicht bestätigt, man stufte ihn auf den alten Dienstgrad zurück. Er war schlank und im Gegensatz zu seinem Kommandanten ein Mann von sichtbarem Eifer und Enthusiasmus. Sein gutes, zigeunerhaftes Aussehen erinnerte Bolitho an ein Gesicht aus der Vergangenheit, er wußte nur nicht, an welches. Bei seinen Untergebenen war er anscheinend beliebt und alles in allem jene Sorte Offizier, der die Fähnriche nachzueifern strebten.

Unterhalb des schön geschwungenen Bugsprits waren die breiten Schultern der Galionsfigur zu sehen. Sie hatte sich ihm eingeprägt, als er das Schiff in Plymouth verlassen mußte. *Hyperion* war damals so angeschlagen und beschädigt gewesen, daß er sich kaum vorstellen konnte, wie sie davor ausgesehen hatte. Nur die Galionsfigur erzählte eine andere Geschichte.

Ihre Goldfarbe mochte Schrammen davongetragen haben, aber die stechenden blauen Augen unter der Krone aus Sonnenstrahlen starrten so anmaßend wie immer in die Welt. Ein muskulöser Arm streckte noch den gleichen Dreizack dem Horizont entgegen. Sogar von achtern wirkte der Anblick auf Bolitho vertraut. *Hyperion*, einer der Titanen, hatte die Schmach eines Lebens als Invalide abgeworfen.

Allday beobachtete Bolitho scharf. Er hatte den nachdenklichen Blick erkannt und erriet, was er bedeutete. Der Vizeadmiral war mit seinen Gedanken wieder mal ganz woanders. Ob er mit ihm übereinstimmte oder nicht, er hing an ihm wie an keinem anderen und wäre für ihn ohne Zögern gestorben. »Die Barkasse ist bereit, Sir Richard.« Gern hätte er hinzugefügt, daß die Bootscrew noch nicht perfekt war. Noch nicht ...

Bolitho ging langsam zur Pforte. Das Boot lag unten längsseits. Jenour, sein neuer Flaggleutnant, saß schon darin, desgleichen Yovell mit einer Dokumentenmappe auf den fetten Schenkeln. Ein Fähnrich stand steif wie ein Ladestock im Heck. Bolitho vermied es, die jugendlichen Gesichtszüge zu studieren. Das war alles vorbei. Er kannte keinen auf diesem Schiff.

Schnell blickte er in die Runde und sah, wie die Pfeifer der Ehrenwache ihre Instrumente an die feuchten Lippen hoben, sah die Seesoldaten die Gewehre präsentieren. Er sah Haven und seinen Ersten Leutnant, dazu all die anderen anonymen Gesichter, das Blau und Weiß der Offiziere, das Scharlachrot der Seesoldaten, die gebräunten Körper der Seeleute. Am liebsten hätte er ihnen gesagt: »Ich bin hier zwar Admiral, aber die *Hyperion* ist noch immer *mein* Schiff.«

Er hörte Allday ins Boot klettern und wußte, daß er ängstlich auf ihn achtete, auch wenn er es verbarg, immer bereit zuzugreifen, falls sein Auge sich wieder verschleierte und er den Halt verlor. Bolitho lüftete den Hut, und sofort stimmten Trommeln und Pfeifen ihre lebhafte Weise an, die Royal Marines präsentierten die Gewehre, während der Degen ihres Majors grüßend funkelte.

Bolitho kletterte das steile Fallreep hinunter ins Boot. Sein letzter Blick auf Haven überraschte ihn: Die Augen des Kommandanten waren kalt und feindlich. Es würde gut sein, sich dessen zu erinnern.

Das Wachboot glitt heran und wartete, um die Barkasse durch die vor Anker liegenden Schiffe und den Verkehr der Hafenfahrzeuge zu geleiten.

Bolitho beschattete seine Augen und schaute zum Land. Wieder eine neue Herausforderung. Aber im Augenblick war ihm eher nach Flucht zumute.

II Ein Wiedersehen

John Allday lugte unter der Krempe seines Hutes hervor und sah die einlaufende Strömung das Wachboot aus dem Kurs drängen. Er legte die Pinne, und Bolithos frisch gestrichene grüne Barkasse folgte dem anderen Boot ohne eine Unterbrechung im Takt der Ruderer. Alldays Ruf als des Admirals persönlicher Bootssteurer war legendär.

Er sah über die Bootscrew hinweg, die Gesichter sagten ihm nichts. Das Boot selbst war von ihrem letztem Schiff, der *Argonaute*, einer französischen Prise, übernommen worden; Bolitho hatte es seinem Bootssteurer überlassen, eine neue Mannschaft auf der *Hyperion* zu rekrutieren. Allday musterte die Männer im Heck. Das waren Yovell, den man vom Schreibergehilfen zum Sekretär befördert hatte, und der neue Flaggleutnant. Der junge Offizier schien recht annehmbar, kam aber nicht aus einer seefahrenden Familie. Die meisten sahen diese besonders anstrengende Stellung als einen sicheren Weg zur Beförderung an. Für ein Urteil über Jenour war es noch zu früh, beschloß Allday. Auf einem Schiff, in dem sich sogar die Ratten fremd waren, tat man gut daran, keine vorschnellen Meinungen zu äußern.

Seine Augen blieben auf Bolithos breiten Schultern haften, und er versuchte die Besorgnis zu unterdrücken, die ihn seit ihrer Rückkehr nach Falmouth begleitete. Trotz der Schmerzen und des Blutzolls der Schlacht hätte es eine stolze Heimkehr sein sollen. Sogar die Verletzung von Bolithos linkem Auge schien weniger schlimm im Vergleich zu dem, was sie zusammen durchgemacht hatten. Das war vor ungefähr einem Jahr passiert, an Bord des kleinen Kutters *Suprème*. Allday entsann sich jedes einzelnen Tages, der qualvollen Gesundung, der moralischen Stärke des Mannes, dem er diente und den er verehrte. Bolitho hatte ihn immer wieder in Erstaunen versetzt, obwohl sie nun über zwanzig Jahre zusammen waren.

Sie kamen vom Hafen in Falmouth und hielten an der Kirche, die zu einem Teil von Bolithos Familiengeschichte geworden war. Generationen waren mit ihr verbunden, durch Hochzeiten und Geburten, durch Dank für die Siege auf See, aber auch durch gewaltsamen Tod. Allday war an jenem Sommertag am großen Portal der stillen Kirche stehengeblieben und hatte mit Erstaunen und Trauer gehört, wie Bolitho ihren Namen aussprach: *Cheney*. . .

Nur ihren Namen, nichts weiter; und doch hatte ihm das vieles erklärt. Allday hatte bis dahin geglaubt, es würde alles wieder gut, sobald sie erst das graue Haus erreicht hatten. Die schöne Lady Belinda, die zumindest im Aussehen so sehr seiner ersten Frau Cheney glich, würde es schon schaffen, Bolitho zu trösten, wenn sie erst das Ausmaß seines Schmerzes begriff. Vielleicht würde sie seine Qual heilen, die er nie erwähnte, die aber Allday nicht entging. Angenommen, das andere Auge würde in einer Schlacht ebenfalls verletzt? Die Angst so vieler Seeleute und Soldaten, als Krüppel unerwünscht zu sein, quälte auch Bolitho.

Alle hatten sie gewartet, um ihn zu begrüßen: Ferguson, der Verwalter, der einen Arm bei den Saintes verloren hatte, was schon eine Million Jahre zurückzuliegen schien; seine rotbäckige Frau Grace, die Haushälterin, und das andere Personal. Es gab Lachen, Hochrufe und eine Menge Tränen obendrein. Doch Belinda und die kleine Elizabeth waren nicht dagewesen. Ferguson sagte, sie hatte in einem Brief ihre Abwesenheit erklärte. Oft genug fand ein heimkehrender Seemann seine Familie in Unkenntnis über sein Kommen, aber hier hätte es in keinem schlimmeren Augenblick geschehen oder Bolitho härter treffen können.

Nicht einmal sein junger Neffe Adam, der nun die Brigg

Firefly befehligte, war dagewesen, um ihn aufzumuntern. Er war an Bord zurückgerufen worden, um Ausrüstung und Trinkwasser zu übernehmen.

Aber *Hyperion* war nun die Gegenwart. Allday achtete auf den Schlagmann, dessen Riemen schlecht eintauchte und Spritzwasser übers Dollbord warf. Verdammte Stümper! Sie würden das eine oder andere noch zu lernen haben, und wenn er sich jeden einzelnen persönlich vornehmen mußte.

Die alte *Hyperion* war für sie keine Fremde, nur ihre Leute waren das. Entsprach das Bolithos Wünschen? Allday wußte es nicht. Wenn Keen hier Flaggkapitän gewesen wäre oder auch der arme Inch, hätten die Dinge besser ausgesehen. Aber Kapitän Haven war ein kalter Fisch. Dessen Bootssteurer, ein Waliser namens Evans, hatte ihm bei einem Glas Rum anvertraut, sein Herr hätte keinen Humor und ließe niemanden an sich heran.

Allday grübelte weiter über Bolitho nach. Wie er sich doch verändert hatte! Ein Schiff folgte dem anderen, sie befuhren verschiedene Meere, aber gewöhnlich blieb der Feind sich gleich. Und Bolitho hatte ihn immer wie einen Freund behandelt, wie einen, der zur Familie gehörte. Das hatte er einmal beiläufig gesagt, aber Allday hatte es wie etwas Kostbares im Gedächtnis bewahrt.

Es war schon seltsam, wenn man darüber nachdachte. Einige seiner alten Messegefährten hätten ihn vielleicht sogar damit geneckt, hätte der Respekt vor seinen Fäusten sie nicht zurückgehalten. Aber Allday wie auch Ferguson waren einmal in den Dienst des Königs gepreßt und auf Bolithos Schiff, die Fregatte *Phalarope*, gesteckt worden – kaum die rechte Basis für eine Freundschaft. Trotzdem war Allday seit dem Gefecht bei den Saintes freiwillig bei Bolitho geblieben, als dessen alter Bootssteurer Stockdale getötet wurde. Er war sein ganzes Leben Seemann gewesen, nur kurze Zeit hatte er an Land ausgerechnet als Schäfer gearbeitet. Er wußte wenig über seine Abstammung und die Leute, die ihn großgezogen hatten, was ihn mit zunehmendem Alter zuweilen beunruhigte.

Er studierte Bolithos altmodischen Nackenzopf, der unter seinem goldbetreßten Hut hervorsah. Noch war er rabenschwarz. Seine Erscheinung blieb jugendlich, so daß er manchmal irrtümlich für Adams älteren Bruder gehalten wurde. Sofern Allday es überhaupt wußte, hatte er das gleiche Alter: siebenundvierzig. Doch während er voller wurde und sein dickes braunes Haar graue Streifen bekam, schien Bolitho nicht zu altern. Allday kannte ihn von allen Seiten: als einen Tiger im Gefecht, aber auch als einen Mann, den es fast zu Tränen rührte, wenn er Schiffe und Menschen in einer Seeschlacht sterben sah.

Das Wachboot schwenkte unter dem ausladenden Klüverbaum eines hübschen Schoners durch. Allday beugte sich über die Pinne und hielt den Atem an, als er seine alte Wunde in der Brust brennen fühlte. Nur selten konnte er sie vergessen: die spanische Klinge, die wie aus dem Nichts gekommen war, und Bolitho, der ihn deckte, ihm das Leben rettete.

Die Wunde machte ihm Mühe, und es fiel ihm oft schwer, seine Schultern zu straffen, ohne daß Schmerz ihn durchschoß. Bolitho hatte ihm nahegelegt, an Land zu bleiben, wenigstens vorübergehend. Längst bot er ihm nicht mehr die Chance einer Freistellung von der Navy an, der er so gut gedient hatte. Denn er wußte, das hätte Allday fast mehr geschmerzt als die Wunde selbst.

Die Barkasse strebte der nächsten Anlegepier zu. Bolithos Finger umklammerten die Scheide seines alten Degens, den er zwischen den Knien hielt. So viele Gefechte hatten sie gemeinsam bestanden, so oft hatten sie sich gefragt, weshalb sie wieder einmal verschont geblieben waren, obwohl so viele andere fielen.

»Klar bei Bootshaken!« Allday beobachtete kritisch, wie der Bugmann den Riemen einzog, aufstand und mit dem bereitgehaltenen Haken nach der Pierkette tastete. In ihren geteerten Hüten und karierten Hemden sahen die Leute forsch und schmuck aus, aber es brauchte mehr als Farbe, damit ein Schiff segeln konnte. Auch Allday selbst war eine stattliche Erscheinung, obwohl er sich dessen kaum bewußt war, wenn er nicht gerade das Auge des einen oder anderen Mädchens auf sich zog, was öfter geschah, als er zugab. In seinem blauen Rock mit den goldenen Knöpfen, den ihm Bolitho spendiert hatte, und in seinen Nankingbreeches war er jeder Zoll ein alter Salzwasserbuckel.

Das Wachboot machte Platz, der verantwortliche Offizier zog aufstehend den Hut, während die Ruderer zum Gruß ihre Riemen hochstellten. Allday bekam einen Schreck, als sich Bolitho ihm zuwandte, eine Hand überm Auge, um es vor der Helligkeit zu schützen. Er sagte nichts, aber sein Blick war so deutlich, als ob er laut gerufen hätte: eine dringende Bitte, die alle anderen ausschloß. Allday war eine simple Seele, aber er erinnerte sich dieses Blickes noch lange, nachdem Bolitho die Barkasse verlassen hatte. Er machte ihm Sorge und rührte ihn zugleich.

Er sah, daß die Bootscrew ihn anstarrte, und brüllte: »Ich hab' schon geschicktere Kerls als ihr aus'm Puff geschmissen. Bei Gott, nächstes Mal strengt euch lieber mehr an, sonst sollt ihr mich kennenlernen!«

Flaggleutnant Jenour stieg an Land und lächelte über den Fähnrich, der bei der Schimpfkanonade des Bootssteurers verlegen errötete. Der Flaggleutnant war erst einen Monat bei Bolitho, begann aber schon, die ungewöhnliche Ausstrahlung des Mannes, dem er beigeordnet war, zu begreifen. Wie für den Fähnrich war er auch für ihn ein Held.

Bolithos Stimme riß ihn aus seinen Gedanken. »Kommen Sie, Mr. Jenour, das Boot kann warten, der Krieg nicht.«

»Aye, aye, Sir Richard.« Jenour grinste und dachte an seine Eltern in Hampshire, die den Kopf geschüttelt hatten, als er ihnen seine Absicht eröffnete, eines Tages Bolithos Adjutant zu werden.

Bolitho sah Jenour lächeln und merkte, wie seine Melancholie zurückkehrte. Er wußte, was der junge Leutnant fühlte, weil er früher selbst so gewesen war. In der begrenzten Welt der Navy hing man sehr stark an Freunden. Wenn sie fielen, ging mit ihnen etwas verloren, und das eigene Überleben ersparte einem nicht die Trauer um ihr Verschwinden.

Bolitho blieb abrupt an der Treppe zur Pier stehen. Der Erste Leutnant der *Hyperion* war ihm eingefallen. Sein zigeunerhaft gutes Aussehen... Natürlich, es erinnerte ihn an Keverne, an Charles Keverne, einst sein Erster auf der *Euryalus*, der vor Kopenhagen als Kommandant gefallen war.

»Ist Ihnen nicht wohl, Sir Richard?«

»Verflucht noch mal, doch!«

Aber Bolitho drehte sich sofort um und berührte bedauernd Jenours Ärmel. »Entschuldigen Sie. Mein Rang bringt viele Vorrechte, doch schlechte Manieren gehören nicht dazu.«

Er stieg die Treppe hoch, während Jenour ihm nachstarrte. Yovell seufzte, als er schwitzend hinterherkletterte. Der arme Leutnant, er hatte noch eine Menge zu lernen. Man konnte nur hoffen, daß ihm die Zeit dazu vergönnt wurde.

Der große Raum war nach der Hitze draußen bemerkenswert kühl. Bolitho saß auf einem Stuhl mit steifer Lehne, nippte an einem Glas Rotwein und wunderte sich, daß er so kalt blieb. Leutnant Jenour und Yovell saßen an einem Nebentisch, der mit Akten und Folianten bedeckt war. Sonderbar, daß in einem anderen Teil desselben Gebäudes Bolitho einmal besorgt auf die Beförderung zum Kommandanten gewartet hatte.

Der Wein war gut und sehr leicht. Er merkte, daß sein Glas von einem farbigen Diener sofort nachgefüllt wurde, und nahm sich vor, auf der Hut zu sein. Bolitho genoß einen guten Schluck, doch war es ihm bisher leicht gefallen, dem verbreiteten Laster der Navy, der Trunksucht, zu entgehen. Es führte zu oft zur Schande und dem Kriegsgericht.

Er hatte es nur in jenen schwarzen Tagen in Falmouth, als er erwartungsvoll zurückkam, nicht geschafft. Trotzdem – was hatte er eigentlich erwartet? Wie konnte er bestürzt sein und verbittert über Belindas Kälte, wenn in Wahrheit sein Herz bei Cheney geblieben war?

Wie still das Haus dalag, als er ruhelos durch seine tiefen

Schatten wanderte, mit einer Hand die Kerze vor den strengen Porträts hochhaltend, die er schon kannte, seit er so klein wie Elizabeth gewesen war.

Als er am nächsten Morgen aufwachte, ruhte seine Stirn in vergossenen Weinlachen auf dem Tisch. Mit trockenem Mund bemerkte er die leeren Flaschen, konnte sich aber nicht erinnern, sie aus dem Keller geholt zu haben. Das Personal mußte Bescheid gewußt haben. Ferguson hatte ihn noch in Reisekleidung vorgefunden und war hin und her geeilt, um ihm zu helfen. Bolitho mußte die Wahrheit später fast mit Gewalt aus Allday herausholen. Er entsann sich nicht, ihn fortgeschickt zu haben, weil er in seinem Elend allein sein wollte, hörte aber, daß Allday die Nacht gleichfalls vertrunken hatte, in jener Taverne, wo die Wirtstochter immer noch auf ihn wartete.

Er hörte, daß der andere Offizier auf ihn einsprach. Das war Kommodore Aubrey Glassport, Direktor der Marinewerft von Antigua und bis zu *Hyperions* Einlaufen der ranghöchste Marineoffizier am Ort. Er erläuterte ihm die Standorte und unterschiedlichen Aufgaben der hiesigen Streitkräfte.

»Bei einem so ausgedehnten Seegebiet, Sir Richard, tun wir uns schwer, Blockadebrecher oder Piraten zu verfolgen und aufzubringen. Die Franzosen und ihre Verbündeten andererseits . . .«

Bolitho zog die Seekarte heran. Dieselbe alte Geschichte. Nicht genug Fregatten, zu viele Linienschiffe weggeschickt, um die Flotten im Kanal und im Mittelmeer zu verstärken. Über eine Stunde lang hatte er jetzt die Berichte durchgesehen, den tage- und wochenlangen Patrouillen zwischen den zahllosen Inseln die mageren Resultate gegenübergestellt. Gelegentlich riskierte ein wagemutiger Kommandant Leib und Leben, erschien mit seinem Schiff auf einem feindlichen Ankerplatz, brachte eine Prise auf oder veranstaltete ein schnelles Bombardement. Das las sich gut, trug aber wenig dazu bei, den überlegenen Feind ernstlich zu lähmen. Bolithos Mund wurde hart. Nur zahlenmäßig überlegen.

Glassport hielt Bolithos Schweigen für Zustimmung und redete weiter. Er war ein rundlicher, bequemer Herr mit gelichtetem Haupthaar und einem Mondgesicht, das mehr von gutem Leben zeugte als vom Kampf gegen die Elemente oder die Franzosen. Er sollte längst verabschiedet sein, wußte Bolitho, aber er hatte Beziehungen im Stützpunkt, also ließ man ihn hier. Seinem Weinkeller nach zu urteilen, unterhielt er ebenso gute Beziehungen zu den Zahlmeistern.

Glassport sagte gerade: »Angesichts Ihrer früheren Erfolge, Sir Richard, fühle ich mich geehrt durch Ihren Besuch. Bei Ihrem ersten Hiersein war Amerika wohl ebenfalls gegen uns aktiv? Mit vielen Freibeutern und auch mit der französischen Flotte.«

»Die Tatsache, daß wir uns mit Amerika nicht länger im Krieg befinden«, entgegnete Bolitho, »verhindert nicht zwangsläufig internationale Einmischung, auch nicht die zunehmenden amerikanischen Nachschublieferungen an den Feind.« Er legte die Karte aus der Hand. »In den nächsten Wochen wünsche ich mit jeder Patrouille Kontakt aufzunehmen. Haben Sie zur Zeit eine Kurierbrigg hier?« Er bemerkte Glassports plötzliches Erstaunen und seine Unsicherheit. Eine ruhige Existenz ging hier wohl zu Ende. »Ich möchte jeden Kommandanten persönlich sprechen. Können Sie das einrichten?«

»Ah, hm – jawohl, Sir Richard.«

»Gut.«

Bolitho ergriff sein Weinglas und beobachtete die Sonnenreflexe im Stiel. Er neigte es ein wenig nach links und wartete, fühlte Yovells Augen auf sich gerichtet. Und Jenours Neugier. Er fügte hinzu: »Man hat mir gesagt, daß sich Seiner Majestät Generalinspekteur noch in Westindien befindet?«

Glassport murmelte unglücklich: »Mein Flaggleutnant weiß genaueres . . .«

Bolitho stutzte, als sich das Bild des Glases zu verwischen begann. War der trübe Schleier diesmal schneller gekommen, oder hatte das ständige Drandenken . . .

»Meine Frage war einfach genug, glaube ich«, fuhr er auf. »Ist er noch hier oder nicht?«

Zitterte seine Hand? War er hartherzig, verärgert? Keines von beiden. Nur unsicher wie auf der Pier, als er Jenour angefahren hatte. Ruhiger sprach er weiter: »Er ist doch mehrere Monate hier draußen gewesen, glaube ich.«

»Viscount Somervell befindet sich noch in Antigua«, erwiderte Glassport und setzte defensiv hinzu: »Ich habe Grund anzunehmen, daß er mit dem Vorgefundenen zufrieden ist.«

Bolitho sagte nichts. Der Generalinspekteur konnte ihm eine zusätzliche Last bei seiner Aufgabe sein. Es schien absurd, jemanden mit so hochtrabend klingendem Titel zu einer Inspektionsreise nach Westindien zu schicken, wenn England, allein im Kampf gegen Frankreich und die Flotten Spaniens stehend, täglich eine Invasion erwartete.

Bolithos Instruktionen besagten klar, daß er Viscount Somervell ohne Verzögerung zu treffen hätte, auch wenn dies bedeutete, daß er sich sofort zu einer anderen Insel begeben mußte, Jamaika eingeschlossen.

Doch der Gesuchte befand sich hier. Immerhin etwas.

Bolitho fühlte sich müde. Er hatte die meisten Offiziere und Beamten des Stützpunkts kennengelernt, zwei Schoner besichtigt, die für die Navy umgebaut wurden, und war bei den Batterien gewesen, wobei Jenour und Glassport Mühe gehabt hatten, mit ihm Schritt zu halten.

Er lächelte schwach. Dafür büßte er jetzt.

Glassport wartete, bis er an seinem Wein nippte, und bemerkte dann: »Es gibt einen kleinen Empfang für Sie heute abend, Sir Richard . . .« Er unterbrach sich, als er in die grauen Augen blickte. »Kaum dem Anlaß angemessen, aber er wurde erst arrangiert, nachdem man Ihr . . . äh, Flaggschiff gemeldet hatte.«

Bolitho merkte das Zögern. Noch einer, der an seinem Schiff zweifelte.

Glassport mochte eine Absage befürchtet haben, denn er haspelte weiter: »Viscount Somervell erwartet Sie.«

»Verstehe.« Ein Wink zu Jenour. »Informieren Sie den Kommandanten.«

Als der Leutnant sich abmeldete, sagte Bolitho: »Mein Bootssteurer soll es ihm ausrichten. Sie bleiben bei mir.«

Jenour nickte. Er lernte heute eine ganze Menge.

Bolitho wartete, bis Yovell ihm den nächsten Stapel Papiere brachte. Glassport sah ihm beim Umblättern zu.

Dies also war der Mann hinter der Legende, ein zweiter Nelson, sagten manche. Doch alle Welt wußte, daß Nelson höherenorts nicht sehr beliebt war. Er war der richtige Mann, um eine Flotte zu führen. Notwendig. Aber hinterher? Glassport studierte Bolithos gesenkten Kopf, die Strähne über dem Auge. Ein ernstes, empfindsames Gesicht, dachte er, das man sich in den Gefechten, über die er soviel gelesen hatte, schwer vorzustellen vermochte. Er wußte, Bolitho war mehrmals schwer verwundet worden und am Fieber fast gestorben. Aber insgesamt waren das nicht viele Informationen. Ritter des Bath-Ordens, aus einer guten alten Seefahrerfamilie stammend – und England sah in ihm einen Helden: all das, was Glassport gern gewesen wäre und gehabt hätte. Warum war er nach Antigua gekommen? Es bestand wenig oder gar keine Aussicht für ein Unternehmen zur See, selbst vorausgesetzt, die einzelnen Flottillen wurden verstärkt und ein Ersatz für die ...

Er erschrak, als Bolitho gerade diesen Punkt berührte, als könnten die grauen, zwingenden Augen Gedanken lesen.

»Die Spanier haben uns die Fregatte *Consort* weggenommen?« Es hörte sich wie ein Vorwurf an.

»Vor zwei Monaten, Sir Richard. Sie strandete unter Beschuß. Einer meiner Schoner konnte den größten Teil ihrer Besatzung abbergen, ehe der Feind bei ihr war. Der Schoner machte seine Sache gut. Ich dachte, daß ...«

»Und der Kommandant der *Consort*?«

»Befindet sich in St. John's, Sir Richard. Steht zur Verfügung des Kriegsgerichts.«

»Wirklich?« Bolitho erhob sich und wandte sich an den eintretenden Jenour. »Wir begeben uns nach St. John's.«

Jenour schluckte hart. »Gibt es eine Kutsche, Sir Richard?« Hilfesuchend schaute er Glassport an.

Bolitho griff zum Degen. »Aber bestimmt zwei Pferde, mein Junge.«

Sein plötzlicher Eifer überraschte ihn selber. War er lediglich ein Ablenkungsmanöver von anderen Sorgen? »Sie sind doch aus Hampshire, richtig?«

Jenour nickte. »Jawohl, das heißt . . .«

»In Hampshire kann man reiten. Zwei Pferde – sofort!«

Glassport starrte vom einen zum andern. »Aber der Empfang, Sir Richard . . .« Er schien entsetzt.

»Der Ausflug wird mir Appetit machen.« Bolitho lächelte. »Ich bin rechtzeitig zurück.«

Bolitho musterte forschend sein Gesicht im Wandspiegel, dann strich er sich die lose Strähne aus der Stirn. Im Spiegel sah er auch Allday und Ozzard, die ihn besorgt beäugten, während sich Stephen Jenour nach ihrem Ritt das Hinterteil massierte.

Der Ausflug war heiß und staubig gewesen, aber zunächst unerwartet heiter. Allein schon die Gesichter der Passanten, als sie an ihnen vorüber durch den diesigen Sonnenschein galoppierten, waren sehenswert.

Nun war es dunkel, die Dämmerung setzte auf den Inseln früh ein. Bolitho musterte sich sorgfältig, während sein Ohr schon den Klang der Violinen und das dumpfe Gemurmel aus dem Salon auffing, in dem der Empfang stattfand. Ozzard hatte ihm frische Strümpfe von Bord gebracht, Allday den Repräsentationsdegen und ihn gegen das alte Erbstück, das Bolitho trug, ausgewechselt.

Bolitho seufzte. Die meisten Kerzen wurden durch hohe Sturmgläser geschützt, daher war die Beleuchtung nicht zu grell. So blieben vielleicht sein zerknittertes Hemd und die Schmutzflecken, die der Sattel auf seinen Breeches hinterlassen hatte, unbemerkt. Sie hatten keine Zeit gefunden, noch zur *Hyperion* zurückzukehren. Verdammter Glassport und sein Empfang! Bolitho hätte viel lieber in seiner Kajüte alles durchdacht, was der Fregattenkommandant ihm mitgeteilt hatte.

Commander Matthew Price war für die Führung eines so schönen Schiffes noch reichlich jung. Die *Consort* mit ihren sechsunddreißig Geschützen hatte sich zwischen einigen Untiefen vor Venezuela durchgewunden, als sie von einer Küstenbatterie unter Feuer genommen wurde. Unglücklicherweise stand sie so dicht unter Land, daß sie auf Grund geriet. Es war schon so, wie Glassport berichtet hatte: Ein Schoner hatte den Großteil der Besatzung abgeborgen, mußte sich aber davonmachen, als ein spanisches Kriegsschiff auf der Bildfläche erschien.

Commander Price saß in seinem Alter noch auf keiner Kapitänsplanstelle, und wenn das Kriegsgericht gegen ihn entschied, was sehr wahrscheinlich war, mußte er alles verlieren. Bestenfalls würde man ihn zum Leutnant zurückstufen. Der schlimmste Fall war nicht auszudenken.

Während Price in einem kleinen, regierungseigenen Haus die Verhandlung erwartete, hatte er viel zu bedenken. Nicht zuletzt, daß Gefangenschaft oder gar der Tod im Gefecht besser für ihn gewesen wären. Denn sein Schiff war wieder flottgemacht worden und gehörte nun zum Geschwader Seiner Allerkatholischsten Majestät in La Guaira auf dem spanischen Festland. Fregatten aber waren ihr Gewicht in Gold wert, und England bedurfte ihrer immer dringender. Als Bolitho noch im Mittelmeer diente, waren zwischen Gibraltar und der Levante nur sechs Fregatten verfügbar gewesen. Der Vorsitzende der Kriegsgerichtsverhandlung würde dies bei seinen Erwägungen nicht ignorieren können.

In seiner Verzweiflung hatte der junge Kommandant den Vizeadmiral gefragt, was wohl bei der Verhandlung herauskommen würde. Bolitho hatte ihm gesagt, er müsse erwarten, die Spitze des Degens auf dem Tisch gegen sich gerichtet zu sehen. Sein Schiff aufs Spiel zu setzen, war eine Sache, es an den verhaßten Feind zu verlieren, war eine völlig andere. Er konnte Price nichts vormachen, das Urteil vermochte er nicht zu beeinflussen. Price hatte viel riskiert, um die spanische Stärke zu erkunden. Zusammen mit dem, was Bolitho schon wußte, konnten seine Informationen äußerst wertvoll sein. Aber dem Kommandanten der *Consort* würde das jetzt nicht helfen.

Eine Standuhr schlug.

Bolitho sagte: »Ich glaube, es ist Zeit. Sind unsere Offiziere schon da?«

Jenour nickte und zuckte zusammen, als der Schmerz wieder durch seine Schenkel und Hüften schoß. Der Admiral war ein prächtiger Reiter, und das gleiche hatte er auch von sich selbst gedacht. Bolithos kleiner Scherz über die Leute aus Hampshire hatte ihn angespornt, doch zu keiner Zeit hatte er Bolithos Tempo halten können. Er entgegnete: »Der Erste Leutnant traf mit ihnen ein, als Sie sich umkleideten, Sir Richard.«

Bolitho schaute auf seine makellosen Strümpfe hinunter und dachte an die Zeit, als er noch ein kleiner Leutnant mit nur einem feinen Paar Strümpfe für derartige Anlässe gewesen war. Die anderen waren über und über gestopft, ein Wunder, daß sie überhaupt noch zusammengehalten hatten. Dann fiel ihm wieder ein, daß Kapitän Haven ersucht hatte, an Bord bleiben zu dürfen. Haven hatte dies damit begründet, ein Sturm könne ausbrechen und seine rechtzeitige Rückkehr an Bord verhindern. Die Luft war wirklich schwer und feucht und die Sonne blutrot untergegangen.

Der Segelmeister der *Hyperion*, Isaac Penhaligon aus Cornwall, bestand allerdings darauf, daß ein Sturm sehr unwahrscheinlich wäre. Vielleicht zog Haven es vor, sich abseits zu halten, auch wenn ihm jemand auf dem Empfang seine Abwesenheit verübeln sollte.

Wenn nur Keen sein Flaggkapitän gewesen wäre! Bolitho hätte ihn nur zu fragen brauchen, und Keen wäre mit ihm gekommen, aus Treue, Freundschaft, Zuneigung. Aber Bolitho hatte Keen genötigt, in England zu bleiben, bis dieser seine Probleme mit der reizenden Zenoria gelöst hatte. Mehr als alles andere hatte Keen sich nämlich gewünscht, das dunkeläugige Mädchen mit dem vollen kastanienbraunen

Haar zu heiraten. Sie waren so sehr ineinander verliebt, daß Bolitho es nicht über sich brachte, die beiden wieder zu trennen, kaum daß sie sich gefunden hatten.

Verglich er ihre Liebe mit seiner eigenen Ehe? Da hörte er lieber auf, sich Gedanken zu machen. Es war jetzt nicht die rechte Zeit dazu. Vielleicht würde es das niemals mehr sein.

Jenour fragte höflich: »Sollen wir gehen, Sir Richard?«

Bolitho betastete sein linkes Auge, hielt dann aber inne und starrte statt dessen auf das nächste Sturmglas und seinen zarten Rauchfaden, der kerzengerade zur Decke stieg. Alles war hell und klar. Keine Trübung, keine Schatten, die ihn manchmal so plötzlich behinderten.

Zwei Lakaien, die sich bisher zurückgehalten hatten, rissen die hohen Türflügel auf. Musik und Stimmengewirr brandeten in den Raum. Bolitho spannte seine Muskeln, als gälte es, einer Musketenkugel zu widerstehen. Den von Pfeilern flankierten Korridor hinuntergehend, rätselte er über Sinn und Zweck dieses stattlichen Gebäudes auf einer so kleinen Insel. Aber es war eben ein Platz, der durch den Krieg schon öfter ein wichtiger Angelpunkt in Englands Strategie geworden war.

Er hörte Jenours Sohlen über die Dielen tappen und lächelte halb über des Leutnants Eifer, mit ihm Kopf an Kopf zu reiten. Sie hatten mehr wie Landjunker ausgesehen als wie Offiziere des Königs.

Dann sah er die reichen Farben der Damengewänder, die nackten Schultern und neugierigen Blicke, die ihn empfingen. Sie hatten kaum Zeit seit seiner Ankunft gehabt, wie schon Kommodore Glassport erklärte, aber wahrscheinlich war jeder offizielle Besucher oder ein Schiff aus England hier willkommener Anlaß zum Feiern. Er bemerkte einige Offiziere von der *Hyperion*. Ihr Blau und Weiß bot einen deutlichen Kontrast zum Rot und Scharlach der Armee und der Seesoldaten. Wieder einmal mußte er sich beherrschen, um nicht nach vertrauten Gesichtern zu suchen oder nach Stimmen; es durfte nicht so aussehen, als ob er einen Handschlag erwarte oder ein Zeichen des Wiedererkennens.

Zwischen zwei Pfeilern, einige Stufen erhöht, stand Glassport und blickte ihn an, zweifellos erleichtert, daß Bolitho nach seinem Ritt doch noch gekommen war. Im Mittelpunkt, elegant und unbeschwert, stand eine von Kopf bis Fuß in Weiß gekleidete Gestalt. Bolitho wußte wenig über den Mann, den zu treffen er gekommen war. Der Sehr Ehrenwerte Viscount Somervell, Seiner Majestät Generalinspekteur in der Karibik, schien nicht viel an sich zu haben, das ihn für diesen Posten empfahl. Er war ein bekanntes Gesicht bei Hofe und auf den richtigen Empfängen, ein rücksichtsloser Spieler, wie einige meinten, und ein Fechter von Ruf. Letzterer war wohlbegründet. Man wußte, daß der König sich seinetwegen eingeschaltet hatte, als Somervell einen Mann im Duell tötete. Für Bolitho war das ein vertrautes und zugleich schmerzliches Milieu, für das er nicht bestimmt war.

Ein Lakai klopfte mit seinem langen Stab auf die Dielen und verkündete: »Sir Richard Bolitho, Vizeadmiral der Roten Flotte!«

Die plötzliche Stille war fast körperlich spürbar. Bolitho sah aller Augen auf sich gerichtet, als er über den Teppich ging. Die Musiker mit ihren Instrumenten standen stockstill, ein junger Marineoffizier, der seinen Partner knuffte, erstarrte, als ihn Bolithos Blick streifte. Dann der kühne Blick einer Lady in so tief ausgeschnittener Robe, daß sie sich überhaupt nicht hätte anzuziehen brauchen, und der eines jungen Mädchens, welches scheu lächelte und dann das Gesicht hinter einem Fächer verbarg.

Der Viscount kam ihm zur Begrüßung nicht entgegen. Er stand wie zuvor, eine Hand nachlässig in die Hüfte gestemmt, die andere an der Seite baumelnd. Sein Mund verzog sich zu einem Lächeln, das sowohl Belustigung als auch Langeweile bedeuten konnte. Seine Gesichtszüge waren die eines Jüngeren, aber er besaß die trägen Augen eines Lebemannes, der schon alles gesehen hatte.

»Willkommen in . . .« Somervell stockte und drehte sich ungehalten um, als ein fahrbarer Kandelaber hinter ihm in den Saal gerollt wurde und ihn um seine elegante Pose brachte.

Der überraschend grelle Lichtschein in Augenhöhe kostete Bolitho die Balance, als er eben einen Fuß auf die erste Stufe setzen wollte. Eine Dame in Schwarz, die neben dem Viscount gestanden hatte, ergriff stützend seinen Arm. Durch die vielen Kerzen lugten überraschte und neugierige Gesichter wie auf einem Gemälde.

»Pardon, Ma'am!« Bolitho gewann sein Gleichgewicht wieder und versuchte gar nicht erst, sein Auge zu beschatten, als der Schleier darüber hinwegzog. Es war, als fiele er in tiefes Wasser, tiefer und tiefer.

»Es geht schon«, versicherte er. Die Robe der Dame war gar nicht schwarz, sondern von dunkelgrün schillernder Seide, die ihre Farbe in Falten und Kurven zu wechseln schien, was das blendende Licht erst jetzt enthüllte. Der Rock war weit geschnitten, das Mieder mit dem tiefen Dekolleté eng. Das Haar – soweit er sich entsann, war es lang und so dunkel wie sein eigenes gewesen. Jetzt trug sie es über den Ohren zu Locken aufgetürmt.

Die neugierigen Gesichter, das wieder einsetzende Gemurmel, das mutwillige Geschwätz, alles schien vor seinen Augen zu verblassen. Er hatte sie einmal als Catherine Pareja gekannt, als Kate...

Er vergaß seine momentane Behinderung, als er ihre Augen sah, in denen Besorgnis einer erzwungenen Ruhe wich. Sie hatte gewußt, daß er kommen würde. Die Überraschung war nur auf seiner Seite.

Somervells Stimme schien von weither zu dringen. Auch er tat gelassen, hatte seine Haltung wiedergewonnen. »Natürlich, ich vergaß. Sie beide kennen sich von früher.«

Bolitho beugte sich über ihre ausgestreckte Hand. Sogar ihr Parfüm war noch das gleiche. Er hörte sie erwidern: »Das ist lange her.«

Als Bolitho sich aufrichtete, wirkte Kate seltsam fern und selbstsicher, fast gleichgültig. Sie setzte hinzu: »Aber einen Helden vergißt man nicht.«

Dann bot sie ihrem Gatten den Arm und wandte sich den übrigen Gästen zu.

Bolitho war wie ins Herz getroffen. Sie trug die langen, goldenen Filigranohrringe, die er ihr in jener anderen unwirklichen Welt einmal gekauft hatte - in London.

Lakaien näherten sich mit Tabletts voll funkelnder Gläser. Das kleine Orchester erwachte wieder zum Leben. Doch über die erhitzten, erregten Gesichter hinweg trafen sich ihre Blicke und schlossen alles andere aus.

Glassport sprach ihn an, aber er hörte nicht hin. Trotz allem, was geschehen war, bestand das Band zwischen ihnen immer noch. Aber es mußte zerrissen werden, bevor ihre Gefühle sie beide zerstörten.

III Um hohen Einsatz

Bolitho lehnte sich in seinem Stuhl zurück, als ein weißer Handschuh den erst halb geleerten Teller fortriß und schnellstens durch einen anderen ersetzte. Er wußte nicht mehr, wie viele Gänge ihm schon angeboten oder wie oft die geschliffenen Pokale nachgefüllt worden waren.

Die Luft vibrierte vom Stimmengewirr der Anwesenden: schätzungsweise vierzig Offiziere, Beamten mit Damen und das kleine Kontingent aus der Offiziersmesse der *Hyperion*. Die lange Tafel wurde durch hunderte von Kerzen erhellt. Am äußeren Rand wogten die Schatten der vielen Diener und Lakaien mit dem ständigen Nachschub von Speisen und Wein hin und her.

Man mußte Bedienstete aus mehreren Häusern zusammengezogen haben, dachte Bolitho, und aus dem gelegentlich wütenden Unterton des Butlers konnte er entnehmen, daß es zwischen Küche und Tafel Reibereien gegeben hatte.

Er saß rechts von Catherine. Im Wirbel von Konversation und Gelächter wurde er sich ihrer Nähe sehr bewußt, obwohl sie über ihre eigenen Gefühle in seiner Gegenwart wenig verriet. Am anderen Ende der Tafel saß ihr Gatte,

Viscount Somervell, schlürfte seinen Wein und lauschte sichtlich gelangweilt dem mit schwerer Zunge redenden Kommodore Glassport. Gelegentlich fixierte er über die Länge der Tafel hinweg, alles andere ausschließend, seine Frau und Bolitho. War es Interesse oder Wachsamkeit? Schwer zu sagen. Wenn sich die Flügeltüren von Zeit zu Zeit für eine Prozession schwitzender Diener schwungvoll öffneten, flackerten die Kerzen in der verräucherten Atmosphäre. Bolitho mußte an Haven denken und stellte sich vor, wie er in der Kajüte über seine mögliche Zukunft brütete. Er würde bald mehr Anteilnahme zeigen, wenn er erst erfuhr, was man von ihm erwartete.

Die Frau drehte sich um und richtete das Wort direkt an ihn. »Sie sind sehr still, Sir Richard.«

Er hielt ihrem Blick stand und fühlte, wie seine Abwehr nachgab. Sie war ebenso attraktiv, sogar noch schöner, als er sie in Erinnerung hatte. Die Sonne hatte ihrem Nacken und den Schultern eine zarte Röte verliehen, und er bemerkte den leisen Pulsschlag an ihrem Hals.

Eine ihrer Hände lag wie verloren neben einem geschlossenen Fächer. Er hätte sie gern berührt, um sich selbst zu beruhigen oder seine eigene Dummheit zu enthüllen. Bin ich so dünkelhaft, dachte er, bilde ich mir wirklich ein, sie könnte sich nach so langer Zeit wieder zu mir hingezogen fühlen?

Stattdessen sagte er nur: »Es müssen sieben Jahre her sein.«

Ihr Gesicht blieb unbewegt. Wer sie beide beobachtete, hätte annehmen können, sie unterhielten sich über England oder das Wetter.

»Sieben Jahre und einen Monat, um genau zu sein.«

Bolitho blickte auf, weil der Viscount über etwas lachte, das Glassport gesagt hatte.

»Und dann hast du ihn geheiratet. War er dir so wichtig?« Es hörte sich wie ein bitterer Vorwurf an. Ihre Finger bewegten sich unruhig.

»Du täuschst dich, Richard«, gab sie hastig zurück, »es war

nicht so.« Allein schon der Klang seines Namens aus ihrem Mund riß alte Wunden auf. »Ich brauchte Sicherheit, so wie du es brauchst, geliebt zu werden.«

Trotz, Schmerz, beides stand in ihren dunklen Augen. Bolitho wagte kaum zu atmen, als die Unterhaltung um sie herum vorübergehend verstummte. Er glaubte, daß der Erste Leutnant sie beobachtete, daß ein Oberst mit halb erhobenem Glas innehielt, als lausche er ihren Worten. Für ihn war es wie eine Verschwörung.

»Liebe?«

Sie nickte langsam, ihre Augen ließen nicht von ihm ab. »Du brauchst sie wie die Wüste den Regen.«

Er wollte sich ihrem Blick entziehen, aber sie schien ihn zu hypnotisieren, als sie im gleichen Ton gelassen fortfuhr: »Ich habe dich damals gewollt, aber am Ende beinahe gehaßt. Beinahe. Ich habe während all der Jahre dein Leben und deine Laufbahn verfolgt – zwei ganz verschiedene Dinge. Ich hätte alles hingenommen, was du mir geboten hättest, denn du warst der einzige Mann, den ich liebte, ohne nach Ehe und Sicherheit zu fragen.«

Sie spielte leicht mit dem Fächer. »Stattdessen nahmst du eine andere. Eine, von der du glaubtest, sie wäre ein vollwertiger Ersatz für . . .« Das hatte gesessen. »Ich wußte es!«

Bolitho erwiderte schwach: »Ich habe oft an dich gedacht.«

Sie lächelte, was sie nur trauriger aussehen ließ. »Wirklich?«

Er wandte den Kopf, um sie besser sehen zu können. Andere mochten meinen, er blicke sie direkt an, aber sein linkes Auge wurde durch den flackernden Glanz beeinträchtigt.

»Deine letzte Schlacht – wir hörten vor einem Monat davon«, sagte sie.

»Wußtest du, daß ich herkommen würde?«

Sie verneinte. »Er erzählt mir wenig von seinen Regierungsgeschäften.«

Mit einem vertraulichen Lächeln schaute sie zum anderen Ende der Tafel. Bolitho fragte sich, weshalb dieses Einvernehmen mit ihrem Gatten ihm so weh tat, als sie sich wieder an ihn wandte. »Deine Wunden, sind sie ...« Er fuhr zusammen. »Ich half dir einmal, erinnerst du dich nicht?«

Bolitho senkte die Lider. Es zog ihm wie ein Alptraum durch den Kopf: seine damalige Verwundung, der Rückfall in das Fieber, das ihn fast umbrachte. Ihre bleiche Nacktheit, als sie die Kleider fallen gelassen und sich an seinen keuchenden, zitternden Körper gepreßt hatte, während sie unhörbare Worte flüsterte und ihn an ihre Brust nahm, um seine Qualen zu lindern.

»Ich werde es nie vergessen.«

Sie beobachtete ihn still. Ihre Blicke wanderten über seinen geneigten Kopf und seine baumelnde Haarsträhne, über seine ernsten, sonnenverbrannten Gesichtszüge und die Lider, die seine Augen verbargen, so daß er nicht den Schmerz und die Sehnsucht in ihrem Blick sehen konnte.

Nebenan erläuterte Major Sebright Adams von den Seesoldaten der *Hyperion* seine Erlebnisse vor Kopenhagen und die blutigen Folgen der Schlacht. Parris, der Erste Leutnant, hörte ihm auf einen Ellenbogen gestützt scheinbar zu, neigte sich aber über die junge Frau eines Hafenbeamten. Sein Arm drückte gegen ihre Schulter, doch sie machte keinen Versuch, ihn abzuschütteln. Auch die anderen Offiziere schienen sich augenblicklich frei von jeder Verantwortung zu fühlen.

Bolitho spürte mehr denn je seine plötzliche Isolierung. Es drängte ihn, Kate seine Gedanken und Ängste mitzuteilen, gleichzeitig verabscheute er seine Schwäche.

So sagte er nur: »Es war ein harter Kampf. Wir verloren viele gute Männer.«

»Und du, Richard? Konntest du wirklich noch mehr verlieren als das, was du schon aufgegeben hattest?«

Er erwiderte heftig: »Laß gut sein, Catherine, es ist vorbei!« Und schärfer: »Es muß vorbei sein!«

Eine Seitentür ging auf, und mehrere Lakaien schwärmten aus, aber diesmal ohne neue Speisen. Es wurde Zeit für die Damen, sich zurückzuziehen und die Herren bei Portwein und Brandy allein zu lassen. Bolitho dachte an Allday, der mit seiner Crew in der Barkasse auf ihn warten würde. Jeder Unteroffizier hätte dafür genügt, aber er kannte Allday. Dieser wäre jetzt in seinem Element gewesen. Bolitho wußte keinen, der imstande war, seinen Bootssteurer unter den Tisch zu trinken.

Somervells Stimme drang durch die angeheiterten Reihen, er hatte keine Schwierigkeiten, sich verständlich zu machen.

»Ich hörte, daß Sie Commander Price besucht haben, Sir Richard?«

Bolitho fühlte, daß die Frau an seiner Seite den Atem anhielt, als ob sie in der beiläufigen Frage eine Falle wittere. War ihre Schuld so offenbar?

Glassport murmelte: »Der ist nicht mehr lange Commander, möchte ich wetten.« Einige Gäste lachten unterdrückt.

Ein schwarzer Lakai betrat den Salon, streifte Somervell mit einem flüchtigen Blick, eilte zu Bolithos Stuhl und präsentierte ihm auf silbernem Tablett ein Kuvert. Bolitho nahm es und hoffte im stillen, daß ihn sein Auge jetzt nicht im Stich lassen möge.

Glassport hub wieder an zu lamentieren. »Meine einzige Fregatte, bei Gott! Ich möchte wirklich wissen . . .«

Somervell unterbrach ihn unsanft. »Was gibt es, Sir Richard? Betrifft es uns?«

Bolitho faltete das Papier zusammen und schaute den Schwarzen an. Dessen Gesicht zeigte Mitgefühl, als ob er Bescheid wüßte.

»Kommodore Glassport, das Schauspiel bleibt Ihnen erspart, einen tapferen Offizier in Schmach und Schande untergehen zu sehen.« Seine Worte waren klar und hart. Obwohl nur an einen Mann gerichtet, ergriffen sie die ganze Tafel, der es den Atem verschlug. »Commander Price ist tot, er hat sich erhängt.« Bolitho konnte sich nicht versagen hinzuzufügen: »Sind Sie nun zufrieden?«

Mit einem Ruck erhob sich Somervell. »Ich denke, dies ist

der richtige Augenblick für die Damen, sich zurückzuziehen.« Es war keine Geste der Höflichkeit, eher schon ein Befehl.

Bolitho sah Catherine an. In ihren Augen las er das Verlangen, sich mit ihm auszusprechen. Statt dessen sagte sie nur: »Wir sehen uns wieder.« Und als er sich aus einer schnellen Verbeugung aufrichtete: »Bald.«

Mit raschelnder Seide tauchte sie in den Schatten.

Bolitho setzte sich wieder. Man hatte ihm ein frisches Glas gebracht. Prices Tod war nicht seine Schuld, nicht einmal die des gedankenlosen Glassport. Was hätte er machen sollen?

Es konnte jedem von ihnen zustoßen. Insgeheim verglich er den jungen Adam mit dem armen Teufel Price, wie er allein vor dem grimmigen Kriegsgericht saß und die Spitze des Degens auf dem grünen Tisch gegen sich gerichtet sah.

Merkwürdig, daß die Nachricht vom Selbstmord Prices aus St. John's unmittelbar zur *Hyperion* gelangt war. Haven mußte sie gelesen und erwogen haben, bevor er sie ihm nachsandte. Wahrscheinlich durch einen Fähnrich, der sie wiederum einem Lakaien übergab. Es hätte Haven nicht geschadet, wenn er sie persönlich überbracht hätte.

Überrascht merkte Bolitho, daß die anderen bereits aufgestanden waren und ihm ihre Gläser entgegenhielten. Glassport rief heiser: »Auf unseren Vizeadmiral, Sir Richard Bolitho! Möge er uns neue Siege bringen!«

Selbst sein beträchtlicher Rausch vermochte nicht die Beschämung in seiner Stimme zu verbergen.

Bolitho stand ebenfalls auf und verbeugte sich dankend. Er bemerkte, daß die weißgekleidete Gestalt am anderen Ende der Tafel ihr Glas nicht anrührte, und fühlte sein Blut zornig aufwallen. Wie in dem Augenblick, da die Toppsegel des Feindes dessen Angriffsabsicht enthüllten, oder wie bei einem Duell im Morgengrauen. Dann dachte er an ihre Augen und an ihr letztes Wort: bald!

Er griff zum Glas. So sei es denn, dachte er.

Die sechs Tage nach Ankunft der *Hyperion* in English Harbour waren hektisch und arbeitsreich, zumindest für Bolitho.

Jeden Morgen, nachdem das Wachboot die Depeschen oder Briefe vom Land abgeliefert hatte, kletterte Bolitho in seine Barkasse und widmete sich mit einem verwirrten Leutnant an seiner Seite den Angelegenheiten der ihm unterstehenden Schiffe und Seeleute. Auf den ersten Blick war es keine beeindruckende Streitkraft. Selbst wenn man die drei kleinen Schiffe mit einbezog, die zur Zeit als Aufklärer unterwegs waren, schien die Flottille für die vorliegenden Aufgaben einfach ungeeignet. Bolitho wußte, daß die in seiner Stahlkassette eingeschlossenen und sehr allgemein gehaltenen Befehle Ihrer Lordschaften alle Risiken, alle Verantwortung seinem Urteil überließen.

Das Gros des Antigua-Geschwaders, aus sechs Linienschiffen bestehend, war Berichten zufolge weit im Nordwesten bei den Bahamas verstreut. Wahrscheinlich sondierten sie dort feindliche Streitkräfte oder demonstrierten Macht, um eventuelle Blockadebrecher abzuschrecken. Bolitho kannte ihren Admiral, Sir Peter Folliot, einen ruhigen, würdevollen Offizier, dem seine schlechte Gesundheit zu schaffen machte. Das waren nicht gerade die besten Voraussetzungen für einen Angriff gegen die Franzosen oder deren spanische Verbündete.

Am sechsten Morgen, während Bolitho über das kaum gekräuselte Wasser zum letzten der ihm unterstellten Schiffe gerudert wurde, überdachte er die Ergebnisse seiner Besichtigungen. Abgesehen von der *Obdurate,* einem älteren Vierundsiebziger, wegen Sturmschäden noch in der Werft, verfügte er über insgesamt fünf Briggs, eine Korvette und über *Thor,* ein Mörserschiff, das er sich bis zuletzt vorbehalten hatte. Er hätte sich jeden Kommandanten zum Flaggschiff bestellen können, wie man das von einem Admiral erwartete, und erst recht von einem mit seinem Ruf. Sie erfuhren aber bald, daß er es vorzog, sich selbst zu informieren, daß er den Kontakt mit den Menschen suchte, die er führen und anspornen sollte.

Er dachte an Somervell und dessen immer noch ausstehenden Gegenbesuch auf der *Hyperion*. Ließ er ihn absichtlich warten, um ihn an seinen Rang zu erinnern, oder stand er Bolithos Plänen gleichgültig gegenüber?

Die Riemen tauchten ein und aus. Die Augen der Ruderer mieden seinen Blick, wenn er sie ansah. Über den geschrubbten Duchten lag Alldays Schatten. So glitten sie an den verankerten Schiffen vorbei. Antigua war zwar britischer Besitz, doch gab es viele Händler und Küstenschiffer, die bereit waren, für ihre eigene freie Passage den Feind mit Informationen zu beliefern, ohne wirklich Spione zu sein.

Auf dem nahen Abhang, nur durch eine Brustwehr und eine schlaffe Flagge kenntlich, war eine Batterie schwerer Geschütze stationiert. Zur Verteidigung - gut und schön, aber man gewann Kriege, indem man angriff. Bolitho sah den Staub der Küstenstraße aufsteigen, als dort eine Kutsche fuhr, und dachte wieder an Catherine. Sie war ihm kaum aus dem Sinn gekommen, und er hatte hart arbeiten müssen, um seine Gefühle im Zaum zu halten.

Vielleicht hatte sie Somervell alles erzählt, was zwischen ihnen gewesen war? Oder er hatte es ihr entlockt? Letzteres verwarf er sofort. Dafür war Catherine zu stark. Er entsann sich ihres früheren Ehemannes, der zweimal so alt gewesen war wie sie, aber erstaunlichen Mut bewiesen hatte, als er Bolithos Leuten half, ein Handelsschiff gegen Korsaren zu verteidigen. Damals hatte Catherine ihn gehaßt. Ihre Gefühle füreinander waren aus jenem Haß gewachsen wie Stahl in der Esse einer Schmiede. Er wußte immer noch nicht genau, was ihnen damals zugestoßen war oder wohin ihre Liebe hätte führen können. So aber hatten sie nur einen kurzen Höhepunkt in London erlebt, nach ihrer zufälligen Begegnung vor der Admiralität, als Bolitho gerade zum Kommodore eines eigenen Geschwaders ernannt worden war.

Das war vor sieben Jahren und einem Monat. Catherine hatte es nicht vergessen. Es erregte ihn, daß sie es fertig gebracht hatte, sein Leben und seine Karriere zu verfolgen, ihrer Meinung nach zwei ganz verschiedene Dinge.

Allday flüsterte: »Sie sind am Fallreep angetreten, Sir Richard.«

Bolitho setzte den Hut auf. Vor ihnen lag die Bombarde, Seiner Britannischen Majestät Mörserschiff *Thor.* Verglichen mit einem Linienschiff oder einer Fregatte war es klein, aber ausgesprochen stabil und stark konstruiert zum Bombardieren von Küstenbefestigungen und dergleichen. Seine Bewaffnung bestand in der Hauptsache aus zwei schweren Dreizehn-Zoll-Mörsern. Das Schiff mußte kräftig gebaut sein, um dem Rückstoß der Mörser zu widerstehen, die fast senkrecht feuerten. Dazu zehn schwere Karronaden - kurzläufige, aber großkalibrige Geschütze - und einige kleinere Sechspfünder obendrein. *Thor* mußte ein langsamer Segler sein. Immerhin hatte sie drei Masten und eine handliche Takelage, die sich bei launischem Wind bewähren mochte.

Ein Schatten verdunkelte Bolithos Überlegungen. Hatte nicht Francis Inch das Kommando über eine Bombarde erhalten, nachdem er *Hyperion* verließ? Das war schon fast unheimlich. Allday beobachtete ihn und sagte leise: »Wie die alte *Hekla,* Sir Richard, erinnern Sie sich?«

Bolitho bejahte. Immer noch konnte er nicht glauben, daß Inch tot war - wie so viele andere.

»Oberdeck - stillgestanden!«

Pfeifen trillerten. Bolitho ergriff mit beiden Händen das Fallreep und schwang sich durch die Pforte.

Auf den von ihm bisher besuchten Schiffen schien man von seinem Anbordkommen überrascht zu sein, aber bis auf einen waren alle Kommandanten vor kurzem noch Leutnants gewesen. Beim Kommandanten der *Thor* dagegen war keinerlei Nervosität zu spüren, als Bolitho den Hut zog.

Commander Ludovic Imrie war ein schlanker, schmalschultriger Mann, weshalb seine einzelne Goldepaulette so aussah, als wolle sie jeden Augenblick abfallen. Aber er war über sechs Fuß groß. Wenn man die Stehhöhe in einigen Abteilungen seines Schiffes bedachte, nämlich vier Fuß und sechs Zoll, mußte er sich hier wie in einem Käfig vorkommen.

»Herzlich willkommen, Sir Richard.« Seine Stimme war auffallend tief, mit einem schottischen Zungenschlag, der Bolitho an seine Mutter denken ließ. Es wurden ihm zwei Leutnants und einige junge Offiziersanwärter vorgestellt. Eine kleine Besatzung. Er hatte sich schon ihre Namen gemerkt und ahnte, daß ihre Zurückhaltung jetzt von Neugier verdrängt wurde.

Imrie ließ die Ehrenwache wegtreten und geleitete Bolitho nach kurzem Zögern in seine kleine Heckkajüte. Als sie sich unter den massiven Decksbalken ducken mußten, entsann sich der Admiral seines ersten selbständigen Kommandos, einer Korvette, deren Erster Leutnant sich für den Raummangel entschuldigt hatte. Bolitho aber war fast außer sich vor Freude gewesen. Nach der engen Leutnantsunterkunft auf seinem bisherigen Linienschiff war ihm die Kajüte wie ein Palast vorgekommen.

Thor war sogar noch kleiner. Sie saßen einander gegenüber, während ein wettergegerbter Seemann Flasche und Gläser brachte. Welch ein Kontrast zu Somervells Tafel, dachte Bolitho.

Imrie sprach ungezwungen über sein Kommando, das er seit zwei Jahren innehatte. Er war sehr stolz auf *Thor,* und Bolitho spürte sofort seinen Protest, als er erwähnte, Bombarden hätten auf den verschiedenen Kriegsschauplätzen bisher wenig erreicht.

»Wenn man ihnen die Chance gibt ...« Er brach ab und zuckte mit den Achseln. »Ich bitte um Entschuldigung, Sir Richard, ich hätte es wissen müssen.«

Bolitho nippte an dem Wein. »Was wissen?«

»Wie ich hörte, prüfen Sie Ihre Kommandanten mit ein oder zwei Fangfragen«, erwiderte Imrie.

Bolitho lächelte. »Es klappt meistens.«

Er dachte an einige der anderen Kommandanten in Antigua, bei denen er so etwas wie Abneigung, wenn nicht sogar Feindschaft zu spüren bekommen hatte. Vielleicht wegen Price? Schließlich waren sie ihm verbunden gewesen, hatten eng mit ihm zusammengearbeitet. Vermutlich nahmen sie an, daß er sich umgebracht hatte, weil Bolitho es abgelehnt hatte, sich für ihn einzusetzen. Es gab ähnliche Fälle.

Imrie starrte durch das Oberlicht in den wolkenlosen Himmel. »Wenn ich dicht vor dem Ziel liege, Sir, kann ich ein solches Bombardement loslassen, daß der Feind glaubt, die Hölle wäre ausgebrochen. Die Spanier haben noch nie Mörser zu Gesicht bekommen . . .« Er stockte und fügte entschuldigend hinzu: »Ich meine, wenn wir wirklich gegen die Dons losschlagen würden.«

Imrie hatte seine eigenen Schlüsse gezogen. Warum sollte sich auch sonst ein Vizeadmiral die Mühe machen, ihn aufzusuchen? Prices kühner Vorstoß und katastrophales Ende, die Vorteile der flachgehenden *Thor* in den seichten Gewässern, wo die Fregatte *Consort* auf Grund gelaufen war – die Erklärung bot sich von alleine an.

»Das ist schon richtig, Commander Imrie«, sagte Bolitho. »Aber ich vertraue darauf, daß Sie Ihre Meinung für sich behalten.« Eigenartig, daß sich keiner der anderen, nicht einmal Haven, bisher gefragt hatte, warum sie eigentlich in Antigua waren.

Bolitho rieb sich wieder das linke Auge, zog seine Hand aber schnell zurück. »Ich habe alle Berichte gelesen und auch die Notizen, die mein Adjutant machte, als ich mit Commander Price sprach.«

Imrie hatte ein langes Gesicht mit spitzem Kinn und sah aus, als könne er ein energischer Gegner sein. Aber seine Züge lockerten sich, als er Bolitho zuhörte, vielleicht weil dieser das Andenken des Toten respektierte. Es gab dem einsamen Grab unterhalb der Ostbatterie ein wenig Würde.

»Die Zufahrten sind zu gut geschützt für das, was ich im Sinn habe«, fuhr Bolitho fort. »Geschickt plazierte Artillerie könnte ein langsames Schiff mit Leichtigkeit aufhalten, und mit glühenden Kugeln wäre die Wirkung noch katastrophaler.«

Imrie rieb sich das Kinn, seine Augen waren weit weg. Sie stimmten übrigens in der Farbe nicht überein. Das eine war dunkel-, das andere blaßblau. Er entgegnete: »Wir denken beide an denselben Küstenstrich, Sir Richard, aber natürlich können wir nicht ganz sicher sein, daß . . .«

Jenour hörte gebannt zu. Zwei Offiziere, jeder ein Veteran auf seinem Gebiet, diskutierten und lachten wie zwei Verschwörer über etwas, das er nicht begriff. Es war unglaublich.

Bolitho nickte. »Aber wenn . . .«

»Auch *Thor* käme nicht nahe genug heran, um ihre Mörser einzusetzen.« Imrie prüfte das Gesicht seines Gegenübers, als erwarte er Einwände oder ein Zeichen der Enttäuschung. »Zudem ist unser Tiefgang nicht sehr viel geringer als der von *Consort.*«

Ein Boot stieß dumpf an die Bordwand, und man hörte Allday jemanden anschnauzen. Kurz darauf erschien sein Kopf im Oberlicht. »Pardon, Sir Richard, eine Meldung von der *Hyperion:* Der Generalinspekteur kommt an Bord.«

Bolitho verbarg seine Aufregung. Hatte Somervell aus Neugier schließlich nachgegeben? Begriff er, daß es zwischen ihnen so etwas wie einen Wettbewerb gab?

Er stand auf und verzog das Gesicht, als sein Kopf an einen Decksbalken stieß. Imrie meinte: »Au verdammt, Sir Richard, ich hätte Sie warnen sollen.«

Er griff nach seinem Hut. »Das war nur eine Mahnung und weniger schmerzhaft als die Erinnerung.«

Oben hatte sich die Fallreepswache versammelt. Allday kletterte wütend in die wartende Barkasse hinunter und fauchte die Ruderer an: »Klar bei Riemen, verdammt noch mal!«

Bolitho faßte einen Entschluß. »Commander Imrie, sagen Sie Ihrem Ersten, er soll Sie vertreten. Ich möchte, daß Sie mich begleiten.«

Imrie blieb der Mund offen stehen. »Aber, Sir Richard . . .«

Bolithos Blick fiel auf den Ersten Leutnant der *Thor.* »Er brennt schon darauf, das Kommando zu übernehmen, wenn auch nur für einen Tag.«

Seine gute Laune erstaunte ihn selbst. Sie war wie ein Damm, der alle Sorgen zurückhielt.

Er beugte sich vor, als wolle er eine der kurzläufigen Karronaden näher betrachten. Das ließ ihm Zeit, sein Auge wieder zu massieren und jene Unschärfe zu vertreiben, die ihm das grelle Sonnenlicht verursachte.

Imrie flüsterte Jenour zu: »Das ist ein Mann, was? Ich würde mit ihm durch dick und dünn gehen.«

»Aye, Sir.«

Bis auf Allday und das Kajütpersonal sah Jenour mehr von Bolitho als jeder andere, und ihm war etwas aufgefallen. Jenours Onkel war Arzt in Southampton und hatte schon von dergleichen gesprochen. Jenour hatte beobachtet, daß Bolitho manchmal das Gleichgewicht verlor wie in jenem Augenblick, als die schöne Viscountess zulangte, um ihn zu stützen. Auch zuvor war das mehrmals passiert, doch wurde nie darüber gesprochen. Vielleicht irrte er sich auch.

Unterwegs grübelte Bolitho über seine Mission. Wenn er Fregatten gehabt hätte, wenigstens eine, hätte er das eine gewaltige Hindernis ausräumen können. Doch La Guaira, der Hafen auf dem spanischen Festland und das Tor zu Venezuelas Hauptstadt Caracas, galt als uneinnehmbar. Aber nur, weil es niemand bisher versucht hatte. Er merkte Imries Interesse und freute sich, die *Thor* besucht zu haben, ehe er das Wagnis mit Haven und den anderen erörterte.

Imrie würde zuversichtlich, aber nicht sorglos sein. Price hatte gedacht, daß er es schaffen könne, wenn auch aus anderen Gründen. Doch wäre sein Unternehmen erfolgreich verlaufen, hätte hinterher nicht einmal mehr ein Fischerkahn durch die Abwehr der Dons schlüpfen können.

Allday rief: »Wir müssen zur anderen Seite, Sir Richard.« Er schien gereizt, und Bolitho wußte, daß er über seinen kürzlich entdeckten und ebenso schnell wieder verlorenen Sohn nachdachte. Jenour erhob sich schwankend. »Die Wasserleichter gehen längsseit. Soll ich sie wegscheuchen?«

Bolitho rückte seinen Rock zurecht. »Setzen Sie sich wieder hin, junger Heißsporn. Wir haben Frischwasser nötig, und *Hyperion* hat schließlich zwei Seiten.«

Sie pullten um den Bug herum, der grimmige Blick der

Galionsfigur glitt über sie hinweg. Schon mancher mußte im Pulverdampf diese stechenden Augen gesehen und Furcht empfunden haben.

Haven war aufgeregt und besorgt. »Es tut mir leid wegen der Leichter, Sir Richard, aber ich hatte Sie noch nicht zurückerwartet.«

Bolitho überquerte das Deck mit gesenktem Blick. Er wollte sich an den Schatten in der Kajüte gewöhnen.

»Macht nichts.« Da Haven Imrie mit Mißtrauen betrachtete, fügte er hinzu: »Der Commander ist mein Gast.«

Unten hatten die Leichter festgemacht, ungeschlachte Fahrzeuge mit flachem Boden und offenen Rümpfen, in denen Reihen von Wasserbehältern standen. Eine ganze Menge war bereits mit Flaschenzügen hochgeholt und in der *Hyperion* verstaut worden. Parris, der Erste Leutnant, stützte sich mit einem Bein am Lukenrand ab und sah zu, wie der hakennasige Zahlmeister Sheargold jeden Behälter kontrollierte, bevor er übernommen wurde. Bolitho wollte sich gerade umdrehen, als ihm etwas auffiel.

»Dieser Leichter liegt noch auf ebenem Kiel, nicht schief, obwohl die Fässer jetzt alle auf einer Seite stehen.«

Haven beobachtete ihn vorsichtig. »Die sind eben so gebaut, Sir. Nichts kann sie umkippen.«

Bolitho richtete sich auf und wandte sich an Imrie. »Da haben wir es, Imrie: eine flachgehende Plattform für Ihre Mörser.«

Er ignorierte das allgemeine Erstaunen.

»Jetzt muß ich aber den Generalinspekteur begrüßen.«

Der Sehr Ehrenwerte Viscount Somervell räkelte sich, von den einfallenden Sonnenstrahlen beschienen, in einem ledergepolsterten Sessel und hörte aufmerksam zu. Diesmal war er in ein sehr helles Grün mit Brokatbesatz und Stickereien gekleidet, die jeden Prinzen beschämt hätten. Im grellen Licht wirkte er jünger, knapp Mitte der Dreißig.

Bolitho bemühte sich, nur an sein Vorhaben zu denken, aber trotzdem schien Catherine wie ein Schemen in der großen Kajüte zu schweben und Vergleiche zwischen den beiden Männern anzustellen.

Der Admiral trat zu den Heckfenstern und schaute auf einige Fischerboote hinaus. Die Reede war noch glatt und windstill, doch der Dunst trieb schon seewärts, und der Wimpel einer ankernden Brigg lüftete sich hin und wieder in einem schwachen Hauch.

»Commander Price hatte die Angewohnheit ...« sagte Bolitho und hielt inne, als erwarte er Somervells Einspruch oder beißende Kritik, »... hatte die Angewohnheit, jenen Küstenstrich zu erkunden, an dem er schließlich mit *Consort* scheiterte. Er machte sich sorgfältige Notizen von allem, was er sah, und durchsuchte oder zerstörte in der Folge etwa zwanzig feindliche Fahrzeuge. Wenn er Zeit gehabt hätte ...«

Das war Somervells Stichwort. »Die war für ihn abgelaufen.« Er beugte sich vor, ohne daß seine fahlen Augen im Sonnenschein blinzelten. »Und Sie haben wirklich diese geheime Angelegenheit mit einem ... äh ... mit Commander Imrie erörtert?« Er sprach den Namen so gleichgültig aus wie ein Gutsherr den eines Landarbeiters. »Das schafft ein zusätzliches Risiko.«

Bolitho erwiderte: »Imrie ist ein intelligenter Offizier und diskret dazu. In den vorangegangenen Gesprächen mit meinen anderen Kommandanten gewann ich den Eindruck, daß sie erwarteten, ich würde versuchen, die *Consort* – oder die *Intrépido,* wie sie jetzt heißt – zurückzuholen.«

Somervell preßte die Fingerspitzen zusammen. »Sie haben Ihre Sache gut gemacht, Sir Richard.«

Ungerührt sprach Bolitho weiter. »Nur Imrie ahnte sofort, daß ich etwas anderes im Sinn hatte. Er wußte, daß seine *Thor* für derartige Unternehmen zu schwer und zu langsam ist.«

»Es beruhigt mich, daß Sie ihm nicht mehr gesagt haben.«

Bolitho blickte auf die Seekarte und ärgerte sich, daß Somervell ihn so leicht provozieren konnte.

»Jedes Jahr gehen Geleitzüge vom spanischen Festland

ab, wobei jedes Schiff Riesensummen befördert. Die Kirche und die Armee haben den südamerikanischen Kontinent schon lange vergewaltigt und geplündert, und jetzt braucht der König von Spanien noch mehr Gold. Seine französischen Herren wollen ihren Anteil.«

Somervell stand auf und ging wie beiläufig zur Karte. Alles, was er unternahm, sah gelangweilt und träge aus, doch sein Ruf als Fechter strafte das Lügen.

»Als ich hier ankam, auf Befehl Seiner Majestät«, er betupfte sich den Mund mit einem seidenen Taschentuch, als wolle er ein Lächeln verbergen, »hielt ich das Kapern eines spanischen Schatzschiffes lediglich für einen Traum. Ich weiß, daß Nelson dabei viel Glück gehabt hat, besonders auf See, wo eine derartige Beute noch schwerer aufzuspüren ist.« Sein Finger fuhr an der Küstenlinie entlang. »La Guaira ist gut befestigt. Sie werden die *Consort* dorthin gebracht haben.«

»Mit Respekt, Mylord, das bezweifle ich. La Guaira ist wohl das Tor zur Hauptstadt Caracas, aber nicht geeignet, ein Kriegsschiff neu herzurichten. Wahrscheinlich wird die Fregatte nach der Grundberührung Schäden davongetragen haben.« Ehe Somervell sich äußern konnte, berührte Bolitho die Karte. »Hier, Mylord: Puerto Cabello, siebzig Meilen westlich, wäre ein viel geeigneterer Ort.«

»Hm.« Somervell sah näher hin, und Bolitho entdeckte eine blaue Narbe unterhalb seines Ohrs. Das war haarscharf daneben gegangen, dachte er düster.

Der Viscount meinte: »Es liegt ziemlich nahe an Ihrem vorgesehenen Operationsgebiet. Ich bin noch nicht überzeugt.« Er ging langsam durch die Kajüte. »Price sah Schiffe vor Anker liegen, und nach meinen Informationen laufen die Schatzschiffe La Guaira an. Der Ort wird von mindestens drei Forts verteidigt und, wie *Consort* zu ihrem Schaden entdeckte, obendrein wahrscheinlich von beweglicher Feldartillerie.« Er schüttelte den Kopf. »Mir gefällt das nicht. Wenn wir die Fregatte noch hätten, könnte es – und ich betone *könnte* es – anders aussehen. Würden Sie nun angreifen und von den Dons zurückgeschlagen, hätten wir den Vorteil der Überraschung vertan. Der König von Spanien verliert lieber eine ganze Flotte als sein Gold. Nein, ich bin noch nicht überzeugt.«

Bolitho blieb eigenartig ruhig und zuversichtlich. In seiner Vorstellung gewann der verschwommene Plan plötzlich Substanz wie eine Küste im Morgendunst. Der Krieg auf See war immer ein Risiko. Er verlangte mehr als Geschick und Mut, es brauchte dazu, was sein Freund Thomas Herrick als die Hand Fortunas umschrieben hätte. Aber war er nach allem noch sein Freund?

»Ich bin bereit, es darauf ankommen zu lassen, Mylord.«

Somervell fuhr herum. »Ich aber nicht. Hier steht mehr als Ihr Ruhm auf dem Spiel – es geht um einen hohen Einsatz.«

»Daran habe ich nie gezweifelt, Mylord.«

Sie sahen einander an, als suchten sie ihre Absichten zu erraten.

Somervell sagte unvermittelt: »Als ich an diesen verdammten Ort kam, bildete ich mir ein, man würde mir einen erfahrenen und tapferen Kapitän schicken, um eine Schatzgaleone aufzuspüren und zu kapern.« Es hörte sich an, als spucke er die Worte aus. »Dann wurde mir mitgeteilt, daß möglicherweise ein Geschwader kommen und die Fluchtwege der Spanier zu den Kanaren und ihren Heimathäfen blockieren würde.« Er wedelte mit der Hand, wie um sich zu verbeugen. »Statt dessen schickte man Sie, einen Admiral, sozusagen als Vorläufer, um der Sache mehr Gewicht zu verleihen. Aber wenn wir nun verlieren, wird der Sieg des Feindes um so größer aussehen. Was sagen Sie dazu?«

Bolitho zuckte die Achseln. »Ich denke, wir können gewinnen.« Die Erkenntnis überfiel ihn wie ein Schrei in der Nacht: Somervell brauchte den Erfolg mehr als jeder andere. Vielleicht weil er bei Hofe in Ungnade gefallen war, oder weil er sich anderweitig in Schwierigkeiten befand, die nur ein hoher Anteil an Prisengeld bereinigen würde.

Er sagte sachlich: »Mylord, wir haben keine Zeit zu verlieren. Wenn wir so lange warten, bis Verstärkung aus England eintrifft – und ich weise darauf hin, daß es nur drei Linienschiffe sein werden –, dann ist hier alle Welt hinter uns her. Gewiß, ein Sieg hilft unseren Finanzen, aber vor allem wird er das französisch-spanische Bündnis ernsthaft schädigen.«

Somervell setzte sich wieder und strich sorgfältig seinen Rock glatt, um Zeit zum Nachdenken zu gewinnen. Schließlich meinte er gereizt: »Das Geheimnis wird ohnehin bald bekannt sein.«

Bolitho sah ihn die Lippen spitzen und wollte nicht daran denken, daß diese Catherines Hals berührten, ihre Brüste.

Dann lächelte Somervell, als lenke er ein. »Gut, ich stimme zu. Es soll so ablaufen, wie Sie planen. Ich bin ermächtigt, Ihnen jede Unterstützung zu gewähren.« Sein Lächeln verschwand abrupt. »Aber ich kann Ihnen nicht helfen, wenn ...«

Bolitho nickte zufrieden. »Gewiß, Mylord, das Wort ›wenn‹ kann für einen Marineoffizier alles bedeuten.«

Er vernahm, daß jemand ein Boot anrief, und vermutete, daß Somervell seinen Abgang wie seine Ankunft auf die Minute genau arrangiert hatte.

»Ich werde sofort Kapitän Haven informieren.«

Somervell hörte nur noch halb hin, meinte aber: »So vage wie möglich. Wenn zwei ein Geheimnis teilen, ist es kein Geheimnis mehr.«

Die Tür ging auf und Ozzard trat ein, Somervells Hut mit größter Sorgfalt balancierend.

Somervell bemerkte noch: »Es freut mich, daß wir uns kennengelernt haben. Aber ich kann mir um nichts in der Welt vorstellen, warum Sie darauf bestanden, diese Aufgabe selbst zu übernehmen.« Er verbeugte sich spöttisch. »War es etwa Todessehnsucht? Denn noch mehr Ruhm haben Sie bestimmt nicht nötig.«

Damit drehte er sich auf dem Absatz um und verließ die Kajüte.

Über die strammstehenden Seesoldaten an der Relingpforte sah er hinweg, desgleichen über Imries schlaksige

Gestalt an der Pooptreppe. »Ich könnte mir denken, daß Lady Belinda diesen Drang zu weiteren Siegen, so bald nach dem letzten, ausgesprochen mißbilligt.«

Mit einem schiefen Lächeln ging er von Bord.

Bolitho blickte der hübschen, von der *Hyperion* fortrudernden Barkasse nach. Was hatten sie besprochen und, mehr noch, was war ungesagt geblieben? Was hatte sich beispielsweise Somervell bei seinem Hinweis auf Belinda, seine Frau, gedacht? Wollte er ihn nur reizen, oder konnte er sich nicht zurückhalten, da keiner von beiden auch nur einmal Catherine erwähnt hatte?

Haven näherte sich und tippte an seinen Hut. »Irgendwelche Befehle, Sir Richard?«

Bolitho zog seine Uhr und ließ den Deckel aufspringen. Es war genau Mittag. Ihre Augen trafen sich, und Bolitho fühlte fast körperlich des anderen Zurückhaltung, ja Vorsicht. Er zögerte. »Alle Kommandanten sollen sich im Anschluß an die Nachmittagswache zur Besprechung bei mir melden. Führen Sie sie in meine Kajüte.«

Haven schluckte. »Der Rest unseres Geschwaders ist aber noch auf See, Sir.«

Bolitho sah sich um. Die Ehrenwache war schon weggetreten, nur der Unteroffizier vom Dienst war noch in der Nähe. Er sagte: »Ich habe die Absicht, innerhalb der Woche und sobald genügend Wind unsere Segel füllt, ankerauf zu gehen. Wir segeln nach Südwesten zum Festland und beziehen vor La Guaira Station.«

Havens rötliche, sonnengebräunte Wangen, die zu seiner Haarfarbe paßten, schienen zu erbleichen. »Das sind sechshundert Seemeilen, Sir! Mit diesem Schiff, ohne Unterstützung? Ich weiß nicht, ob . . .«

Bolitho fixierte ihn scharf. »Haben Sie keinen Mumm oder möchten Sie eine vorzeitige Verabschiedung?« Doch er zügelte sich, weil Haven nicht zurückschlagen konnte, und setzte ruhiger hinzu: »Ich brauche Sie, und auch dieses Schiff braucht Sie. Das ist alles.«

Beim Fortgehen bemerkte er Imrie. »Kommen Sie mit, ich möchte Sie Ihrer Ideen berauben.«

Als ein Sonnenstrahl durch die Besanwanten auf ihn fiel, zuckte er zurück. Für Sekunden war sein linkes Auge völlig blind, und er mußte sich zusammennehmen, um nicht vor Schmerz aufzuschreien.

Von Todessehnsucht hatte Somervell gesprochen. Bolitho ertastete sich den Weg ins Achterschiff, wobei ihn Bitterkeit überfiel. Zu viele hatten schon seinetwegen sterben müssen, und auch seine Freunde erlitten durch den Umgang mit ihm nur Schaden.

Imrie duckte sich unnötigerweise und begleitete ihn in das Dunkel des Achterdecks. »Ich habe nachgedacht, Sir Richard, und ein paar Einfälle . . .«

Seine einfachen Worte waren eine Art Rettungsleine für den Admiral.

Bolitho entgegnete: »Dann wollen wir unseren Durst löschen, während ich zuhöre.«

Als sie verschwunden waren, rief Haven nach dem Signalfähnrich und erklärte dem Jungen Art und Zeit der Übermittlung, wodurch die anderen Kommandanten an Bord gerufen werden sollten. Danach wandte er sich dem erst jetzt herbeieilenden Ersten Leutnant zu. Bevor dieser den Mund aufmachen konnte, fuhr ihn Haven an: »Muß ich auch noch Ihre Aufgaben übernehmen, verdammt noch mal?« Noch im Weggehen schimpfte er: »Bei Gott, wenn Sie sich nicht bessern, lasse ich Sie an Land setzen, für immer!«

Parris starrte ihm nach, nur seine geballten Fäuste verrieten seinen Groll. »Gott verdamme dich!«

Er sah, daß der Fähnrich große Augen machte. Hatte er sich etwa laut ausgelassen? Er grinste müde. »Der Seemann hat ein feines Leben, Mr. Mirrielees, vorausgesetzt, er hält sein Maul!«

Um acht Glasen nachmittags, also um vier Uhr, wurde das Signal an der Rah vorgeheißt. Es fing an.

IV Sturmwarnung

Bolitho stand im leeren Bootsschuppen und gewöhnte seine Augen an die Formen und Schatten. Es war ein großes, baufälliges Gebäude, von einigen wenigen Lampen schwach erleuchtet. Um die Feuersgefahr zu verringern, hingen die Laternen an langen Ketten und pendelten jetzt leise, was den Eindruck erweckte, als bewege sich der Schuppen wie ein Schiff.

An diesem Abend war die Dunkelheit lebendig und voller Geräusche: dem Rascheln und Klatschen der Palmwedel, dem unruhigen Plätschern des Wassers unter der groben Aufschleppe, wo man den Leichter für seine Reise in den Süden hergerichtet hatte. Der Bootsschuppen war ein wimmelnder Bienenkorb gewesen, in dem Schiffbauer und Seeleute gegen die Zeit arbeiteten, um zusätzliche Bilgepumpen einzubauen und Scharniere entlang der Verschanzung einzusetzen, damit man diese bei Bedarf niederlegen konnte.

Bolitho fühlte losen Sand vom Strand in seinen Schuhen, während er zum hundersten Mal seine Pläne durchdachte. Jenour hatte ihm Gesellschaft geleistet, aber sein Verlangen nach Alleinsein respektiert.

Bolitho lauschte dem Plätschern des Wassers, dem sanften Stöhnen des Windes über dem vom Wetter zerrissenen Dach. Sie hatten um Wind gebetet, aber nun konnte er zunehmen und sich gegen sie kehren. Wenn der Leichter vollschlagen sollte, bevor er sein Ziel erreichte, mußte er sich zu einer Planänderung entschließen. Entweder würde er dann *Thor* ohne Unterstützung an die Küste schicken oder den Angriff abbrechen müssen. Er dachte an den Zweifel in Somervells Augen. Nein, er würde nicht umkehren, es war sinnlos, andere Möglichkeiten zu erwägen.

Er sah sich im dräuenden Schatten des Schuppens um: Skelette alter Boote, Spanten von neuen, der Geruch nach Farbe, Teer und Tauwerk. Eigenartig, daß er nach so vielen Jahren auf See seine anregende Wirkung auf ihn immer noch nicht verfehlte.

Bolitho entsann sich der Schuppen in Falmouth, wo er und sein Bruder und manchmal auch seine Schwestern alle Winkel erforscht hatten und sich wie Piraten und Prinzessinnen vorgekommen waren. Er fühlte einen Stich im Herzen, als er an seine Tochter Elizabeth dachte, wie sie, unbeholfen auf den Arm genommen, an seinen Epauletten und blanken Knöpfen gezupft hatte.

Doch statt ihn und Belinda wieder zu vereinen, war das Gegenteil geschehen. Eine ihrer Auseinandersetzungen hatte sich um Belindas Absicht gedreht, eine Gouvernante und ein passendes Kindermädchen für ihre Tochter zu engagieren. Dies und ihr Vorschlag, nach London zu ziehen, hatten den Streit entzündet. Sie hatte ihm erklärt: »Nur weil du selbst in Falmouth mit den Dorfkindern aufgewachsen bist, kannst du nicht von mir verlangen, daß ich Elizabeth die Möglichkeit vorenthalte, sich im Leben zu verbessern und von deinen Leistungen zu profitieren.«

Es war eine schwierige Geburt gewesen, während Bolithos Abwesenheit auf See. Die Ärzte hatten Belinda vor einem zweiten Kind gewarnt, und als Folge davon war eine Entfremdung zwischen den Eheleuten eingetreten, die Bolitho nicht verstand und als ungerecht empfand. Ein andermal hatte Belinda spitz geäußert: »Ich habe dir von Anfang an erklärt, ich bin nicht Cheney. Hätte ich ihr nicht so ähnlich gesehen, wären wir jetzt wohl kaum verheiratet.«

Bolitho hatte versucht, die Barriere zwischen ihnen niederzureißen, Belinda an sich zu ziehen und ihre Angst zu beschwichtigen. Er wollte ihr von seiner Augenverletzung erzählen und von dem, was sie bedeuten konnte. Statt dessen hatten sie sich in London getroffen, und es war zu unerklärlichen, bitteren Feindseligkeiten zwischen ihnen gekommen, die beide später bedauerten.

Bolitho tippte an seine blanken Knöpfe und dachte wieder an das Kind. Es war jetzt sechzehn Monate alt. Verzweifelt fragte er sich, ob Elizabeth nie in Falmouth spielen, im Sand tollen und schmutzig nach Hause kommen würde, um gescholten und geliebt zu werden.

Jenour hörte ihn seufzen, zog aber die falschen Schlüsse daraus. »*Thor* müßte schon ziemlich weit weg sein, Sir Richard«, meinte er aufmunternd.

Bolitho nickte. Das Mörserschiff war in der vergangenen Nacht heimlich ausgelaufen, aber Gott allein wußte, ob nicht Spione längst Einzelheiten über den beabsichtigten Einsatz weitergemeldet hatten. Zur Täuschung hatte man Gerüchte in Umlauf gesetzt, wonach *Thor* den Leichter nach St. Christopher schleppen sollte. Sogar Glassport war genötigt worden, seinen Widerstand aufzugeben, und hatte eine Decksladung mit dem deutlich sichtbaren Namen dieses Bestimmungshafens besorgt.

Wie auch immer, jetzt war es zu spät für Alternativen. Vielleicht war es dafür schon zu spät gewesen, als er darauf bestanden hatte, seinem neuen Geschwader vorauszusegeln und mit des spanischen Königs Gold auf seine Weise umzugehen. Todessehnsucht? Somervells Wort steckte in seinem Kopf wie ein Widerhaken.

Er sagte: »Imrie wird sich zweifellos freuen, wieder auf See zu sein.«

Jenour musterte besorgt die aufrechte Gestalt, die den Hut abgelegt und die Halsbinde gelockert hatte. Bolitho merkte es nicht, er dachte an seine anderen Kommandanten. Haven hatte in einem Punkt recht behalten: Die drei patrouillierenden Fahrzeuge seiner kleinen Streitmacht waren noch nicht nach English Harbour zurückgekehrt. Entweder hatten Glassports Schoner sie nicht zu finden vermocht, oder es hatte jeder für sich beschlossen, die Zeit anderswo totzuschlagen. Er stellte sich die Gesichter vor, als die Kommandanten in der großen Kajüte versammelt waren. Thynne von der *Obdurate,* die noch ihre Sturmschäden reparierte, war der einzige etatmäßige Kommandant unter ihnen. Bolitho behandelten sie mit einer höflichen Wachsamkeit. Sie alle hatten den toten Price gekannt, und vielleicht sahen sie in Bolithos Strategie einen Diebstahl seiner Ideen.

Diese Befürchtung hatte er Jenour gegenüber geäußert, nicht etwa, weil der junge Flaggleutnant schon über genug

Erfahrung und Klugheit als Kritiker verfügte, sondern weil er sie mit einem teilen wollte, dem er vertrauen konnte.

Aber Jenour hielt das bezeichnenderweise für ausgeschlossen und hatte beharrlich erklärt: »Sie kennen Ihre bisherigen Leistungen, Sir Richard, das genügt jedem.« Jenour war ein angenehmer, eifriger junger Mann, der ihn an niemanden erinnerte. Vielleicht hatte er ihn sich deshalb ausgesucht. Deshalb und wegen seiner verblüffenden Kenntnisse über Bolithos bisherige Unternehmen, seine Schiffe und Gefechte.

Die drei Briggs *Upholder, Tetrarch* und *Vesta* sollten morgen die Anker lichten und mit dem Flaggschiff auslaufen. Blieb nur zu hoffen, daß sie nicht auf feindliche Fregatten stießen, bevor sie das Festland erreichten. Alle drei zusammen trugen sie nur zweiundvierzig Kanonen. Wenn doch wenigstens ihre einzige Korvette auf sein Rückrufsignal reagiert hätte! Denn die *Phaedra* sah wie eine kleine Fregatte aus, und in den richtigen Händen konnte sie auch als eine solche kämpfen. Oder maß er sie schon wieder an seiner ersten Korvette und dem damit verbundenen Glück?

Bolitho schritt langsam zum Ende der Aufschleppe, dorthin, wo sie in die unruhigen Wellen tauchte. Das Wasser war dunkel wie Ebenholz, betupft mit gelegentlichen Reflexen der Ankerlaternen oder, wie im Fall der *Hyperion,* von den Spiegelbildern der erleuchteten offenen Stückpforten. Er fühlte die warme Brise an seinen Wangen und versuchte sich die Seekarte mit allen Unwägbarkeiten vorzustellen, die ihnen auf jeder der sechshundert Seemeilen zustoßen konnten.

Er wollte sich nicht aufregen, wenn er an Haven dachte. Haven war kein Feigling, aber von anderen, tieferen Sorgen besessen. Was er auch von seiner Kommandierung auf einen Veteranen wie *Hyperion* hielt, Bolitho sah es anders. Das Schiff mochte alt sein, gewiß, aber es war noch immer ein weit besserer Segler als die meisten seiner Sorte. Ungewöhnlich, daß ein Flaggkapitän sich zum Gegner seines Admirals machte, ob er ihn nun haßte oder nicht. Die Karriereleiter war schwer genug zu erklettern, ohne daß man sich noch selbst Hindernisse in den Weg legte. Doch Haven wies jeden persönlichen Kontakt zurück, und als auf der Überfahrt von England traditionsgemäß seine Gegenwart an der Tafel nötig war, wo Bolitho einige jüngere Offiziere bewirtete, hatte er sich abseits gehalten. Bolitho dachte an das Bildnis von Havens hübscher Frau. War sie die Ursache seiner Probleme? Das allerdings hätte er gut verstehen können.

Der Schatten eines Fischerboots glitt an der ihnen am nächsten liegenden Brigg vorüber. Brachte es dem Feind eine Nachricht? Falls die Dons herausbekamen, was er beabsichtigte, konnte der Admiral in Havanna wenige Stunden nach Erhalt der Nachricht ein ganzes Geschwader in See haben.

Es wurde Zeit, zur Anlegebrücke zu gehen, wo die Barkasse wartete, aber Bolitho zögerte noch. Es war so friedlich hier, ein Aufschub vor der Gefahr und dem Ruf der Pflicht.

Der Fischer war verschwunden, ohne zu ahnen, welche Gedankengänge er ausgelöst hatte. Bolitho starrte auf die leuchtenden Reihen offener Stückpforten der *Hyperion*. Das sah aus, als ob sie innerlich brannte. In ihrem rundlichen Rumpf drängten sich sechshundert Seelen – alle ihm überantwortet. Sie verlangten nicht viel, aber oft wurden ihnen selbst noch die einfachsten Bequemlichkeiten vorenthalten. Er konnte sich die anonymen Seesoldaten in ihrer Sektion des Decks vorstellen, wo sie wohnten und auch ihre Ausrüstung reinigten und putzten. Er sah andere Quartiere vor sich, wo die Seeleute zwischen Kanonen ihre Freiwachen verbrachten, an traditionellen Kleinigkeiten bastelten oder winzige Schiffsmodelle aus Knochen und Muscheln schnitzten. Wie konnten ihre von schwerer Arbeit groben Hände solch feine Arbeiten hervorbringen? Dann die Fähnriche der *Hyperion*, acht an der Zahl, die den Lehrstoff für ihr Leutnantsexamen studierten, manchmal bei schwächster Beleuchtung, einem Docht in einer alten Kartusche.

Die Offiziere hatten sich noch nicht hervorgetan, aber mit

der Zeit würden sie zeigen, was sie konnten oder was nicht. Bolitho schlug mit seinem Hut nach einem durch die Dunkelheit summenden Insekt. Führerschaft, darauf kam es an. Alles beruhte auf guter Führerschaft.

Als er sich wieder dem Bootsschuppen zuwandte, hörte er Jenours Schritte davoneilen. Eine Kutsche rollte heran, ein Pferd stampfte unruhig, und die Stimme eines Mannes suchte es zu besänftigen.

Jenour kam zurück und wisperte: »Eine Dame, Sir Richard.«

Bolithos Herz erriet ihren Namen. Er fragte sich keinen Moment, wer da zu dieser späten Stunde kommen mochte. Vielleicht hatte er sie unbewußt erwartet, in der Hoffnung, daß sie ihn schon finden würde. Und trotzdem fühlte er sich unvorbereitet.

Sie begegneten einander unter dem aufgepallten Rumpf eines alten Bootes. Catherine war von Kopf bis Fuß in einen Umhang gehüllt, dessen Kapuze lose über ihrem Haar hing. Hinter ihr sah man die Kutsche warten, den Mann neben dem Pferd stehen, beleuchtet von zwei kleinen Laternen, die ihren gelben Schein auf die Straße warfen. Jenour wollte sich zurückziehen, aber sie winkte seine Entschuldigung beiseite. »Lassen Sie nur, ich habe ja auch meine Zofe bei mir.«

Bolitho trat näher, doch sie kam ihm nicht entgegen. Der Umhang verbarg sie völlig, lediglich das Oval ihres Gesichts und eine goldene Halskette waren erkennbar.

Sie sagte: »Du verläßt uns bald.« Das klang wie eine Feststellung. »Ich kam, um dir Glück zu wünschen, was auch immer . . .« Die Stimme versagte ihr. Bolitho streckte die Hand aus, doch sie protestierte schnell: »Nein, das wäre unfair.« Nach einer Pause fragte sie ohne Gemütsbewegung: »Du hast meinen Mann getroffen?«

Bolitho versuchte, ihr in die Augen zu sehen, aber auch diese lagen im tiefen Schatten. »Ja. Aber ich möchte lieber von dir reden und erfahren, wie es dir ergangen ist.«

Sie hob das Kinn und drehte sich halb um. »Seit dem

Empfang? Mein Mann spricht viel von dir. Du hast ihn beeindruckt, und er bewundert andere nicht oft. Die Tatsache, daß du den neuen Namen der *Consort* kanntest . . .«

Bolitho beharrte: »Wir wollen über dich reden, Kate.«

Sie erschauerte und entgegnete leise: »Ich habe dich einmal gebeten, mich nicht Kate zu nennen.«

»Ich weiß. Ich habe nichts vergessen.« Er zuckte die Achseln und merkte, daß er etwas falsch machte.

»Ich auch nicht. Ich habe alles über dich gelesen, was ich nur bekommen konnte, weil ich fürchtete, mit der Zeit meine Erinnerungen an dich zu verlieren. Ich war verletzt, habe deinetwegen gelitten.«

»Das ahnte ich nicht.«

Sie hörte nicht hin. »Hast du angenommen, dein Leben bedeute mir so wenig, daß ich es jahrelang verfolgen könnte, ohne zu leiden? Sieben Jahre, an denen ich nicht teilhaben durfte – hast du gedacht, ich liebte dich nicht?«

»Ich war der Meinung, du hättest dich von mir abgewendet.«

»Vielleicht tat ich das auch, eine Zeitlang. Und doch wünschte ich mir mehr als alles andere, daß du Erfolg haben würdest, daß man erkennen würde, wer du wirklich bist. Oder hättest du es lieber gesehen, die Leute hätten im Vorbeigehen höhnisch über mich gelächelt wie über Nelsons Hure? Wie hättest du *diesen* Sturm abgewettert, sag?«

Bolitho hörte Jenour davongehen, doch es war ihm egal.

»Bitte gib mir Gelegenheit, zu erklären . . .«

Sie schüttelte den Kopf. »Du bist mit einer anderen verheiratet und hast ein Kind, da gibt es nichts zu erklären.«

Bolitho ließ die Arme sinken. »Und was ist mit dir? Du hast ebenfalls geheiratet.«

»Ihn?« antwortete sie gedehnt. »Lacey brauchte mich, ich konnte ihm helfen. Und ich brauchte Sicherheit, wie schon gesagt.«

Sie betrachteten einander schweigend. Dann bat sie: »Sei vorsichtig, auf was du dich einläßt. Ich werde dich wahrscheinlich nicht wiedersehen.«

Bolitho erwiderte: »Ich segle morgen, aber das weißt du wahrscheinlich schon.«

Zum erstenmal hob sie die Stimme. »Sprich mit mir nicht in diesem Ton! Ich bin gekommen, weil ich noch immer an unsere Liebe glaube. Nicht aus Trauer oder Mitleid. Wenn du denkst . . .«

Durch den Umhang packte er ihren Arm. »Geh nicht im Zorn, Kate.« Er erwartete, daß sie sich losreißen und zur Kutsche eilen würde. Aber etwas in seiner Stimme zwang sie zu bleiben.

Er setzte von neuem an. »Den Gedanken, daß ich dich niemals wiedersehen sollte, könnte ich nicht ertragen.«

»Es war dein Entschluß«, flüsterte sie.

»Nicht ganz.«

»Würdest du deiner Frau erzählen, daß du mich gesehen hast? Wie ich höre, ist sie eine Schönheit. Könntest du ihr das antun?« Sie trat ein wenig zurück. »Dein Schweigen ist auch eine Antwort.«

Bolitho sagte bitter: »Das stimmt nicht.«

Sie wandte sich zum Gehen. Dabei glitt die Haube von ihrem Kopf, und der Schein der Lampen fiel auf die Ohrringe, die er ihr einst geschenkt hatte.

Als er sie wieder festhalten wollte, wich sie zurück und bedeckte ihr Gesicht. »Morgen werde ich dir nachsehen, wenn sich dein Schiff entfernt. Wie die Dinge liegen, wird mein Herz mit dir segeln, Richard. Aber jetzt geh!«

Dann lief sie mit schwingendem Umhang davon, bis sie die Kutsche erreichte.

Jemand räusperte sich, es war Jenour. »Tut mir wirklich leid, Sir Richard . . .«

Bolitho schnitt ihm das Wort ab. »Es ist Zeit, daß Sie erwachsen werden, Mr. Jenour.«

Jenour eilte hinter ihm her, den Kopf noch voll von dem, was er unfreiwillig gehört und gesehen hatte.

Auf der Pier blickte Bolitho noch einmal zurück. Die Lampen ihrer Kutsche hatten sich nicht bewegt. Sie sah ihm noch in der Dunkelheit nach.

Er hörte, daß sich die Barkasse näherte, und fühlte sich plötzlich erleichtert. Die See forderte ihn wieder für sich.

Am Mittag des dritten Tages auf See schritt Bolitho an Deck in Luv auf und ab. Es war ein Tag wie jeder andere, als ob nichts, nicht einmal die Wache, gewechselt hätte. Er beschattete seine Augen, um nach dem Wimpel an der Mastspitze zu schauen. Der Wind war stetig wie zuvor und schob eine lange, gleichmäßige Dünung vor sich her. Er hörte den Rudergänger: »Recht so, wie sie geht, Sir, Südwest zu West!« rufen und wußte, daß es mehr zu seiner Information gedacht war als für den Wachoffizier.

In der langen Dünung lüftete *Hyperion* wiegend ihr Heck und ließ die Bugwelle an ihrer Bordwand entlangrauschen. Hoch oben arbeiteten die Toppgasten mit gebräunten Oberkörpern, die sich vom Sonnenbrand häuteten. Die Arbeit hörte nie auf: spleißen, neue Leinen einscheren, Tauwerk teeren oder die Boote mit Wasser füllen, damit sich ihre Nähte in der Tropensonne nicht öffneten.

Bolitho merkte, daß der Wachoffizier ihn anstarrte, und suchte sich an alles über ihn zu erinnern. Vernon Quayle war Vierter Leutnant der *Hyperion,* und wenn man ihn nicht kontrollierte oder im Kampf nicht tötete, würde er sich, einmal fest im Sattel, zu einem Tyrann entwickeln. Er kam aus einer Marinefamilie, sah gut, aber übellaunig aus, war zweiundzwanzig und von vorschneller Wesensart. Seit sie England verlassen hatten, waren bereits drei Mann seiner Division ausgepeitscht worden. Haven sollte da wirklich ein Machtwort sprechen. Vielleicht hatte er es schon getan? Aber der Kommandant und sein dafür zuständiger Erster schienen nur selten miteinander zu sprechen.

Bolitho stellte sich an die Querreling des Achterdecks und blickte in die Kuhl, sozusagen den Marktplatz jedes Kriegsschiffes. Der Segelmacher und seine Gehilfen rollten unten geflickte Tuchbahnen ein und legten Handschuh und Nadeln fort. Aus dem Kombüsenschornstein kam der widerliche Geruch gekochten Schweinefleisches. Wie man so was in dieser Hitze essen konnte, war Bolitho schleierhaft. Er schmeckte noch Ozzards starken Kaffee auf der Zunge. Seit dem Verlassen von English Harbour hatte er kaum etwas zu sich genommen. Aus Sorge, Überlastung oder wegen seiner Schuldgefühle Catherine gegenüber?

Leutnant Quayle salutierte. »*Upholder* ist auf Station, Sir Richard, der Ausguck meldet sie uns alle halbe Stunde.« Es hörte sich an, als wolle er hinzufügen: »Wenn nicht, geht's ihm schlecht.«

Upholder steckte recht voraus schon mit dem Rumpf unterm Horizont, sie mußte als erste *Thor* am Treffpunkt sichten. Bolitho hatte die Brigg wegen ihres jungen Kommandanten als Vorhut losgeschickt. William Trotter war ein aufmerksamer Mann aus Devon, der ihn bei ihren wenigen Begegnungen durchaus beeindruckt hatte. Er brauchte sowohl Kommandanten mit Köpfchen als auch gute Ausguckleute, wenn vom ersten Insichtkommen so viel abhing.

Tetrarch stand etwas luvwärts, bereit vorzustoßen und einzugreifen, wenn nötig, und die dritte Brigg, *Vesta,* segelte weit hinten. Sie sollte sicherstellen, daß ihnen kein wißbegieriger Fremder folgte. Bisher hatten sie nichts gesehen. Es war, als ob irgendeine Warnung die See leergefegt hätte. Morgen würden sie dem Festland nahe genug sein, um es vom Masttopp aus zu sichten.

Bolitho hatte mit dem Segelmeister der *Hyperion* gesprochen, mit Isaac Penhaligon. Haven konnte sich glücklich schätzen, einen solch erfahrenen Mann an Bord zu haben. Penhaligon kam aus Cornwall, man hatte ihn im zarten Alter von sieben Jahren als Schiffsjungen abgeschoben, und er war seitdem selten an Land gewesen. Jetzt war er um die Sechzig, mit einem lederfarbenen, faltigen Gesicht und blitzenden Augen, die einem Jüngeren zu gehören schienen. Er war auf einem Postschiff gefahren, hatte auf Ostindienfahrern gedient und schließlich, wie er es ausdrückte, als Steuermann des Königs Rock angezogen. Sein Wissen über die Eigenarten aller sieben Meere war schwer zu übertreffen. Obendrein hatte er gerade diese Gewässer hier oft befahren und gegen Sklavenhändler und Bukaniere gekämpft, bis ihn nichts mehr erschrecken konnte. Bolitho hatte beim Errechnen der Mittagsbreite zugesehen, wie er ein Auge auf die versammelten Fähnriche warf, deren Navigation und maritime Ausbildung ihm oblag. Immer war er bereit zu einem offenen Kommentar, wenn die Dinge nicht so liefen, wie sie sollten. Doch war er niemals sarkastisch zu den jungen Herren, und sie hatten sichtlich Achtung vor ihm.

Penhaligon hatte seine Karten und Notizen mit den Beobachtungen von Price verglichen und nur bemerkt: »Der wußte, wie man navigiert.« Das war ein großes Lob aus seinem Mund.

Ein Decksoffizier näherte sich Leutnant Quayle mit gesenkter Stirn. Bolitho war froh, allein zu sein, als Quayle hinwegeilte. Er hatte das Gesicht des Seemanns gesehen; es zeigte nicht nur Respekt vor dem Offizier, sondern schon Furcht.

Seine Hand strich über die abgenutzte, von der Sonne heiße Reling. Er dachte an das letzte Treffen mit Catherine im Bootsschuppen, an ihre Stimme und Leidenschaftlichkeit. Er mußte sie wiedersehen, wenn auch nur, um ihr alles zu erklären. Aber was erklären? Es nützte nichts, würde sie nur quälen – und ihnen beiden schaden. Sie schien unzugänglich, nur bestrebt, ihm zu sagen, was er ihr angetan hatte. Und doch ...

Er erinnerte sich noch lebhaft an ihr erstes Treffen, als sie ihn für den Tod ihres Ehemannes verflucht hatte. Das war schon ihr zweiter gewesen. Es hatte auch einen ersten gegeben, den sie kaum erwähnte, einen haltlosen Glücksritter, der in Spanien bei einem trunkenen Streit umgekommen war. Wer war sie damals, und woher kam sie überhaupt? Bezaubernd und beeindruckend, wie sie heute war, konnte man sie nur schwer in jener Gosse sehen, von der sie in einem Augenblick der Intimität einmal gesprochen hatte.

Und Somervell. War er wirklich so kühl und distanziert, wie er sich gab? Amüsierte ihn das Erwachen ihrer alten Erinnerungen, das er je nach Belieben ignorieren oder ausnutzen konnte? Würde er jemals erfahren, daß sie Bolitho aus der Ferne beobachtet hatte, um zu hören, was er tat oder ob er im Gefecht gefallen war?

Quayle war zum Ruder gegangen und maßregelte den Fähnrich der Wache. Dieser war wie alle anderen vorschriftsmäßig gekleidet, mußte aber bei der Hitze Blut und Wasser schwitzen. Wäre Keen Flaggkapitän gewesen, hätte er... Entschlossen rief Bolitho: »Lassen Sie meinen Diener holen!«

Ozzard entstieg dem Dunkel unter Deck und stand blinzelnd in der Helle, mehr denn je einem Maulwurf ähnelnd: klein, treu und immer bereit zu dienen, wenn er gebraucht wurde. Er hatte Bolitho sogar vorgelesen, als dieser teilweise erblindet war, denn er war gebildet und früher Gehilfe in einer Anwaltskanzlei gewesen. Dann war er zur See gegangen, um einer Anklage zu entfliehen; manche sagten, dem Strick des Henkers.

Bolitho winkte ihn heran. »Hier, mein Rock.«

Ozzard zuckte nicht mit der Wimper, als der Vizeadmiral ihm das Kleidungsstück über den Arm warf und den Hut reichte. Andere sahen zu. Ab morgen konnte auch Haven seinen Offizieren erlauben, sich an Deck in Hemdsärmeln zu bewegen. Wenn es erst einer Uniform bedurfte, um aus einem Mann einen Offizier zu machen, dann gab es für sie alle keine Hoffnung mehr.

Ozzard deutete ein Lächeln an und hastete dankbar wieder in den Schatten. Er kannte Bolithos freudige und trübe Stimmungen. Zuviel der letzteren, dachte er. Er eilte am Wachposten vorbei und betrat die große Tageskajüte, jenes Reich, das er mit Bolitho teilte. Dort untersuchte er den Rock nach Spuren von Teer oder Talg. Dann erblickte er sein Spiegelbild und hielt sich den Rock vor. Er reichte ihm fast bis zu den Fußknöcheln. Ozzard lächelte schmerzlich.

Unwillkürlich packte er den Uniformstoff fester, als er sich jenes furchtbaren Tages erinnerte, an dem der Anwalt ihn früher nach Hause geschickt hatte. Deshalb überraschte er seine junge Frau nackt in den Armen eines Mannes, den er seit Jahren kannte und respektierte. Sie hatten versucht, ihn zu täuschen, aber etwas war in ihm gestorben, als er sie so daliegen sah. Später, als er das kleine Haus an der Themse in Wapping Wall verließ, war ihm das Schild des Ladeninhabers gegenüber ins Auge gefallen: Tom Ozzard, Schreiber. Auf der Stelle hatte er sich entschlossen, daß dies seine neue Identität sein solle.

Nicht einmal hatte er sich umgesehen nach jenem Zimmer, wo er ihre Lügen mit einer Axt beendet, wo er sie zerhackt und zerschnitten hatte, bis sie unkenntlich waren. Am Tower Hill war er dann auf eine Preßgang gestoßen. Sie waren nie weit entfernt, immer auf Freiwillige hoffend oder auf einen Betrunkenen, der Handgeld nahm und sich dann auf einem Kriegsschiff wiederfand, bis er abmustern konnte oder getötet wurde.

Der Leutnant hatte ihn zweifelnd angesehen. Erstklassige Seeleute, starke junge Männer, die brauchte der König damals. Jetzt sahen sie das anders. Jetzt hätten sie auch einen Krüppel auf zwei Krücken genommen.

Tom Ozzard, Steward des Vizeadmirals, hängte den Rock sorgfältig fort. Er war ein Mann ohne Vergangenheit, ohne Zukunft, furchtsam, ja zu Tode erschrocken in der Schlacht, wenn das Schiff um ihn herum erbebte.

Tief in seinem Herzen ahnte Ozzard, daß er eines Tages in das kleine Haus in Wapping Wall zurückkehren würde. Dann, aber erst dann, würde er seine Tat gestehen.

Alle Gedanken an Bord waren auf morgen gerichtet. Vom Ausguck hoch oben im Masttopp bis zu Allday, der in seiner Hängematte unter Deck einen gewaltigen Kater ausschlief, von Ozzard bis zu dem Mann in der Achterkajüte, dem er diente, dachten alle an morgen.

Hyperion hatte in all den Jahren und Weltgegenden, in die sie gesegelt war, schon viele Männer kommen und gehen gesehen. Weit vor dem Dreizack ihrer Galionsfigur lag der Horizont. Und jenseits davon konnte nur das Schicksal erkennen, was auf sie zukam.

V Dem Feind entgegen

Bolitho schritt über die nassen Planken des Achterdecks und suchte an den Finknetzen der Luvseite Halt. Es war noch dunkel, nur vereinzelt durchbrachen überkommende Spritzer die Schwärze der See.

Wie Schemen eilten Leute an ihm vorbei und zu einer kleinen Gruppe an der Reling, wo Haven und zwei seiner Leutnants Meldungen empfingen und neue Befehle erteilten.

Aus dem Batteriedeck drangen Stimmen. Dort arbeiteten die Matrosen an den Achtzehnpfündern, während im Deck darunter die schwere Batterie der Zweiunddreißigpfünder, obwohl ebenso geschäftig, noch still blieb. Dort unten waren es die Geschützbedienungen gewohnt, in ständiger Düsternis zu hantieren.

Daß man die Leute zu einem vorverlegten Frühstück gepfiffen hatte, war vermutlich unnötige Vorsicht, denn bei Tagesanbruch würden sie noch immer außerhalb der Sichtweite des Landes sein – bis auf die Ausgucksleute im Mast, wenn sie Glück hatten. In der ersten Stunde hatte *Hyperion* Kurs geändert und steuerte nun genau West. Ihre Rahen waren hart angebraßt, die Leinwand war auf Vor- und Marssegel verringert. Das erklärte die unruhigen Schiffsbewegungen. Aber Bolitho hatte schon den Wetterumschwung gespürt, als seine Füße den feuchten Läufer vor seiner Schwingkoje berührten. Der Wind wehte stetig, hatte aber zugenommen. Nach der Windstille und glasigen Dünung kam er ihm ungewohnt stark vor.

Jeder in der Nähe hatte den Admiral an Deck bemerkt und war stillschweigend zur Leeseite ausgewichen, um ihm Platz zu machen. Er sah nach oben zu den Marssegeln. Sie flatterten so geräuschvoll, als wollten sie ihre Unzufriedenheit ausdrücken.

Den größten Teil der Nacht hatte er wachgelegen. Dann, als die Leute gerufen wurden, um das Schiff vorzubereiten, hätte er endlich schlafen können. Doch Allday war in die

Kajüte getappt, und während Ozzard herumhantierte, hatte ihn der große Bootssteurer beim Licht einer schwankenden Laterne rasiert.

Allday hatte sich noch nicht wieder über seinen Sohn ausgelassen. Bolitho erinnerte sich an Alldays gehobene Stimmung, als er entdeckte, daß er einen zwanzigjährigen Sohn hatte. Einer, von dem er nichts wußte und der zu ihm gekommen war, als seine Mutter, eine alte Liebe Alldays, starb. Auf dem Kutter *Suprème,* als Bolitho niedergemacht wurde und fast erblindet wäre, hatten Allday allerdings Zorn und Verzweiflung gepackt, weil sein Sohn, nach ihm John genannt, sich als Feigling entpuppte. Just in jenem Augenblick, als Bolitho seiner am meisten bedurfte, war er unter Deck geflohen. Inzwischen dachte Allday anders darüber. Wohl hatte sich John vor dem Feuer der Schlacht gefürchtet, aber war er deshalb schon ein Feigling? Es erforderte ein tapferes Herz, um die Angst zu verbergen, wenn des Feindes Eisen die Decks beharkte.

Aber John hatte gebeten, das Schiff verlassen zu dürfen. Um Alldays und des lieben Friedens willen hatte Bolitho mit dem Offizier der Küstenwache bei Falmouth gesprochen und ihn gebeten, eine Stelle für den jungen Mann zu finden. John, der den Namen seiner Mutter Bankart trug, war ein guter Seemann gewesen, konnte reffen, spleißen und steuern wie eine erfahrene Teerjacke. Bolitho liebte es nicht, jemanden um einen Gefallen zu bitten, schon wegen seines Dienstgrads, und war nicht sicher, ob er das Richtige getan hatte. Allday grübelte über all dem, und wenn er nicht gebraucht wurde, verbrachte er zuviel Zeit alleine oder mit einem Grog in der Hand in Ozzards Anrichte. Trotzdem brauchten sie beide einander. Jeder fürchtete, daß der andere zuerst sterben würde.

Eine jugendliche Stimme rief: »Sonnenaufgang, Sir!«

Haven entgegnete Undeutliches und schritt zur Windseite. Er salutierte in der Dunkelheit. »Die Boote sind klar zum Aussetzen, Sir Richard.« Er wirkte förmlicher denn je. »Wenn *Upholder* auf Station ist, müßte sie uns rechtzeitig warnen.«

»Das stimmt.« Bolitho fragte sich, was wohl hinter Havens Förmlichkeit steckte. Hoffte er, *Upholder* würde signalisieren, daß *Thor* in Sicht wäre? Oder bevorzugte er eine leere See, damit sich alle Mühe als vergeudet erwies?

Zusammen erwarteten sie das erste Sonnenlicht, das den Horizont mit feinem Golddraht säumte. Bolitho sagte: »Ich werde dieses Augenblicks nie überdrüssig.« Beim jetzigen Kurs der *Hyperion* würde die Sonne fast direkt in ihrem Kielwasser aufgehen, von oben nach unten jedes Segel anstrahlen und über sie hinweg weit vorausschießen, als wolle sie ihnen den Weg zum Festland zeigen. Haven meinte: »Ich hoffe nur, die Dons wissen nicht, wie nahe wir ihnen sind.«

Bolitho lächelte im stillen. Gegen Haven hätte sich Job wie ein Optimist ausgenommen. Eine andere Gestalt tauchte auf und wartete, daß der Kommandant aufmerksam wurde. Es war sein Erster Leutnant. Haven ging einige Schritte beiseite. »Na, was gibt's jetzt schon wieder?« Seine Stimme war eher ein Flüstern, aber unverkennbar abwehrend.

Parris sagte gelassen: »Es geht um die zwei zu bestrafenden Männer, Sir. Darf ich den Profoß anweisen, die Vollstreckung auszusetzen, bis . . .«

Die Antwort kam heftig. »Sie dürfen nicht, Mr. Parris! Disziplin ist Disziplin, und ich will nicht, daß diese Männer ihrer gerechten Strafe entgehen, nur weil wir vielleicht bald Feindberührung haben – oder auch nicht.«

Parris gab noch nicht klein bei. »Ihr Vergehen war nicht so schwerwiegend, Sir.«

Haven nickte selbstzufrieden. »Natürlich, einer der beiden gehört zu Ihrer Division. Matrose Laker, er war frech zu einem Feldwebel.«

Parris' Augen schienen zu glühen, als der erste schwache Sonnenschein auf die Decksplanken fiel.

»Sie haben alle beide die Beherrschung verloren, Sir. Der Feldwebel nannte Laker einen Hurenbastard.« Der Erste schien seine Sache schon als verloren anzusehen, setzte aber noch hinzu: »Ich, Sir, hätte ihm dafür in die Schnauze geschlagen.«

Haven zischte: »Sie ... Mit Ihnen rede ich später! Und diese Leute werden um sechs Glasen ausgepeitscht!«

Parris tippte an seinen Hut und entfernte sich. »Verdammter Hund!« warf ihm der Kommandant leise nach.

Bolitho wurde der Sonnenaufgang durch das Gehörte vergällt. Doch war es nicht klug, sich einzumischen. Er würde später mit Haven sprechen, wenn sie allein waren. Düster blickte er zum Kreuzmast auf, wo das Sonnenlicht die Takelage erhellte. Aber wenn er wartete, bis der Kampf begann, konnte es zu spät sein.

Wenn ich fallen sollte ... Diese Worte schossen ihm wie ein Echo durch den Kopf. Jedes Schiff war nur so stark wie sein Kommandant. Falls hier irgend etwas nicht stimmte ... Er schaute auf und verbannte Haven aus seinen Gedanken, als der Ausgucksmann im Topp gellend schrie: »Segel in Sicht – im Südwesten!«

Bolitho ballte die Fäuste. Das konnte, nein, mußte *Upholder* am Treffpunkt sein. Er hatte das richtige Schiff für die Vorhut gewählt. »Klar zum Wenden, Kapitän Haven.«

Dieser nickte. »Pfeifen Sie die Leute an die Brassen, Mr. Quayle.«

Wieder ein Gesicht, das ins Bild paßte: Quayle, Bolithos Gesellschafter auf der gestrigen Vormittagswache. Diese Sorte Offizier kannte kein Mitleid, wenn es ums Auspeitschen ging.

Bolitho fragte: »Haben Sie einen guten Ausguck oben?«

Haven starrte ihn an, sein Gesicht lag noch im Schatten.

»Ich – ich glaube schon, Sir.«

»Schicken Sie einen erfahrenen Mann nach oben, einen Gehilfen des Segelmeisters.«

»Aye, Sir.« Das klang gepreßt. Haven ärgerte sich, daß er nicht an das Nächstliegende gedacht hatte. Aber Parris konnte er dafür kaum tadeln.

Die Schatten nahmen Formen an und bekamen Sinn. Da standen zwei junge Fähnriche, beide auf ihrem ersten Schiff, der Wachoffizier und an Vorkante Achterdeck die große, starke Figur des Segelmeisters Penhaligon.

Abermals ein Ruf von oben: »Achtung, Deck – *Upholder* in Sicht!«

Bolitho meinte, die Stimme gehöre Reimer, dem Meistergehilfen der Wache. Das war ein schmächtiger, gebräunter Mann mit derart faltigem Gesicht, daß er wie aus einem vergangenen Zeitalter entsprungen aussah. Das gemeldete Schiff war kaum mehr als ein verschwommener Fleck im beginnenden Tageslicht, aber Reimers Erfahrung und scharfes Auge sagten ihm alles, was er wissen mußte.

Bolitho winkte seinem Adjutanten. »Jenour, entern Sie mit einem Glas auf. Ich bin sicher, daß Sie ebenso schnell klettern, wie Sie reiten.«

Er trat beiseite, als der junge Leutnant ihn mit blitzenden Zähnen angrinste und zu den Wanten eilte. Dann war er fort, Arme und Beine mit der Leichtigkeit eines gewandten Toppgasten bewegend.

Haven kam über Deck heran und schaute Janours weißen Breeches nach. »Es wird bald hell genug sein, Sir.«

Bolitho bejahte und ballte die Fäuste, als Jenours Stimme von oben erschallte: »Signal von *Upholder*, Sir: *Thor* ist in ihrer Begleitung!«

Also hatte Imrie es geschafft! Bolitho wollte sich keine Aufregung oder Überraschung anmerken lassen.

»Verstanden!« Er rief es durch die gewölbten Hände, um das Flattern der Segel und das Sausen des Windes zu übertönen. Von *Upholder* kam kein weiteres Signal. Das hieß, bisher war nichts schiefgelaufen, und der Leichter wurde immer noch sicher geschleppt.

Er blickte in die Höhe, in die von der Sonne beschienene Takelage. Merkwürdig, daß er seine Schwindelanfälligkeit niemals überwunden hatte. Als Fähnrich hatte er jedes Aufentern zum Setzen oder Reffen der Segel immer als persönliche Schikane empfunden. Besonders nachts auf den schwankenden Rahen, wenn das Deck wenig mehr war als ein verschwommener Streifen tief unter seinen Füßen, hatte er ständig Angst gehabt.

Beim Kreuzmast standen einige Seesoldaten in ihren grellroten Waffenröcken. Sie lehnten sich an die Reling und warteten auf die Brigg *Upholder.* Bolitho wäre gern über ihren Köpfen nach oben geklettert zu Jenour. Er berührte sein linkes Augenlid und blinzelte ins Sonnenlicht. Im Moment war alles trügerisch klar, doch die Sorge blieb.

Sein Blick schweifte über Deck, wo die Geschützbedienungen bereitstanden, ihre tägliche Arbeit zu verrichten, sobald die erste Spannung mit der Nacht verschwunden war.

So viele Meilen, so viele Erinnerungen. Als er während der Nacht in seiner Schwingkoje wachlag, dem Knarren und Quietschen des Ruders lauschend, hatte er einer anderen Zeit gedacht: der *Hyperion* unter seinem Kommando. Sie hatten sich in der Dunkelheit an den Pascua-Inseln vorbeigeschlichen und bei Tagesanbruch die dort ankernden französischen Schiffe angegriffen. Das lag neun Jahre zurück. Die *Hyperion* war dasselbe Schiff. Aber war er noch derselbe Mann?

Plötzlich war er mit sich selbst uneins. »Reichen Sie mir das Fernglas, bitte.« Er nahm es einem erschrockenen Fähnrich aus der Hand und trat entschlossen zu den Luvwanten. Haven beobachtete ihn. Parris, der an Backbord mit dem Bootsmann Sam Linton diskutierte, versuchte nicht herzusehen. Wahrscheinlich besprachen sie, wann die Gräting aufzustellen war, damit die Bestrafung wie befohlen erfolgen konnte. Vom Großdeck schielte Allday herauf, noch an einem Zwieback kauend und sichtlich erstaunt.

Bolitho schwang sich ins Want und fühlte bei jedem Schritt die Webeleinen unter sich zittern, während das große Signalglas wie ein schwerer Köcher gegen seine Hüfte schlug. Es war leichter als gedacht, aber auf der Marssaling ließ er es genug sein. Die Marines hier oben machten ihm Platz, knufften einander und grinsten. Bolitho kannte den Korporal bei Namen, einen grimmig aussehenden Mann, der Wilderer gewesen war, ehe er in das Korps der Seesoldaten eintrat. Keinen Moment zu früh, hatte Major Adams dunkel angedeutet.

»Wo ist die *Upholder,* Korporal Rogate?«

»Dort drüben, Sir, an Backbord!«

Bolitho stützte das lange Teleskop auf und sah die Rahen und das kleine Achterdeck der Brigg in sein Blickfeld gleiten. Gestalten bewegten sich schief an Deck, indes das Schiff so weit überholte, daß man den im frühen Sonnenschein glänzenden Kupferboden erblickte. Bolitho wartete, bis sich *Hyperion* im Seegang aufrichtete und der Kreuzmast nicht mehr zitterte. Dann enthüllte das scharfe Glas jenseits von *Upholder* eine bräunliche Segelpyramide: die wartende *Thor*.

Er setzte das Fernglas ab und ordnete seine Gedanken. War er von Anfang an entschlossen gewesen, den Angriff selbst zu führen? Wenn die Sache schiefging, würde man ihn gefangennehmen oder ... Er verzog den Mund. Das Oder war es nicht wert, daran zu denken.

Bolitho wußte sehr wohl, auch wenn er einen anderen Offizier mit dem Kommando betraute und der Angriff mißglückte, würde man ihm die Schuld zuschreiben. Die nächsten Monate waren für England zu wichtig, besonders für die Flotte. Und Führerschaft und Vertrauen gingen Hand in Hand. Aber für die meisten Seeleute unter seinem Befehl war er noch ein Fremder und mußte ihr Vertrauen erst erwerben. Gehörte Todessehnsucht etwa auch zu seinen Motiven? Unwillig verwarf er den Gedanken.

Er richtete sein Augenmerk wieder auf die stämmige Brigg, wie sie sich duckte und über die steilen Wellen stieg. In Gedanken sah er bereits das Land. Der Ankerplatz von La Guaira bestand hauptsächlich aus einer offenen Reede vor der Stadt. Sie wurde durch mehrere Forts verteidigt. Einige davon waren wegen der kommenden und gehenden Schatzschiffe ganz neu angelegt. Obwohl La Guaira nur etwa sechs Meilen von der Hauptstadt Caracas entfernt war, konnte man diese einzig über eine gewundene und etwa viermal so lange Bergstraße erreichen.

Sobald man die *Hyperion* und ihre Begleitschiffe von Land aus sichtete, würden die Spanier schleunigst die Hauptstadt benachrichtigen. Aber wegen der damit verbundenen Verzögerung könnte La Guaira ebensogut eine Insel sein, dachte Bolitho. Alle die von Handelsschiffen und Blockadebrechern gesammelten Informationen wiesen darauf hin, daß man die gekaperte Fregatte *Consort* nach Puerto Cabello gebracht hatte, siebzig Meilen weiter westlich an der Küste. Sie hatte er absichtlich als sein Motiv herausstellen lassen. Doch wenn die Spanier nicht glaubten, daß die britischen Kriegsschiffe allein wegen der Fregatte gekommen waren? Es hing so viel von Prices Karten und Beobachtungen ab – und vor allem vom Glück.

Er schaute zum Deck hinunter und biß sich auf die Lippen. Auch vor neun Jahren, als er die alte *Hyperion* geführt hatte, hätte er keinen Untergebenen mit einer solchen Mission beauftragt. Er wandte sich an die Seesoldaten. »Bald gibt es Arbeit für euch, Kinder.«

Als er sich von der Saling hinunterschwang, sah er immer noch ihre grinsenden Gesichter vor sich. Es war ja so leicht: ein gutes Wort, ein Lächeln, und sie würden für ihn sterben. Das machte ihn traurig und bescheiden zugleich.

Bis er unten ankam, war er sich über alles klar geworden.

»Gut denn, in einer Stunde ändern wir Kurs nach Südwest. *Upholder* und *Tetrarch* sollen dichter unter Land kreuzen. Wir selbst wollen den Dons nicht so nahekommen, daß sie unsere Stärke erkennen . . .«

Alle nickten beifällig, nur Segelmeister Penhaligon lächelte sauer. Bolitho setzte hinzu: »Oder unsere Schwäche. *Thor* soll sich zusammen mit *Vesta* in Luv von uns halten. Geben Sie mir Bescheid, wenn es hell genug ist, um zu signalisieren.«

Er schritt zum Poopdeck und blieb noch einmal stehen. »Kapitän Haven, einen Augenblick, wenn ich bitten darf.«

In der großen Kajüte fiel das zunehmende Sonnenlicht durch das getrocknete Salz auf den Heckfenstern und malte seltsame Muster auf den Boden. Das Schiff hatte bereits vor Tagesanbruch klar zum Gefecht gemacht. In Bolithos Unterkunft waren Vorhänge, Verkleidungen und spanische Wände abgenommen und das Mobiliar zur Sicherheit in die unteren Räume gebracht worden. Er musterte die schwarzen Rohre der Neunpfünder vor den geschlossenen Stückpforten zu beiden Seiten der Kajüte. Diese zwei Schönen hatten nun den Raum für sich.

Haven stand breitbeinig da, den Hut in beiden Händen. Bolitho hatte ihm den Rücken zugekehrt und sah durch das verschmierte Glas auf die See hinaus.

»Ich habe die Absicht, mich in der Abenddämmerung auf *Thor* einzuschiffen«, begann Bolitho. »Sie übernehmen die *Hyperion,* zusammen mit *Vesta* und *Tetrarch.* Beim ersten Tageslicht morgen früh sollten Sie vor Puerto Cabello stehen. Der Feind wird überzeugt sein, daß Sie einen Angriff beabsichtigen. Man wird Ihre volle Kampfkraft nicht erkennen – bisher sind wir noch unentdeckt geblieben.«

Er drehte sich um und sah gerade noch rechtzeitig, daß der Kommandant seinen Hut zerknüllte. Bolitho hatte einen Gefühlsausbruch oder Gegenvorschlag erwartet, doch Haven sagte nichts, sondern starrte ihn nur an, als ob er sich verhört hätte.

Bolitho sprach ruhig weiter. »Es gibt keinen anderen Weg. Wenn wir ein Schatzschiff kapern oder vernichten wollen, geht das nur, während es vor Anker liegt. Denn wir haben zu wenig Schiffe für eine ausgedehnte Suche, sollte es an uns vorbeischlüpfen.«

Haven schluckte hart. »Sie wollen selbst mit nach La Guaira gehen, Sir? In meinem Leben habe ich so was noch nicht gehört.«

»Mit Gottes Hilfe und einem bißchen Glück, Kapitän Haven, sollte ich bei den Untiefen westlich von La Guaira stehen, wenn Sie Ihre Scheinattacke gegen Puerto Cabello fahren.« Er sah ihn fest an. »Setzen Sie aber nicht Ihre Schiffe aufs Spiel. Sollte ein feindlicher Verband erscheinen, werden Sie das Unternehmen abbrechen und sich entfernen. Noch ist der Wind ein stetiger Nordwest. Mr. Penhaligon glaubt aber, daß er raumen wird, das wäre zu Ihrem Vorteil.«

Haven sah sich um, als suche er einen Ausweg. »Er könnte sich irren, Sir.«

Bolitho erklärte achselzuckend: »Ich würde nicht wagen, anderer Meinung zu sein als er.«

Doch sein Versuch, die Spannung zu durchbrechen, war vergeblich; Haven stieß hervor: »Wenn ich zum Rückzug gezwungen werde, wer wird mir glauben, daß . . .«

Bolitho verbarg seine Enttäuschung. »Ich lasse Ihnen die entsprechenden Befehle schriftlich ausstellen. Man wird Ihnen keine Schuld geben.«

»Danke. Aber ich habe es nicht nur zu meinem eigenen Besten erwähnt, Sir.«

Bolitho setzte sich. »Ich wünsche dreißig Seeleute aus Ihrer Mannschaft, ferner einen Offizier, den sie gut kennen und der sie kommandiert.«

Haven reagierte rasch. »Darf ich den Ersten Leutnant vorschlagen, Sir?«

Ihre Blicke trafen sich. Bolitho bejahte, das hatte er erwartet. »Einverstanden.«

Draußen an Deck erklangen Befehle, und Haven wollte zur Tür. Bolitho rief ihn abrupt zurück: »Ich bin noch nicht fertig.«

Havens Betragen brachte ihn fast um seine Selbstbeherrschung. »Wenn der Feind mit einer Übermacht gegen Sie vorgeht, haben Sie keine Möglichkeit, meinen Rückzug aus La Guaira zu decken.«

Haven hob trotzig das Kinn. »Wie Sie meinen, Sir Richard.«

»In diesem Falle schreiben Sie uns ab und übernehmen die Führung der Flottille.«

»Darf ich fragen, was Sie tun werden, Sir?«

Bolitho erhob sich. »Das, wozu ich hergekommen bin.«

Er ahnte, daß Allday hinter der Tür mithörte. Nun, er wußte, weshalb er ihn nicht zur *Thor* begleiten sollte.

»Bevor Sie gehen, Kapitän Haven . . .« Bolitho unterdrückte ein Blinzeln, denn der Schleier zog sich wieder über sein linkes Auge. »Auf ein Wort noch: Lassen Sie diese beiden Männer nicht auspeitschen. Ich kann mich nicht offen einmischen, weil dann jeder an Bord sofort merken würde, daß ich Partei gegen Sie ergriffen habe. Was Sie natürlich schon wußten, als Sie in meiner Gegenwart mit Ihrem Ersten die Klingen kreuzten.«

Haven wurde ein wenig blaß.

»Gott weiß, diese Menschen verlangen wenig genug. Aber mit ansehen zu müssen, wie ihre Kameraden ausgepeitscht werden, ehe man sie in die Schlacht schickt, das kann nur Schaden anrichten. Ihre Treue und Loyalität sind für uns lebenswichtig. Aber denken Sie daran: Solange sie unter meiner Flagge stehen, gilt diese Loyalität für beide Seiten.«

Haven trat zur Tür zurück. »Ich hoffe doch, meine Pflichten zu kennen, Sir Richard.«

»Das hoffe ich auch.« Er wartete, bis sich die Tür geschlossen hatte, und rief dann aus: »Gott verdamme ihn!«

Jenour trat ein und wischte sich mit einem Lappen den Teer von den Fingern. Er taxierte Bolithos Stimmung. »Schöne Aussicht von dort oben. Ich kam nur, um zu melden, daß Ihre Signale übermittelt und bestätigt wurden.« Als Schritte über ihren Köpfen laut wurden und Stimmen vom Großdeck widerhallten, erklärte er: »Wir sind dabei, über Stag zu gehen, Sir Richard.«

Der hörte kaum hin. »Was ist los mit dem Mann, eh?«

Jenour begriff sofort. »Jetzt weiß er wenigstens, was ihm bevorsteht.«

Bolitho nickte. »Ich dachte, daß jeder Flaggkapitän nur zu gern die Gelegenheit ergreifen würde, unabhängig von seinem Admiral zu operieren. Ich jedenfalls hätte es . . .« Er sah sich in der Kajüte nach den Geistern der Vergangenheit um. »Statt dessen denkt er an nichts anderes als . . .«

Er zügelte sich. Undenkbar, mit Jenour über den Flaggkapitän zu debattieren. War er denn schon so isoliert, daß er keinen anderen Trost fand?

Jenour sagte schlicht: »Ich bin nicht so unverschämt und sage, was ich denke, Sir Richard. Aber *ich* würde mein Letztes geben, wenn Sie es mir befehlen.«

Bolitho entspannte sich und klopfte ihm auf die Schulter. »Man sagt, daß der Glaube Berge versetzen kann, Stephen!«

Jenour stockte der Atem. Bolitho hatte ihn mit Vornamen angeredet. Ein Versehen?

Bolitho sagte weiter: »Wir lassen uns vor der Abenddämmerung auf *Thor* übersetzen, Stephen. Es muß schnell gehen, denn wir haben noch einen weiten Weg vor uns.«

Es war also doch kein Versehen! Jenour stotterte gerührt: »Ihr Bootssteurer wartet draußen, Sir Richard.«

Er sah Bolitho durch die Kajüte schreiten und erschrak, als der Admiral mit einem Stuhl kollidierte, den Haven verrückt haben mußte. »Geht es Ihnen gut, Sir Richard?«

Er wich zurück, als Bolitho herumfuhr. Doch stand kein Ärger in dessen Gesicht. »Mein Auge stört mich ein bißchen, aber es ist nichts weiter. Schicken Sie jetzt Allday rein.«

Doch Allday hastete schon an Jenour vorbei. »Jetzt muß ich meinen Spruch aufsagen, Sir Richard! Wenn Sie auf die Bombarde übersteigen . . .« Er spuckte das Wort fast aus. »Dann will ich bei Ihnen sein, wie immer. Und sonst schert mich nichts, mit Verlaub, Sir Richard.«

Bolitho entgegnete: »Du hast wieder mal getrunken, Allday.«

»Ein bißchen, Sir, nur ein paar Kleine, bevor wir von Bord gehen, zusammen natürlich.« Er legte den Kopf schräg wie ein zottiger Hund. »Wir gehen doch zusammen, nicht wahr, Sir?«

Die Antwort fiel ihm überraschend leicht. »Ja, alter Freund, wir gehen zusammen - wieder mal.«

Allday betrachtete ihn ernst, er ahnte etwas. »Was is' los, Sir?«

Bolitho sagte zögernd wie zu sich selbst: »Fast hätte ich es dem jungen Jenour erzählt: Ich fürchte mich entsetzlich, blind zu werden.«

Allday befeuchtete sich die Lippen. »Der Junge sieht in Ihnen so was wie einen Helden, Sir.«

»Du nicht?« Aber keiner von beiden lächelte.

Allday machte sich Vorwürfe, daß er nicht zur Stelle gewesen war, als er gebraucht wurde. Obendrein ärgerte er sich, wenn er Haven mit Kapitän Keen oder mit Herrick verglich. Er sah sich in der Kajüte um, wo sie soviel miteinander geteilt und auch verloren hatten. Jetzt hatte Bolitho niemanden, mit dem er teilen konnte. Unten, in den Mannschaftsdecks, dachten sie, der Admiral brauche sich nichts zu wünschen, er hätte alles. Aber bei Gott, das war es gerade, er hatte nichts ...

Allday meinte: »Ich weiß, es ziemt mir nicht, es auszusprechen, aber ...«

Bolitho schüttelte den Kopf. »Wann hat dich das jemals abgehalten?«

Allday blieb hartnäckig. »Ich weiß eben nicht, wie man es in der Sprache der Offiziere ausdrückt, Sir.« Er holte tief Atem. »Aber Käpt'n Havens Frau kriegt ein Baby, wahrscheinlich hat sie es jetzt schon. Würde mich nicht wundern.«

»Na und, Mann?« drängte Bolitho.

Allday mußte nach Luft schnappen, als er die Ungeduld in den grauen Augen sah. »Er glaubt, daß ein anderer der Vater ist.«

Bolitho war überrascht, was Allday wußte.

»Ich verstehe.«

Es war das alte Lied: ein Schiff auf See, eine gelangweilte Ehefrau und ein passender Liebhaber. Ausgerechnet Allday mußte ihn darauf bringen.

Bolitho betrachtete ihn nachdenklich. Wie hätte er ihn zurücklassen können? Welch ein Paar sie abgaben! Der eine durch einen spanischen Säbelhieb verwundet, der andere langsam erblindend.

Er sagte: »Ich muß Briefe schreiben.«

Er sah Cornwall im späten Oktober vor sich: grauer Himmel und die leuchtenden Farben des Herbstlaubs. Axthiebe auf den Feldern, wo sich die Farmer nun Zeit nahmen, ihre Zäune und Tore zu reparieren. Die ältliche Heimwehr exerzierte auf dem Platz vor der Kirche, in der Bolitho geheiratet hatte.

Allday schob sich sachte in Ozzards Anrichte. Er wollte

den kleinen Mann bitten, für ihn einen Brief an die Wirtstochter in Falmouth zu schreiben. Doch Gott allein wußte, ob sie ihn jemals erhalten würde.

Er dachte an Lady Belinda und den Tag, als man sie in der umgekippten Kutsche gefunden hatte. Und an die andere namens Catherine, die ihre Liebe zu Bolitho bewahrt hatte. Eine gutaussehende Frau, aber mit dem Teufel im Leib. Er grinste. Eben eine Seemannsbraut, egal welche Flagge sie an ihrer Rahnock zeigte. Wenn sie nur die Richtige für Bolitho war, allein das zählte.

Allein am Schreibtisch sitzend, legte sich Bolitho das Briefpapier zurecht. Sonnenlicht fiel auf die Feder. In seinem Kopf kreisten die Worte, die er schon so oft geschrieben hatte: *Meine liebste Belinda* ...

Mittags machte er seinen Spaziergang an Deck. Als Ozzard die Kajüte betrat, um aufzuräumen, erblickte er das Briefpapier und daneben die Feder.

Keines von beiden war benutzt worden.

VI Im Krieg gibt es keine Neutralität

Das Übersetzen von der *Hyperion* zum Mörserschiff *Thor* verlief kurz vor Sonnenuntergang ohne Zwischenfälle. Männer, Waffen und zusätzliche Munition wurden ebenfalls hinübergerudert. In der hohen Dünung stiegen und fielen die Boote so stark, daß sie zwischen den Wellenkämmen fast verschwanden.

Bolitho stand auf dem Achterdeck, während *Hyperion* mit killenden Segeln beigedreht lag, und bewunderte wieder einmal die elementare Schönheit des Sonnenuntergangs. Die lange, schwingende Dünung glühte wie rauhe Bronze, die Boote und ihre Ruderer schienen vergoldet. Sogar die Gesichter um ihn herum sahen in diesem Licht unwirklich aus.

Nachdem zwei von *Hyperions* Booten mit dreißig Mann sicher abgelegt hatten, machte Bolitho in einer Jolle die letzte Überfahrt. Kaum hatte er die *Thor* erreicht, schwangen die Rahen der *Hyperion* herum. Ihre Silhouette schrumpfte, als sie abdrehte und im letzten Sonnenlicht den beiden Briggs nachsegelte.

Wenn Commander Ludovic Imrie sich durch die Anwesenheit des Admirals an Bord seines bescheidenen Schiffes bedrängt fühlte, zeigte er es jedenfalls nicht. Es überraschte ihn jedoch, als Bolitho seine Epauletten ablegte und vorschlug, daß Imrie als Kommandant der *Thor* seinem Beispiel folge. »Ihre Leute kennen Sie gut genug«, meinte er dazu. »Und ich wette, daß sie auch mich kennen, wenn erst alles vorbei ist.«

Bolitho verdrängte *Hyperion* und alles andere aus seinen Gedanken, als sie sich La Guaira näherten. Auch an Bord stieg die Spannung, sobald *Thor* noch mehr Segel setzte und die unsichtbare Küste ansteuerte. Stunde auf Stunde verging. Von den Rüsten vorne, wo zwei Mann ständig loteten, kamen unterdrückte Rufe. Was sie aussangen, wurde sorgsam mit der Seekarte und den Notizen verglichen, die sich Bolitho nach seinem Gespräch mit Kapitän Price gemacht hatte.

Der plumpe Leichter an der Schleppleine wurde unablässig ausgepumpt; es war ein Wettlauf mit der Zeit, der, wie Imrie zugab, innerhalb weniger Stunden nach Verlassen des Hafens begonnen hatte. Jede steile See drohte, ihn zu überfluten. Der Verlust des Leichters aber, der die schweren Mörser der *Thor* und ihre Bedienungen trug, hätte eine Katastrophe bedeutet.

Bolitho streifte ruhelos auf dem engen Achterdeck umher und hielt sich das Land vor Augen, wie er es am Spätnachmittag gesehen hatte. Er hatte sich noch einmal aufgerafft und war aufgeentert, diesmal in den Großmast. Von da oben hatte er im zunehmenden Dunst die charakteristischen Landmarken von La Guaira, die weite, blaugraue Kette der Caracasberge und weiter westlich davon die sattelförmigen Gipfel der Silla de Caracas erblickt. Penhaligon konnte auf seine Navigation wirklich stolz sein.

Allday war Bolitho kaum von der Seite gewichen, seit sie an Bord gekommen waren. Jetzt hörte Bolitho seinen unruhigen Atem und das Trommeln seiner Finger am Griff des schweren Entermessers. Bolitho betastete die ungewohnte Form des eigenen Gehänges. Er hoffte, daß Allday seinen Entschluß, den alten Familiendegen auf *Hyperion* zurückzulassen, verstand. Er hatte ihn schon einmal beinahe verloren. Allday würde annehmen, er hätte ihn nur deshalb bei Ozzard gelassen, weil er nicht an seine Rückkehr glaubte. Immerhin handelte es sich um ein Unternehmen auf feindlichem Territorium. Und eines Tages sollte Adam den Degen tragen. Er durfte nie wieder in Feindeshand fallen.

Später, in Imries kleiner Kajüte und hinter den geschlossenen Läden der Heckfenster, hatten sie eingehend die Seekarte studiert. *Thor* war gefechtsklar, aber ihre Chance würde erst kommen, wenn der erste Teil des Plans gelang.

Bolitho griff die Untiefen und die Fahrwasserwindungen mit dem Zirkel ab, wie es wohl auch Price getan hatte, ehe sein Schiff hier auf Grund lief. Die anderen standen dicht um ihn herum: Imrie und sein Segelmeister, Leutnant Parris und der Zweite Leutnant, der den Angriff decken sollte.

Der Admiral überlegte, ob Parris sich wohl fragte, warum das Auspeitschen auf Havens Befehl hin aufgeschoben wurde. Und weshalb Haven darauf bestanden hatte, die beiden Delinquenten mit den dreißig anderen von Bord zu schikken. Vermutlich meinte er, alle schlechten Eier gehörten in einen Korb.

Bolitho zog seine Uhr heraus und legte sie unter die niedrig hängende Lampe.

»Wir werden mit *Thor* in der nächsten halben Stunde ankern. Unmittelbar darauf legen alle Boote ab, die Jolle an der Spitze. Es muß gelotet werden, aber leise. Heimlichkeit ist lebenswichtig. Wir müssen bei Tagesanbruch auf Position sein.«

Alle machten entschlossene Gesichter. »Noch Fragen?«

Dalmaine, der Zweite Leutnant der *Thor,* hob die Hand. »Was ist, wenn der Don schon weg ist?«

Wie leicht es für sie jetzt war, mit ihm zu reden, ohne die einschüchternden Epauletten eines Vizeadmirals vor Augen. Selbstsicher auf ihrem eigenen Schiff, hatten sie offen von ihren Erwartungen und Bedenken gesprochen.

»Dann haben wir eben Pech gehabt«, lächelte Bolitho. »Aber es liegen mir keine Meldungen vor, wonach ein so großes Schiff die Heimreise angetreten hat.«

Der Leutnant fragte nochmals: »Und die Batterie, Sir? Angenommen, wir können sie nicht in einem Überraschungsangriff erobern?«

Es war Imrie, der jetzt antwortete. »Dann, Mr. Dalmain, war all Ihr Stolz auf die Mörser unangebracht.«

Alle lachten, ein gutes Zeichen.

Bolitho erklärte: »Wir zerstören die Batterie als erstes, dann kann *Thor* durch die Untiefen folgen. Ihre Karronaden werden mit den Wachbooten aufräumen. Und danach greifen wir an.«

Er stand vorsichtig auf, achtete auf die niedrigen Decksbalken.

Parris sagte: »Und wenn wir zurückgeschlagen werden?«

Ihre Blicke trafen sich über dem kleinen Tisch. Bolitho bemerkte wieder das zigeunerhaft gute Aussehen des Leutnants, die unbekümmerte Aufrichtigkeit in seiner Stimme. Ein Westengländer, vermutlich aus Dorset. Alldays indiskreter Hinweis kam Bolitho in den Sinn und das Frauenporträt in Havens Kajüte.

Er entgegnete: »Das Schatzschiff muß auf jeden Fall versenkt werden, am besten durch Brandstiftung. Das kann zwar seine spätere Bergung nicht verhindern, aber die Dons doch beträchtlich aufhalten.«

»Verstehe, Sir.« Parris rieb sich das Kinn. »Der Wind kommt mehr von achtern, das könnte uns helfen.« Er sprach gelassen, nicht wie ein Mann, der am nächsten Morgen tot sein oder unter dem Messer eines spanischen Chirurgen schreien konnte; eben wie ein Mann, der zu befehlen gewohnt war. Er erwog Alternativen: angenommen, wenn, vielleicht . . .

Bolitho beobachtete ihn. »Wären wir dann soweit, Gentlemen?«

Sie hielten seinem Blick stand. Wußten sie alles Notwendige? fragte er sich. Würden sie seinem Urteil trauen? Haven jedenfalls traute keinem.

Imrie scherzte: »Tja, Sir Richard, zu Mittag werden wir alle reiche Leute sein.«

Sie verließen die Kajüte, in der Enge vornübergebeugt und tastend. Bolitho wartete, bis Imrie allein zurückblieb.

»Auch das muß noch gesagt werden: Wenn ich falle, müssen Sie sich zurückziehen, sobald Sie dazu in der Lage sind.«

Imrie schaute ihn nachdenklich an. »Wenn Sie fallen sollten, Sir Richard, dann nur, weil ich versagt habe.« Und mit einem Blick in die Runde: »Aber wir werden Sie stolz auf uns machen, warten Sie's nur ab, Sir!«

Bolitho trat in die Dunkelheit hinaus, die funkelnden Sterne beruhigten ihn. Warum konnte er sie noch immer nicht für selbstverständlich nehmen? Simple Treue und Ehrlichkeit. Von so vielen Menschen daheim wurden sie gering geschätzt.

Thor ließ den Anker fallen. Als die Trosse steifkam und das Schiff sich in die Strömung drehte, wurden die Boote außenbords gesetzt. Das geschah so schnell, daß Bolitho mutmaßte, der Kommandant hätte seine Leute seit dem Verlassen von English Harbour für diesen Augenblick gedrillt.

Er selbst setzte sich ins Heck der Jolle, die auch in der Dunkelheit sichtbar niedrig im Wasser lag, bei dem Gewicht von Menschen und Waffen. Er hatte Hut und Rock weggelassen und hätte als einfacher Leutnant wie Parris durchgehen können. Allday und Jenour zwängten sich neben ihn, und während Allday die Ruderer kritisch musterte, äußerte der Flaggleutnant aufgeregt: »Das werden die mir niemals glauben.«

Mit »die« meinte er wohl seine Eltern, nahm Bolitho an. Er hörte den Schlag langer Riemen und sah Spritzer auffliegen, als der Leichter mit den schweren Mörsern von *Thor* losgeworfen wurde und abtrieb, bis ihn mehrere Boote mit ihren Leinen einfingen und abschleppten. Bolitho zupfte sich das feuchte Hemd von der Haut. Feucht von Schweiß oder Wasser, da war er nicht sicher. Er konzentrierte sich auf die verstreichende Zeit, auf die flüsternd geloteten Tiefen, das stete Auf und Ab der Riemen. Er wagte nicht, sich umzusehen, ob die anderen auch folgten.

Die Boote waren der Gezeit und ihrer Strömung auf den unsichtbaren Sandbänken ausgeliefert. In der einen Minute machten sie flotte Fahrt, in der nächsten hatten alle Ruderer hart zu pullen, um den Rumpf aus der falschen Richtung zu reißen. Er stellte sich Parris mit dem Gros der Männer in den Booten vor und Dalmain auf dem Leichter, wie er ihn lenzen ließ, um das Fahrzeug schwimmfähig zu halten. So dicht unter Land wagten sie nicht, die Pumpen zu benutzen.

Vom Bug hörte man Laute der Überraschung, und der Bootssteurer rief heiser: »Riemen auf! Vorsicht, Jungs!«

Mit tropfenden Ruderblättern tanzte das Boot im Fahrwasser. Ein Mann kam nach hinten geklettert, starrte Bolitho sekundenlang an und keuchte: »Schiff vor Anker, recht voraus, Sir!« Er stotterte, als ob er erst jetzt gewahr würde, daß er mit dem Admiral sprach. »Ein kleines, Sir, kann ein Schoner sein!«

»Blendet die Laterne ab!« Bolitho betete im stillen, daß Parris den Ankerlieger rechtzeitig bemerken würde. Ein Alarm mußte sie entlarven. Es war schon zu spät, um zurückzurudern.

Er hörte sich selbst sagen: »Na gut, Steuermann, machen wir weiter. Nur keine Aufregung.« Er entsann sich der ruhigen Stimme Keens, wenn der vor einem Gefecht zu seinen Geschützbedienungen gesprochen hatte: wie ein Reiter, der ein nervöses Pferd besänftigte.

»Es liegt jetzt an uns, ein Zurück gibt es nicht.« Er ließ jedes Wort wirken, aber es war, als spräche er zu einem leeren Boot. »Haltet ein bißchen mehr nach Backbord . . .«

Man hörte das Kratzen von Stahl und den Feldwebel heftig flüstern: »Nein, nicht laden! Der erste Mann, der einen Schuß auslöst, hat meinen Dolch im Bauch!«

Plötzlich sahen sie es: schlanke, steile Masten, festgemachte Segel, ein abgeschirmtes Ankerlicht, das einen schwachen Goldschimmer auf die Wanten warf. Steven und Klüverbaum traten hervor. Sollte es schon hier und auf diese Weise enden?

Die Riemen wurden stillschweigend eingezogen. Vorne im Boot, wo die scharfäugigen Seeleute den unerwarteten Fremden zuerst gesehen hatten, rührte sich etwas. Allday brummte ungeduldig: »Nun macht schon, ihr Memmen, gleich geht's los!«

Bolitho erhob sich. Der lange Klüverbaum strich über ihn hinweg, als die Strömung sie wie Treibholz gegen den Schiffsrumpf schwemmte. Jenour kauerte neben ihm, seinen Entersäbel schon gezogen, den Kopf seitwärts geneigt, als erwarte er einen Schuß.

»Enterhaken!«

Dumpf krachte das Boot an die Bordwand. »Auf, ihr Burschen!«

Die Wut der Leute wirkte aufrüttelnd wie eine Fanfare. Bolitho selbst fühlte sich gestoßen und über die Seite gehoben, griff nach Leinen und suchte mit den Füßen nach einem Halt, bis sie wie blind auf dem Deck des Schiffes landeten.

Vom Vormast rannte eine Gestalt herbei, ihr gellender Alarmruf wurde vom Knüppel eines Seemanns erstickt. Zwei andere Schemen schienen vor ihren Füßen emporzuwachsen. In diesem Augenblick wurde Bolitho klar, daß die Ankerwache an Deck geschlafen hatte. Um sich herum spürte er das Ungestüm seiner Leute, den wütenden Haß gegen alles, was sich bewegte oder auch nur sprach.

Unter Deck ertönten Stimmen. Bolitho schrie: »Langsam, Burschen, haltet inne!« Er horchte besonders auf eine, die sich in einer ihm fremden Sprache über den Rest erhob.

Jenour keuchte: »Schwedisch, Sir!«

Die Enterparty stieß die Besatzung des Schoners nach achtern, die einzeln oder in kleinen Gruppen durch zwei Luken geklettert kam und vor Überraschung wie gelähmt war. Bolitho hörte stetige Ruderschläge nahebei, das mußte Parris mit seinem Boot sein.

»Fragt Mr. Parris, ob er einen schwedischen Matrosen an Bord hat.« Wie andere Kriegsschiffe auch, hatte *Hyperion* das übliche Völkergemisch unter ihrer Besatzung, sogar einige französische Seeleute, die den Dienst beim alten Feind dem Aufenthalt auf einem Gefangenenschiff vorzogen.

Eine Person schritt über Deck, bis Allday grollte: »Keinen Schritt weiter, Musjöh, oder was Sie sind!«

Der Mann verhielt und spuckte aus. »Wir brauchen keinen Dolmetscher. Ich spreche englisch – wahrscheinlich besser als du!«

Bolitho steckte seinen Degen fort, um Zeit zum Nachdenken zu gewinnen. Den Schoner hatten sie hier nicht erwartet. Er war ihnen buchstäblich im Weg und ein Problem. Britannien befand sich nicht im Krieg mit Schweden, obwohl es unter dem Druck von Rußland kurz davorstand. Ein Zwischenfall jetzt, und ...

Er sagte kurz angebunden: »Ich bin ein britischer Offizier – und Sie?«

»Ich bin der Kapitän dieses Schiffes, Rolf Aasling.« Er betonte das »ich«. »Und ich versichere Ihnen, daß Sie ihn noch bedauern werden, diesen – diesen Akt der Piraterie!«

In diesem Augenblick warf Parris ein Bein über die Reling und sah sich um. Er war nicht einmal außer Atem. »Es ist der Schoner *Spica,* Sir Richard«, sagte er gleichmütig.

Aasling fuhr zurück. »Sir Richard?«

Parris beäugte ihn näher. »So ist es. Darum achten Sie auf Ihre Manieren.«

Bolitho sagte: »Ich bedaure diesen Zwischenfall, Kapitän, aber Sie ankern in feindlichen Gewässern. Ich hatte keine Wahl.«

Der Mann beugte sich vor, bis sein Rock Alldays unerbittliches Entermesser berührte.

»Ich gehe hier friedlichen Geschäften nach! Sie haben kein Recht ...«

»Ich habe jedes Recht«, unterbrach ihn Bolitho.

Er hatte natürlich nichts dergleichen, aber die Minuten rannten ihm davon. Sie mußten die Mörser in Stellung bringen. Sobald es hell genug war, um auf die Reede vorzustoßen, mußte der Angriff beginnen. Jeden Augenblick konnte eine Feldwache an der Küste merken, daß auf dem kleinen Schoner etwas nicht stimmte. Oder sie konnten von einem Wachboot angerufen werden. Selbst wenn Parris' Leute dann den Rufer überwältigten, würde dies Alarm auslösen. Der hilflose Leichter – man würde sie alle in die Luft jagen.

Bolitho dämpfte seine Stimme und befahl Parris: »Nehmen Sie einige Leute und sehen Sie unten nach.«

Der Schoner trug mehrere Geschütze und Drehbassen, aber sie hatten noch Glück gehabt, daß sie sich nicht mit einem Freibeuter herumzuschlagen brauchten. Die Schweden suchten Verwicklungen mit den Flotten Frankreichs und Englands zu vermeiden. Ein Handelsschiff also? Zu gut bewaffnet für ein solches Fahrzeug.

Kapitän Aasling ereiferte sich: »Würden Sie endlich mein Schiff verlassen, Sir, und Ihren Leuten befehlen, meine freizugeben?«

»Was machen Sie überhaupt hier?«

Diese plötzliche Frage traf ihn unvorbereitet. »Ich treibe Handel, das ist legal. Ich dulde nicht ...«

Parris, der zurückgekommen war, stellte sich neben Jenour und bemerkte fast beiläufig: »Abgesehen von gewöhnlichem Stückgut, Sir, hat das Schiff spanisches Silber geladen. Für die Franzosen, soweit ich's beurteilen kann.«

Bolitho verschränkte die Hände auf dem Rücken. Spanisches Silber, das ergab einen Sinn. Wie nahe sie einem Reinfall gewesen waren!

Er sagte: »Sie haben also gelogen! Ihr Schiff ist bereits für die Heimfahrt beladen. Sie warten nur ab, um sich dem spanischen Schatzkonvoi anzuschließen.«

Der Mann schrak zurück, zögerte und murmelte dann: »Dies ist ein neutrales Schiff. Sie sind nicht ermächtigt ...«

Bolitho winkte ab. »Im Augenblick bin ich das wohl, Kapitän. Antworten Sie!«

Der Kapitän der *Spica* entgegnete achselzuckend: »Na und? Es gibt eben viele Piraten in diesen Gewässern und feindliche Kriegsschiffe.«

»Sie beabsichtigen also, in Begleitung der Spanier zu segeln.« Bolitho fühlte, daß seine scharfen Worte den Mann einschüchterten. »Es wäre besser für Sie, wenn Sie jetzt reden würden. Wann also . . .«

»Übermorgen«, platzte der Schwede heraus. »Die spanischen Schiffe werden übermorgen auslaufen, wenn . . .«

Bolitho unterdrückte seine Aufregung. Also mehr als nur ein Schiff. Die bewaffneten Geleitfahrzeuge wurden aus Havanna erwartet, konnten aber auch bereits in Puerto Cabello sein. Haven würde direkt in sie hineinlaufen!

Parris sah ihn aufmerksam an. Wie würde er sich verhalten?

Bolitho wies den Schweden an: »Machen Sie alles klar zum Ankerhieven, Kapitän.« Dessen Protest übergehend, wandte er sich an Parris: »Übermitteln Sie Mr. Dalmain, daß wir ihn in den Hafen schleppen werden. Ihre Boote nehmen wir auch mit.«

Der Kapitän der *Spica* brüllte: »Das lasse ich nicht zu! So was Verrücktes mache ich nicht mit!« Seine Stimme bekam einen triumphierenden Klang. »Die spanischen Kanonen schießen Sie in Grund und Boden, sobald Sie versuchen, ohne Erlaubnis einzulaufen!«

»Aber Sie haben doch ein Erkennungssignal?«

Aasling gab es kleinlaut zu.

»Dann benutzen Sie es, wenn's gefällig ist.«

Jenour flüsterte warnend: »Schweden mag darin eine Kriegshandlung sehen, Sir Richard.«

Bolitho spähte zum dunklen Land hinüber. »Neutralität im Krieg gibt es nicht, Stephen. Ehe Stockholm davon erfährt, ist hoffentlich alles vorbei und vergessen.« Grob fügte er hinzu: »Ich habe schon eine Menge dieser angeblich neutralen Krämer erlebt, darum bewacht den Mann gut.«

Und mit erhobener Stimme, die den schwedischen Kapitän aufhorchen ließ: »Nur ein verräterisches Zeichen, und ich lasse ihn an der Rah hängen!«

Weitere Seeleute kamen mit ihren Waffen an Bord geklettert. Was scherten sie sich um Neutralität und jene, die sich dahinter verbargen, solange sie davon profitierten? Für ihr einfaches Denken war man entweder Freund oder Feind.

Parris grinste in der Dunkelheit mit weißen Zähnen. »Hiernach, Sir Richard, überrascht mich nichts mehr.«

Bolitho massierte sein Auge. »Gut für Sie.«

Parris schritt davon, man hörte ihn jeden Mann beim Namen rufen. Sie antworteten ihm in vertrautem Ton. Kein Wunder, daß die kleine Besatzung des Schoners eingeschüchtert war. Die britischen Matrosen hantierten auf ihrem Deck herum, als ob sie es ihr ganzes Leben gekannt hätten. Bolitho entsann sich dessen, was ihm sein Vater einmal über britische Seeleute gesagt hatte: »Setze sie in völliger Dunkelheit auf ein fremdes Schiff, und sie werden in wenigen Minuten oben auf den Rahen auslegen, so gut beherrschen sie ihr Handwerk.« Was hätte er wohl hierzu gesagt?

»Ankerspill besetzt, Sir!«

Das war ein Fähnrich namens Hazlewood, dreizehn Jahre alt und in seiner ersten Stellung. Bolitho hörte, wie ihn Parris scharf anwies, in Rufweite zu bleiben. »Ich wünsche keine verdammten Helden, Mr. Hazlewood.«

Genauso war Adam gewesen.

»Hievt, ihr Burschen!«

Aus der Dunkelheit kam die Stimme eines Spaßvogels: »Unser Dick besorgt uns heute spanisches Gold für Grog, eh?« Er wurde von einem Feldwebel schnell zur Ordnung gerufen.

Bolitho stand neben dem schwedischen Kapitän und versuchte, sein Mitgefühl zu unterdrücken, das er trotz allem für den Mann empfand. Nach dieser Nacht würde sich sein ganzes Leben ändern. Eines war sicher: Er würde nie wieder ein Schiff führen.

»Anker ist auf, Sir!«

»Setzt die Segel, Jungs!«

Bloße Füße klatschten auf die feuchten Planken, als der vom Ankerkabel befreite Schoner abfiel. Die Stagen zitterten und summten, das Großsegel blähte sich über geduckten Gestalten. Bolitho hielt sich an den Wanten fest und faßte sich in Geduld, bis der Schoner in Gang kam und mit Booten und Leichter im Schlepp seinen Bugspriet nach Osten richtete.

Parris schien überall zugleich zu sein. Hatte der Überfall Erfolg, konnte er leicht der ranghöchste Überlebende sein. Bolitho war überrascht, daß er der Möglichkeit seines eigenen Todes ohne Gefühlsregung ins Auge sah. Nun bat Parris, die Geschütze laden zu dürfen. »Ich denke, es ist das Beste, die Sechspfünder mit Doppelkugeln laden zu lassen, Sir, und das braucht seine Zeit.«

Bolitho war einverstanden, es schien ihm eine vernünftige Vorsichtsmaßnahme. »Und, Mr. Parris, schärfen Sie Ihren Leuten ein, die Schonerbesatzung gut zu bewachen. Ich möchte sie nicht auf ihrem eigenen Schiff eingesperrt untergehen lassen, falls die Spanier uns beschießen, aber ich traue keinem von ihnen auch nur einen Finger breit.«

Parris lächelte. »Bootsmannsgehilfe Dacie ist gut darin, Sir Richard.«

Um die Geschütze flitzten Gestalten. Bolitho hörte sie flüstern, während sie Pulverladungen und Kugeln in die Rohre rammten. Nun taten sie etwas, das sie verstanden und das man ihnen täglich eingepaukt hatte, seit sie des Königs Schiff betreten hatten.

Jenour schien ein wenig Schwedisch zu können und wechselte hin und wieder ein Wort mit dem Steuermann der *Spica*. Schließlich wurden zwei große Flaggen gebracht und von Fähnrich Hazlewood an die Leine geknüpft.

Es wurde langsam heller. Bolitho bewegte sich an Deck, prägte sich Gesichter ein, sah nach, wo jeder Mann seine Station hatte. *Spica* zog gut unter dem Druck der Segel. Zunehmende Erregung erfüllte ihn, die auch der Singsang des Lotgasten nicht dämpfen konnte. Er sah den schlanken Rumpf des Schoners vor sich, der sich unablässig zwischen versteckten Sandbänken hindurchwand, zuweilen mit nur wenigen Fuß Wasser unterm Kiel. Bei Tage hätten sie den Schatten der *Spica* auf dem Meeresboden gesehen.

»Alle Geschütze geladen, Sir!«

»Sehr gut.«

Bolitho fragte sich, wie es wohl Leutnant Dalmain mit seinen zwei Mörsern auf dem geschleppten Leichter ging. Für den Fall, daß der Angriff fehlschlug und *Thor* nicht mehr in der Lage war, die Leute abzuholen, sollte sich Dalmain an die Küste treiben lassen und sich ergeben. Bolitho schnitt eine Grimasse. Er wußte, was er unter solchen Umständen getan hätte. Seeleute hegten Mißtrauen gegen das Land. Während andere die See als Feind oder als Hindernis ansahen, würden Männer wie Dalmain die Fluchtchance ergreifen, die sie bot, selbst in einem so untauglichen Fahrzeug wie einem Leichter.

Jenour gesellte sich zu ihnen am Ruder und meldete: »Der schwedische Steuermann sagt, wir sind schon an der Batterie vorbei. Das größte Schatzschiff ankert in Linie mit dem ersten Fort. Es ist die *Ciudad de Sevilla*.«

Bolitho klopfte ihm auf die Schulter. »Das haben Sie gut gemacht.« Er sah die Karte vor sich. Es war genauso wie von Price beschrieben: das neue Fort erhob sich auf einem Felsensockel aus der See.

Der Lotgast rief plötzlich: »An der zweiten Marke!«

Parris murmelte: »Allmächtiger Gott, so flach!«

Bolitho befahl: »Einen Strich abfallen!« Er starrte ins Kompaßgehäuse. »Wer steht am Ruder?«

»Laker, Sir.«

Bolitho drehte sich wieder um. Der Seemann, der ausgepeitscht werden sollte.

Laker meldete: »Südost liegt an, Sir!«

Der Lotgast vorn gab Entwarnung: »An der Marke sieben!«

Bolitho öffnete die geballten Fäuste. *Spica* hatte also die

Untiefen hinter sich gelassen und tieferes Wasser erreicht. Doch wehe, wenn die Karte mit ihren spärlichen Daten unrecht hatte ...

»Marke fünfzehn!« Der Jubel in des Mannes Stimme war nicht zu überhören. Die Karte war nicht falsch, sie waren durch ...

Bolitho ging zur Heckreling und spähte nach ihrem Schleppzug aus. Die weißen Bugwellen leuchteten wie Flaumfedern auf dunklem Grund.

Allday bemerkte: »Sonnenaufgang jede Minute, Sir Richard.« Es klang gereizt. »Ich wäre wirklich froh, sie wieder untergehen zu sehen.«

Bolitho lockerte den Degen in seiner Scheide; er vermißte seine alte Waffe. Er malte sich aus, wie Adam sie trug, dazu Belindas beherrschtes Gesicht, wenn sie die Nachricht von seinem Tod erhielt.

Laut aber brummte er: »Genug der Melancholie, alter Freund! Wir haben schon Schlimmeres überstanden.«

Allday beobachtete ihn unbewegt in der Dämmerung. »Ich weiß, Sir Richard, ich werde nur manchmal ...«

Seine Augen leuchteten auf, Bolitho ergriff ihn am Arm.

»Die Sonne! Unser Freund oder Feind? Das fragt sich noch.«

»Klar zum Wenden!« Parris' Stimme klang sorglos. »Zwei Mann mehr an die Vorbrasse, Keats!«

»Aye, aye, Sir.«

Bolitho versuchte, sich Keats' Gesicht vorzustellen. Statt dessen kamen andere, ältere zum Vorschein: die Toten der *Hyperion*. Standen sie auf, um ihn, der zu ihnen gehörte, nun zu sich zu holen? Der Gedanke ließ ihn erschauern. Er schnallte die Scheide ab und warf sie fort, während er den Degen in der Hand balancierte.

Tageslicht floß golden übers Wasser. An Steuerbord dehnte sich die noch formenlose Masse des Landes. Irgendwo reflektierte ein Glasfenster kurz einen Sonnenstrahl, der Wimpel an ihrer Mastspitze glühte im ersten Licht wie eine Lanzenspitze auf. Das Fort lag fast in Linie mit dem Klüverbaum: ein Viereck, das sich deutlich vom Land abhob und auf das sie direkt zuhielten.

Bolitho ließ den Arm mit dem Degen baumeln, die andere Hand steckte im Ausschnitt seines Hemdes. Unter der heißen, feuchten Haut spürte er seinen Herzschlag; und doch war ihm kalt.

»Da ist es!«

Er hatte die Mastspitzen des großen Schiffes unterhalb des Forts entdeckt. Es konnte gar nichts anderes sein als die von Somervell erwähnte Galeone. Er sah Catherines Augen auf sich gerichtet, stolz und fordernd. Und sehr fern.

Da ließ er das Grübeln sein und hob langsam den linken Arm, bis das Sonnenlicht die Klinge streifte, als hätte er sie in geschmolzenes Gold getaucht.

Auf allen Seiten umgaben ihn die Geräusche von See, Wind und Gischt, dazu das lebhafte Geklapper des laufenden Guts und das Knarren der Wanten, als sich das Deck beim Überstaggehen neigte.

Bolitho schrie: »Da vorn liegt sie, Jungs! Bald sind wir quitt!«

Doch niemand antwortete; denn nur die Toten der *Hyperion* hatten ihn verstanden.

VII Die Schatzschiffe

Das schwache Tageslicht erschwerte es Bolithos Augen, die Einzelheiten der Faltkarte zu erkennen. Er wünschte, er hätte noch Zeit gehabt, in der winzigen Schonerkajüte alles genau zu überprüfen, doch war jede Sekunde kostbar. Wenn er vom schrägen Kompaßgehäuse aufschaute, öffnete sich vor ihm die große Reede wie ein Amphitheater. Da lagen noch mehr Schiffe vor Anker, aber aus der Entfernung wirkten sie wie beim Zentralfort zusammengedrängt. Dahinter lag die Küste mit weißen Häusern und dem Anfang einer gewundenen Straße, die ins Binnenland führte. Jeder Berggipfel wurde vom Sonnenlicht bestrichen. Die blaugrauen

Massen überschnitten sich und verblaßten in der Ferne, wo sie mit dem Himmel verschmolzen.

Er starrte das spanische Schiff an, das in seiner Größe der *Hyperion* gleichkam. Es mußte einen Monat oder mehr gedauert haben, es mit dem Gold und Silber zu beladen, das auf Packeseln und in Karren hergebracht wurde, wobei es Soldaten auf jeder Meile bewachten.

In Kürze, ehe die Sonne höherstieg und die ankernde *Thor* verriet, würde Leutnant Dalmain das Feuer auf die Batterie eröffnen.

Auf dem Deck des Schoners *Spica* saß die alte Mannschaft an der Luvverschanzung und betrachtete die britischen Seeleute. Kein Wunder, daß sie keinen Widerstand geleistet hatte. Im Gegensatz zu den sauberen Schweden sahen die Männer der *Hyperion* wie Piraten aus. Dacie, der Bootsmannsmaat, hielt den Kopf schief, so daß er gleichzeitig seine Männer und den Kapitän der *Spica* beobachten konnte. Über einer leeren Augenhöhle trug er eine schwarze Binde, die ihm ein schurkisches Aussehen verlieh. Parris' Vertrauen in ihn war offenbar gerechtfertigt. Skilton, einer der Meistergehilfen, war der einzige, der mit seinem biesenbesetzten Rock so etwas wie eine Uniform trug.

Auch Jenour war dem Beispiel seines Admirals gefolgt und hatte Hut und Rock abgelegt. Er trug einen Degen mit feiner blauer Klinge aus deutschem Stahl, den seine Eltern ihm mitgegeben hatten.

Bolitho suchte sich zu lockern. Es war ein weiter Weg aus jenem stillen Zimmer der Admiralität, wo man diesen Plan mit aller Gründlichkeit erörtert hatte, bis hierher.

Parris trug das Hemd bis zur Taille offen. In der frischen Landbrise fiel ihm sein dunkles Haar über die Augen. Hatte Haven ein Recht, ihn zu verdächtigen? Schwer zu sagen. Man hätte es verstehen können, wenn Mrs. Haven ihn dem farblosen Kapitän vorzog.

Eine Möwe flog über das Toppsegel. Ihr wilder Schrei mischte sich mit dem Geschmetter einer fernen Trompete. An Land oder vor Anker, überall regten sich Männer, griffen

Köche nach ihren Pötten und Pfannen. Parris grinste Bolitho über die Länge des Decks hinweg zu und rief: »Gleich gibt's ein unsanftes Erwachen, Sir Richard!«

Trotzdem war der Knall, als er kam, eine Überraschung. Es war ein doppelter Donnerschlag, der über das Wasser rollte und wie ein Gegensalut als Echo zurückkam. Die Mörser!

Bolitho sah plötzlich Francis Inch vor sich, dem man als erstes Kommando eine Bombarde wie die Imries gegeben hatte. Er konnte fast seine Stimme hören wie damals, als er mit seinem Pferdegesicht aufmerksam an den Mörsern entlanggegangen war, jede Richtung abwägend und jeden Schuß.

Als die beiden Mörser aufs neue feuerten, vergaß er Inch. Die Druckwelle der Detonation prallte gegen ihr Schiff. Bolitho faßte seinen Degen fester, als sich an des großen Spaniers Rahen Flaggen entfalteten.

»Setzt das Erkennungssignal, Mr. Hazlewood!«

Die zwei Flaggen flitzten hoch und flatterten träge. Jetzt fehlte nur noch, daß der Wind nachließ und sie hilflos dalagen.

Parris brüllte: »Springt umher, ihr faulen Brüder! Schwenkt die Arme, zeigt achteraus! Aber aufgeregt!« Er lachte wild, als einige Seeleute die Verfolgten zu markieren begannen.

Bolitho schnappte sich ein Fernglas und richtete es auf den verankerten Spanier. Etwa eine halbe Kabellänge dahinter lag ein zweites Schiff. Zwar kleiner als die *Ciudad de Sevilla,* aber wahrscheinlich mit genügend Beute, um eine Armee monatelang zu unterhalten.

Parris rief: »Sie haben Enternetze aufgezogen, Sir Richard!«

Der nickte. »Wir ändern Kurs und laufen ihm vor den Bug!«

Es sollte so aussehen, als ob sie den Schutz des nächsten Forts suchten.

»Ruder nach Lee, Sir!«

»Stütz! Recht so!«

Bolitho hielt sich fest. Der Schoner lag hart am Wind, die Segel killten und schlugen. Er zuckte zusammen, als die Mörser wieder einsetzten. Die Küstenbatterie schwieg noch immer. Vielleicht hatte schon die erste Salve gewirkt, waren die schweren Kugeln wie tödliche Dreschflegel auf sie niedergegangen und hatten Eisensplitter und Schrappnells verspritzt.

Achteraus von *Spica* zogen Rauchschwaden dahin, auch war Dunst aufgekommen, der den Weg durch die Untiefen völlig verbarg. Das konnte die Einfahrt der nachkommenden *Thor* verzögern, aber so war sie wenigstens vor der Batterie sicher.

Bolitho sagte: »Unsere Leute sollen sich ja nicht sehen lassen, Mr. Parris!«

Jemand schrie: »Wachboot an Steuerbord, Sir!«

Bolitho schwenkte das Fernglas und sah einen dunklen Bootsrumpf um ein ankerndes Handelsschiff biegen. Vielleicht hatten seine Leute eben noch an ihre Siesta gedacht, an etwas Wein im Sonnenschein. Er sah die glänzend rot gemalten Riemen eifrig pullen, um das Boot möglichst eng zu drehen.

Weiter hinten konnte er die Umrisse einer spanischen Fregatte mit leeren Masten erkennen. Vermutlich wurde sie neu ausgestattet oder besserte nach dem Sturm ihre Schäden aus.

»Zwei Strich Steuerbord, Mr. Parris!« Bolitho hielt das Glas fest, als sich das Deck wieder neigte. Er hörte weitere Trompetenstöße, wahrscheinlich vom neuen Fort, und konnte sich ausmalen, wie die aufgeschreckten Artilleristen an ihre Geschütze rannten, noch ungewiß, was eigentlich geschah. Kanonendonner . . . Doch nichts war in Sicht außer einem schwedischen Schoner, der verständlicherweise Schutz suchte; keine feindliche Flotte, kein kühner Vorstoß. Schließlich hätten die äußeren Forts solch verwegene Dummheit aufgehalten.

Der Klüverbaum der *Spica* schwang seitwärts, als ob er die

Back des Schatzschiffes aufspießen wollte, obwohl sie noch immer eine Kabellänge entfernt waren. Das Wachboot pullte ihnen ohne sonderliche Eile entgegen. Ein Offizier erhob sich und spähte durch Rauch und Dunst.

Bolitho sagte: »Das Wachboot wird sich dazwischenschieben. Tut so, als ob ihr Segel refft.«

Ein plötzlicher Windstoß füllte das Toppsegel, und hoch über Deck riß knallend eine Leine. Dacie stieß einen Matrosen mit der Faust an. »Hoch mit dir, Junge! Sieh nach!«

Er richtete nur sekundenlang den Blick nach oben, aber es genügte, daß der schwedische Kapitän vorspringen und einem kauernden Seemann das Gewehr entreißen konnte. Er legte es auf die Verschanzung und feuerte dem Wachboot entgegen. Der Pulverdampf hatte sich noch nicht verzogen, da lag der Kapitän schon an Deck, von einem Engländer niedergeschlagen.

Das Wachboot ruderte hastig zurück, die Riemen wühlten das Wasser zu Schaum. Es war keine Zeit zu verlieren.

Bolitho brüllte: »Rammt sie! Schnell!«

Er vergaß das Brüllen, überhörte sogar den Knall eines weiteren Gewehrschusses, als der Schoner drehte und wie eine Galeere gegen das Wachboot stieß.

Es war ein markerschütternder Aufprall. Bolitho sah Riemen und Plankenstücke vorbeitreiben, Menschen mühten sich im Wasser ab, deren Schreie im auffrischenden Wind und dem Killen der Segel untergingen.

Das Schatzschiff überragte sie turmhoch. Einige Gestalten, die sich soeben noch nach der Ursache der Detonationen umgesehen hatten, rannten die Reling entlang, andere zeigten gestikulierend auf den angreifenden Schoner.

»Klar zum Entern!« Bolitho griff zum Degen und zog den um seine Taille gebundenen Tampen enger. Als sie die letzten hundert Meter zurücklegten, hatte er die Gefahr und auch die Sorge um sein unzuverlässiges Auge vergessen.

»Ruder hart über! Runter mit dem Toppsegel!«

Gewehrkugeln flogen über ihre Köpfe, eine meißelte einen langen Splitter aus dem Deck.

»Feuer einstellen!« Parris schritt vorwärts und achtete auf seine Männer, die geduckt den Zusammenstoß mit dem Spanier erwarteten.

Bolitho erblickte die aufgehängten Netze, die sie am Entern hindern sollten, sah Gesichter durch die Maschen peilen, eine einzelne Figur ein Gewehr laden, und hielt sich mit einem Bein am Vorwant fest.

In der Bordwand des Spaniers klappte wie das Auge eines erwachenden Mannes eine Stückpforte auf. Dann wurde die Mündung des Rohrs sichtbar, und Sekunden später zuckte die Feuerzunge hervor, der ein ohrenbetäubender Knall folgte. Doch war es nur eine trotzige Geste, die Kugel landete harmlos im Wasser wie ein springender Delphin.

Als auch das letzte Segel den Wind verlor, stieß der Klüverbaum des Schoners durch die Backbordwanten des Spaniers und zersplitterte. Zerrissenes Tauwerk und gebrochene Blöcke rieselten auf die Back, ehe beide Schiffsrümpfe mit einem fürchterlichen Krachen gegeneinander prallten. Der Vormast der *Spica* fiel wie ein abgesägter Zweig, aber durch seine zerfetzte Leinwand und wirre Takelage rannten Männer, blind für alles andere und nur bestrebt, den Feind zu entern.

»Drehbasse!« Bolitho riß den Fähnrich zur Seite, als die nächste Basse in ihrem Pivot einruckte und ihre mörderische Ladung über die schnabelförmige Galion des Gegners prasselte. Männer fielen strampelnd ins Wasser. Ihre Schreie wurden unhörbar, als Parris mit den Sechspfündern feuern ließ.

Allday hielt sich keuchend an Bolithos Seite, das Entermesser baumelnd am Handgelenk, als er auf die Verschanzung des Spaniers sprang. Ihn von achtern zu entern, wäre unmöglich gewesen; das hohe Heck ragte mit dem vielen Schnitzwerk wie eine pompöse Klippe empor. Vorne ging es leichter. Männer erstiegen die Galion und hackten jeden Widerstand beiseite, während andere sich einen Weg durch die Netze schnitten.

Ein Spieß zuckte vor wie die Zunge eines großen Reptils.

Einer von Parris' Leuten fiel zurück, die Hände in den Bauch gekrallt, und stürzte mit entsetzten Augen ins Wasser hinunter. Ein anderer, der sich nach ihm umdrehte, fing an zu gurgeln, als der Spieß in seinen Hals drang und im Nacken wieder herausfuhr; er stürzte seinem Freund nach.

Dacie war mit einigen Seeleuten schon an Deck gelangt. Sie rissen die restlichen Netze weg. Bolitho fühlte, daß ihn jemand beim Handgelenk packte und durch eine Lücke hinüberzog. Ein anderer taumelte mit glasigen Augen gegen ihn, eine Kugel hatte ihm die Brust zerschmettert.

»Männer der *Hyperion,* her zu mir!« Parris schwenkte seinen bluttriefenden Säbel. »Aufs Steuerbord-Seitendeck!«

Schüsse krachten, Querschläger winselten über ihren Köpfen. Zwei weitere Leute fielen, im Todeskampf eine blutige Spur auf den Planken hinterlassend.

Bolitho starrte grimmig nach achtern, als die Drehbassen die hohe Poop bestrichen. Sie fegten eine Handvoll Männer weg, die wie durch Zauberhand dort aufgetaucht waren. In Sekundenschnelle bemerkte er, daß sie nur teilweise bekleidet oder gänzlich nackt waren: wahrscheinlich einige Schiffsoffiziere, die der plötzliche Überfall aus dem Schlaf gerissen hatte.

Parris besetzte mit seinen Leuten den Steuerbordgang, wo sie eine Drehbase nahmen und auf eine offene Luke richteten, aus der ihnen noch mehr Gesichter entgegenstarrten.

Als auch der Rest des englischen Enterkommandos den kleinen Schoner verlassen hatte, nahmen die Schweden die Gelegenheit wahr, um ihr Fahrzeug zusammen mit den Booten der *Hyperion* vom Schatzschiff freizuhacken.

Dacie schwang sein Enterbeil. »Auf sie, Jungs!«

Jede Teerjacke wußte, daß es kein Zurück gab, nur Sieg oder Tod. Für das, was sie angerichtet hatten, würden ihnen die Spanier kein Pardon gewähren. Bolitho hielt inne, vom beißenden Pulverdampf tränten ihm die Augen, aber er sah, daß die Matrosen sich in Gruppen aufteilten. Zwei stellten sich an das Doppelruderrad unterm Hüttendeck, andere schwärmten schon nach oben aus und setzten die Marssegel, während Dacie nach vorn eilte, um das dicke Ankerkabel zu kappen.

Aus den Niedergängen krachten Schüsse, die aber sofort von den Drehbassen erwidert wurden. Deren geballte Ladungen verwandelten die überfüllten Treppen in blutige Schlünde.

Aus dem Nichts erschien ein Spanier und stach auf einen bereits schwerverwundeten Seemann ein, der auf allen Vieren davonkroch. Ihm gegenüber stand mit einem Dolch in der Hand der kleine Fähnrich Hazlewood, als der Spanier von seinem Opfer abließ. Zwischen beide sprang Allday und brüllte heiser: »Hierher, Freundchen!«, als ob er einen Hund riefe. Der Spanier zögerte mit erhobener Klinge, zu spät erkannte er die Gefahr. Alldays schweres Entermesser traf ihn mit einer derartigen Wucht überm Schlüsselbein, daß es aussah, als wolle er ihm den Kopf abschlagen. Der Mann flog herum, sein Säbel fiel klirrend an Deck, und Allday schlug erneut zu. Hinterher grollte er: »Holen Sie sich eine vernünftige Klinge, Mr. Hazlewood, mit dem Piekser da können Sie nicht mal eine Ratte töten!«

Bolitho eilte achteraus ans Ruder. Er sah, wie sich der Steven aufs nächste Fort richtete, gleichzeitig kam der Ruf: »Ankerkabel ist los!«

»Setzt die Marssegel! Beeilt euch, ihr Hunde!«

Dacies einziges Auge leuchtete wie eine Glasperle im Sonnenlicht. Parris wischte sich mit einem zerfetzten Ärmel den Mund. »Wir sind in Fahrt!« jubelte er dann. »Wir segeln! Über das Ruder!«

Außenbords platschte es, dann sahen sie einige spanische Seeleute vom Schiff fortschwimmen. Sie mußten aus den Stückpforten gesprungen sein, um dem Abschlachten an Deck zu entgehen.

Fähnrich Hazlewood taumelte mit niedergeschlagenen Augen zu Bolitho, voller Angst vor dem furchtbaren Anblick, der sich ihm bot. Bei den Speigatten lagen Leichen, getroffen von den doppelten Sechspfünderkugeln, und andere, welche die Eindringlinge hatten abwehren wollen, als die Drehbassen das Deck mit ihren mörderischen Schrapnells bestrichen.

Ein Klüver blähte sich im Wind, das große Schiff begann anzuluven. Seinem Tiefgang nach zu urteilen, mußte es seine kostbare Ladung schon übernommen haben. Wie würde der Kommandant des Forts sich verhalten? Würde er auf sie schießen, oder ließ er sie lieber davonsegeln, als sie zu versenken?

Das zweite Schatzschiff schien ihnen entgegenzugleiten. Wie blitzende Nadelstiche kam Gewehrfeuer aus seinen Masten, aber bei dieser Entfernung wäre es ein Wunder gewesen, wenn die Toppgasten oder gar die an Deck Stehenden getroffen worden wären.

Bolitho drängte: »Reicht mir ein Glas!« Hazlewood fummelte damit herum, seine Hand zitterte noch vor Schreck. Er war um Haaresbreite dem Tod entronnen, als ihn Alldays Entermesser vor dem Schlimmsten bewahrt hatte.

Bolitho schwenkte das Glas auf das andere Schiff, das nun zwischen ihnen und dem Fort lag. War es erst aus dem Weg, würde jedes Geschütz der Batterie auf sie gerichtet sein. Wenn ich Kommandant des Forts wäre, würde ich trotzdem schießen, dachte Bolitho. Ein Schiff zu verlieren, war schon schlimm genug, aber einen solchen Schatz ohne weiteres entwischen zu lassen, dürfte wenig Gnade vor dem Oberbefehlshaber in Caracas finden.

Man hörte einen rauhen Jubelschrei, und Parris rief: »Bei Gott, da kommt Imrie!«

Die *Thor* hatte jedes bißchen Leinwand gesetzt, so daß ihre Segel im frühen Morgenlicht wie eine große, rot-goldene Pyramide leuchteten. Alle ihre kurznasigen Karronaden waren zu beiden Seiten des schwarz- und ockergestreiften Rumpfes wie ein Gebiß ausgefahren. Ihr Anstrich glänzte, als sie Ruder legte und auf die beiden Schatzschiffe zudrehte. Im Vergleich zur langsamen *Ciudad de Sevilla* bewegte sich die *Thor* leichtfüßig wie eine Fregatte.

Der Handstreich mußte jedermann in den Forts und an

der Küste völlig überrascht haben. Zuerst war ein schwedischer Schoner aufgetaucht, dem ein Kriegsschiff folgte, und das innerhalb ihres eigenen schwerbestückten Territoriums. Bolitho dachte flüchtig an Kapitän Price. Dies wäre seine Stunde gewesen.

»Signal an *Thor:* Das andere Schatzschiff versenken!«

Obwohl es ursprünglich eine Bootsattacke werden sollte, hatten sie auch diese Möglichkeit in Betracht gezogen. Bolitho schaute auf das blutverschmierte Deck nieder, auf die offenen Mundes daliegenden Toten und die stöhnenden Verwundeten. Wie es aussah, hätten sie ohne den Schoner wahrscheinlich keinen Erfolg gehabt.

Er griff wieder zum Fernglas. An Bord des anderen Schiffes strömten die Spanier zusammen, Bajonette und Spieße funkelten im Sonnenlicht. Sie erwarteten eine Entermannschaft der *Thor,* und diesmal wollten sie vorbereitet sein. Als sie Imries wahre Absicht erkannten, war es zu spät. Eine Trompete schmetterte, Pfeifen schrillten, sie rannten in Panik hierhin und dorthin und prallten schließlich wie konfuser Seegang aufeinander.

Fast graziös umrundete der gedrungene Rumpf der *Thor* das andere Schiff, bis sein ungeschütztes hohes Heck ihm zugekehrt war. Dann feuerten die Karronaden eine langsame Breitseite ab. Schuß für Schuß löste sich mit dem ohrenbetäubenden, für Karronaden so typischen kurzen Donnerschlag. Vom hohen Kastell des Gegners rieselte es golden, die schimmernden Schnitzereien klatschten in die See oder wurden hoch in die Luft gewirbelt. Als der Wind den Rauch forttrieb, klaffte anstelle des Heckaufbaus eine schwarze Höhle in der Bordwand. Die schweren Kartätschen hatten den Rumpf der Länge nach wie eine eiserne Woge durchschlagen und alles unter Deck hinweggefegt.

Thor drehte abermals. Als die Spanier versuchten, das Ankertau ihres zerschlagenen Schiffes zu kappen, kreuzte sie wieder auf und feuerte mit der anderen Batterie eine Breitseite ab. Der Spanier verschwand im Rauch. Sein Besan und Großmast waren mit wirrem Durcheinander längst über

Bord gefallen, und die Taue lagen an Deck und im Wasser wie Lianen verstreut.

Bolitho, der das Schauspiel direkt vor Augen hatte, mußte schlucken und räusperte sich.

»Setzt die Breitfock, Mr. Parris.«

Er packte die Schulter des Fähnrichs, der wie angeschossen hochsprang. »Signal an *Thor:* Her zu mir!« Als er den Griff lockerte, fügte er hinzu: »Du hast dich gut gehalten.« Dann sah er die Männer am Ruder, ihre rauchverschmierten Gesichter und bloßen Füße, ihre blutigen Entermesser. »Ihr habt es alle gut gemacht!«

Das große Vorsegel füllte sich, das Deck neigte sich ein wenig, und ein Leichnam rollte vor die Speigatten, als ob er sich bisher nur totgestellt hätte.

Auf dem Vordeck stand Jenour. Dort bewachten zwei bewaffnete Seeleute eine offene Luke, weil niemand wußte, wie viele Feinde noch im Innern des Schiffes steckten. Jenour spürte, daß Bolitho ihn ansah, und hob seinen schönen Degen wie zum Salut. Wie für den dreizehnjährigen Hazlewood war es auch für ihn wahrscheinlich das erste Blutvergießen gewesen.

»*Thor* zeigt verstanden, Sir!«

Bolitho wollte seinen Degen ablegen und erinnerte sich, daß er die Scheide vor dem Handgemenge weggeworfen hatte. Nun lag sie auf dem kleinen Schoner, der soeben im Dunst verschwand und nur noch eine Erinnerung war.

»Nordost zu Ost liegt an, Sir!«

Vor ihnen, milchblau im frühen Licht, dehnte sich die offene See. Männer jubelten – verblüfft, verstört, voller Freude und auch, weil sie das Ganze noch gar nicht fassen konnten.

Parris grinste breit und drückte die Hand des Meistergehilfen so kräftig, daß dieser zusammenzuckte. »Sie gehört uns, Mr. Skilton! Gott verdamm' mich, wir haben ihnen das Schiff unter ihrer Nase weggenommen!«

Skilton schnitt eine Grimasse. »Wir sind noch nicht daheim, Sir.«

Bolitho hob das Glas wieder, es dünkte ihn schwer wie Blei. Weniger als eine Stunde war verflossen, seit sie das verankerte Schatzschiff überfallen hatten. Eine Unmenge kleiner Boote verließ die Küste, eine Brigg setzte Segel, um sich ihnen anzuschließen. Sie alle strömten zu dem spanischen Wrack. Die letzte Breitseite muß es wie ein Sieb durchlöchert haben. Jedes Boot und jede Hand würde nötig sein, um zu bergen, was noch zu bergen war, ehe es kenterte und unterging. Es nicht zu entern, hatte sich gelohnt. Wenn sie versucht hätten, beide zu nehmen, hätten sie keines bekommen, sondern beide verloren. Der Meistergehilfe hatte schon recht: Bis daheim war noch ein langer Weg.

Er ließ den Degen an Deck fallen, er war ungebraucht wie der Dolch des kleinen Fähnrichs. Todessehnsucht? Er hatte keine Furcht empfunden, wenigstens nicht für sich selbst. Er sah die Matrosen an den Backstagen heruntergleiten. Hundert Mann Besatzung hatte er für die *Ciudad de Sevilla,* das reichte. Sie vertrauten ihm, und das war vielleicht der größte Sieg.

Bolitho nahm sich eine Kaffeetasse und schob sie gleich wieder fort: leer. Das hätte Ozzard unter diesen Umständen nie zugelassen. Müde rieb er sich die Augen und sah sich in der überreichlich ausgestatteten Kajüte um. Im Vergleich zu einem britischen Kriegsschiff war es ein Palast, sogar für einen Vizeadmiral. Er lächelte dünn.

Es war Nachmittag. Trotzdem konnten sie vom Großmast immer noch das spanische Festland sehen. Aber Geschwindigkeit war so wichtig wie die Entfernung, deshalb ließ er bei dem stetigen Nordwestwind jeden Fetzen setzen, den das Schiff tragen konnte. Er hatte ein ebenso kurzes wie feindseliges Gespräch mit dem spanischen Kapitän gehabt, einem arroganten, bärtigen Mann mit dem Gesicht eines alten Conquistadors. Schwer zu sagen, was diesen Spanier mehr ärgerte: daß ihm sein Schiff unter den Kanonen des eigenen Forts weggenommen wurde oder daß ihn ein Mann befragte, der sich zwar als englischer Admiral ausgab, aber in seinem zerlumpten Hemd und den rauchgeschwärzten Kniehosen eher wie ein Landstreicher aussah.

Er nannte Bolithos Absicht, das Schiff in friedlichere Gewässer zu segeln, aussichtslos. Wenn die Abrechnung kam, würde es ein Ende ohne Gnade sein, hatte er in merkwürdig eintönigem Englisch gesagt. Da hatte Bolitho das Gespräch beendet und gelassen erklärt: »Niemand erwartet Gnade von einem Land, das sogar die eigenen Leute wie Tiere behandelt.«

Bolitho hörte, wie Parris einem Mann im Besanmast etwas zurief. Er war unermüdlich und nicht zu stolz, beim Brassen oder Heißen mit anzupacken. Mit ihm hatte Bolitho eine gute Wahl getroffen.

Thor war dem schwerfälligen Schatzschiff gefolgt, wahrscheinlich ebenso erstaunt über ihren Erfolg wie alle. Doch so groß dieser auch war, er hatte seinen Preis gefordert und Trauer hinterlassen wie nach jedem Gefecht.

Leutnant Dalmain war ums Leben gekommen, aber seine Leute waren von *Thor* abgeborgen worden. Die beiden Mörser mußten aufgegeben werden, ihr wuchtiger Rückstoß hatte den lecken Leichter bis auf den Kiel zerschlagen. Dalmain hatte seine Leute in Sicherheit gebracht und war noch einmal zurückgekehrt, um etwas zu holen. Dabei war der Leichter plötzlich vollgelaufen und weggesackt. Nun lag Dalmain bei seinen geliebten Mörsern.

Vier Mann waren beim Angriff gefallen, drei weitere schwerverwundet worden. Einer der letzteren war Seemann Laker, der einen Arm und ein Auge verloren hatte, als eine Muskete ihn auf Nahschußdistanz beschoß. Bolitho hatte gesehen, wie Parris über ihm kniete, als der Mann krächzte: »Besser als ausgepeitscht, nicht wahr, Sir?« Dann hatte er nach der Hand des Leutnants getastet. »Konnte ein kariertes Fell noch nie leiden, schon gar nicht seinetwegen.«

Wahrscheinlich meinte er Haven. Wenn sie die *Hyperion* bald trafen, würde deren Chirurg ihn vielleicht retten können.

Bolitho dachte an die Fracht unter seinen Füßen: Kisten

und Kästen voll Gold und Silber, juwelenbesetzten Kruzifixen und Schmuckstücken. Im Licht von Alldays Laterne glitzerten die Schätze fast ordinär. Sie hatten Glück gehabt, dachte er müde. Dem spanischen Kapitän war eine Information entschlüpft: An eben jenem Morgen sollte sich eine Kompanie Soldaten auf der *Ciudad* einschiffen, um den Schatz zu begleiten, bis er in spanischen Gewässern entladen wurde. Eine Kompanie regulärer, disziplinierter Soldaten aber hätte ihren Handstreich zum Gespött gemacht.

Er dachte an den kleinen Schoner *Spica* und seinen Kapitän, der versucht hatte, Alarm auszulösen. Sein Schiff war heil, aber die Spanier würden kaum andere Schiffe abstellen, um ihn in sichere Gewässer zu geleiten. Vielleicht sahen sie in ihm sogar den Schuldigen. Eines war sicher: Er würde nie wieder mit dem Feind Handel treiben, ob neutral oder nicht.

Bolitho gähnte herzhaft und massierte seine Stirnnarbe. Samuel Lintott, der imponierende Bootsmann der *Hyperion,* würde einige Flüche loslassen, wenn er den Verlust der Jolle und der beiden Kutter entdeckte. Vielleicht konnte ihn das hohe Prisengeld trösten, das allen winkte. Der Admiral bemühte sich, nicht einzunicken. Er konnte sich nicht erinnern, wann er zuletzt ungestört geschlafen hatte.

Das Schiff und seine reiche Ladung würden in der City von London Freude auslösen, und natürlich bei seiner Britannischen Majestät, dem König, der sich nicht einmal an seinen Namen erinnert hatte, als er ihn mit dem Schwert zum Ritter schlug. Doch vielleicht bedeutete der Schatz für diejenigen, die so viel besaßen, gar nichts Besonderes.

Man konnte einen Krieg auch anders führen, als mit Kanonen Blut zu vergießen. Aber weder das eine noch das andere schien ihm richtig zu sein; er fühlte sich unbehaglich. Nur der Stolz ließ ihn durchhalten und der Gedanke an seine Männer. An solche, die ihre Leute retteten und selbst untergingen wie Dalmain. Oder an jene wie Seemann Laker, der Schulter an Schulter mit seinen Freunden gefochten hatte, weil sie mehr für ihn bedeuteten als irgendeine Flagge oder Beute.

England kam ihm in den Sinn, und er fragte sich, wie Belinda wohl ihre Zeit in London verbrachte. Er sah ihr Bild wie durch ein salzbeflecktes Teleskop, farblos und verschwommen, und fühlte sich vage schuldig. Dann schweiften seine Gedanken zu Viscount Somervell, obwohl das nur ein Umweg war, der ihn wieder zu Catherine führte. Würden sie nun Westindien verlassen, nachdem der Schatz oder doch ein großer Teil davon erbeutet war?

Seine Stirn berührte den Unterarm, und er fuhr jäh hoch, weil er am Tisch eingenickt war. Gleichzeitig hörte er die Stimme des Ausgucks im Masttopp. Als Parris antwortete und der Ausguck abermals brüllte, war er schon auf den Füßen und blickte durchs Oberlicht.

»Achtung, Deck! Zwei Segel in Nordwest!«

Bolitho durchschritt ihm fremde Türen und passierte eine Reihe verlassener Kabinen. Die Reste der spanischen Schiffsbesatzung waren im Laderaum eingeschlossen, wo sie weder das Schiff zurückerobern noch den Rumpf beschädigen konnten, ohne ihr eigenes Leben zu gefährden. Alle Leute der *Hyperion* befanden sich an Deck oder hoch oben in der Takelage. Neben einem Bücherbord hing das Porträt eines spanischen Edelmannes, den er für den Vater des Kapitäns hielt. Vielleicht war es auch bei ihm so wie in dem alten grauen Haus in Falmouth, auch er hatte Gemälde, die eine Familiengeschichte erzählten.

An der Backbordseite des Achterdecks standen Parris, Jenour und Skilton, der Meistergehilfe, jeder mit einem Fernglas. Parris sah ihn und grüßte. »Noch nichts Neues, Sir Richard.«

Der Horizont bildete eine scharfe Linie, er glich der Krone eines Deiches, hinter der man nichts sehen konnte. Bis es dunkel war, würden noch Stunden vergehen. Das alles dauerte viel zu lange.

»Vielleicht ist's die *Hyperion,* Sir Richard.«

Doch beide glaubten es nicht. Bolitho meinte: »Bei diesem günstigen Wind hätten wir schon mittags mit ihr zusammentreffen müssen«, und setzte nach einer Pause hinzu: »Benachrichtigt *Thor,* Imrie dürfte die Fremden noch nicht gesehen haben.«

Er machte ein paar Schritte hierhin und dorthin, das Kinn in der Halsbinde vergraben. Das gab ihm Zeit zum Überlegen. Er mußte sich mit dem Gedanken vertraut machen, daß der Feind ihm auf den Fersen war. Bei der *Ciudad de Sevilla* aber handelte es sich weder um ein Kriegsschiff, noch verfügte sie über die Bewaffnung eines Indienfahrers. Die Geschütze mit ihren verzierten Lafetten und demonstrativen Bronzemäulern machten zwar einen kriegerischen Eindruck, waren aber nutzlos außer gegen Piraten und Freibeuter.

Er musterte einige Seeleute in seiner Nähe. Das Gefecht hatte ihnen genug abverlangt. Freunde waren verwundet und getötet worden, doch ihr Überleben und der Traum vom Prisengeld hatten sie in Hochstimmung versetzt. Nun kam es wieder anders. Ein Wunder, daß sie nicht nach achtern eilten, sich alles aneigneten und flohen. Nur Bolitho und zwei Leutnants hätten sie daran hindern können.

Der Ausguck rief: »Zwei Fregatten, Sir! Dem Aussehen nach Spanier!«

Bolitho stockte der Atem, alle sahen ihn an. Irgendwie hatte er geahnt, daß Haven mit der *Hyperion* nicht rechtzeitig kommen und ihm helfen würde. Es mutete wie ein Witz an, daß er ihm selbst einen ehrenvollen Ausweg eröffnet hatte.

Parris sagte gleichmütig: »Nun, wie man hört, ist die See unter unserm Kiel zwei Meilen tief. Die Dons kriegen das Gold nicht wieder, es sei denn, daß sie so tief tauchen können.«

Niemand lachte.

Bolitho schaute Parris an. Die Entscheidung liegt allein bei mir, dachte er. Sollte *Thor* sie und das Gold an Bord nehmen? Da sie nur noch die Hälfte der Boote verfügbar hatten, würde das zu lange dauern. Sollte man das große Schiff mit all seinen Schätzen anbohren und auf *Thor* fliehen, in der Hoffnung, die Fregatten aussegeln zu können, wenigstens bis zum Anbruch der Nacht?

Ein Sieg, der sozusagen in die Binsen ging.

Jenour trat näher. »Laker ist eben gestorben, Sir.«

Bolitho drehte sich mit blitzenden Augen um. »Für wen – das wollten Sie doch fragen? Müssen jetzt alle sterben, nur wegen der Arroganz eines Vizeadmirals?«

Überraschenderweise wich Jenour nicht zurück. »Lassen Sie uns kämpfen, Sir Richard.«

Bolitho ließ die Arme fallen. »Mein Gott, Stephen, Sie meinen es wirklich ernst, wie?« Er lächelte, sein Ärger war verraucht. »Aber ich will nicht, daß noch mehr sterben.« Sein Blick ging zum Horizont. »*Thor* soll beidrehen, dann holt die Gefangenen an Deck.«

Der Ausguck schrie: »Zwei spanische Fregatten und ein anderes Segel dahinter!«

Parris murmelte: »Allmächtiger Gott! Na, Mr. Heißsporn, wollen Sie noch immer kämpfen?«

Statt einer Antwort griff Jenour zum Degen. Das sagte mehr als alle Worte.

Allday beobachtete die Offiziere und versuchte auszuloten, was falsch gelaufen war. Nicht das Scheitern allein bedrückte Bolitho, eher schon, daß die alte *Hyperion* ihn im Stich gelassen hatte. Allday knirschte mit den Zähnen. Wenn er jemals wieder den Hafen erreichte, würde er mit dem verdammten Haven ein für allemal abrechnen, und das mit Schwung obendrein.

Bolitho mußte es die ganze Zeit geahnt haben. Warum sonst hatte er den alten Degen für Adam an Bord zurückgelassen? Allday fühlte einen Schauder im Rücken. Auch er hätte es wissen müssen.

Alle starrten in die Höhe, als der bis dahin vergessene Vormastausguck brüllte: »Segel in Nordost, Sir!«

Bolitho verschränkte die Finger. Das neue Schiff war aufgekommen, als aller Augen auf die anderen gerichtet waren. Er sagte: »Entern Sie auf, Stephen. Mit einem Glas.«

Jenour zögerte einige Sekunden, als denke er nach. Dann aber war er auch schon fort und zog sich bald Hand über Hand an den Vorwanten empor, wo er sich zum Ausguck auf die unsichere Sitzstange der Saling gesellte.

Es schien eine Ewigkeit zu dauern. Andere waren ebenfalls aufgeentert oder klammerten sich an die Webeleinen, um den Horizont abzusuchen. Bolitho fühlte einen Kloß in der Kehle. Es war gewiß wieder nicht die *Hyperion,* denn ihre Masten und Rahen hätten sie jetzt schon klar erkannt.

Jenour schrie etwas herunter. In den Geräuschen der Takelage drang seine Stimme fast nicht bis zum Achterdeck.

»Es ist ein Engländer, Sir! Zeigt seine Nummer!«

Parris kletterte in die Besanwanten und richtete sein Glas auf die beiden Verfolger.

»Sie teilen sich, um uns in die Zange zu nehmen, Sir Richard. Sie müssen den Engländer ebenfalls gesichtet haben.« Wütend setzte er hinzu: »Nicht, daß er uns jetzt noch helfen könnte, verflucht noch mal!«

Jenour meldete sich wieder: »Es ist die *Phaedra,* unsere Korvette.«

Bolitho fühlte, daß Parris ihn ansah. Die vermißte Korvette hatte sich endlich eingefunden, aber nur, um Zeugin ihres Endes zu werden.

Jenour meldete sich aufs neue, brach ab und versuchte es wieder. Seine Stimme war kaum noch verständlich.

»*Phaedra* hat ein Signal gesetzt, Sir! Es lautet: Feind in Sicht!«

Bolitho schaute zu Boden, auf die dunkle Stelle an Deck, wo ein spanischer Seemann gestorben war. Dieses Signal würde von allen anderen Schiffen verstanden werden, auch von den fremden. Er dachte an seine alte *Hyperion,* wie dort die Männer beim Trommelklang auf Gefechtstationen gerannt waren.

Voll ungläubigem Erstaunen meldete Parris: »Die Dons drehen ab, Sir Richard!« Er wischte sich das Gesicht, vielleicht sogar die Augen. »Verdammt, macht es nächstes Mal nicht so spannend!«

Indessen verblaßten die spanischen Bramsegel im Dunst, und die flinke Korvette näherte sich dem Schatzschiff und seinem einzigen Begleiter. Bald stellte sich heraus, daß sie ganz allein war.

Das ungleiche Trio rollte beigedreht in der Dünung, als der jugendliche Kommandant der *Phaedra* in seiner Gig herübergerudert wurde. Hastig kletterte er an der hohen Bordwand empor und lüftete den Hut vor Bolitho; kaum konnte er sein Grinsen zurückhalten.

»Wo sind die anderen Schiffe?« Bolitho starrte den jungen Mann verblüfft an. »Wem galt Ihr Signal?«

Der Commander riß sich zusammen. »Mein Name ist Dunstan, Sir Richard.«

Bolitho dankte. »Und woher kennen Sie *mich?*«

Das Grinsen leuchtete wieder auf wie ein Sonnenstrahl in einer Wolkenlücke.

»Ich hatte die Ehre, auf der *Euryalus* unter Ihnen zu dienen, Sir Richard.« Sichtlich stolz schaute er um sich. »Als Fähnrich. Und da entsann ich mich, wie Sie selbst einmal den Feind mit diesem Signal getäuscht und vertrieben haben.« Er holte tief Luft. »Aber ich war nicht sicher, ob es auch *mir* gelingen würde«, setzte er kleinlaut hinzu.

Bolitho ergriff Dunstans Hand und hielt sie einige Augenblicke fest. »Jetzt weiß ich, daß wir gewinnen werden«, sagte er schließlich.

Er wandte sich ab, und nur Allday sah, wie bewegt er war. Der alte Bootssteurer blickte zur *Phaedra* mit ihren Achtzehnpfündern hinüber. Vielleicht merkte Bolitho jetzt, was er für andere bedeutete? Aber er bezweifelte es.

VIII Ein bitterer Abschied

Der Sehr Ehrenwerte Viscount Somervell blickte von einem Stapel Geschäftspapiere hoch und musterte Bolitho aufmerksam.

»Also akzeptieren Sie Kapitän Havens Erklärung?«

Bolitho lehnte an der kühlen Wand neben einem Fenster. Trotz des stetigen Windes, der sie die ganze Strecke bis English Harbour begleitet hatte, war die Luft hier drückend und feucht. Die Brandung vor dem Hafen draußen schäumte nicht mehr weiß, sondern floß in der Abendsonne wie geschmolzene Bronze über den Sandstrand.

Von hier aus konnte er die *Ciudad de Sevilla* deutlich sehen. Nach dem tumultuösen Willkommen hatten sie sofort begonnen, die Ladung zu löschen. Leichter und Boote pullten ständig hin und her. Bolitho hatte noch nie so viele Rotröcke jeden Meter ihres Weges bewachen gesehen. Das mußte sein, wie ihm Somervell erklärte, bis man die reiche Beute auf mehrere kleine Fahrzeuge verteilt und das Risiko verringert hatte.

Bolitho blickte über die Schulter. Somervell hatte Haven schon wieder vergessen. Der Admiral bemerkte erst jetzt, daß er noch dieselben Kleider trug wie auf der *Ciudad de Sevilla,* als sie tags zuvor hier vor Anker gegangen waren.

Die *Hyperion* und zwei der Briggs waren erst vor Antigua zu ihnen gestoßen. Bolitho hatte es vorgezogen, Haven zu sich auf die *Ciudad* zu rufen, anstatt auf sein Flaggschiff zu gehen, wo es schon genug Spekulationen gegeben haben mußte.

Haven war merkwürdig selbstsicher gewesen, als er Rede und Antwort stand. Um sein Verhalten zu erklären, wenn schon nicht zu entschuldigen, hatte er seinen Bericht auch schriftlich vorgelegt. *Hyperion* und die kleine Flottille waren vor Puerto Cabello dicht unter Land gesegelt, damit es aussah, als wollten sie in den Hafen eindringen, und dabei in das Feuer einer Küstenbatterie geraten. Haven war überzeugt gewesen, daß sich die Fregatte *Consort* noch im Hafen befand, und hatte trotz der Kanonen des Forts die Brigg *Vesta* zur Aufklärung entsandt. Die Spanier aber hatten vor dem Hafen eine schwimmende Balkensperre liegen, und *Vesta* war mit dieser kollidiert. Die Batterie brauchte nur wenige Minuten, um sich auf *Vesta* einzuschießen, und da sie glühende Kugeln verwendete, ging die hilflose Brigg bald in Flammen auf, bis sie schließlich von einer gewaltigen Explosion vernichtet wurde.

Haven hatte gleichmütig weiterberichtet: »Andere Feindschiffe kamen auf uns zu. Ich handelte nach eigenem Ermessen, wie Sie mir befohlen hatten, Sir Richard, und zog mich zurück. Ich nahm an, daß Sie bis zu diesem Zeitpunkt entweder erfolgreich oder unverrichteter Dinge auf dem Heimweg waren. Jedenfalls habe ich die Spanier planmäßig abgelenkt, nicht ohne Gefahr für mein Schiff.«

Bolitho konnte Haven nicht tadeln. Eine Balkensperre mochte man einkalkulieren oder auch nicht. Er hatte eben nach Ermessen gehandelt. Eine andere Brigg, die *Tetrarch,* hatte aber alles riskiert und war trotz Rauch und Beschuß in die Hafeneinfahrt gesegelt, um Leute der *Vesta* zu retten. Einer der Überlebenden war ihr schwerverwundeter Kommandant, Commander Murray. Er lag in einem angrenzenden Gebäude bei den verwundeten Enterern und den Resten der *Vesta*-Crew, die man aus Feuer und Wasser gerettet hatte, den beiden schlimmsten Feinden des Seemanns.

»Einstweilen akzeptiere ich sie, Mylord«, antwortete Bolitho.

Somervell blätterte lächelnd in den Frachtpapieren der *Ciudad de Sevilla.* »Tod und Teufel, damit muß selbst Seine Majestät zufrieden sein.« Er schaute wieder hoch. »Ich weiß, Sie trauern der Brigg nach, wie es der Navy geziemt. Doch gemessen an dem, was wir gewonnen haben, war es ein kleines Opfer.«

Bolitho zuckte die Achseln. »Vielleicht für jene, die nicht ihre kostbare Haut zu Markte tragen müssen. Offen gesagt, ich hätte lieber die *Consort* herausgeholt.«

Bedächtig verschränkte Somervell die Arme. »Sie haben Glück gehabt. Aber wenn Sie Ihren Ärger nicht zügeln oder ihm ein anderes Ziel geben, wird Sie das Glück verlassen, fürchte ich. Machen Sie also das Beste draus.«

Die Tür öffnete sich, und Jenour spähte suchend herein.

Bolitho entschuldigte sich, doch Somervell schien gar nicht hinzuhören. Er tauchte schon wieder in einer Welt von Gold und Silber unter.

Jenour flüsterte: »Ich fürchte, Commander Murray macht es nicht mehr lange, Sir Richard.«

Bolitho folgte ihm über die breite, fliesenbedeckte Terrasse, die zum Behelfslazarett führte. Immerhin hatten sie eins. Männer, die sich mit im Kampf erlittenen Wunden abquälten, sollten nicht das Lager mit Soldaten teilen, die am ansteckenden Gelben Fieber starben.

Bolitho blickte flüchtig auf die See hinaus, bevor er das Gebäude betrat. Sie wirkte bedrohlich, der Himmel ebenfalls. Zog ein Sturm auf? Er würde sich mit dem Segelmeister der *Hyperion* beraten müssen.

Murray lag mit geschlossenen Augen da, als wäre er bereits tot. Obwohl er auf der westindischen Station zwei Jahre gedient und eine Haut wie Leder hatte, war sein Gesicht jetzt kreideweiß. Der Chirurg der *Hyperion,* George Minchin, weniger zynisch als die meisten seiner Kollegen, hatte geäußert: »Ein Wunder, daß er bisher überlebte. Sein rechter Arm war fort, als sie ihn auffischten, und ich mußte ihm noch ein Bein abnehmen. Er hat eine kleine Chance, aber . . .«

Das war tags zuvor gewesen. Doch Bolitho hatte genügend vom Tode gezeichnete Gesichter gesehen, um zu erkennen, daß es jetzt mit Murray zu Ende ging.

Minchin räumte seinen Stuhl und trat ans Fenster. Durch ein anderes schaute Jenour aufs Meer. Vielleicht hatte auch Murray es bis zuletzt angestarrt, wie einen Ausblick auf das Leben selbst. Bolitho nahm Platz.

Er entsann sich an den Vornamen des jungen Commanders. »Ruhen Sie sich aus, James. Ich bin hier . . .«

Murray jedoch strengte sich an, um noch einmal die Augen zu öffnen. »Es war die Balkensperre, Sir.« Er schloß sie wieder. »Sie riß der armen *Vesta* fast den Kiel heraus.« Er versuchte zu lächeln, was gespenstisch aussah. »Sie haben sie aber nicht gekriegt – die nicht . . .«

Bolitho nahm Murrays verbliebene Hand. »Ich werde dafür sorgen, daß man sich um Ihre Angehörigen kümmert. Wen haben Sie zu versorgen?« Seine Worte kamen ihm so leer vor, daß er hätte weinen mögen.

Murray strengte sich noch einmal an, aber seine Augen glichen nur noch flimmernden Schlitzen. »Ich – ich . . .« Das

Bewußtsein verließ ihn langsam. »Meine Mutter - sonst niemand ...« Seine Stimme wurde nahezu unverständlich.

Wie eine verlöschende Kerze, dachte Bolitho. Jenour schluckte schwer, als müsse er sich übergeben. Draußen vor der Tür regte sich Allday.

Mit bemerkenswert klarer Stimme meldete sich Murray noch einmal. »Jetzt ist es dunkel, Sir. Da kann ich schlafen.« Seine Faust verkrampfte sich zwischen Bolithos Händen. »Danke für ...« Und dann verstummte er endgültig.

Bolitho erhob sich langsam. »Ja, schlaf' jetzt, mein Junge.«

Er zog das Laken über das Gesicht des Toten und starrte so lange in das Sonnenlicht, bis es ihn blendete. Dunkel für immer ...

Er ging zur Terrassentür. Jenour wollte etwas Tröstliches sagen, doch Bolitho drehte sich nicht um. »Laßt mich allein, bitte!«

Die steinerne Balustrade, auf die er beide Hände stützte, war heiß wie die Sonne auf seinem Gesicht. Er hob den Kopf und starrte erneut in die blendende Helligkeit. Er sah sich wieder als kleinen Jungen vor dem in Stein gemeißelten Familienwappen über dem großen Kamin in Falmouth stehen. Dann war sein Vater hinzugekommen und hatte ihn auf den Arm genommen. Die Worte unter dem Wappen, die er ihm vorlas, hatten sich ihm für immer eingeprägt: *pro libertate patria* - für die Freiheit des Vaterlandes. Dafür waren junge Männer wie Murray, Dunstan und Jenour bereit zu sterben. Dabei hatten sie noch nicht einmal richtig zu leben begonnen.

Er ballte die Fäuste, bis sie schmerzten. Als er zu seiner Linken Schritte hörte, drehte er sich rasch um. Er hatte so lange in die Sonne geblickt, daß er nur einen undeutlichen Schatten zu erkennen vermochte. »Wer ist da? Was wünschen Sie?« fragte er scharf und ärgerlich ob seiner Hilflosigkeit.

Die Frau sagte: »Ich wollte zu dir.« Sie blieb auf der obersten Stufe der großen Steintreppe ganz still stehen. »Ich hörte von meinem Mann, was geschah.« Nach einer Pause, die Bolitho endlos vorkam, setzte sie hinzu: »Geht es dir gut?«

Er blickte zu Boden und sah die Fliesen Kontur gewinnen. Der Schmerz und der Schleier in seinem Auge ließen langsam nach.

»Ja. Einer meiner Offiziere ist gestorben«, sagte er heiser.

Sie hielt sich noch immer von ihm fern, als ob sie ihn fürchte. »Ich weiß. Es tut mir ja so leid.«

Bolitho sah sich um wie nach einem Fluchtweg. Dann aber ging es mit ihm durch. »Wie konntest du ausgerechnet diesen Mann heiraten! Ich habe schon manchen gefühllosen Bastard in meinem Leben gesehen, aber . . .« Er rang um Fassung. Sie hatte wieder seinen wunden Punkt getroffen. Gleichsam nackt und bloß, konnte er sich weder verteidigen noch erklären.

Sie antwortete nicht direkt. »Hat er auch nach dem zweiten Schatzschiff gefragt?«

Bolitho fühlte, daß ihn der Kampfgeist verließ. Auch er hatte beinahe erwartet, daß Somervell ihn danach fragen würde. Zum Glück für sie beide hatte er sich aber zurückgehalten. So erwiderte er nur: »Entschuldige, das war unverzeihlich. Ich habe kein Recht, in dieser Sache deine oder seine Motive zu erforschen.«

Sie betrachtete ihn nachdenklich, während sie mit einer Hand die Spitzenmantilla auf ihrem dunklen Haar festhielt, als ein heißer Windstoß über die Terrasse fegte. Dann trat sie näher und sah ihm ins Gesicht. »Du siehst erschöpft aus, Richard.«

Endlich wagte er, sie anzusehen. Sie trug ein seegrünes Kleid, aber sein Herz sank, als er ihre feingeschnittenen Gesichtszüge und ihre erregenden Augen nur verschwommen erkannte. Er mußte verrückt gewesen sein, so lange in die grelle Sonne zu starren. Der Londoner Arzt hatte ihn gewarnt, es war das Schlimmste, was er tun konnte.

Er erwiderte: »Ich habe sehr viel an dich gedacht. Mehr als ich durfte, weniger als du verdienst.«

Sie spannte ihren Fächer auf und bewegte ihn im Wind wie den Flügel eines Vogels. »Ich reise bald ab. Vielleicht hätten wir uns besser nicht wiedergesehen. Wir müssen beide versuchen ...«

Er griff nach ihrem Handgelenk, ungeachtet eines möglichen Zuschauers, aus Angst, auch sie noch zu verlieren, nachdem er schon so vieles verloren hatte.

»Ich kann nicht! Es ist die Hölle, die Frau eines anderen zu lieben. Aber bei Gott, so steht es um mich!«

Sie zog sich nicht zurück, versteifte nur ihr Handgelenk in seinem Griff.

»*Du* sprichst von Hölle? Du weißt ja nicht, was das heißt! Das weiß nur eine Frau, die einen verheirateten Mann liebt.« Sie ließ alle Vorsicht fallen. »Ich sagte dir einmal, daß ich für dich hätte sterben mögen. Jetzt scheinst du zu denken, daß du einfach wieder zurückkommen kannst, nachdem dein Leben offenbar ruiniert ist. Weißt du denn nicht, was du mir damit antust, verdammt noch mal? Ja, ich habe Lacey geheiratet, weil wir einander brauchten, aber aus Gründen, die du nie verstehen wirst. Ich kann kein Kind bekommen, und auch das hast du damals gewußt. Dagegen hat dir deine Frau eine Tochter geschenkt. Also, für wen ist es die Hölle – für wen?«

Sie riß sich los. Ihre Augen blitzten, und unter der Mantilla fielen lockere Haarsträhnen hervor.

»Ich werde dich nie vergessen, Richard, Gott steh mir bei. Aber ich bete darum, daß wir uns nie wieder begegnen, damit wir nicht auch noch jenen Augenblick des Glücks zerstören, der mir so teuer ist.«

Sie drehte sich um und rannte davon. Bolitho betrat das Gebäude und nahm seinen Hut von einem Lakai entgegen. Er sah, daß Parris auf ihn zukam, und wäre stillschweigend vorbeigegangen, hätte der Leutnant nicht gegrüßt und ihn angesprochen. »Wir haben die letzten Schatzkisten verladen, Sir Richard. Noch kann ich kaum glauben, was wir durchgemacht haben, um sie zu kriegen.«

»Ich werde Ihre Leistungen in meinem Bericht an Ihre

Lordschaften erwähnen«, entgegnete Bolitho zerstreut. Es hörte sich hohl an, aber seine Gedanken waren anderswo. Er mußte an Murrays Mutter und Dalmains Witwe schreiben und die Formalitäten erledigen, damit das Prisengeld an die Hinterbliebenen aller Gefallenen ausgezahlt wurde. Seine Depesche konnte ihnen dazu verhelfen.

Parris betrachtete ihn irritiert. »Ich sagte das nicht, um gelobt zu werden, Sir Richard. Ist etwas nicht in Ordnung?«

Bolitho schüttelte den Kopf und fühlte noch ihr Handgelenk zwischen seinen Fingern. War er enttäuscht? Aber was, in Teufels Namen, hatte er eigentlich erwartet?

Er ging weiter. Als sein Bootssteurer mit großen Schritten aufkreuzte, mahnte ihn Parris: »Sir Richard wird das Boot haben wollen, Allday.«

Aber der verneinte. »Er wird jetzt ein Stück zu Fuß gehen. Erst wenn er mit sich im reinen ist, wird er nach dem Boot fragen.«

Parris, der die beiden vielleicht zum erstenmal begriff, nickte. »Ihr seid zu beneiden.«

Allday schlenderte gemächlich zur Balustrade, von der aus er den größten Teil der Reede überblicken konnte. Der Seegang wurde zusehends gröber. Er biß in einen Apfel, den ihm der Koch des Hafenkommodore gegeben hatte. Der hatte einen verdammt guten Job.

Er sah, wie das große Boot von der Anlegebrücke Abstand hielt, um sich nicht die Farbe abzuscheuern; denn der unruhige Wellenschlag überspülte schon die Steinstufen. Just als er glaubte, die Dinge würden sich arrangieren, schien sich für Bolitho alles verschlechtert zu haben. Die verdammten Weiber! Das hatte er auch zu Ozzard gesagt, als sie im Triumph mit dem Schatzschiff zurückgekehrt waren. Der hatte widersprochen, worauf Allday müde und ärgerlich entgegnete: »Was, zum Teufel, weißt du denn schon? Du warst niemals verheiratet!« Das aber hatte den kleinen Mann dermaßen aufgeregt, daß sich Allday genötigt sah, ihm zur Versöhnung eine seiner wertvollen Knochenschnitzereien zu schenken.

Er warf das Apfelgehäuse ins sonnverbrannte Gras und wollte gehen. Da sah er sie auf der Terrasse stehen und ihn mit einem jener Blicke bedenken, die einen Eisblock schmelzen lassen konnten. Während er noch gaffte, kam sie näher und fragte: »Erinnerst du dich nicht an mich? Du bist doch Allday.«

Allday erwiderte vorsichtig: »Natürlich erinnere ich mich an Sie, Madam. Keiner könnte vergessen, was Sie damals für den Admiral getan haben.«

Sie überhörte das Unausgesprochene in seinen Worten. »Ich brauche deine Hilfe. Willst du mir vertrauen?«

Allday fühlte sein Widerstreben schwinden. Sie bat ihn, ihr zu vertrauen! Ihr, der Frau des mächtigen Generalinspekteurs, eines Mannes, vor dem man sich sehr in acht nehmen mußte, wenn auch nur die Hälfte von dem stimmte, was man sich über ihn erzählte. Aber sie hatte den ersten Schritt getan. Sie war es, die das Risiko einging.

Er lächelte schwach. Eine richtige Seemannsbraut. »Ich vertraue Ihnen.«

Sie kam näher, und Allday bemerkte das hastige Atmen ihrer Brust unter dem feinen Stoff. Sie ist keineswegs so kühl und gelassen, wie sie scheinen möchte, dachte er.

»Vizeadmiral Bolitho ist nicht er selbst . . .« Sie zögerte; vielleicht war sie schon zu weit gegangen? Alldays Lächeln war wie weggewischt, in den Augen des großen Mannes stand plötzlich Feindschaft.

»Ich – ich möchte ihm helfen, weißt du . . .« Ihre Lippen zuckten. »Um Gottes willen, Allday, muß ich est bitten? Was fehlt ihm?«

»Tut mir leid, Madam, wir haben neuerdings eine Menge Feinde, daher . . .« Allday gewann seine Sicherheit zurück. Was konnte ihm schon passieren? Also sagte er nach kurzem Überlegen: »Er wäre beinahe erblindet.« Trotz des heißen Windes wurde ihm eiskalt, aber nun konnte er nicht mehr zurück. Er schloß: »Er fürchtet, daß er die Sehkraft seines linken Auges verliert.«

Sie starrte Allday an und sah das schlimme Bild wieder vor

sich: Er hatte in die Sonne geblickt, als sie hinzukam. Dabei hatte er so niedergeschlagen, so verloren ausgesehen, daß sie ihn gern in ihre Arme genommen hätte, ungeachtet ihrer Sicherheit, ja ihres Lebens, wenn sie ihn nur wenige Augenblicke hätte trösten können. Sie rief sich seine Stimme ins Gedächtnis zurück, die Art, wie er sie angeschaut hatte, ohne sie zu erkennen, und flüsterte: »O mein Gott!«

Allday fuhr fort: »Vergessen Sie nicht, Madam, ich habe Ihnen nichts erzählt. So wie die Dinge liegen, stecke ich bei ihm oft genug bis zum Hals in heißem Wasser, ohne daß Sie es noch anzuheizen brauchen.« Er hielt inne, von ihrem Schmerz gerührt, der sie alle Haltung verlieren ließ. »Aber wenn ich helfen kann . . .« Er brach ab und berührte ehrerbietig seinen Hut. Dabei wisperte er heiser: »Ihr Mann kommt über die Kimm, Madam, ich muß gehen!«

Dann verschwand er mit großen Schritten, eine kernige Gestalt in flatternder blauer Jacke und Nankinghose, narbenbedeckt und so schwer blessiert, daß man es seinem schlichten Gesicht ansah. Aber trotz allem so sanft und liebevoll, daß sie um ihn, um alle seinesgleichen, hätte weinen können.

Ihr Mann wollte nicht zu ihr, sie sah ihn mit dem Leutnant namens Parris über die Terrasse gehen. Als sie zum Hafen hinunterschaute, war es Allday, der sich nach ihr umdrehte und seinen Hut lüftete: nur eine kleine Geste, und doch zeigte sie ihr, daß er sie als Verbündete akzeptierte.

Die Hängelampen in der großen Kajüte der *Hyperion* beschrieben wilde Spiralen und warfen irre Schatten auf den karierten Bodenbelag und die festgezurrten Neunpfünder zu beiden Seiten.

Bolitho nippte an einem Glas Weißwein und wartete, während Yovell ein weiteres Schreiben beendete und es ihm über den Tisch zur Unterschrift hinschob. Wie Schauspieler auf einer Bühne, dachte er, als Ozzard geschäftig die Gläser nachfüllte und Allday, der keinen Text zu sprechen hatte, wie ein Statist kam und ging.

Kapitän Haven stand bei den halb abgeblendeten Heckfenstern. Man hatte sie vorsorglich geschützt, weil der in der Dunkelheit noch bedrohlicher wirkende Wind Gischt über die ankernden Schiffe wehte. Bolitho fühlte, wie das ganze Schiff erzitterte, wenn es ins Ankertau einruckte.

Haven beendete seinen Bericht mit den Worten: »Das ist alles, was ich zu bemerken habe. Der Zahlmeister ist mit der Versorgung zufrieden, und mit einer Ausnahme sind alle Arbeitsgruppen von Land abgezogen worden.« Er sprach so überlegt wie ein Schüler, der vor seinem Lehrer eine schwierige Lektion wiederholt. »Es ist mir auch gelungen, die drei Boote zu ersetzen, allerdings muß noch einiges an ihnen getan werden.«

Ein versteckter Hinweis, daß es sein Admiral gewesen war, der sie verloren hatte. Aber Haven hütete sich, seine wahren Gefühle zu offenbaren.

»Wer führt die letzte Arbeitsgruppe an?«

Haven überflog eine Liste. »Der Erste Leutnant, Sir Richard.«

Nach ihrem kürzlichen Zusammenstoß nannte er ihn immer bei seinem Titel. Bolitho schwenkte den Wein im Glas. Gut denn, wenn er es so haben wollte? Haven war ein Narr, er hätte wissen sollen, daß sein Admiral wie jeder andere Flaggoffizier seine Karriere fördern oder zerstören konnte. Oder war das seine Art, Bolithos Sinn für Fairneß auszunutzen?

Yovell schaute über seine Stahlbrille. »Bitte um Verzeihung, Sir Richard, aber soll die Order an die *Obdurate* in diesem Wortlaut abgehen?«

Bolitho lächelte schwach. »Sie soll.« Er brauchte ihn nicht daran zu erinnern. Der Text lautete kurz und bündig: »Es wird Ihnen dringend befohlen, sofort auslaufbereit zu sein!«

Kapitän Robert Thynne, der Kommandant ihres einzigen Vierundsiebzigers, mochte denken, was er wollte. Aber die *Obdurate* wurde jetzt mehr denn je gebraucht. Die Fahrzeuge mit dem spanischen Schatz waren durch die gefährlichen Gewässer zu eskortieren, bis sie auf Sir Peter Folliots Geschwader stießen oder genügend freien Seeraum erreicht hatten, um für sich selbst zu sorgen. Bolitho hätte lieber gewartet, bis sein eigenes kleines Geschwader eintraf, aber der Wetterumschlag verzögerte dies.

Er trat beiseite und massierte im milden Licht der Laternen sein Auge. Seit dem törichten Test mit dem Sonnenlicht schmerzte es. Oder bildete er sich das bloß ein? Jedenfalls war er froh, wieder an Bord seines alten Schiffes zu sein. Somervell hatte das angedeutet, als Bolitho sich verabschiedete.

Der Generalinspekteur hatte erklärt, daß auch er und seine Frau nach dem Abgang des Goldtransports die Insel verlassen würden. An Bord eines großen Indienfahrers, den man täglich erwartete. Persönlicher Komfort wurde bei Somervell großgeschrieben. Bolitho bekam die andere Seite des Mannes zu sehen, als er ihn bat: »Ich würde mich gern auch von Lady Somervell verabschieden.«

»Unmöglich. Sie ist nicht mehr hier.« Somervell war seinem Blick herausfordernd begegnet. Bolitho konnte sich gut vorstellen, wie die gleichen kalten Augen bei Tagesanbruch über den Lauf einer Duellpistole zielten. Allerdings wußte man, daß er für derartige Abrechnungen den Degen vorzog.

Antigua war eine kleine Insel. Wenn Kate gewollt hätte, wäre es ihr leicht gefallen, ihn noch einmal zu sehen. Es sei denn, Somervell wäre des Katz-und-Maus-Spiels müde geworden und hätte es verhindert. Wie auch immer, es tat nichts mehr zur Sache.

Es klopfte, und Leutnant Lovering, der Offizier vom Dienst, trat ein. »Verzeiht, Sir Richard«, sein Blick wechselte zwischen Bolitho und Haven hin und her, »aber es ist eine Kurierbrigg gemeldet, die den Hafen ansteuert.«

Bolitho schlug die Augen nieder. Vielleicht von England, mit Briefen von zu Hause, mit neuen Nachrichten vom Krieg. Er dachte an seinen Neffen Adam, der selber eine Kurierbrigg führte und wahrscheinlich noch immer Depeschen für Nelson beförderte. Das war eine andere Welt, weit weg von der Hitze und dem Fieber Westindiens.

Haven beugte sich gierig vor. »Falls es Post für mich gibt ...« Er faßte sich wieder, und Bolitho dachte daran, daß Havens Frau ein Baby erwartete.

Er unterschrieb mehrere Briefe. Empfehlungen zur Beförderung wegen Tapferkeit, zur Versetzung auf andere Schiffe, Beileidsschreiben an Hinterbliebene. Der Leutnant zögerte. »Soll noch Post an Land, Sir Richard?«

Bolitho sah ihn an. Lovering war der Zweite Leutnant, der ebenfalls auf seine Beförderung wartete. Wenn Parris fiel ...

Er verwarf den Gedanken sofort. »Ich glaube nicht.«

Das ging ihm leicht von den Lippen. War es denn so einfach, etwas zu beenden, das ihm einst so kostbar gewesen war?

Haven wartete, bis sich der Leutnant zurückgezogen hatte. »Beim ersten Tageslicht also, Sir Richard.«

»Jawohl. Wecken Sie die Besatzung, wann Sie es für nötig halten, und teilen Sie unser Vorhaben der *Obdurate* und dem Hafenkommodore mit.«

Wenn *Hyperion* nach Antigua zurückkam, würde Somervells Indienfahrer schon auf und davon sein. Würden sie sich jemals wiedersehen, auch nur zufällig?

»Es wird den ganzen Tag in Anspruch nehmen, um aus dem Hafen zu gelangen, die Leute zu mustern und das Schiff wieder auf Vordermann zu bringen. Alles weitere hängt dann vom Wind ab.«

Wenn die *Ciudad de Sevilla* und ihr Geleit noch viel länger im Schutz von English Harbour blieben, konnten die Spanier oder ihre französischen Verbündeten vielleicht einen Gegenangriff versuchen, ehe das neue Geschwader eintraf.

Allein in der Kajüte, trank Bolitho noch mehr Wein. Zwar war sein Magen leer, aber er war außerstande, das von Ozzard zubereitete Mahl zu essen. Das ächzende alte Schiff, die anscheinend alle paar Minuten gerufene Wache, die immer wieder loses Zubehör sichern und festlaschen mußte, machten ihm Schlaf unmöglich. Aber der Wein war gut, und Bolitho fragte sich, wie Ozzard ihn so kühl hielt.

Er spielte mit der Idee, doch noch einen Brief an Catherine zu senden, ließ sie aber sofort wieder fallen. Solch ein Papier in den falschen Händen konnte sie ruinieren. Daß es seiner eigenen Karriere schaden würde, interessierte ihn nicht sonderlich.

Er hörte das Quietschen der Pumpen, ein Zeichen des Alters der *Hyperion* und ihrer vielen Einsätze. Es war wie eine zusätzliche Mahnung.

In seinem Lieblingssessel überfiel ihn schließlich der Schlummer. Trotzdem war er sofort wach, als ihn Ozzard am Arm berührte. Das Schiff lag noch im Dunkeln, es lärmte und stöhnte wie zuvor.

»Der Erste Leutnant möchte Sie sprechen, Sir Richard.«

Bolitho wurde hellhörig. Warum nicht der Kommandant?

Parris trat ein, durchnäßt von Spritzwasser. Sein braunes Gesicht war gerötet, aber er hatte nichts getrunken.

»Was gibt's?«

Parris stützte sich auf einen Stuhl, als das Deck wieder schwankte. »Ich dachte, daß Sie es wissen sollten, Sir Richard. Das Wachboot meldet, daß ein Schoner den Hafen verlassen hat. Dem Anschein nach ist er eines von Kommodore Glassports Fahrzeugen.«

»Na und?« Bolitho ahnte, daß Schlimmeres kam.

»Lady Somervell ist an Bord. Ich fand heraus, daß sie beabsichtigt, nach St. John's zu segeln.«

Der Admiral fuhr auf. Der Wind war zum Sturm angewachsen, und das Wasser brandete wie bei Flut an den Schiffsrumpf. »Bei diesem Wetter, Mann!« Er tastete nach seinem Überrock. »Viscount Somervell muß benachrichtigt werden.«

Parris sah trübe zu. »Er weiß es. Ich habe es ihm selbst gesagt.«

Im Türrahmen erschien Haven mit einem Bootsmantel über dem Schlafgewand. Wütend fuhr er Parris an: »Was höre ich da? Darüber sprechen wir noch!«

Bolitho setzte sich. Wie konnte Somervell das zulassen? Als er ihm den Abschiedsbesuch bei ihr verweigert hatte, mußte er es schon gewußt haben. Ein so kleiner, vielleicht falsch gehandhabter Schoner konnte bei diesem Sturm leicht stranden. Er versuchte sich zu erinnern, wer Glassports Kapitäne waren.

Auch bei ruhigem Wetter war Unachtsamkeit zwischen den Inseln schon gefährlich. Und Piraten gehörten so zum Alltag, daß man sie kaum noch erwähnte. Für jeden Bukanier, der in Ketten oder am Galgen verfaulte, wuchsen in diesen Gewässern hundert andere nach.

Er sagte: »Vor Tagesanbruch kann ich nichts tun.«

Haven schien zu überlegen, empfahl sich dann aber. »Ich muß nach der Wache an Deck sehen, Sir Richard.«

Bolitho machte sich Vorwürfe. Das hatte er ihr angetan, seine Schroffheit war schuld. Plötzlich glaubte er, von den Wänden der Kajüte erdrückt zu werden.

Er rief nach Ozzard. »Meinen Flaggleutnant, bitte.«

Er wollte Jenour mit einer Botschaft zu Somervell schikken, egal ob der im Bett lag oder nicht. Wenn ich selber ginge, dachte er, würde es einer von uns beiden wahrscheinlich mit dem Leben büßen.

IX Die Korvette

Bolitho trat aufs Achterdeck hinaus. Der Sturm zerrte an seinem Bootsmantel, und über die Luvreling brach die Gischt wie Tropenregen herein. Er hielt sich an den Finknetzen fest und kniff die Augen zusammen. Der Sturm war heftig, aber feucht-kalt und tat seinen müden Knochen nicht gut. Vor zwei Tagen hatten sie sich mühsam aus English Harbour herausgewunden, um ihren kleinen, kostbaren Konvoi zusammenzustellen. Und seither waren sie kaum fünfzig Meilen vorangekommen.

Nachts hatten sie den Sturm mit wenig mehr als einem gerefften Großmarssegel abgeritten, während die vier Transporter und kleineren Fahrzeuge beigedreht lagen, so gut sie es unter den harten Wetterverhältnissen vermochten.

Geheimhaltung war nun zweitrangig. *Hyperion* brannte

Flackerfeuer ab und setzte die Topplichter des Flaggschiffs, um den Konvoi beieinander zu halten. Nach der Morgendämmerung hatten sie stets den ganzen Tag gebraucht, um die weit verstreuten Schiffe aufs neue zu formieren. Alles und jeder war naß. Viele von denen, die sich oben mit den windzerzausten Segeln plagten oder taumelnd ihre Gefährten an den Bilgepumpen ablösten, mußten sich gefragt haben, was sie eigentlich noch über Wasser hielt.

Querab erschienen schwach die Umrisse der Bramsegel einer Korvette. *Phaedra* stand windwärts und legte sich jedesmal schwer auf die Seite, wenn die Seen ihren schlanken Rumpf wie ein Spielzeug anhoben. Die Brigg *Upholder,* als Vorhut weit voraus, war nicht zu sehen, und ihre andere Brigg *Tetrarch* stand gleich weit entfernt achteraus.

Bolitho erklomm die Leiter zum Poopdeck. Sein Rock klebte ihm am Körper, und sein Hemd war durchnäßt von Gischt. Die *Obdurate* befand sich eine halbe Meile hinter ihnen. Im Seegang glänzte ihr nasser Rumpf, schwarz und ockerfarben, wie Glas. Es kam ihm ungewohnt vor, wieder ein Linienschiff derselben Klasse als Begleiter neben sich zu wissen, und er zweifelte auch daran, daß Thynne es ihm dankte. Nach dem langen Aufenthalt im Hafen, wo sie ihre letzten Sturmschäden repariert hatten, fluchten wahrscheinlich die Leute der *Obdurate* über ihren neuen Einsatz.

Bolitho stieg wieder hinunter. Am großen Steuerrad mühten sich vier Seeleute ab, und nahebei unterhielt sich Penhaligon, der Segelmeister, eingehend mit einem seiner Gehilfen.

Der Wind war auf Südwest umgesprungen und hatte sie viele Meilen aus ihrem Kurs geworfen. Aber falls der Segelmeister deswegen besorgt war, zeigte er es nicht.

Überall arbeiteten Matrosen und besserten Sturmschäden aus. Sie wechselten oder spleißten Tauwerk und nahmen Segel herunter, die geflickt und fortgelegt wurden. Bolitho schaute zum Niedergang, wo ein Bootsmannsmaat das Abtakeln einer Gräting beaufsichtigte. Wieder war ein Mann ausgepeitscht worden. Es war schlimmer als sonst gewesen, auch nachdem Ozzard das Oberlicht geschlossen hatte: das Kreischen des Sturms in der Takelage, das gelegentliche Knallen der gerefften Marssegel, und die ganze Zeit hindurch das Rattern der Trommeln und das widerliche Klatschen der Peitsche auf dem nackten Rücken eines Mannes.

Bolitho sah Blut auf den Planken, schon verwaschen von dem überkommenden Spritzwasser. Drei Dutzend Hiebe. Ein auf der Höhe des Sturms überforderter Mann, dazu ein Offizier, der unfähig war, die Angelegenheit auf der Stelle zu bereinigen.

Haven hielt sich in seinen Räumen auf, und Bolitho war froh, daß er ihm nicht an Deck begegnet war. Die Männer sahen erschöpft und verärgert aus. Sogar Jenour, der noch nicht lange auf See diente, hatte es bemerkt.

Der Admiral erbat sich das Fernglas des Signalfähnrichs und sah dank der starken Linse die Korvette klar vor sich, dazu die jedesmal aufschäumende Gischt, wenn sie mit ihren Stückpforten in die hochgehende See tauchte. Er fragte sich, was ihr Kommandant wohl denken mochte, während er Wind und Wellen abritt, um in der Nähe seines Admirals zu bleiben. Es war ein weiter Weg für den einstigen Fähnrich der *Euryalus*.

Weit voraus an Backbord lag mit grünen Büschen bestandenes Land, die Insel Barbuda. Sie hätten sie schon am ersten Tag passieren sollen. Er dachte wieder an den Schoner und an Catherine; statt die Straße zu benutzen, hatte sie den Skipper gebeten, sie die kurze Strecke von Antigua nach St. John's zu segeln.

Ein kleines Schiff hatte gegen einen derartigen Sturm keine Chance. Sein Skipper mußte entweder vor dem Wind ablaufen oder Schutz suchen. Selbst größere Schiffe hatten schwer unter diesem Wetter zu leiden und konnten stranden. Bolitho umfaßte das Teleskop so fest, daß seine Finger schmerzten. Warum hatte sie das nur getan? Vielleicht klammerte sie sich jetzt verzweifelt an ein Wrackstück oder lag schon tief unten auf dem Meeresboden. Sie konnte die

Topplaternen der *Hyperion* gesehen und gewußt haben, daß es sein Schiff war, das sich entfernte.

Der Segelmeister riet dem Wachoffizier: »Ich schlage vor, daß Sie die Bramsegel setzen, Mr. Mansforth.«

Der Leutnant nickte. Sein Gesicht war ziegelrot vom Gischthagel. »Ich informiere den Kommandanten.«

Er warf einen Blick auf die hohe Gestalt des Vizeadmirals an der Windseite. Ohne Hut, mit dem in die Stirn geklatschten schwarzen Haar, sah er einem Straßenräuber ähnlicher.

Jenour grüßte. »Irgendwelche Befehle, Sir Richard?«

Bolitho gab dem Fähnrich das Glas zurück. »Der Wind läßt nach. Bitte signalisieren Sie den Transportern, dicht beieinander zu bleiben. Wir sind noch nicht außer Gefahr.«

Die vier Schiffe, die sich die Ladung teilten, standen in Lee der zwei Vierundsiebziger. Mit einer vorausspähenden und einer wie ein Wachhund hinterdrein ziehenden Brigg mußten sie rechtzeitig gewarnt werden, sollte sich ein verdächtiges Segel zeigen. Dann konnten die beiden Linienschiffe *Hyperion* und *Obdurate* entscheiden, wann sie sich dem Konvoi zu nähern oder aufzukreuzen und sich mit *Phaedra* zu vereinigen hatten.

Bunte Flaggen schwirrten zur Rah empor und standen so steif im Wind wie bemaltes Metall. »Signal bestätigt, Sir Richard.«

Jenour wisperte: »Der Kommandant kommt.«

Bolitho fühlte aufsteigenden Ärger. Sie verhielten sich eher wie Verschwörer statt wie eine Mannschaft.

Haven schritt langsam das Deck ab. Seine Blicke überflogen die Reihe der Kanonen, die aufgeschossenen Taue, alles. Dann war er anscheinend überzeugt, daß er sich dessen, was er sah, nicht zu schämen brauchte, und näherte sich Bolitho.

Er salutierte mit ausdruckslosem Gesicht, Bolithos nasses Hemd und die von den Spritzern fleckige Hose musternd. »Ich beabsichtige, mehr Segel zu setzen, Sir Richard. Wir können sie jetzt vertragen.«

Bolitho war einverstanden. »Signalisieren Sie der *Obdu-*

rate, sie soll sich uns anpassen. Ich möchte nicht, daß wir auseinandergeraten.«

Kapitän Thynne hatte in der vergangenen Nacht zwei Mann über Bord verloren und bei backgebraßtem Kreuzmarssegel ein Boot ausgesetzt. Aber keiner der Unglücklichen wurde gefunden. Entweder waren sie von ganz oben gefallen und hatten beim Aufschlagen aufs Wasser die Besinnung verloren, oder aber sie konnten wie die meisten Seeleute nicht schwimmen. Bolitho wollte den Zwischenfall nicht mehr erwähnen.

Doch Haven schnaubte übellaunig: »Ich setze das Signal sofort, Sir Richard. Thynne sollte seine Leute wirklich besser drillen, dann muß er auch nicht trödeln, wenn irgendein Narr durch eigene Unvorsichtigkeit über Bord geht.« Er winkte dem Leutnant der Wache. »Vorwärts! Aufentern und Bramsegel losmachen, Mr. Mansforth.« Dann befahl er dem Fähnrich: »Signal an alle: mehr Segel setzen.«

Er schaute sich suchend um. Plötzlich schnellte sein Zeigefinger vor. »Der Mann da! Was, zum Teufel, untersteht er sich?« geiferte er.

Der Betreffende war dabei, sein nasses Hemd auszuwringen. Er stand vor Schreck stocksteif, während andere sich seitwärts verdrückten, damit sie nicht Havens Zorn auf sich zogen.

In diesem Moment rief ein Bootsmannsmaat: »Das geht in Ordnung, Sir, ich hab's ihm erlaubt.«

Zornig wandte sich Haven ab.

Aber Bolitho hatte die Dankbarkeit in den Augen des Matrosen gesehen und ahnte, daß der Bootsmannsmaat nichts dergleichen erlaubt hatte. War die Crew Havens schon so überdrüssig, daß sich sogar die Unteroffiziere gegen ihn stellten?

»Kapitän Haven!« rief er.

Havens Ärger schien verraucht. Es war widerwärtig zu sehen, wie schnell er in Wut geriet und sich vor dem Admiral wieder zu beherrschen wußte.

»Auf ein Wort, wenn's beliebt.« Bolitho fuhr fort: »Dieses

Schiff ist unter Ihrem Befehl oder unter meiner Flagge noch nie im Gefecht gewesen. Ich lege Ihnen nahe, daran zu denken, wenn Sie demnächst wieder einen Mann beschimpfen, der seit zwei Tagen und Nächten ununterbrochen schuftet.« Es fiel ihm schwer, ruhig zu sprechen. »Wenn die Zeit kommt, alle Mann auf Gefechtstation zu rufen, werden Sie unbedingte Loyalität brauchen.«

Haven stotterte: »Ich kenne diese Unruhestifter ...«

»Hören Sie zu, Kapitän Haven. Alle diese Männer, gute und schlechte, Geduldige und Unruhestifter, wird man zum Kampf aufrufen. Habe ich mich klar ausgedrückt? Loyalität aber will verdient werden. Einem Kommandanten mit Ihrer Erfahrung sollte man das nicht erst sagen müssen. Ebensowenig sollten Sie mich zwingen, Sie daran zu erinnern, daß ich keine sinnlosen Brutalitäten dulde.«

Haven starrte ihn an, seine Augen glühten vor Entrüstung. »Ich habe keine Unterstützung, Sir Richard! Einige in meiner Offiziersmesse sind so grün wie Gras, und mein Erster, Mr. Parris, ist mehr damit beschäftigt, sich selbst in günstiges Licht zu setzen, als die Besatzung zu drillen. Bei Gott, ich könnte Ihnen Dinge über ihn erzählen ...«

Bolitho fuhr auf. »Schluß damit! Sie sind mein Flaggkapitän und haben *meine* Unterstützung.« Er ließ die Worte wirken, ehe er fortfuhr: »Ich weiß, was Sie quält, aber wenn Sie mein Vertrauen noch einmal mißbrauchen, schicke ich Sie mit dem nächsten Schiff nach England!«

In diesem Augenblick erschien Parris an Deck. Während die Toppgasten wieder einmal herausgepfiffen wurden, um mehr Segel zu setzen, schaute er erst den Admiral an und dann seinen Kommandanten. Haven drückte seinen Hut fester und sagte nur: »Machen Sie weiter, Mr. Parris.«

Parris schien überrascht, daß es keinen Anpfiff gab.

Die Seeleute enterten behende wie Affen auf, und Haven sagte steif: »Auch ich habe meine Maßstäbe, Sir Richard.«

Doch Bolitho entließ ihn wortlos und wandte sich wieder der fernen Insel zu. Allday stand wenige Schritte entfernt, er schien ihn neuerdings nicht mehr allein zu lassen. Jetzt meinte er: »Diese Inselschoner sind kräftige Fahrzeuge, Sir Richard.«

Bolitho klopfte ihm auf den Arm. »Du kannst wohl Gedanken lesen, alter Freund.« Zwei Möwen schwangen sich über die Schaumkronen, Sonnenlicht fiel durch ihre gespreizten Flügel. Wie damals durch Catherines Fächer. Bolitho sagte: »Ich komme mir so machtlos vor.« Dann besann er sich. »Entschuldige, ich sollte meine Sorgen nicht auf dich abwälzen.«

Mit schmalen Augen beobachtete Allday die langen Schaumkronen. Es war wie das Abschätzen einer Kanonade. Ein Schuß zu hoch, einer zu niedrig, der nächste würde treffen.

Er sagte: »Übrigens, sie sprach mich an, bevor wir den Hafen verließen.«

Bolitho staunte. »Sie sprach dich an?«

Allday war verletzt. »Nun, einige Frauen sind eben so frei, mit unsereinem zu reden.«

Bolitho beschwichtigte ihn. »Bitte keine Späßchen, Alter.«

Allday fuhr fort: »Sie war aufrichtig um Sie besorgt und wollte Sie das irgendwie wissen lassen.«

Bolitho hieb die Faust auf die verwitterte Reling. »Und ich habe nicht einmal versucht, sie zu verstehen! Jetzt habe ich sie verloren!« brach es aus ihm heraus.

Allday guckte ins Leere. »Ich kannte mal ein Mädel in meinem Dorf. Es war richtig verschossen in den Sohn des Gutsherrn. Ein junges Blut war sie, wie für ihn gemacht, aber sie war überhaupt nicht vorhanden für ihn, diesen Bastard - 'tschuldigung, Sir Richard. Eines Tages warf sie sich vor seine Kutsche. Ich vermute, sie konnte es nicht länger ertragen, übersehen zu werden.« Er studierte seine verarbeiteten Hände. »Sie wurde überfahren und starb.«

Bolitho rührten diese schlichten Worte, und er fragte sich, was Allday ihm damit sagen wollte. Hatte Catherine etwa seinetwegen diese Reise unternommen? Warum hatte er nicht erkannt, daß ihre Liebe nicht auf die leichte Art zu gewinnen war? Er dachte an Valentine Keen und an sein

Mädchen mit den Mondscheinaugen. Der hatte viel riskiert und darum auch alles gewonnen.

Allday entschuldigte sich und ging, wahrscheinlich um mit seinen Freunden oder mit Ozzard in der Anrichte einen Schluck zu trinken. Mr. Penhaligon, die breiten Hände in die Hüften gestemmt, begutachtete den Stand jedes neu gesetzten Segels. Haven schmollte und spähte auf den Kompaß. Hinter ihm wartete Parris, er wollte die Wache wegtreten lassen. Von unten kam das regelmäßige Quietschen der Pumpen, die alte *Hyperion* hatte alle in Betrieb. Dennoch – Bolitho lauschte –, da war ein neues Geräusch, das sich vordrängte.

»Geschützfeuer!« rief er plötzlich.

Die Schärfe in seiner Stimme ließ mehrere Männer zusammenzucken. Allday, der sich noch auf der Treppe befand, drehte sich um. Dann meldete der Signalfähnrich aufgeregt: »Aye, Sir Richard, ich höre es auch!«

Haven schritt ebenfalls zur Reling und drehte den Kopf in die Richtung, offenbar ohne etwas zu vernehmen. Jenour kam angerannt.

Bolitho beschattete die Augen, als der Fähnrich rief: »Signal von *Phaedra,* Sir! Segel im Nordwesten!«

Männer kletterten in die Wanten. Ihr Unbehagen schien vergessen, jedenfalls im Moment.

Jenour fragte: »Was hat das zu bedeuten, Sir Richard?«

Bolitho befahl, daß *Phaedra* sich absetzen und aufklären sollte. Minuten später, als das Signal bestätigt war, kam er auf Jenours Frage zurück: »Das war ein kleines Kaliber, Stephen, Drehbassen oder dergleichen.«

Wieso hatte er es gehört, viele andere um ihn herum aber nicht? Er sagte: »Signal an die Brigg *Tetrarch,* sie soll zu uns aufschließen.«

Allday sah der Korvette nach und bemerkte beifällig: »Donnerwetter, seht mal, wie die dahingeht.«

Ihr Kupferboden glänzte im diesigen Sonnenlicht, als sie schnittig wendete und mehr Segel setzte, bis sie auf Steuerbordbug hart am Wind lag.

Allday fügte hinzu: »Wie Ihre *Sparrow* damals, Kapitän.«

Schnell verbesserte er verlegen: »Sir Richard, meine ich.«

Bolitho nahm ein Teleskop aus dem Gestell. »Ich erinnere mich. Hoffentlich weiß Jung-Dunstan sie zu schätzen.« Dann senkte er das Fernrohr; zuviel Gischt und Dunst.

War es vielleicht ein Freibeuter, der mit einem Barbudahändler die Klingen kreuzte? Oder einer der Lokalpatrioten, der Wind und See trotzte und eine feindliche Korvette verfolgte? *Phaedra* würde es bald wissen. Es konnte auch ein Köder sein, um sie vom Schatz fortzulocken.

Er lächelte grimmig. Wie würde Haven nun reagieren?

»Nordwest zu Nord, Sir!« Der Rudergänger mußte schreien, um sich bei dem heulenden Wind Gehör zu verschaffen. Er drückte die Korvette so weit auf die Seite, daß es fast unmöglich wurde, aufrecht an Deck zu stehen.

Commander Alfred Dunstan suchte Halt an der Reling und schob den Zweispitz auf dem rotblonden Haar zurecht. Er führte die *Phaedra* jetzt achtzehn Monate. Es war sein erstes selbständiges Kommando, und wenn das Glück ihm treu blieb, würde demnächst die begehrte Epaulette seine rechte Schulter schmücken. Das wäre dann der erste Schritt zum Vollkapitän.

Er brüllte: »Zwei Strich mehr nach Luv, Mr. Meheux! Verflucht noch mal, er soll uns nicht entgehen, egal, was er ist!«

Erster Leutnant und Segelmeister tauschten schnelle Blikke. *Phaedra* segelte schon so hoch am Wind, wie man es nur wagen konnte, ihre hart angebraßten Rahen und flachen Segel schienen fast längsschiffs zu stehen. Das Schiff lag so weit über, daß die See um die Lafetten der Decksgeschütze kochte und die Seeleute näßte, bis deren bloße Oberkörper wie Bronzeskulpturen glänzten.

Dunstan strengte die Augen an, damit ihm nur ja kein fremdes Segel entging. Seine Toppsgasten ritten auf den Rahen und dachten zweifellos an die beiden über Bord Gegangenen von der *Obdurate.*

»Voll und bei, Sir! Nordwest zu West!«

Deck und Takelage schienen sich heftig zu wehren, als das Schiff noch mehr überholte, und die Stagen vibrierten wie straffe Saiten einer Baßgeige.

Der Erste Leutnant, mit seinen dreiundzwanzig Jahren gerade ein Jahr jünger als der Kommandant, meldete: »Viel mehr kann das Schiff nicht aushalten, Sir.«

Dunstan grinste fröhlich. Er hatte ein offenes Gesicht und einen spöttischen Mund. Einige hatten ihm eingeredet, er sähe wie Nelson aus. Dunstan mochte diese Schmeichelei, denn er hatte die Ähnlichkeit schon längst selbst entdeckt.

»Pfeif drauf! Was bist du, ein altes Weib?«

Sie lachten beide wie Schuljungen; denn Meheux war der Vetter des Kommandanten, und jeder wußte, was der andere dachte.

Als eine Leine mit dem Knall eines Pistolenschusses brach, preßte Dunstan die Lippen zusammen. Aber zwei Mann waren bereits am Spleißen, und er sagte nur: »Wir müssen so hoch an den Wind wie möglich, falls die Burschen uns die Hacken zeigen und davonlaufen wollen.«

Meheux mochte nicht streiten, er kannte ihn zu gut. Die See brauste übers Deck und schleuderte zwei fluchende Matrosen in die Speigatten. Einer schlug gegen ein festgelaschtes Geschütz und bewegte sich nicht mehr. Er war besinnungslos, hatte vielleicht einige Rippen gebrochen. Kameraden zerrten ihn zur Luke. Die anderen duckten sich wie Sportler vor dem Start, um dem nächsten überkommenden Sturzbach zu entgehen.

Meheux genoß die Aufregung, und auch Dunstan fühlte sich niemals wohler, als wenn er sich von der Autorität des Admirals und vom Schürzenzipfel der Flotte lösen konnte. Sie kannten weder die Herkunft noch die Bedeutung des Kanonendonners. Es konnte sogar ein anderes britisches Kriegsschiff sein, das einen feindlichen Blockadebrecher aufbrachte. Wenn das der Fall war, würde es diesmal kein Prisengeld zu teilen geben. Der andere Kommandant würde schon dafür sorgen.

Dunstan kletterte in die Webeleinen. Die Seen schienen

nach seinen Füßen zu greifen, als er das Teleskop einstellte und auf den nächsten Schrei aus dem Masttopp wartete.

Da brüllte der Ausguck auch schon: »An Steuerbord voraus, Sir!« Er verstummte, als das Schiff sich hob und dann in ein langes Wellental glitt. Tief hinab, bis seine verzierte Galionsfigur so weit unterschnitt, als sei *Phaedra* schon auf dem Weg zum Meeresboden. Der Anprall mußte den Ausguck fast von seiner wackeligen Sitzstange gerissen haben.

Endlich kam sein Ruf: »Zwei Schiffe, Sir! Eines davon entmastet!«

Dunstan kletterte lachend herunter und schüttelte Wasser von seinem Hut. »Tüchtiger Ausguck, Mr. Meheux! Der hat eine Guinea verdient!«

Der Erste lächelte. »Einer von meiner Abteilung, Sir.«

Dunstan wischte das Teleskop trocken. »Oh, gut! Dann gib' *du* dem Burschen die Guinea.«

Man hörte unregelmäßigen Kanonendonner, aber wegen der hochgehenden See war es schwer, die kämpfenden Schiffe von Deck aus zu erkennen.

Phaedra wälzte sich in die Senkrechte. Das Großbramsegel schlug wild, als es den Wind verlor.

»An die Brassen! Drei Strich abfallen!«

Dunstan lockerte seinen Griff um die Reling. Der Wind ließ merklich nach, so daß der Kurs ihm angepaßt werden mußte.

»Nordnordwest liegt an, Sir!«

Meheux schnappte nach Luft. »Bei Gott, da sind sie!«

Dunstan hob das Glas wieder an die Augen. »Aber das ist ja der verdammte Schoner, nach dem wir suchen.«

Mit einem Seitenblick studierte Meheux das Profil seines Vetters. Unter dem zerknautschten Hut lugte das krause Haar hervor. Als sie einmal angeheitert gewesen waren, hatte Dunstan ihm anvertraut, daß er sich erst einen neuen Hut kaufen wolle, wenn er eine Planstelle bekäme. Er fragte: »Der Schoner, mit dem die Lady des Generalinspekteurs segelt?«

Dunstan grinste breit. Meheux war ein zuverlässiger und

vielversprechender Offizier, aber naiv, wenn es sich um Frauen handelte.

Ein Mann rief: »Sie treiben steuerlos, Sir! Haben uns aber gesehen.«

Dunstans Lächeln verging. »Alles klar an Deck! Ladet die Steuerbordbatterie – aber noch nicht ausfahren!« Er packte des Leutnants Arm. »Soweit ich's beurteilen kann, ist der andere ein verdammter Pirat, Josh.« Der Vorname des Ersten Leutnants war Joshua. Dunstan benutzte ihn nur, wenn er erregt war. »Wir werden ihn entern. Schick ein paar Scharfschützen in den Topp. Es ist eine hübsche kleine Brigantine und einige Guineas Prisengeld wert, oder?«

Meheux eilte fort. Blanker Stahl glänzte, als aus den Geschützbedienungen ein Enterkommando zusammengestellt wurde. Der hinter der Brigantine torkelnde Schoner war offenbar vom Sturm entmastet worden. Dann hatten sie versucht, einen Notmast aufzutakeln. Die Verfolgung durch die Piraten mußte ein Alptraum gewesen sein.

Meheux kam zurück, einen Entersäbel umgeschnallt, und musterte die beiden Schiffe. »Der Schoner muß warten. Erst rechnen wir mit den Piraten ab.«

Auf der Brigantine erschien eine Rauchwolke, der ein Knall folgte. Die Piraten hatten auf sie geschossen.

»Der Teufel soll sie holen«, fluchte Dunstan. Er hob den Arm, wie es Bolitho immer zu tun pflegte, wenn es ins Gefecht ging. »Öffnet die Stückpforten! Rennt aus!«

Während er sich nochmals prüfend umschaute, feuerte der Pirat abermals, und die Kugel platschte längsseits ins Wasser. Das Match konnte beginnen.

Dunstan zog seinen Degen und hob ihn hoch über den Kopf. Er fühlte Kälte in seinen Arm kriechen, als ob die Klinge aus Eis wäre. Er entsann sich, wie er mit einem anderen Fähnrich auf dem Achterdeck der *Euryalus* krank vor Entsetzen dagestanden hatte, aber unfähig gewesen war, seine Augen von der über ihnen emporwachsenden Segelpyramide des Gegners loszureißen. Wie Bolitho, auf dem ungeschützten Deck stehend, den Degen erhoben hatte, an dem die Blicke der feuerbereiten Stückmeister hingen. Da hatten sich Sekunden zu Stunden gedehnt.

Dunstan riß den Arm herunter.

»Feuer!«

Die kleine Brigantine drehte als Wrack in den Wind. Ihr Vormast war dahin, ihr Deck mit Segeln und zertrümmerten Spieren übersät. Die gutgezielte Breitseite hatte auch das Ruder zerschossen und die Rudergasten getötet. Das Schiff war außer Kontrolle geraten. Ein Mann, der mit einem Gewehr zur Poop lief, wurde von einem Scharfschützen der *Phaedra* niedergestreckt.

Dunstan steckte seinen Degen in die Scheide. Der Kampf war schon vorbei. »Nehmt das Großsegel fort – klar zum Entern!«

Es war selten, einen Piraten zu fangen. Einige Seeleute stiegen mit gespannten Gewehren in die Wanten, während andere wie gierige Hunde aufs Zubeißen warteten. Der Erste Leutnant stand sprungbereit da, als die Korvette zur Brigantine trieb. Nur ein Verrückter würde sich dort noch verteidigen wollen. Englands Seeleute waren schnell mit dem Entermesser bei der Hand und gaben kein Pardon, wenn auch nur einer von ihnen niedergemacht wurde.

Die See lief noch hoch, und es war riskant, ein Boot auszusetzen. Trotzdem rief Dunstan: »Bringt die Jolle zu Wasser, aber macht schnell! Paßt auf, falls die Kerle auf euch schießen!«

Das Boot legte ab, der Leutnant darin bemühte sich um aufrechte Haltung. Als er sich einmal umdrehte, gestikulierte er wild zur *Phaedra*. Dunstan schaute verständnislos hoch, mußte dann aber laut lachen. Seine Spannung ließ nach, er brüllte vergnügt: »Heißt die Nationale – wir haben ohne Flagge gefochten, verflucht noch mal!«

Bolitho hätte dazu einiges zu sagen gehabt.

Es gab vereinzelte Jubelrufe, als die britische Flagge auch auf dem stehengebliebenen Großmast der Brigantine gehißt wurde.

Aus dem zurückkehrenden Boot kletterte Meheux wieder

an Bord. Dunstan blickte ihm ins Gesicht und fragte: »Wie war es, Josh?«

Der Leutnant steckte den Degen weg und stieß einen langen Seufzer aus. »Einer der Bastarde machte einen Ausfall und erwischte den armen Tom Makin quer über der Brust. Aber er wird überleben.« Beide sahen auf einen Leichnam hinab, der zwischen den Schiffen trieb. »Aber der andere wird's nicht noch mal versuchen.«

Nachdem sie ein Prisenkommando auf der Brigantine zurückgelassen hatte, schob sich die *Phaedra* mit verkleinerten Segeln dem Schoner entgegen. Sturmzerzaust und ohne Masten dümpelte das Unglücksschiff mit Schlagseite in Lee. Das Enterkommando bestieg sein schiefes Deck, und zwei von der Brigantine zurückgelassene Piraten leisteten Widerstand. Leutnant Grant erschoß den einen mit der Pistole, der andere duckte sich und flüchtete zum Niedergang. Ein Seemann wirbelte sein Entermesser durch die Luft und warf es nach ihm wie einen Speer. Durchs Teleskop gesehen ging das alles lautlos vor sich, aber Dunstan hätte schwören mögen, daß er den Schrei des Mannes hörte, als er fiel, das Entermesser im Rücken.

Grant rief durch die hohlen Hände: »Macht euch bereit, von Bord zu gehen!«

Dunstan, der das alles aus der Ferne mit ansah, senkte sein Glas. Er wollte nicht indiskret sein. Trotz ihres zerrissenen Kleides hielt sich die Frau merkwürdig stolz, während die Seeleute sie zur Jolle geleiteten. Sie verharrte nur einmal, nämlich als sie an dem von Leutnant Grant erschossenen Piraten vorbeikam. Dunstan sah, daß sie ihn anspuckte und das Entermesser mit dem Fuß fortstieß. Haß, Ekel und Zorn - aber kein Zeichen von Furcht.

Dunstan befahl dem Ersten Leutnant: »Bemannt die Seite, Josh, und begrüßt sie mit allen Ehren an Bord. Dies ist etwas, an das wir uns alle erinnern werden.«

Später, als die *Phaedra* mit ihrer Prise mühsam das Flaggschiff erreichte, ereignete sich noch etwas, das Dunstan nie vergessen sollte.

Die Frau stand neben ihm, in einen Ölmantel gehüllt, den ihr ein Seemann geliehen hatte. Mit großen Augen und erhobenem Kinn beobachtete sie, wie die *Hyperion* mit schwingenden Rahen und wieder gefüllten Segeln über Stag ging und auf sie zukam.

Dunstan fragte: »Mylady, ich lasse jetzt ein Signal absetzen. Darf ich Ihren Namen übermitteln?«

Den Blick auf den alten Zweidecker gerichtet, hatte sie langsam den Kopf geschüttelt. Ihre Antwort wurde vom Knarren der Takelage fast übertönt, sie klang wie Flüstern: »Nein, Kapitän, er kennt ihn. Trotzdem vielen Dank.« Und nach einer Pause: »Er wird mich sehen, ich weiß es.«

Nur einmal schien sie gerührt. Das war, als der Meistersgehilfe rief: »Jungs, seht, da geht der alte Kahn hin.«

Der Schoner hatte sein Heck gehoben und drehte sich nun in einem Kreis von Schaum und Blasen, Treibgut und Toten. Er mußte ziemlich durchlöchert sein und sank schnell. Plötzlich tauchte er kopfüber weg und verschwand immer schneller, als ob er sich eilig von jenen entfernen wollte, die ihn mißhandelt hatten.

Dunstan sah mit einem Seitenblick, daß die Frau einen Fächer an die Brust drückte. Er war nicht sicher, glaubte aber drei Worte zu verstehen: »Ich danke dir.«

Als alles vorbei war, sagte Dunstan zu seinem Vetter: »Gib dem Ausguckposten zwei Guineas, Josh. Es war viel wichtiger, als ich ahnte.«

X Im Hafen

Zwei Wochen, nachdem die *Phaedra* die Piratenbrigantine gekapert und die Gefangenen befreit hatte, kehrten *Hyperion* und *Obdurate* nach Antigua zurück. Die Insel wurde bei Tagesanbruch gesichtet, doch wie um ihre Anstrengungen in die Länge zu ziehen, erstarb der Wind. Der Abend begann schon zu dämmern, ehe sie sich nach English Harbour hineinschlängeln und Anker werfen konnten.

Bolitho hatte fast den ganzen Nachmittag müßig an Deck verbracht und die Segelmanöver beobachtet, während die Insel kaum näher zu kommen schien. Zu jeder anderen Zeit wäre es ein stolzer Augenblick für ihn gewesen. Sie hatten Sir Folliots Geschwader getroffen, das jetzt den Schatzkonvoi nach England geleitete. Die Ausguckleute hatten schließlich drei weitere Linienschiffe im Hafen gemeldet, und Bolitho vermutete, daß es sich um die restlichen Schiffe seines eigenen Geschwaders handelte. Nach dem anstrengenden Geleitdienst und dem täglichen Kampf mit dem Wetter hätte ihn ihr Anblick aufmuntern sollen. Trotzdem war Bolitho froh, daß er seine neuen Kommandanten erst am nächsten Tag zu treffen brauchte.

Als die beiden Zweidecker endlich vor Anker lagen, hatte er sich in seine Kajüte begeben, die durch mehrere Laternen anheimelnd erhellt wurde. Aus einem Heckfenster gebeugt, bewunderte er einen farbenprächtigen Sonnenuntergang, aber seine Gedanken waren noch immer bei jenem Tag, als man die in grobes Ölzeug gehüllte Catherine an Bord gehievt hatte.

Es schien ihm kaum mehr glaubhaft, daß sie hier in dieser Kajüte gewesen war, allein mit ihm. Allein mit ihm und doch angemessen fern. Er ging umher und schaute in seinen Schlafraum, den er ihr während ihres kurzen Aufenthaltes an Bord überlassen hatte. Es mußte doch noch irgendein Zeichen ihrer Anwesenheit vorhanden sein? Ein Hauch ihres Parfüms, vielleicht ein Kleidungsstück, das sie vergessen hatte, als man sie auf Admiral Folliots Flaggschiff übersetzte, nachdem sich die beiden Kampfgruppen getroffen hatten?

Bolitho ließ die Finger über das polierte Weinschränkchen gleiten. Von einem der besten Handwerker hergestellt, hatte sie es ihm geschenkt, als er London verließ. Er entsann sich der Mißbilligung seines Flaggkapitäns Thomas Herrick beim Anblick des Schränkchens an Bord der *Lysander*. Herrick war ihm immer ein treuer Freund gewesen und mißtraute allem, was Bolithos Namen und Karriere schaden konnte.

Sogar Jung-Adam war in Bolithos sogenannte Liaison kurz verwickelt worden. Um seines Onkels Reputation zu verteidigen, hatte er sich mit einem anderen hitzköpfigen Leutnant in Gibraltar duelliert. Jeder, der Bolitho nahestand, schien durch seinen Kontakt mit Catherine berührt worden zu sein.

Er drehte sich um und sah hinter der Lamellentür den Schatten des Kajütpostens. Dort hatte auch sie gestanden, ganz still, nur unwillkürlich schneller atmend und den Ölmantel wie frierend am Hals zusammengefaßt. Dann hatte sie das Schränkchen erblickt, und einen Augenblick zitterten ihre Lippen.

»Ich nehme es überall mit«, hatte er leise gesagt.

Da war sie direkt auf ihn zugegangen und hatte eine Hand an seine Wange gelegt. Als er jedoch Anstalten machte, sie in die Arme zu schließen, hatte sie den Kopf geschüttelt. »Nein! Es ist schon schlimm genug, daß ich unter diesen Umständen hier bin. Mach es nicht noch schlimmer. Ich wollte dir nur sagen, was es für mich bedeutet, durch dich zu leben. Gott oder das Schicksal – ich weiß nicht, wer oder was – brachte uns einmal zusammen. Aber nun fürchte ich, daß es uns etwas antun könnte.«

Er hatte ihr zerrissenes Kleid gesehen und gefragt: »Kann das nicht ausgebessert werden? Wo ist deine Zofe?«

Ohne ihn aus den Augen zu lassen, trat sie zurück. »Maria ist tot. Die Piraten versuchten, sie zu vergewaltigen. Als sie sich mit bloßen Händen wehrte, brachten sie sie um, stachen sie tot wie ein hilfloses Tier.« Langsam fügte sie hinzu: »Was mich betrifft, so kam dein kleines Schiff noch zur rechten Zeit. Aber ich habe dafür gesorgt, daß einige dieser Schweine nicht mehr unsere Luft atmen.«

Sie blickte auf ihre Hände nieder, auf den befleckten Fächer, den sie noch umklammerte. »Ich wünschte zu Gott, ich könnte dabei sein, wenn man den Rest dieses Ungeziefers am Seil tanzen läßt.«

Die Tür öffnete sich einen Spalt, und Jenour schaute ihn an.

»Das Boot des Kommodore nähert sich uns, Sir Richard.« Sein Blick huschte durch die Kajüte, vielleicht dachte auch er an Catherine.

»Danke.« Bolitho setzte sich, froh darüber, daß er sein eigenes Deck unter den Füßen hatte. Aber Glassport war wohl der letzte, den er jetzt gebrauchen konnte.

Er dachte an ihren Abschied, als er Catherine zu Sir Peter Folliots großem Dreidecker hinübergebracht hatte. Der Admiral war zwar ein schmächtiger, kränklicher Mann, aber schnellen Geistes. Trotz der spärlichen Nachrichtenübermittlung schien er alles über den Handstreich von La Guaira zu wissen, auch die tatsächliche Höhe der Beute bis aufs letzte Goldstück.

»Eine Rettung in letzter Stunde, wie?« Er begrüßte Catherine mit überschwenglicher Höflichkeit und erklärte, daß er sie der Obhut seines besten Fregattenkommandanten überantworten wolle, der sie mit größter Eile zu ihrem Gatten nach Antigua bringen würde. Vielleicht wußte er auch über Catherine einiges, dachte Bolitho.

Er hatte die starke Fregatte Segel setzen und sie ihm endgültig entführen sehen und war an Deck geblieben, bis sich nur noch ihre Oberbramsegel wie rosa Muscheln über dem Abendhorizont zeigten.

Der große Indienfahrer mit den Somervells hatte inzwischen den Hafen verlassen. Bolitho malte sich aus, wie sich Catherine mit jedem Wechsel des Stundenglases mehr und mehr von ihm entfernte.

Die Tür öffnete sich abermals, und Kapitän Haven trat ein. »Ich bin dabei, den Kommodore zu begrüßen, Sir Richard. Darf ich Ihre Kommandanten anweisen, sich morgen vormittag an Bord einzufinden?«

»Ja.« Wie eine Mauer stand kühle Förmlichkeit zwischen ihnen. Trotzdem versuchte Bolitho es nochmals. »Ich habe gehört, daß Ihre Frau ein Kind erwartet, Kapitän Haven.«

Seit Haven Post mit der Kurierbrigg erhalten hatte, benahm er sich wie in Hypnose. Er hatte sogar Parris die Obliegenheiten des Schiffes überlassen.

Havens Augen verengten sich. »Von wem gehört, Sir Richard, wenn ich fragen darf?«

Bolitho seufzte. »Tut das was zur Sache?«

Haven blickte beiseite. »Es ist ein Junge.« Seine Finger zerknautschten den Zweispitz.

»Ich gratuliere Ihnen. Die Sorge um Ihre Frau muß Sie sehr beschäftigt haben.«

Haven schluckte schwer. »Jawohl. Vielen Dank, Sir Richard.«

Wie eine Erlösung drangen Befehle von Deck herein. Haven verließ fast fluchtartig die Kajüte, um Kommodore Glassport zu empfangen.

Bolitho stand auf, als Ozzard ihm den Galarock brachte. War das Kind wirklich von Parris, fragte er sich, und wie würden sie sich arrangieren?

Er schaute auf Ozzard hinunter. »Habe ich dir eigentlich schon für die gute Betreuung unseres Gastes an Bord gedankt?«

Ozzard bürstete einen Staubfleck von der Uniform. Er hatte Catherines zerrissenes Kleid genäht, denn seine Geschicklichkeit kannte keine Grenzen. Der kleine Mann lächelte scheu.

»Es war mir ein Vergnügen, Sir Richard.« Dabei langte er in eine Schublade und zog den Fächer heraus, den Lady Somervell von dem sinkenden Schoner mitgebracht hatte.

»Sie hat dies zurückgelassen.« Er duckte sich unter Bolithos bohrenden Blicken. »Ich habe – ich habe ihn saubergemacht. Es war Blut daran, also ...«

»Zurückgelassen?« Bolitho drehte den Fächer in seinen Händen, sah im Geist ihr Gesicht dahinter. Im Lampenlicht trübte sich sein Auge schon wieder. »Zurückgelassen?« wiederholte er.

Ozzard beobachtete ihn aufmerksam. »Ich nehme an, sie hat ihn in der Eile vergessen.«

Bolitho packte den Fächer fester. Nein, sie hatte ihn bestimmt nicht vergessen.

Schritte kamen näher, dann betrat Kommodore Glassport

die Kajüte, gefolgt von Jenour und Haven. Glassports Gesicht war hochrot, als ob er bergauf gehastet wäre.

Bolitho machte eine einladende Bewegung. »Nehmen Sie Platz. Ein Glas Rotwein gefällig?«

Glassport schien bei diesen Worten aufzuleben. »Ich wüßte ein Gläschen zu schätzen. Gott verdamme diese Aufregung! Ich hätte mich schon längst pensionieren lassen sollen.«

Ozzard servierte, und Bolitho hob sein Glas: »Auf den Sieg!«

Glassport streckte die dicken Beine aus und leckte sich die Lippen. »Ein sehr guter Claret, Sir Richard.«

Haven unterbrach: »Wir haben einige Briefe, Sir Richard, sie sind mit dem letzten Paketschiff gekommen.« Auf seinen Wink hin brachte Jenour ein kleines Bündel und legte es vor Bolitho auf den Tisch.

Bolitho deutete auf die Gläser. »Nachfüllen, Ozzard.« Und zu den anderen gewandt: »Entschuldigen Sie mich, Gentlemen.«

Er schlitzte einen Brief auf und erkannte sofort Belindas Handschrift. Sein Auge überflog den Text zu schnell, so daß er aufhörte und von vorne begann.

»Mein lieber Gatte . . .«, schrieb sie wie an einen Fremden. Dann berichtete sie kurz über ihren letzten Besuch in London, und daß sie nun in einem gemieteten Haus lebe und seine Zustimmung erwarte. Elizabeth war von einer Erkältung genesen und hatte sich an das neu eingestellte Kindermädchen gewöhnt. Der Rest des Briefes beschäftigte sich mit Nelson, der zwischen England und Frankreich stünde. Wie sehr das Land doch von ihm abhinge, schrieb Belinda.

Jenour fragte leise: »Hoffentlich keine schlechten Nachrichten, Sir Richard?«

Bolitho steckte den Brief in seinen Rock. »Tja, Stephen, das weiß ich selber nicht.«

Sie schrieb nichts über Falmouth und die Menschen dort, mit denen er aufgewachsen war. Kein Wort, weder Ärger noch Reue, über die Art, wie sie sich getrennt hatten.

Glassport sagte schwerfällig: »Es ist jetzt viel ruhiger hier, seit der Generalinspekteur abgereist ist.« Und tief in sich hineinlachend: »Ich möchte nicht auf die falsche Seite Somervells geraten.«

Haven erklärte steif: »Seine Welt ist eine andere und ganz gewiß nicht meine.«

Bolitho lenkte ab. »Ich möchte die Kommandanten morgen sehen.« Und mit einem Seitenblick auf Glassport: »Wie lange wurde der Viscount denn hier aufgehalten?«

Glassport blinzelte ihn an, sein Verstand war schon wieder durch mehrere Gläser getrübt. »Bis der Sturm nachließ, Sir Richard. Dann reiste er ab.«

Unwillkürlich erhob sich Bolitho. Er mußte sich verhört haben. »Ohne auf Lady Somervell zu warten? Welches Schiff benutzte sie denn für die Rückreise, nachdem sie mit der Fregatte angekommen war?«

So sehr er auch darauf erpicht war, Seiner Majestät den Schatz persönlich zu präsentieren, hatte Somervell doch bestimmt gewartet, um sich von Catherines Wohlergehen zu überzeugen?

Glassport bemerkte Bolithos plötzliche Erregung und sagte beschwichtigend: »Aber sie hat die Insel doch gar nicht verlassen, Sir Richard. Ich erwarte noch immer ihre Anweisungen.« Irritiert schloß er: »Lady Somerwell wohnt jetzt in der Residenz.«

Bolitho nahm wieder Platz und schaute zum Fächer hin, der auf dem Weinschränkchen lag. Er sagte: »Entschuldigen Sie mich bitte für heute, Gentlemen. Wir sprechen uns morgen wieder.«

Später, als das Trillern der Pfeifen und das Poltern von Glassports Boot an der Bordwand verklang, starrte er durch die Heckfenster auf die Hafenlichter, so fein wie Nadelstiche. Von der offenen See kam eine träge, glasige Dünung herein, die den schweren Rumpf der *Hyperion* eben rührte. Am Himmel standen einige wenige Sterne. Bolitho begann sie zu zählen, und dabei wurde ihm auf einmal klar, was er Augenblicke früher noch nicht mal hatte denken wollen.

Würdest du alles riskieren? Eine – ihre – Stimme schien das laut gefragt zu haben.

Im dicken Glas neben sich erblickte Bolitho ein Spiegelbild. Jenour war lautlos eingetreten.

»Seien Sie so gut, Stephen, und sagen Sie Allday, er soll mein Boot klarmachen, ich gehe gleich an Land.«

Jenour zögerte. Er hatte zugehört, als Glassport mit der Geschichte von Lady Somervell herausplatzte.

Er setzte an: »Darf ich etwas sagen, Sir Richard?«

»Habe ich Sie jemals daran gehindert, Stephen? Worum geht es, wollen Sie mein Schiff verlassen?« Halb ihm zugewandt, fühlte er des jungen Leutnants Unbehagen.

Jenour erwiderte heiser: »Es gibt nicht einen Mann unter Ihrer Flagge, Sir Richard, der nicht für Sie sterben würde.«

»Das bezweifle ich aber.« Bolitho musterte den bestürzten Jenour. »Sprechen Sie trotzdem weiter.«

Jenour setzte abermals an: »Sie haben die Absicht, die Lady zu besuchen, Sir Richard . . .« Als die erwartete Zurechtweisung ausblieb, fuhr er fort: »Aber morgen wird es das Geschwader wissen, und im nächsten Monat wird ganz England davon hören.« Er schaute zu Boden. »Es – es fällt mir schwer, so mit Ihnen zu reden. Ich habe kein Recht dazu, es ist nur, weil ich sehr besorgt bin.«

Bolitho nahm seinen Arm und schüttelte ihn leicht. »Es erforderte Mut, Stephen. Ich danke Ihnen. Einem alten Feind, John Paul Jones, wird das Wort zugeschrieben: ›Wer nicht wagt, der nicht gewinnt‹. Was auch immer seine Fehler gewesen sein mögen, Mangel an Mut gehörte nicht dazu.« Er wurde ernst: »Ich kenne das Risiko, Stephen. Und nun rufen Sie Allday.«

Auf der anderen Seite der Pantrytür zog Ozzard den Kopf zurück und nickte langsam. Er freute sich, daß er den Fächer entdeckt hatte.

Bolitho merkte kaum etwas von seiner Umgebung, als er den Hafen hinter sich ließ und durch die Schatten schritt. Er hielt nur einmal an, um Atem zu schöpfen und seine Gefühle zu prüfen. Er sah zu den ankernden Schiffen hinaus, deren offene Stückpforten auf der leichten Dünung glitzerten, unter ihnen die dunkle, massige *Ciudad de Sevilla.* Was würde aus ihr werden? Würde man sie irgendeiner reichen Handelsgesellschaft verkaufen oder sie den Spaniern zum Tausch anbieten und versuchen, die *Consort* dafür zurückzugewinnen? Letzteres war unwahrscheinlich. Die Dons waren durch den Verlust des Schatzschiffes gedemütigt und durch die Versenkung eines weiteren unter ihren eigenen Kanonen erst recht verbittert.

Vor den weißen Mauern der Residenz blieb er abermals stehen. Sein Herz pochte. Was hatte er eigentlich im Sinn? Vielleicht würde sie ihn überhaupt nicht empfangen. Er schritt über die Auffahrt und ging durch den Haupteingang, der wegen der erfrischenden Seebrise weit offenstand. Ein in einem Korbstuhl schlafender Diener rührte sich nicht einmal.

Er befand sich in einer von Säulen gestützten Halle, deren schwere Gobelins im Widerschein zweier Kandelaber glühten. Es war ganz ruhig, selbst die Luft schien stillzustehen.

Über der geschnitzten Truhe bei einer anderen Tür entdeckte Bolitho einen Klingelzug und spielte mit der Idee zu läuten.

Während des letzten Gefechts auf dem Schatzschiff war der Tod sein Begleiter gewesen, und er war ihm auch sonst nicht fremd. Aber er hatte sich nicht gefürchtet, nicht einmal hinterher. Hatte der Mut ihn jetzt verlassen? Er faßte seinen Degen fester. Vielleicht hatte Glassport sich geirrt, und sie war wieder nach St. John's gegangen, wo sie Freunde besaß, diesmal über Land. Er dachte an Jenours Befürchtungen, an Alldays verdächtiges Schweigen, als er ihn zur Anlegebrücke rudern ließ. Einige Wachposten waren in eine Art Ehrenbezeugung verfallen, als sie den Vizeadmiral erkannten, der ohne Vorwarnung an Land gekommen war.

Allday hatte gemeint: »Ich werde warten, Sir Richard.«

»Nein. Wenn ich ein Boot brauche, kann ich eins rufen.«

Allday hatte ihm nachgesehen, wahrscheinlich genauso besorgt wie Jenour.

»Wer ist da?«

Bolitho drehte sich um und sah sie auf der breiten Treppe stehen, mit einer Hand am Geländer, die andere in den Falten ihres Gewandes verborgen. Sie trug einen hellen Überwurf und wirkte gegen die dunklen Wandbehänge wie eingerahmt. Sie bewegte sich nicht.

Endlich erkannte sie ihn. »Du! Ich – ich ahnte nicht . . .«

Sie machte noch immer keine Anstalten, sich ihm zu nähern, deshalb stieg Bolitho langsam die Stufen empor, ihr entgegen.

»Ich habe angenommen, du wärest abgereist. Aber wie ich dann hörte, segelte der Indienfahrer ohne dich.« Er hütete sich, den Namen Somervell zu erwähnen. Einen Fuß auf der nächsten Stufe, verhielt er aus Sorge, sie könnte sich zurückziehen. »Ich ertrage es nicht, dich hier allein zu wissen.« Sie machte eine Bewegung, und er entdeckte eine Pistole in ihrer Hand. »Gib sie mir.«

Er kam näher und streckte die Hand aus. »Bitte, Kate.« Die Pistole war gespannt und feuerbereit, er entwand sie ihren Fingern. »Jetzt hast du nichts mehr zu befürchten.«

Sie erschauerte. »Komm ins Wohnzimmer, dort ist es heller.«

Bolitho folgte ihr und wartete, bis sie die Tür hinter ihm geschlossen hatte. Der Raum war anheimelnd, aber sehr unpersönlich. Er wurde zu oft von Besuchern, von Fremden benutzt.

Bolitho legte die Pistole auf den Tisch. Sie schloß die Fensterläden, vom Licht angezogene Motten tappten gegen das Glas.

»Setz dich, Richard.« Ohne ihn anzusehen, tastete sie nach ihrem Kopf. »Ich habe geruht und müßte mein Haar ordnen.« Doch dann wandte sie sich ihm zu, mit einem sehnsüchtigen, nachdenklichen Blick, als suche sie Antwort auf eine unausgesprochene Frage.

»Ich wußte, daß er nicht warten würde«, berichtete sie. »Er nahm seinen Auftrag sehr ernst, er ging ihm über alles. Es war also mein Fehler. Ich wußte, daß ihm die Angelegenheit sehr am Herzen lag, und hätte nicht auf den Schoner gehen sollen.« Sie wiederholte: »Ich wußte, daß er nicht warten würde.«

»Warum hast du es dann getan?«

Sie blickte fort und berührte den Knopf der anderen Tür, die im tiefen Schatten lag.

»Ich hatte Lust dazu«, war ihre einfache Antwort.

»Es hätte dich das Leben kosten können, und dann . . .«

Sie fuhr herum, ihre Augen funkelten. »Was dann?« Verärgert warf sie den Kopf zurück. »Hast du dir die gleiche Frage gestellt, als du hinter der *Ciudad de Sevilla* her warst?« Der Name des Schiffes ging ihr glatt von der Zunge und gemahnte ihn rücksichtslos daran, daß sie mit einem Spanier verheiratet gewesen war. »Du mußt dir doch darüber klar gewesen sein, daß du ein furchtbares Risiko eingingst. Du wußtest es, ich sehe es dir an. Du hast auch gewußt, daß man einen Juniorkapitän damit hätte beauftragen können. So wie du damals ein Schiff gekapert hast, auf dem ich an Bord war – als ich dich zum erstenmal zu Gesicht bekam.«

Bolitho sprang auf. Mehrere Sekunden standen sie sich schweigend gegenüber, beide gekränkt und deswegen beschämt. Sie sagte abrupt: »Geh nicht fort«, und verschwand durch die Tür, ohne daß Bolitho es sah.

Was hatte er erwartet? Er war ein Narr und mehr als das. Aber als sie zurückkam, klang ihre Stimme versöhnlicher. »Ich mußte mein Haar aufmachen.« Sie wartete, bis er sie ansah. »Es sitzt immer noch nicht richtig. Gestern und heute bin ich am Ufer spazieren gegangen, und die Seeluft ist zu uns eitlen Frauen unnachsichtig.«

Sie trug noch den langen hellen Umhang und kam wie ein Geist durch den Schatten. »Du hast mir einmal ein Band für mein Haar geschenkt. Siehst du es, oder hast du es vergessen?«

Sie schüttelte den Kopf, so daß eine Schulter unter der langen, dunklen Haarfülle verschwand.

Er entgegnete leise: »Vergessen? Niemals! Du hattest Grün so gern, ich mußte es dir einfach schenken.«

Er brach ab, als sie mit ausgebreiteten Armen auf ihn zulief. Es geschah von einem Augenblick zum anderen. Eben noch stand sie, ein blasser Schemen, an der anderen Tür. Eine Sekunde später klammerte sie sich an seine Schultern, das Gesicht an seiner Brust versteckt, um ihre Verlegenheit zu verbergen.

»Sieh mich an, Richard. Ich habe dich belogen, merkst du's nicht?«

Bolitho senkte seine Wange auf ihr Haar. Es war nicht das Band, das er ihr in London gekauft hatte. Dieses hier glänzte blau.

Ihre Hand streichelte seinen Nacken und berührte dann sein Gesicht. Ihre Augen waren voll Mitgefühl. Sie flüsterte: »Ich habe es nicht gewußt, Richard. Erst bevor der Geleitzug auslief, hörte ich – einiges davon, wie du – wie du . . .« Nun hielt sie sein Gesicht zwischen ihren Händen. »Oh, liebster Mann, ich mußte es doch wissen.«

Bolitho zog sie an sich. Es konnte nur Allday gewesen sein, er allein würde zwischen ihnen vermitteln.

»Wie schlimm ist es?« hörte er sie flüstern.

»Ich habe mich daran gewöhnt«, entgegnete er. »Nur manchmal läßt mich das Auge im Stich, so als du vorhin im Schatten standest.« Er lächelte. »Ich habe dich noch nie überlisten können.«

Sie lehnte sich in seinen Armen zurück und musterte ihn. »Auch als du beim Empfang fast über die Stufen gestolpert wärst. Schon damals hätte ich es merken müssen.«

Ihr Gesicht gab ihre Gefühle preis. Sie war groß und schlank, und er wurde sich ihrer körperlichen Nähe sehr bewußt. Deshalb sagte er schnell: »Ich gehe, wenn du es wünschst.«

Aber sie schob wortlos eine Hand unter seinen Arm. Wie ein Liebespaar durch einen stillen Park schritten sie durch den Raum. Sie überlegte: »Es muß doch Leute geben, die uns helfen können.«

Er drückte ihre Hand fester an seine Rippen. »Mach dir nichts vor.«

Sie wandte sich ihm zu. »Versuchen wir's! Es gibt doch immer eine Hoffnung.«

Bolitho erwiderte: »Zu wissen, daß dir soviel an mir liegt, bedeutet mir schon alles.« Sie unterbrach ihn nicht, sondern blieb still stehen, ihre Hände in den seinen. Ihre verschmolzenen Schatten schienen über die Wände zu tanzen.

»Jetzt, da wir endlich wieder zusammen sind, will ich dich nicht mehr verlieren. Das mag sich verrückt anhören, wie das Gestammel eines närrischen Jungen ...« Die Worte flossen ihm von den Lippen, sie merkte, daß ihn lange Unausgesprochenes gequält hatte. »Ich dachte, mein Leben wäre ruiniert, und erkannte, was ich dir angetan hatte.« Da setzte sie zum Sprechen an, aber er ließ sie noch nicht zu Wort kommen. »Doch, es ist wahr. Ich war verliebt in Cheneys Geist, und diese Erkenntnis zerriß mich. Jemand meinte, ich litte an Todessehnsucht.«

Sie nickte. »Ich kann mir denken, wer das war.« Sein forschender Blick vermochte sie nicht zu verwirren. »Aber ist dir auch klar, was du sagst, Richard? Wieviel auf dem Spiel steht?«

Auch er nickte. »Für dich ist es noch schlimmer, Kate. Ich erinnere mich, was du über Nelsons Liaison sagtest.«

Zum erstenmal lächelte sie. »Eine Hure genannt zu werden, ist eine Sache, aber eine zu sein, ist etwas ganz anderes.«

Er drückte ihre Hände noch fester. »Es gibt so vieles ...«

Sie entzog sich seinem Griff. »Das kann warten.« Ihre Augen glänzten. »Aber wir können es nicht.«

Leise bat er: »Nenn mich noch einmal wie vorhin.«

»Liebster Mann.« Sie nahm das Band aus ihrem Haar und legte es sich lose um den Nacken. »Was ich auch bin und was ich getan habe, das bist du mir immer gewesen: mein liebster Mann.» Und mit einem fragenden Blick: »Willst du mich?«

Er griff nach ihr, aber sie wich zurück. »Das ist mir Antwort genug.« Sie schritt zur anderen Tür. »Ich brauche nur einen Augenblick – allein.«

Ohne sie kam ihm der Raum fremd und feindlich vor. Er entledigte sich seines Rockes und seines Degens; nach kurzem Besinnen schob er den Riegel vor die Außentür. Er entspannte ihre Pistole und entsann sich dabei ihres Gesichts, bis sie ihn schließlich erkannt hatte. Gewiß hätte sie beim kleinsten Anzeichen einer Gefahr geschossen.

Dann ging er ihr nach. Alle Befürchtungen waren vergessen, als er sie im Kerzenlicht auf dem Bett sitzen sah. Die Knie bis zum Kinn hochgezogen wie ein Kind, lächelte sie ihm zu.

»Also ist der stolze Vizeadmiral verschwunden, und mein Kapitän kommt mich besuchen.«

Bolitho setzte sich neben sie und drückte ihre Schultern sanft auf die Kissen.

Sie trug ein elfenbeinfarbenes Seidenneglige, das am Hals nur mit einem Bändchen zusammengehalten wurde. Sie sah, daß seine Augen ihren Körper abtasteten und sich vielleicht erinnerten, wie er einst gewesen war. Da nahm sie seine Hand und führte sie an ihre Brust, preßte seine Finger, bis sie ihr wehtaten.

Sie flüsterte: »Nimm mich, Richard.« Und als er zögerte, drängte sie: »Ich weiß, was du befürchtest. Aber ich sage dir, ich tue es nicht aus Mitleid. Es ist Liebe, wie ich sie noch nie für einen anderen Mann empfunden habe.«

Als er das Bändchen aufknüpfte und sie zu entkleiden begann, breitete sie die Arme wie eine Gekreuzigte auf dem Bett aus. Bolitho fühlte sein Blut im Kopf brausen, während er ihre Brüste entblößte.

Er hielt den Atem an. »Wer hat dir das angetan?«

Ihre rechte Schulter war blaugrün verfärbt, eine der schlimmsten Prellungen, die er je gesehen hatte. Aber sie griff nach ihm und zog seinen Mund zu sich herunter. Ihr Atem ging so heftig wie seiner. »Eine Braune Bess tritt eben nach hinten aus wie ein Maulesel«, keuchte sie.

Sie mußte sich mit einer Muskete gegen die Piraten verteidigt haben. So wie sie vorhin fast die Pistole abgefeuert hätte.

Ihr Kuß nahm kein Ende, es war, als wollten sie mit einem Mal alles Versäumte nachholen. Er hörte sie aufstöhnen, als er ihr den Umhang über die Hüften streifte, sah ihre geballten Fäuste, als er sie berührte. Da legte er die Hand über ihre Scham, als wolle er das Verlangen noch verlängern.

Sie beobachtete ihn, als er seine Kleider fallen ließ, erkannte die Narbe an seiner Schulter und erinnerte sich an das Fieber, das sie einmal besiegt hatte.

Heiser sagte sie: »Ich frage nicht, was später sein wird, Richard.« Sein Schatten deckte sie zu wie ein Mantel. »Es ist so lange her ...« Mit einem spitzen Aufschrei bog sie sich ihm entgegen, als er in sie eindrang. Ihre Finger packten ihn, rissen ihn näher und tiefer, bis sie eins waren.

Nachher, als sie einander ermattet in den Armen lagen und dem schwelenden Rauch der Kerzen nachsahen, flüsterte sie weich: »Du hattest Liebe nötig. *Meine* Liebe.«

Er drückte sie fester an sich, und sie fügte hinzu: »Da kümmert es mich nicht, was morgen sein wird.«

Er sagte in ihr Haar: »Auch das Morgen soll uns gehören.«

Unten an der Anlegebrücke hockte Allday auf einem Steinpoller und fing an, eine neue Pfeife zu stopfen. Er hatte das Boot zum Schiff zurückgeschickt.

Bolitho würde es vorerst nicht brauchen, dachte er paffend. Der Tabak war aromatisch, mit Rum getränkt. Er hatte zwar das Boot entlassen, wollte selber aber lieber noch an Land bleiben. Für den Fall, daß ...

Er setzte den irdenen Rumkrug auf die Erde und war mit sich und der Welt zufrieden. Vielleicht gab es doch einen gerechten Gott im Himmel? Er schaute zu dem verdunkelten Haus mit den hellen Mauern hinauf. Wenn, dann mochte *er* wissen, wie dies enden würde, aber im Moment, und das war alles, worauf ein armseliger Mensch hoffen konnte, standen die Dinge für Bolitho wieder besser.

Er grinste vor sich hin und bückte sich nach dem Tonkrug.

Gibraltar 1805

XI Der Brief

Seiner Britannischen Majestät Linienschiff *Hyperion* neigte sich nur wenig, als es wieder einmal über Stag ging und den schlanken Klüverbaum fast genau nach Osten richtete.

Bolitho stand an den Hängemattsnetzen des Achterdecks und achtete auf den an Backbord voraus drohend aufsteigenden Felsen von Gibraltar. Er verschwamm im diesigen Blau eines Nachmittags Mitte April.

Männer eilten geschäftig über die Decks. Die Leutnants, im Bewußtsein des nahen Landes, überprüften den Stand jedes Segels. Seit das Geschwader English Harbour für immer verlassen hatte, war es seit sechs Wochen außer Sichtweite von Land geblieben.

Bolitho nahm ein Teleskop zur Hand und richtete es auf den Felsen. Wenn die Spanier jemals diese natürliche Festung zurückeroberten, konnten sie das Mittelmeer mit Leichtigkeit abriegeln. Er stellte das Glas auf die verstreuten Schiffe am Fuß des Felsens ein. Sie ähnelten eher einem Klumpen ins Wasser gefallener Motten als Kriegsschiffen. Nur daran konnte man die wahre Größe des Felsens ermessen, die Entfernung zum langsam segelnden Geschwader war noch immer zu groß.

Bolitho schaute querab. Sie segelten so dicht es die Vorsicht zuließ an der Küste Spaniens. Das Sonnenlicht schickte wie Diamanten funkelnde Reflexe durch den Dunstschleier. Er konnte sich vorstellen, daß dort viele Ferngläser der kleinen Prozession englischer Schiffe folgten. Wohin waren sie bestimmt? Was hatten sie hier vor?

Berittene Boten würden ihr Erscheinen weitermelden. Die Dons konnten das Kommen und Gehen an der Enge von Gibraltar leicht kontrollieren. Wie um seinen Gedanken Nachdruck zu verleihen, hörte er Parris zu einem der Fähnriche sagen: »Geben Sie gut acht, Mr. Blessing, dort drüben liegt der Feind.«

Bolitho verschränkte die Hände auf dem Rücken und dachte über die vergangenen vier Monate nach, seit sich sein neues Geschwader in Antigua versammelt und Catherine sich nach England eingeschifft hatte. Die Trennung war ihnen schwerer gefallen als erwartet und schmerzte noch immer wie eine frische Wunde.

Während dieser Zeit hatte sie ihm einen Brief geschrieben, warm und leidenschaftlich. Er solle sich nicht sorgen, sie würden sich bald wiedersehen. Aber es dürfe keinen Skandal geben. Wie gewöhnlich dachte sie zuerst an ihn.

Bolitho hatte ihr geantwortet und auch einen Brief an Belinda geschickt. Ihr Geheimnis würde bald enthüllt werden, wenn es das nicht schon war. Deshalb war es nicht mehr als fair, daß sie es zuerst von ihm erfuhr.

Er überquerte das Achterdeck, wo der Rudergänger unter seinem Blick die Augen niederschlug. Von der Pooptreppe richtete er das Glas auf die in Kiellinie folgenden Schiffe. Es hatte lange gedauert, bis das Geschwader zusammengewachsen war und jeder sich an die Eigenarten der anderen gewöhnt hatte. Der Verband bestand aus vier Linienschiffen der Klasse drei, die sich für einen unwissenden Landbewohner nicht von der führenden *Hyperion* unterschieden. Abgesehen von der *Obdurate* waren sie nach Bolithos Maßstäben Neulinge gewesen. Jetzt jedoch empfand er Stolz statt Ungeduld.

In der sanften nordwestlichen Brise befand sich windwärts die kleine Korvette *Phaedra,* dicht unter der Küste segelnd. Möglicherweise hoffte Dunstan, daß ihm ein unvorsichtiger feindlicher Handelsschiffer in die Finger geriet.

Der willkommenste Zuwachs war die Fregatte *Tybalt,* ein Sechsunddreißiger, der gerade noch rechtzeitig aus England eingetroffen war, um sich dem Geschwader anzuschließen. Sie wurde von einem hitzköpfigen Schotten namens Andrew McKee geführt, der es eher gewohnt war, unabhängig zu operieren. Bolitho verstand seine Gefühle, auch wenn er sie nicht immer dulden konnte. Das Leben eines Fregattenkommandanten war vielleicht das einsamste überhaupt. In einem übervölkerten Schiff blieb er hinter seinem Kajütschott allein, nur gelegentlich mit seinen Offizieren dinierend, völlig getrennt von anderen Schiffen und sogar von den Männern, die er kommandierte. Bolitho lächelte. Bis jetzt . . .

Sie hatten in der Karibik wenig mehr unternommen, nur ein paarmal die feindliche Schiffahrt und deren Häfen angegriffen. Doch nach dem unbekümmerten Durchstoß zum Schatzschiff von La Guaira schien alles andere Kleinkram zu sein. Das hatte auch Glassport angedeutet, als das Geschwader zur Reise nach Gibraltar Segel setzte. Danach würde das Leben in Antigua nicht mehr das gleiche sein, meinte er.

In mehr als einer Beziehung, dachte Bolitho.

Es war ein merkwürdiges Gefühl, Antigua verlassen zu müssen. Im stillen glaubte er, daß er die Inseln nie wiedersehen würde. Die Inseln des Todes, wie sie in den unglücklichen Heeresgarnisonen genannt wurden. Auch *Hyperion* war nicht fieberfrei geblieben. Drei an Land beschäftigte Matrosen waren gestorben, ahnungslos wie Schlachtvieh.

Bolitho stieg von der Treppe, als er Haven an Deck mit dem Segelmeister sprechen sah. Dieser meinte zuversichtlich: »Der Wind bleibt günstig, Sir. Wir sollten um acht Glasen ankern.«

Haven blieb sehr für sich, und bis auf einige beinahe irrsinnige Wutanfälle schien er zufrieden, alles Parris überlassen zu können. Es war ein gespanntes, äußerst vorsichtiges Verhältnis zwischen den beiden, das sich aber auf die gesamte Offiziersmesse auswirkte. Trotz allem wurde der Marschbefehl, der mit der Kurierbrigg gekommen war, begrüßt. Ein Sturm braute sich über Europa zusammen, während die Widersacher einander belauerten und auf einen Feldzug warteten, ja auf eine einzige Schlacht, die das Gleichgewicht verschieben konnte.

Die verlorene Fregatte *Consort,* in *Intrépido* umbenannt, war unbemerkt und ungemeldet entschlüpft. Man sagte, daß sie nach Spanien geeilt war, um sich der starken Kriegsmarine Seiner Allerkatholischsten Majestät anzuschließen.

Obendrein würde sie dort die öffentliche Moral stärken: eine Prise, die man den Engländern weggenommen hatte, obwohl die so verzweifelt Fregatten brauchten.

Bolitho starrte auf den turmhohen Felsen. *Gibraltar for orders!* Wie gut kannte er diese Worte: nach Gibraltar um neue Befehle ... Es war in Gibraltar gewesen, wo er der *Hyperion* zuerst begegnete, als dieser endlose Krieg kaum angefangen hatte. Dachten Schiffe über ihr Schicksal nach? Allday lungerte bei den Booten herum, den breitkrempigen Hut vor dem Sonnenglast tief in die Stirn gezogen. Auch er würde sich jetzt an den Felsen erinnern. Bolitho sah ihn eine Hand zur Brust führen und eine Grimasse schneiden. Dabei schaute er sich argwöhnisch um, ob es einer gemerkt hatte. Er litt ständig Schmerzen. Außerdem dachte er wohl an seinen Sohn, an die Wirtstochter in Falmouth, ans letzte Gefecht, ans nächste.

Allday fühlte, daß Bolitho ihn beobachtete, und drehte sich nach ihm um. Ein kurzer, verständnisvoller Blickwechsel, als erriete er Bolithos Gedanken. Wie an jenem grauen Morgen, als er Catherine verließ. Allday hatte ihn erwartet, die Finger in den Mund gesteckt und mit einem schrillen Pfiff, der jede Bootsmannspfeife übertönte, ein Boot herangerufen.

Beim Abschied hatte Bolitho Catherine zu überreden versucht, London zu meiden, bis sie den Sturm gemeinsam durchstehen konnten. Aber sie war unnachgiebig geblieben, denn sie wollte Somervell treffen, um ihm die Wahrheit zu sagen. Als er sich um ihre Sicherheit besorgt zeigte, hatte sie ihr perlendes, unbefangenes Lachen losgelassen, das er so gut kannte. »Es gibt keine Liebe zwischen uns, Richard, was du auch annehmen magst. Ich wollte die Sicherheit einer Ehe, und Lacey brauchte mich als Rückhalt, als Alibi.«

Es tat weh, seinen Vornamen aus ihrem Mund zu hören. Er sah sie wieder vor sich wie am letzten Abend, ihre erregenden Augen, ihre hohen Backenknochen, und spürte ihr unglaubliches Vertrauen.

Jenours Schritte schreckten ihn auf. Der Flaggleutnant

harrte seiner Befehle. Auf dem blauen Wasser tanzte eine Brigg, die der Felsenfestung mit flatternden Signalen Einzelheiten über das herankommende Geschwader mitteilte. Vielleicht lag auch eine Nachricht von Catherine vor? Er hatte ihren einzigen Brief immer wieder gelesen, bis er ihn auswendig kannte.

Solch eine beeindruckende, lebensprühende Frau ... Somervell war verrückt, wenn er nicht um ihre Liebe kämpfte. In einer Nacht, in der sie im Mondlicht beieinander gelegen hatten, erzählte sie ihm einiges aus ihrer Vergangenheit. Er wußte schon von ihrer ersten Ehe mit einem englischen Glücksritter, der bei einer Prügelei in Spanien umgekommen war. Damals war sie nichts anderes als ein junges, in London aufgewachsenes Mädchen gewesen. »Und zwar in einem Stadtteil aufgewachsen, den dir vorzustellen du nicht wagen würdest, lieber Richard!« Sie hatte gelacht und sich an seine Schultern gekuschelt, aber er hatte Traurigkeit in ihrer Stimme gehört. Schon mit vierzehn hatte sie auf der Bühne gestanden – und von dort war es ein langer harter Weg bis zur Frau des Generalinspekteurs von Westindien. Später hatte ihr Luis Pareja geholfen, der getötet wurde, als Bolitho ihr Schiff als Prise kaperte und es dann gegen Piraten verteidigen mußte.

Pareja war doppelt so alt gewesen wie sie, aber sie hatte sehr an ihm gehangen, vor allem wegen seiner Sanftmut und Güte. Er hatte sie auch gut versorgt, obgleich sie nicht ahnte, daß sie mehr besaß als die Juwelen, die sie trug, als Bolitho in ihr Leben platzte. Ihre erste Begegnung glich einer Explosion, bei der sie all ihre Verzweiflung und Wut förmlich ausspuckte. Danach war es schwer zu ergründen, wann sich das alles in ebenso leidenschaftliche Liebe verwandelt hatte.

Bolitho richtete sein Teleskop auf die Brigg. Brachte sie ihm Neuigkeiten?

Catherine hatte jenes Schauspiel versäumt, das anzusehen sie sich geschworen hatte: die Hinrichtung der Piraten. Fast das letzte, was Bolitho erblickte, als *Hyperion* English Harbour verließ, war eine Reihe grausiger Galgen mit ihren von der Sonne gedörrten Überresten – als Warnung für andere.

Vorn, an der Steuerbordseite, stand Parris. Er wollte sicherstellen, daß niemand an Land auch nur den kleinsten Fehler an ihrem Ankermanöver finden konnte. In Antigua war Parris mit einer Arbeitsgruppe an Land gegangen, um Catherines Gepäck auf das Postschiff zu befördern. Sie hatte an Bolithos Arm zugeschaut, wie die Seeleute die einzelnen Stücke zur Anlegebrücke brachten.

Plötzlich sagte sie: »Ich mag den Mann nicht.«

Bolitho war überrascht. »Er ist ein guter Offizier und tapfer dazu. Was gefällt dir nicht an ihm?«

Sie hatte mit den Achseln gezuckt. »Er macht mich schaudern.« Dann hatte sie sich beeilt, das Thema zu wechseln.

Bolitho betrachtete den Ersten Leutnant nachdenklich. Wie leicht brachte er einen Matrosen zum Grinsen und beeindruckte er einen Fähnrich. Vielleicht erinnerte er Catherine an jemanden in ihrer Vergangenheit? Es war ebenso leicht, sich Parris als Glücksritter vorzustellen.

Jenour bemerkte: »Ich bin zum erstenmal in Gibraltar, Sir Richard.«

Bolitho nickte. »Ich war ein oder zweimal heilfroh, als ich den Felsen nach rauher Überfahrt sichtete.«

Kapitän Haven rief: »Kursänderung zwei Strich nach Backbord!«

Bolitho schoß ein Gedanke durch den Kopf. Hatte Catherine in Parris instinktiv das erkannt, was Haven ihm offensichtlich vorwarf? Er zog seine Uhr aus der Tasche, während die Seeleute an Brassen und Fallen eilten.

»Signal an alle – in Kiellinie wenden!«

Die auf dem Sprung stehenden Fähnriche wühlten in einer Menge Fahnentuch, indes ihre Gehilfen schnell wie der Blitz die Flaggen anknüpften.

»Verstanden, Sir!«

Haven grollte: »Wird auch Zeit, verdammt!«

Jenour sagte bedächtig: »Ich bin auf unsere Befehle neugierig.«

Der Admiral lächelte. »Sie nicht allein, Stephen. Entweder geht es nach Norden in die Biskaya, zur verfluchten Blockade von Brest und Lorient, oder wir müssen uns Nelson im Mittelmeer anschließen. Die Würfel fallen hier, so oder so.«

Bolitho beschattete seine Augen und verfolgte die Manöver der anderen, die für die letzte Strecke zum Ankerplatz Segel kürzten. Hinter der *Obdurate* lief ein weiterer Veteran, die *Crusader.* Fünfundzwanzig Jahre alt, hatte sie wie die meisten Schiffe dritter Klasse viele Male Pulver gerochen. Bolitho war ihr vor Toulon und in Westindien begegnet, bei dem französischen Invasionsversuch in Irland und in der feuerspeienden Schlachtlinie vor dem Nil.

Redoutable und *Capricious* rundeten das Geschwader ab. Letztere wurde von Kapitän William Merrye geführt, dessen Großvater ein schändlicher Schmuggler gewesen war. Die Vierundsiebziger bildeten das Rückgrat der Flotte, jeder Flotte. Bolitho blickte zu seiner Flagge am Vormast empor. Sie stand dort gut und richtig.

Dann kam die langgezogene Zeremonie des Salutschießens, vom Felsen wiederholt, was die Reede teilweise in Rauch hüllte und die Echos wie eine zusätzliche Beleidigung nach Algeciras hinüberschallen ließ. Ein Wachboot mit einer übergroßen Flagge lag bewegungslos an der Stelle, wo sie ankern sollten. Dabei fiel Bolitho wieder das spanische Wachboot vor La Guaira ein, wie es unter dem Steven des Schoners zerbrochen war.

»Klar bei Anker!«

Für den Zuschauer an Land mußten sie ein schöner und vertrauter Anblick sein, dachte Bolitho: die in den Wind drehenden Riesen, alle Leinwand bis auf Marssegel und Klüver aufgegeit.

»An die Marssegelgordings! Vorwärts, Leute, bewegt euch!«

»Ruder hart über!«

Bolitho ballte unwillkürlich die Fäuste, als Parris den erhobenen Arm senkte. »Laß fallen Anker!«

Der große Anker klatschte ins Wasser, während oben die Segel wie von einer einzigen Hand an den Rahen eingerollt wurden. Auch die anderen Schiffe gewannen Halt an ihren Ankertrossen, wobei sich jeder Kommandant um einen perfekten Abstand zum Flaggschiff bemühte. Nach langer Wartezeit auf See, einer von den Bootsmannsgehilfen und Decksoffizieren immer wieder unterdrückten Ungeduld wurden nun die ersten Boote ausgesetzt.

»Gig nähert sich von Land, Sir!«

Das kleine Fahrzeug arbeitete sich gekonnt durch die leichte Dünung: ein erster Kontakt.

»Ich gehe nach achtern, Mr. Jenour.« In Havens Gegenwart drückte sich Bolitho immer förmlich aus. »Sobald sie . . . «

Er verhielt, als der Quartermaster das uralte Frage- und Antwortspiel begann und rief: »Boot ahoi?«

Von der Gig kam es zurück: *»Firefly!«*

Jenour sagte erstaunt: »Schon Kommandantenbesuch, Sir Richard?«

Doch auf Bolithos Gesicht stand Erleichterung und noch etwas mehr. Er entgegnete: »Ich will den Kommandanten der *Firefly* persönlich begrüßen.«

Der junge Commander sprang beinahe mit einem Purzelbaum an Bord. Diejenigen, die keine Ahnung hatten – und woher sollten sie auch? – sahen mit großen Augen, wie der Admiral einen jungen Offizier umarmte, der auf den ersten Blick sein Bruder hätte sein können. Bolitho packte ihn an den Schultern und schüttelte ihn leicht. »Adam, von allen Menschen ausgerechnet du!«

Commander Adam Bolitho, Kommandant der Brigg *Firefly*, grinste vor Freude über das ganze sonnverbrannte Gesicht.

Alles, was er sagen konnte, war: »Na, Onkel?«

Bolitho stand mitten in seiner Kajüte, während Yovell und Jenour den Sack mit Depeschen und Briefen entleerten, den Adam Bolitho von Land mitgebracht hatte.

Adam berichtete. »Es war erstaunliches Pech, Onkel. Die Franzosen gingen unter Admiral Villeneuve in See, und unser Nelson hatte das Nachsehen. Während der kleine Admiral sie um Malta oder Alexandria vermutete, entwich Villeneuve durch die Straße von Gibraltar in den Atlantik. Hätte man dich früher hierher beordert, Onkel, wärest du ihm vielleicht begegnet. Gott sei Dank kam es nicht dazu.«

Bolitho lächelte schwach. Adam sprach mit der Unbefangenheit und dem Selbstvertrauen eines Veteranen, dabei war er erst vierundzwanzig Jahre alt. »Dein altes Schiff, Onkel, wer hätte das gedacht!«

Hyperion war Adams erstes Schiff gewesen. Er hatte es als dünner, bleicher Junge kennengelernt, aber mit der Entschlossenheit und dem Feuer eines Fohlens.

Yovell legte Bolitho ein amtliches Schreiben der Admiralität vor. Die Franzosen waren also endlich ausgelaufen, an Gibraltar vorbei und über den Atlantik; Nelson hastete zuletzt doch noch hinter ihnen her. Villeneuve war anscheinend westwärts gesegelt, doch warum, das vermochte niemand zu sagen. Bolitho las schnell weiter, während Adam ihn forschend beobachtete. Schließlich gab er Yovell das Schreiben zurück und meinte: »Die Franzosen segelten also. Vielleicht war es ein Trick, um unsere Streitkräfte abzuziehen und zu teilen.«

Adam hatte recht. Hätte man ihm früher befohlen, Antigua zu verlassen, wären sie wohl auf den Feind gestoßen. Fünf Schiffe dritter Klasse gegen eine der besten Flotten der Welt. Über den Ausgang gab es keinen Zweifel. Aber sie hätten Villeneuve wenigstens aufgehalten, bis Nelson ihn einholen konnte.

Bolitho nahm den nächsten, schon von Jenour geöffneten Brief. »Na bitte, da haben wir's: Ich soll Thomas Herrick in Malta ablösen!« Was war davon zu halten? Er hätte sich freuen sollen, den Mann wiederzusehen, der sein bester Freund war. Doch nach der Untersuchung gegen Valentin Keen, als nur Bolithos Aussage ihn vor einem Kriegsgerichtsverfahren bewahrt hatte, war er sich Herricks Freundschaft nicht mehr ganz sicher. Insgeheim wußte Bolitho, daß sein Freund recht gehabt hatte. Hätte er an Herricks Stelle die Vorschriften weitherziger zugunsten Keens ausgelegt? Diese Frage war nie beantwortet worden.

Adam riß ihn aus seinen Gedanken. »Aber erst segelst du nach England, Onkel.« Er lächelte gewinnend. »Mit mir.«

Adam kannte Bolithos Leben, aber nicht ganz. Es gab etwas, an dem er noch keinen Anteil hatte. Yovell schlitzte eine neue Depesche auf: von Admiral Nelson. Sonderbar, daß von allen ihm nahestehenden Menschen nur Adam den berühmten Nelson persönlich getroffen hatte. Er hatte mit seiner Brigg *Firefly* mehr Depeschen für ihn befördert als jeder andere.

Das Geschwader sollte in Gibraltar warten und sich verproviantieren. Nelson hatte in seiner merkwürdig schräg laufenden Handschrift vermerkt: »Denn zweifellos hat die Fürsorge und Aufmerksamkeit, die Ihnen in English Harbour zuteil wurde, viel zu wünschen übriggelassen.« Bolitho stutzte. Was meinte Nelson?

Er selbst wurde für einen kurzen Besuch bei der Admiralität von seinem Kommando freigestellt. Der Brief schloß mit der von Nelson schon gewohnten Spitze: »Dort werden Sie entdecken, wie eifrig sie ihre Kriege mit Worten und Papier ausfechten, statt mit Kanonen und hartem Stahl . . .«

Es stimmte, daß das Geschwader frischen Proviant und Ersatzteile brauchen konnte. Ihr nächster Einsatz würde sicherlich von längerer Dauer sein. Die Franzosen mußten schließlich zurückkehren, und sei es auch nur, um Verstärkung von ihren spanischen Verbündeten einzufordern. Und eines dieser Schiffe würde aller Wahrscheinlichkeit nach die *Intrépido* vormals *Consort* sein.

Auf einem nahen Tisch lag ein Stapel Seekarten und veranschaulichte die Weite des Atlantik, der leicht eine Flotte verschlingen und verbergen konnte. Glücklicherweise hatte Catherine ihren Brief von England aus geschickt, andernfalls hätte ihn die Ungewißheit zerfressen, ob sie in die Hände des Feindes gefallen war.

Er blickte Adam an, sah die plötzliche Sorge in dessen Augen und bat die anderen: »Lassen Sie uns bitte eine Weile allein.« Er berührte Jenours Arm. »Gehen Sie den Rest des Stapels durch, Stephen. Aber ich fürchte, ich verlasse mich fast schon zu sehr auf meinen Adjutanten.«

Als sich die Tür hinter ihnen schloß, sagte Adam leise: »Das war sehr freundlich, Onkel. Dein Flaggleutnant ist auch so einer, der von deinem Charme behext ist.«

»Was gibt's daran auszusetzen?«

»Ich weiß, du verabscheust Winkelzüge«, begann Adam. »Ich habe dort drüben einst ein dummes Duell ausgefochten.« Er deutete auf den Felsen.

»Das habe ich nicht vergessen, Adam.«

Der scharrte verlegen mit den Füßen. »Ist es wahr, was man sich in London erzählt?«

»Ich denke schon. Einiges auf jeden Fall.«

Adam wand sich, sein Haar glänzte im Sonnenlicht. »Ist sie das, was du dir wünschst?«

Bolitho nickte. »Ich werde darauf achten, daß es dir nicht schadet, Adam. Du bist schon genug gefährdet worden, einmal durch deinen Vater, dann durch mich.«

Adam hob das Kinn. »Ich kann mich wehren, Onkel. Lord Nelson sagte mir, daß England jetzt alle seine Söhne braucht.«

Bolitho horchte auf. Sein Vater hatte die gleichen Worte gesprochen, als er ihm den alten Degen aushändigte, der eigentlich für Adams Vater bestimmt gewesen war, vor dessen Schande. Es war fast schon unheimlich.

Adam fuhr fort: »Wenn ein Mann einem anderen die Treue hält, dann ich dir, Onkel. Das weißt du. Aber denke daran, wenn sich andere gegen dich stellen, was gewiß der Fall sein wird. Ich kenne die Dame nicht, aber ich kenne ja auch Lady Belinda kaum.« Er schaute verlegen zu Boden. »Meine Güte, ich mische mich da in Dinge ein . . . «

Bolitho ging zum Fenster. Auf dem stillen Wasser schimmerte das Spiegelbild ihres Nachbarschiffes.

»Mein Herz gehört ihr, Adam. Mit ihr bin ich wieder ein

Mann, ohne sie bin ich wie ein Schiff, dem man die Segel vorenthält.«

Adam sah ihn voll an. »Ich glaube, daß man dich nach London ruft, um die Dinge zu ordnen. Du sollst die Affäre bereinigen, sozusagen.«

»Indem ich die Wahrheit leugne?«

»Das ist jedenfalls meine Befürchtung, Onkel.«

Bolitho lächelte traurig. »Ein so weiser Kopf auf so jungen Schultern.«

Adam wirkte plötzlich so verletzlich wie als vierzehn Jahre alter Fähnrich, der einmal den ganzen Weg zu Fuß von seinem Elternhaus in Penzance gekommen war, um nach dem Tod seiner Mutter auf Bolithos *Hyperion* einzusteigen. Sie mochte eine Hure gewesen sein, aber sie hatte für den Jungen zu sorgen versucht. Und Hugh, Bolithos Bruder, hatte von nichts gewußt, bis es zu spät war.

Der junge Mann sagte: »Wir werden einander viel sehen. Ich habe noch mehr Depeschen von Lord Nelson, und wenn deine Angelegenheiten in London geklärt sind, habe ich dich zu deinem Geschwader zurückzubringen.«

Wer mochte das angeordnet haben? fragte sich Bolitho. Nelson selbst, der es denen zeigen wollte, die seine Affäre mit Lady Hamilton verachteten? Oder ein noch Höhergestellter, der die Familie Bolitho benutzte, um ihn zu beeinflussen? Er konnte noch gar nicht glauben, daß er Catherine so bald wiedersehen sollte. Die Tatsache eines französischen Durchbruchs in den Atlantik erschien ihm im Vergleich dazu unwichtig. Er berief die anderen in seine Kajüte. »Stephen, Sie müssen während meiner Abwesenheit hierbleiben.« Kopfschüttelnd wehrte er die Proteste ab und fügte hinzu: »Ich brauche Sie auf der *Hyperion*. Verstehen Sie, warum?« In des Leutnants Augen verdrängte das Begreifen die Enttäuschung. »Als einen Verbündeten, der mich benachrichtigt, wenn etwas Unerwartetes geschieht.«

Er sah Yovell an. »Sie unterstützen den Flaggleutnant nach Kräften.« Er zwang sich ein Lächeln ab. »Als Fels in der Brandung, ja?«

Yovell erwiderte das Lächeln nicht. »Ich mache mir Sorgen um Sie, Sir Richard.«

Bolitho sah sich im Kreise um. »Ihr seid alle meine guten Freunde, aber das muß ich allein bereinigen.«

Auf einmal fiel ihm die blaugraue Narbe an Somervells Hals ein. Sollte die Sache damit beigelegt werden? Mit einem Duell? Doch er verwarf die Idee sogleich wieder. Somervell war zu sehr bestrebt, dem König zu gefallen. Nein, es mußte ein Scharmützel anderer Art sein.

»Übrigens, ich nehme Allday mit.«

Adam griff sich mit einer Hand an den Kopf. »Ich Idiot, das hab' ich völlig vergessen.« Er deutete aus dem Fenster. »Ich habe den jungen Bankart zu meinem Bootsführer gemacht. Er kam in Plymouth an Bord, als ich dort nach Befehlen fragte.« Und mit einem schiefen Lächeln: »Es ist nur recht, daß ein Bastard dem anderen hilft.«

Die kleine Brigg *Firefly* lichtete am folgenden Tag den Anker und ging in See. Von dem Augenblick an, da Bolitho die Depeschen gelesen hatte, fand er kaum Zeit, seine Kommandanten zu versammeln und ihnen zu sagen, daß sie die nächsten Wochen dazu benutzen sollten, ihre Schiffe zu versorgen und zu überholen.

Haven war seinen mündlichen Instruktionen ohne Überraschung oder Erregung gefolgt. Bolitho hatte ihm mehr als einmal eingeschärft, daß er als Flaggkapitän verpflichtet war, über das Geschwader zu wachen, und sich nicht lediglich um die Angelegenheiten seines eigenen Schiffes kümmern durfte. Welch beeindruckende Vorschläge Kapitän McKee von der Fregatte *Tybalt* auch machen würde, um sich fortzustehlen, warnte er Haven, sie seien alle abzulehnen. Er brauchte die Fregatte ebenso sehr wie ihn, wenn nicht noch mehr als ihn.

Nach der Kajüte der *Hyperion* kamen ihm die Unterkünfte der Brigg eng wie ein Küchenschrank vor. Er konnte nur unter dem Oberlicht aufrecht stehen und erfuhr, daß die Mannschaft in Quartieren lebte, deren Stehhöhe nur vier

Fuß und sechs Zoll betrug. Aber das Schiff wirkte binnenbords so lebhaft und tüchtig wie nach außen. Bolitho bemerkte schnell das aufgelockerte Verhältnis zwischen Achterdeck und Mannschaftslogis und war heimlich stolz auf das, was sein Neffe geleistet hatte.

Es störte ihn nur der Umstand, daß er nichts Neues mehr von Catherine erfahren hatte. Vermutlich suchte sie ein normales Leben zu führen, bis die Gerüchte verstummten, oder sie war umgezogen. Dennoch beunruhigte es ihn, besonders nach dem Lesen des einen Briefes, den ihm Belinda geschickt hatte.

Es war ein kühler Brief, viele hätten ihn als vernünftig bezeichnet. Sie erwähnte nur kurz seine Leidenschaft für »dieses Weib« als etwas, das man vergeben, aber nicht verstehen konnte. Nichts durfte zwischen ihnen stehen: »Ich werde es nicht tolerieren«. Hätte sie im Zorn geschrieben, wäre er weniger beunruhigt gewesen. Vielleicht hatte sie Catherine schon auf einem jener Empfänge getroffen, die Belinda so liebte? Aber das schien unwahrscheinlich.

Auf dem Ozean begann die *Firefly* ihrem Namen getreu förmlich zu fliegen. Adam hielt sich weit draußen, weg von Land, als sie Tag für Tag ihren Weg entlang der Küste Portugals nahmen und dann in die Biskaya abdrehten. Als Bolitho fragte, warum er so weit draußen segelte, erklärte Adam ihm grinsend, daß er die Blockadegeschwader meiden wolle. »Jeder Kommandant, der die *Firefly* sichtet, will mir Post für England mitgeben. Diesmal aber habe ich keine Stunde zu verschenken.«

Bolitho bedauerte die Männer auf den Blockadeschiffen. Woche um Woche kreuzten sie bei jedem Wetter hin und her, während der Feind sich im Schutz des Hafens ausruhte und jede ihrer Bewegungen beobachtete. Blockadedienst war der meistgehaßte von allen, was die neuen Leute der *Hyperion* bald erfahren würden.

Die zwölfhundert Meilen von Gibraltar nach Portsmouth wurden zu einer der lebhaftesten Überfahrten, an die sich Bolitho je entsann. Er verbrachte viel Zeit an Deck mit

Adam, wo sie den Lärm von Wind und Gischt überschreien mußten und die Brigg ihre Segel dermaßen strapazierte, daß er sich fragte, wie das ihre Masten aushielten.

Es machte ihm Spaß, wieder mit Adam zusammen zu sein und zu sehen, daß er sich vom eifrigen Leutnant zum Kommandanten gemausert hatte, der die Stärke jedes Tampens und Segels kannte und den Unerfahrenen Vertrauen einflößte. Gern zitierte er Nelson, den Helden, den er rückhaltlos bewunderte. Adams Erster Leutnant, Bolitho bisher unbekannt, hatte, als die Biskayastürme plötzlich über sie herfielen, ängstlich Segel reffen wollen. Adam hatte das Getöse überschrien: »Es ist erst dann Zeit zu reffen, wenn man dazu Lust hat!«

Ein andermal hatte er seinen Onkel zitiert, als ihn ein Meistersgehilfe fragte, ob die Mannschaft vor oder nach dem Wenden essen solle. Adam hatte Bolitho angesehen und gemeint: »Die Mannschaft geht vor.«

Dann erreichten sie die Westlichen Zufahrtswege und den Kanal, tauschten Signale mit wachsamen Vorposten und sichteten an einem herrlichen Frühlingsmorgen die Isle of Wight. Nur fünfeinhalb Tage hatten sie von Gibraltar hierher gebraucht.

Bolitho und Adam begaben sich in Portsmouth zu einem kleineren Gasthaus, nicht zum »George«, um die Postkutsche nach London zu erwarten. Vielleicht hätte das »George« zu viele Erinnerungen geweckt.

Es hatte Bolitho während der Überfahrt auch Freude gemacht, Allday mit seinem Sohn zu beobachten. Nun sagten sie einander Lebewohl, als der junge Bankart auf seinem Schiff blieb und Allday die Kutsche bestieg. Bolitho protestierte, als Allday wegen der belegten Sitze draußen Platz nehmen sollte. Der aber musterte verächtlich die rundlichen Kaufleute, die den Innenraum belegten.

»Ich möchte die Gegend sehen, Sir Richard, und nicht dummes Geschwätz anhören müssen. Mir ist es lieber auf dem Oberdeck.«

Bolitho lehnte sich in seine Ecke und vermied jegliche

Unterhaltung, indem er die Augen schloß. Mehrere Herren hatten seinen Rang erkannt und erwarteten von ihm wahrscheinlich Neuigkeiten über den Krieg. Jedenfalls war es nichts Neues, daß die Kaufleute daran ganz gut verdienten. Adam saß ihm gegenüber, sein Blick verlor sich in der Weite der vorüberziehenden Landschaft Hampshires. Im spiegelnden Fensterglas der Kutsche sah sein Bild wie eines der Porträts in Falmouth aus.

Die Aufenthalte zum Pferdewechsel folgten einander regelmäßig. Humpen mit Ale wurden von der Hand frecher Frauenzimmer in den verschiedenen Kutscherkneipen serviert, dazu schwere Mahlzeiten von Kaninchenragout bis zum besten Rinderfilet, damit die Passagiere ihre schmerzenden Muskeln auf angenehme Weise entspannen konnten. Je mehr sie sich von der See entfernten, desto weniger war vom Krieg zu spüren.

Die Kutsche legte einen letzten Halt vor einem Gasthaus in Ripley, Grafschaft Surrey, ein. Bolitho ging die schmale Straße hinunter, die Uniform unter dem Umhang verborgen. Die Luft war warm und erfüllt von Blumenduft.

England, mein England, dachte er.

Die dampfenden Pferde wurden zur Nacht in die Ställe geführt. Bolitho seufzte. Morgen würde er vor dem »George« in Southwark, London, aussteigen. Dort würde ihm Catherine seine Zuversicht wiedergeben. Zwischen Passanten stehend, ohne eine Uniform in Sicht und inmitten des Gelächters aus dem Inn, würde er es laut sagen dürfen: »Kate, ich liebe dich.«

XII Der Einbeinige

Admiral Sir Owen Godschale wartete, bis sein Diener eine Karaffe Rotwein auf das Tischchen gestellt und sich zurückgezogen hatte. Draußen vor den hohen Fenstern schien die Sonne, war die Luft heiß und staubig. Von fern kam der Lärm des Londoner Straßenverkehrs.

Bolitho nahm sich Zeit, den Claret zu schlürfen; es überraschte ihn, daß er sich in der Admiralität noch immer unbehaglich fühlte und auf der Hut war. Dabei hatte sich für ihn doch alles geändert. Man hatte ihn und Adam in eine kleine, gut ausgestattete Bibliothek geführt, die völlig anders war als die großen unbequemen Empfangsräume von früher. Diese waren mit Marineoffizieren vollgestopft, meistens mit nervösen Kapitänen, die einen höheren Offizier erwarteten oder dessen Lakai, um ihre Wünsche vorzutragen, ein neues Kommando zu erbitten, ein anderes Schiff. Wie auch ich früher, dachte Bolitho. Er konnte sich noch nicht an den Respekt gewöhnen, den man ihm zollte, an die Unterwürfigkeit der Admiralitätsdiener und Wachposten.

Der Admiral war ein gutaussehender, kräftig gebauter Mann, der sich im Kampf gegen die amerikanische Revolution ausgezeichnet hatte. Ein Altersgenosse von Bolitho, aber von dem jungen verwegenen Fregattenkapitän war wenig übriggeblieben. Godschale wirkte weich und schlaff, sein Gesicht und seine Hände waren so blaß, als wäre er seit Jahren nicht mehr auf See gewesen.

Er hatte seine hohe Position noch nicht lange inne; deshalb war zu erwarten, daß er alles bekämpfen würde, was seinen Eintritt ins Oberhaus verzögern oder gefährden konnte.

Nun sagte er gestelzt: »Es wärmt einem das Herz, von Ihren kühnen Unternehmen zu lesen, Sir Richard. Wir in der Admiralität fühlen uns viel zu oft vom Geschehen draußen abgeschnitten. Wir können es nur planen und mit Gottes Hilfe zu einem siegreichen Ende führen.«

Bolitho machte es sich bequemer. Er dachte an Nelsons Kommentar über die Kriege, die hier mit Worten und Papier ausgefochten wurden. Adam saß neben ihm, ohne sein Glas anzurühren. War es Höflichkeit oder Teil des Komplotts, Adam in dieses Gespräch einzubeziehen?

Godschale erwärmte sich am Thema. »Das Schatzschiff war ein solch gutes Ende, obwohl –«, er betonte das Wort, »– es einige gibt, die andeuten könnten, daß Sie sich persönlich dabei übernommen haben. Ihre Aufgabe ist es, zu führen und Erfahrung beizutragen. Aber das ist Vergangenheit. Wir müssen an die Zukunft denken.«

»Warum bin ich herbestellt worden, Sir Owen?«

Der Admiral lächelte und spielte mit seinem leeren Glas. »Um Sie wissen zu lassen, was in Europa vor sich geht, und als Lohn für tapferen Einsatz. Es hat Seiner Majestät beliebt, Sie ehrenhalber mit dem Rang eines Oberstleutnants der Royal Marines zu beleihen.«

Bolitho besah seine Hände. »Danke.« Wann kam Godschale zur Sache? Dieser Ehrentitel war nur nützlich bei einer Auseinandersetzung zwischen Heer und Navy. Natürlich war es eine Auszeichnung, aber kaum ein Anlaß, ihn von seinem Geschwader hierher zu holen.

Godschale erläuterte weiter: »Wir glauben, daß die Franzosen ihre Flotte an verschiedenen Orten zusammenziehen. Die Entsendung nach Malta wird es Ihnen ermöglichen, das Geschwader am zweckmäßigsten einzusetzen.«

»Man sagt, die Franzosen seien bei Martinique, Sir Owen. Nelson erklärt ...«

Der Admiral lächelte wie ein listiger Fuchs. »Auch Nelson ist nicht über jeden Irrtum erhaben. Er mag des Volkes Liebling sein, aber gegen eine Fehleinschätzung ist er nicht gefeit.« Zum erstenmal wandte sich der Admiral Adam zu. »Ich bin ermächtigt, Ihrem Neffen mitzuteilen, daß er mit Wirkung zum ersten Juni zum Kapitän befördert ist.« Er lächelte selbstzufrieden. »Der glorreiche Erste Juni, was, Commander?«

Adam starrte von einem zum andern. »Ich danke sehr, Sir Owen.«

Der Admiral wackelte mit dem Finger. »Sie haben Ihre Beförderung mehr als verdient. Wenn Sie so weitermachen, sehe ich keinen Grund, weshalb Ihre Karriere nicht weiter aufwärts führen sollte.«

Bolitho beobachtete auf Adams sonnverbranntem Gesicht den Widerstreit der Gefühle. Drei Jahre noch, dann konnte er auf die Planstelle eines Vollkapitäns vorrücken, die Hoffnung und der Traum eines jeden jungen Offiziers.

Aber war das Belohnung oder Bestechung? Dem neuen Dienstgrad würde ein neues Kommando folgen, vielleicht sogar eine Fregatte, von der Adam immer sprach. So war es seinem Onkel ergangen und auch seinem Vater, nur daß Hugh auf der falschen Seite gekämpft hatte.

Godschale wandte sich wieder an Bolitho. »Es tut gut, mit Ihnen beisammen zu sein, Sir Richard. Es war ein langer, langer Aufstieg seit den Saintes Anno zweiundachtzig. Ich frage mich aber, ob allen klar ist, wie leicht man die Gunst des Schicksals verlieren kann, manchmal gar nicht durch eigene Schuld.« Er mußte die Kälte in Bolithos Augen gesehen haben und beeilte sich fortzufahren: »Bevor Sie London verlassen, um nach Gibraltar zurückzukehren, müssen Sie bei mir dinieren.« Er streifte Adam mit einem flüchtigen Seitenblick. »Sie natürlich auch. Sie wissen schon: mit Ehefrauen, Freunden, netten Gesprächen, alles ganz zwanglos.«

In Wahrheit ist es keine Bitte, dachte Bolitho, es ist ein Befehl. »Ich bin nicht sicher, ob sich Lady Belinda noch in London befindet. Ich hatte noch keine Zeit, um . . . «

Godschale schaute vielsagend auf die verzierte Tür.

»Ganz recht, Sie sind ein vielbeschäftigter Mann. Aber keine Sorge, meine Frau sah sie erst gestern. Sie werden einander gute Gesellschaft leisten, während wir beide uns über den schmutzigen Krieg unterhalten.« Er lachte still in sich hinein. »Dann ist ja alles klar.«

Bolitho erhob sich. Er würde Belinda ohnehin sehen müssen. Aber warum ließ Godschale kein Wort über Catherine fallen? Bolitho war gegen Adams Rat allein zu ihrem Haus gegangen, aber nicht weiter als bis zum Eingang gekommen. Ein selbstbewußter Lakai hatte ihm versichert, daß sein Besuch dankend zur Kenntnis genommen würde, aber daß Viscount Somervell im Dienst des Königs das Land bereits verlassen habe. Ihre Ladyschaft sei wahrscheinlich bei ihm.

Der Mann wußte eine Menge mehr, als er sagte. Und Godschale auch. Sogar die billige Herablassung Adam gegenüber hatte einen Haken. Die Beförderung war sein gutes Recht, er hatte sie auch ohne jede Bevorzugung verdient.

Außerhalb des Admiralitätsgebäudes schien ihm die Luft reiner. Er fragte Adam: »Was hältst du von alledem?«

Adam zuckte die Achseln. »Ich bin nicht so dumm, daß ich die Drohung nicht erkenne, Onkel.«

»Du könntest in meinen Fall verwickelt werden, Adam.«

Sein Neffe grinste, und die Spannung fiel wie eine Maske von ihm ab. »Ich bin aber schon hineinverwickelt, Sir!«

»Gut denn. Wir werden in dem Haus wohnen, das ich schon erwähnte.« Er lächelte in der Erinnerung. »Mein ehemaliger Flaggleutnant Browne hat es mir zur Verfügung gestellt.« Nach dem Tod seines Vaters hatte Browne – »mit einem e am Ende« – dessen Titel geerbt und längst seinen Sitz im Oberhaus eingenommen, im Gegensatz zu Godschale.

Adam nickte. »Ich sorge dafür, daß es bekannt wird.« Dann musterte er die imposanten Gebäude und zahlreichen Passanten. »Dies ist eine sehr große Stadt. Ein Mensch könnte darin für immer verloren gehen.« Er sah ihn nachdenklich an. »Bist du auch ganz sicher, Onkel? Vielleicht ist sie wirklich verreist, weil sie glaubte, es wäre am besten für dich.« Er stockte. »Oder weshalb auch immer. Jedenfalls scheint sie ein sehr anständiger Mensch zu sein.«

»Ich bin sicher, Adam. Und danke für deine Unterstützung. Ich wüßte nicht, wo sich Valentine Keene momentan aufhält, und habe auch keine Zeit, ihn brieflich zu erreichen. Es bleiben mir nur noch Tage, nicht Wochen.«

Seine Sorge war so offensichtlich, daß Adam beschwichtigend sagte: »Nur die Ruhe, Onkel, du hast viele Freunde.«

Gemeinsam traten sie in die Sonne hinaus. Einige Schaulustige beobachteten die an der Admiralität vorfahrenden Equipagen, und als sich die beiden Offiziere ihnen näherten, drehte sich einer um. Er rief: »Schaut, Leute, das ist er!« Er winkte Bolitho mit einem zerknautschten Hut. »Gott segne Euch, Dick! Verpaßt den Frogs noch mehr Prügel!«

Ein zweiter schrie beifällig: »Hört nicht auf die Miesmacher da drin!«

Bolitho lächelte, aber ihm war, als wolle sein Herz brechen. Er meinte leise: »Ja, ich habe wirklich noch ein paar Freunde.«

Bolitho wurde in Brownes Haus in der Arlington Street wärmstens empfangen, wie es ihm sein einstiger Flaggleutnant versprochen hatte. Ihr Herr befände sich im Norden, habe sie aber auf den Besuch vorbereitet, erklärte die Haushälterin und geleitete sie zu einer bequemen Zimmerflucht im ersten Stock. Adam verließ das Haus fast sofort wieder und begab sich zu Freunden, die vielleicht etwas über Catherine wußten; denn Bolitho war nun fest davon überzeugt, daß sie verschwunden war. Er glaubte nicht, daß sie mit Somervell verreist war, um den Schein zu wahren und ihrer beider Ruf zu retten.

Am nächsten Morgen, als Bolitho das Haus verließ, hatte er einen Wortwechsel mit Allday, der dagegen protestierte, zurückgelassen zu werden. Bolitho bestand jedoch darauf. »Wir sind hier nicht auf einem Schiff, das die Franzosen jeden Augenblick stürmen können, alter Freund.«

Allday starrte auf die belebte Straße. »Je länger ich in London bin, um so weniger traue ich der Stadt!«

Bolitho erwiderte: »Ich brauche dich aber hier, für den Fall, daß uns jemand besucht. Die Haushälterin könnte sie sonst fortschicken.«

Da mußte Allday nachgeben.

Es war nur eine kurze Strecke bis zu dem stillen kleinen Platz, an dem Belinda wohnte. Er schaute einigen Kindern zu, die auf dem Rasen in der Mitte spielten. Die Kindermädchen standen daneben und tratschten, wahrscheinlich über ihre Herrschaften. Eines dieser Kinder mochte Elizabeth sein. Bestürzt wurde ihm klar, daß sie sich seit ihrer letzten Begegnung sehr verändert haben mußte. Sie war nun fast drei Jahre alt. Zwei der Kindermädchen knicksten vor ihm, er grüßte höflich zurück. Wieder ein heimkehrender Seemann. Heim? Das klang in seinem Fall eher ironisch. Wie würde er die nächsten Minuten bestehen?

Das Haus war hoch und so elegant wie viele, die während

der Regentschaft Seiner Majestät bisher gebaut worden waren. Mit seinen drei Stockwerken glich es sich den Nachbarn zu beiden Seiten an. Breite Stufen führten zum Portal, flankiert von einem kunstvollen schmiedeeisernen Geländer.

Eine Dienerin öffnete und betrachtete ihn mehrere Sekunden lang erstaunt. Danach sank sie in einen tiefen Knicks, nahm unter gestammelten Entschuldigungen seinen Hut und wies ihn in eine Säulenhalle, deren Decke ein blau-goldenes Blattmuster zierte.

»Hier entlang, Sir.«

Sie öffnete eine Flügeltür und trat beiseite. Der Salon war teuer und geschmackvoll ausgestattet, das Mobiliar schien ausländischer Herkunft. Die Vorhänge und dazu passenden Teppiche waren, so schätzte er, erst kürzlich angefertigt worden. Er dachte an das weitläufige Haus in Falmouth. Verglichen mit diesem wirkte es wie eine Bauernfarm.

Er erblickte sich in einem hohen, goldgerahmten Spiegel und straffte unwillkürlich die Schultern. Der Kontrast zu der fleckenlosen Weste und weißen Kniehose verlieh seinem Gesicht eine attraktive Bräune, aber in der Uniform kam er sich wie ein Fremder vor. Er versuchte sich zu entspannen und lauschte den gedämpften Geräuschen im Haus. Eine andere Welt.

Plötzlich öffnete sich die Tür, und sie trat schnellen Schrittes ein – Belinda. Sie trug ein dunkelblaues Kleid, das beinahe mit der Farbe seines Rockes übereinstimmte. Ihr Haar war aufgesteckt, ließ die kleinen Ohren frei und betonte den Juwelenschmuck am Hals. Sie wirkte sehr gelassen und selbstsicher.

Er sagte: »Ich habe mich angemeldet. Hoffentlich komme ich gelegen?«

Sie ließ kein Auge von ihm, als suche sie eine Verletzung, Verstümmelung oder sonstige Veränderung an ihm. »Ich halte es für absurd, daß du bei Fremden wohnst.«

Er zuckte die Achseln. »Es schien das Beste, bis . . . «

»Bis du sahst, wie ich mich dir gegenüber verhalten würde?«

Sie betrachteten einander, mehr Fremde als Mann und Frau.

Er entgegnete: »In meinem Brief versuchte ich zu erklären ... «

Sie winkte ab. »Mein Cousin ist hier. Er bat mich, dir deine Torheit um unser aller willen zu vergeben. Aber durch deine bedenkenlose Affäre hast du mich in große Verlegenheit gebracht. Du bist ein Flaggoffizier von Ruf, und trotzdem benimmst du dich wie irgendein schmieriger Matrose mit seiner Hafenhure.«

Bolitho sah sich um. Das Herz war ihm schwer. »Einige dieser schmierigen Matrosen sterben gerade, um Häuser wie deines zu schützen«, sagte er dumpf.

Sie lächelte flüchtig, als hätte sie auf diese Antwort gewartet. »Bah, Richard! Dein Anteil am Prisengeld für die spanische Galeone wird es ihnen mehr als lohnen. Darum flüchte dich nicht in Heucheleien.«

Er bemerkte tonlos: »Catherine ist für mich nicht nur eine Affäre.«

»Verstehe.« Sie hatte sich einem der hohen Fenster zugewandt, fuhr aber nun wütend herum. »Wo ist denn diese Frau jetzt, deretwegen du den Verstand verloren hast? Ich werde dir sagen, wo sie ist: bei ihrem Gatten, dem Viscount Somervell, der anscheinend eher gewillt ist zu vergeben als ich!«

»Du hast dich mit ihm getroffen?«

Sie warf den Kopf zurück. Ihre Finger, die schnell über den Vorhang strichen, verrieten ihre Erregung.

»Selbstverständlich. Wir waren beide sehr besorgt über die peinliche Demütigung.«

»Ich bedaure das.«

»Aber nicht, was du getan hast?«

»Das ist ungerecht.« Er wunderte sich, daß er so ruhig blieb. »Aber es kommt nicht unerwartet.«

Sie blickte an ihm vorbei in den Raum. »Dieses Haus gehört dem Herzog von Richmond. Es ist ein vornehmes Haus, passend für uns – für dich.«

Bolitho hörte ein Geräusch und sah, wie ein kleines Kind an der offenen Tür vorbeigeführt wurde. Trotz der Maskerade aus schaumigen Spitzen und hellblauer Seite erkannte er Elizabeth. Sie drehte sich nur einmal kurz um, an der Hand ihrer Nurse hängend, und ging dann ohne Reaktion weiter.

Er sagte: »Sie kennt mich nicht mehr.«

»Was hast du denn gedacht?« Belindas Stimme verlor an Schärfe. »Aber das kann und wird sich ändern. Mit der Zeit ... «

Er unterdrückte seine Enttäuschung. »Ich soll hier leben? Die See aufgeben, wenn sich unser Land in Not befindet? Was soll dieser Irrsinn? Seht ihr denn nicht die Gefahr?«

»Du kannst dem Land auch in London dienen, Richard. Sir Owen Godschale zum Beispiel genießt größtes Ansehen, sowohl bei Hofe als auch im Parlament.«

Bolitho legte die Hände auf den kühlen Sims des Marmorkamins.

»Ich kann es nicht!«

Sie beobachtete ihn im Spiegel. »Dann begleite mich wenigstens zu Sir Owens Dinner. Unsere schriftliche Einladung kam heute.« Zum erstenmal zögerte sie. »Begleite mich, damit die Leute die Haltlosigkeit des Gerüchts erkennen. Catherine ist mit Somervell gegangen, Richard, zweifle nicht daran. Vielleicht aus ehrlichem Gefühl, vielleicht hat sie aber auch begriffen, wo für sie der größere Vorteil liegt.« Sie lächelte überlegen, als er wütend auf sie zukam. »Glaube, was du willst. Aber *ich* denke jetzt nur an uns, schließlich bin ich dazu verpflichtet!«

Bolitho beherrschte sich mit Mühe. »Ich bleibe bis morgen in Brownes Haus und denke darüber nach.«

Sie nickte mit leuchtenden Augen. »Verstehe. Ich kenne deine Stimmungen. Aber morgen werden wir einen neuen Anfang machen. Ich vergebe dir, und du mußt versuchen zu vergessen. Du darfst doch wegen einer momentanen Leidenschaft nicht den guten Namen deiner Familie aufs Spiel setzen. Wir haben uns im Bösen getrennt, ich weiß, auch daß ich einen Teil der Schuld trage.«

Sie ging mit ihm durch die Halle. Die ganze Zeit hatten sie einander nicht berührt, geschweige denn umarmt.

Belinda fragte noch: »Ist mit dir alles in Ordnung? Fühlst du dich wohl? Ich hörte, du wärst krank gewesen.«

Er nahm seinen Hut von der Dienerin, die ihn offenen Mundes ansah. »Ich bin wohlauf, danke.«

Dann wandte er sich ab und ging auf den Platz hinaus, während die Tür hinter ihm ins Schloß fiel.

Wie konnte er zu Godschales Dinner gehen und so tun, als ob nichts geschehen wäre? Selbst wenn er Catherine niemals wiedersah, würde er sie und das, was sie für ihn getan hatte, nie vergessen.

»Ich kann nicht glauben, daß sie vor mir geflohen ist!«

Die Worte kamen laut über seine Lippen, aber er bemerkte nicht einmal, daß sich zwei Passanten nach ihm umdrehten.

Allday begrüßte ihn müde. »Nichts Neues, Sir Richard.«

Bolitho warf sich in einen Stuhl. »Bring mir was zu trinken.«

»Einen schönen kühlen Weißwein?«

»Nein, diesmal was Starkes – Brandy.«

Er leerte zwei Gläser. Sie wärmten ihn und glätteten seine Gefühle. »Teufel nochmal, ich bin ratlos.«

Allday runzelte die Stirn, füllte aber nach. Trinken war die beste Methode, Kummer zu vergessen. Er sah sich um. Und die See. Davon verstand er was.

Bolithos Kopf sank auf die Brust, das leere Glas entfiel unbeachtet seiner Hand.

Sein Traum kam sehr plötzlich und war ungewöhnlich klar: Catherine klammerte sich mit bloßen Brüsten an ihn, während man sie ihm entriß. Ihr Schrei bohrte sich wie heißer Stahl in sein Hirn. Er erwachte mit einem Ruck und sah, daß Allday gerade seinen Arm losließ und ihn betroffen ansah. Bolitho japste: »Ich ... Tut mir leid. Es war ein Alptraum.« Im Raum war es dunkler geworden. »Wie lange bin ich schon hier?«

Allday maß ihn kritisch. »Tut jetzt nichts zur Sache, mit Verlaub.« Sein Daumen wies zur Tür. »Da is' jemand draußen, der Sie sprechen möchte. Will mit keinem anderen reden.«

Bolithos Kopf wurde allmählich klar. »Reden worüber? Aber egal, bring ihn rein«, fügte er hinzu.

Er stand auf und sah sein derangiertes Spiegelbild in der Fensterscheibe. Verlor er noch den Verstand?

Allday schmollte. »Er könnte auch bloß ein Bettler sein.«

»Hol ihn!«

Er hörte Allday durch den Flur gehen und dazu einen seltsam arhythmischen Schritt, der ihn an einen alten Freund denken ließ, zu dem er den Kontakt verloren hatte. Aber dieser von Allday hereingeschobene Mann war weder ein Bekannter, noch war seine abgetragene Uniform ihm vertraut.

Der Besucher nahm seinen altmodischen Dreispitz ab und enthüllte unordentliches, ergrauendes Haar. Er ging sehr gebeugt, was wohl von seinem Holzbein herrührte.

Bolitho fragte: »Was kann ich für Sie tun? Ich bin . . .«

Der Mann plierte ihn an und nickte mit Nachdruck. »Ich weiß, wer Sie sind, Sir.«

Er sprach mit schwachem Westküstenakzent, und die Art, wie er grüßend seine Stirn berührte, wies ihn als alten Seemann aus. Aber die Uniform mit den einfachen Messingknöpfen hatte Bolitho nie zuvor gesehen.

Er machte eine einladende Bewegung. »Möchten Sie sich nicht setzen? Allday, ein Glas für . . . Wie darf ich Sie nennen?«

Der Mann balancierte verlegen auf einem Stuhl. »Sie werden sich nicht mehr erinnern, Sir, aber mein Name ist Vanzell.«

Allday fuhr auf. »Bei Gott, er ist es!« Er starrte dem Einbeinigen ins Gesicht. »Geschützführer auf der *Phalarope*!«

Bolitho griff nach einer Stuhllehne und ordnete seine abschweifenden Gedanken. Es war so lange her . . . Und trotzdem konnte er nicht verstehen, warum er den Mann namens Vanzell nicht erkannt hatte. Er stammte aus Devon wie Yovell. Das lag nun über zwanzig Jahre zurück, damals war er noch ein Juniorkapitän gewesen, wie es Adam nun bald sein würde.

Das Gefecht bei den Saintes hatte Godschale als sentimentale Erinnerung abgetan. Nicht so Bolitho. Er sah die durchbrochene Schlachtlinie noch wie heute, hörte wieder das Brüllen der Kanonen, in deren Feuer viele gute Männer fielen und starben. Einschließlich seines ersten Bootsführers, Stockdale, den es traf, als er ihn deckte. Er blickte Allday an, in dessen Gesicht sich die gleichen Empfindungen spiegelten. Auch er war dabei gewesen, als ein Gepreßter.

Vanzell freute es, daß man ihn wiedererkannte. »Ich vergaß niemals, wie Sie mir und der Frau geholfen haben«, fuhr er fort, »als ich abgemustert wurde, weil ich nur noch ein Bein hatte. Sie ha'm uns gerettet, Sir, das steht fest.« Er setzte sein Glas ab und schien einen Entschluß zu fassen. »Dann hör' ich, daß Sie wieder in London sind. Also komm' ich und versuch zu vergelten, was Sie für mich und meine Frau getan haben. Sie is' schon lang nicht mehr. Es gibt nur noch mich, aber ich kann nicht vergessen, wie die Schweine damals unsere Decks beharkten.«

Bolitho setzte sich wieder. »Wovon leben Sie jetzt?«

Hinter seiner Frage stand Sorge, denn er begriff: Dieser Mann mit seinem simplen Englisch, ein zerfetztes Stück Vergangenheit, war ängstlich. Aus irgendeinem Grunde hatte es ihn Überwindung gekostet zu kommen.

Vanzell sagte: »Es bringt mich um meine Stellung, Sir.« Er dachte laut. »Sie wissen alle, daß ich unter Ihnen gedient habe. Sie werden es mir nie verzeihen, niemals nich'.« Er studierte Bolitho aufmerksam und rang sich durch. »Ich bin Gefängniswärter, Sir. Der Job war alles, was ich kriegen konnte . . .« Er seufzte. »Sie haben sonst keine Verwendung für halbkaputte Teerjacken wie mich.«

Seine Hand zitterte, als ihm Allday noch ein Glas einschenkte. Dann erklärte er heiser: »Ich bin in Waites, Sir.«

»Was ist das?«

Allday sagte scharf: »Ein Frauengefängnis.«

Vanzell kippte das Glas mit einem Schluck. »Sie ham'se da. Ich weiß es, ich hab'se gesehen und hab' gehört, was die andern über Sie beide erzählten.«

Bolitho fühlte, wie ihm das Blut zu Kopf stieg.

Catherine im Gefängnis? Das war doch unmöglich! Aber er mußte es glauben. Der Mann sagte zu Allday: »Is'n schmutziger Ort, voller Abschaum. Schuldnerinnen un' Verrückte, ein Tollhaus, nich' zu glauben.«

Allday sah Bolitho an. »O ja, ich glaub' dir, Kamerad.«

Bolitho drängte: »Sag der Haushälterin, ich brauche sofort eine Droschke. Weißt du, wo dieses Waites liegt?«

Allday verneinte.

»Ich führe Sie hin, Sir«, sagte Vanzell.

»Gut.« Bolithos Kopf war auf einmal so klar, als hätte man ihn mit eisigem Wasser übergossen. Er fragte Vanzell: »Hätten Sie Lust, bei mir in Falmouth zu arbeiten? Es ist ein Häuschen dabei, ein oder zwei Veteranen von der *Phalarope* leben ebenfalls dort. Sie würden sich wie zu Hause fühlen.«

Er blickte beiseite, von Vanzells Dankbarkeit überwältigt.

Allday kam zurück und reichte ihm den Umhang. Er hatte inzwischen seinen besten blauen Rock mit den goldenen Knöpfen angezogen und trug ein Pistolenhalfter in der Hand. Nun betrachtete er Bolitho, der seinen Degen einhängte. »Es könnte trotzdem ein Irrtum sein, Sir Richard, eine Verwechslung.«

»Diesmal nicht, alter Freund. Bist du bereit?«

Allday wartete noch auf Vanzell, der sie zu einer schnellen Kutsche vor der Tür begleitete.

In Bolithos Ohr klangen immer wieder die gleichen Worte: nicht weggelaufen, eingesperrt, eingesperrt ...

Das Frauengefängnis lag nördlich von London, und es war schon fast dunkel, als sie dort ankamen. Es war ein finsteres Gebäude, von hohen Mauern umgeben. Bei Tageslicht mußte es noch zehnmal schlimmer aussehen. Bolitho kletterte aus der Kutsche und sagte zu Vanzell: »Warten Sie hier, Sie haben Ihren Teil getan.«

Er hämmerte an ein schweres Tor, das nach längerer Pause wenige Zoll breit geöffnet wurde. Ein unrasierter Mann in der gleichen Uniform wie Vanzell beäugte sie mißtrauisch.

»Wer klopft zu so später Stunde?« Als er eine Laterne hochhielt, ließ Bolitho seinen Umhang von den Schultern gleiten, so daß das Licht auf seinen Epauletten glitzerte.

»Melde dem Direktor, daß Sir Richard Bolitho ihn zu sprechen wünscht.« Er bemerkte des Mannes Bestürzung und drängte hinter ihm in den Hof. »Los!«

Sie folgten dem Wärter auf einem langen, unordentlichen Fußweg zum Hauptgebäude. Bolitho sah, daß auch er hinkte. Man fand es hier offenbar billiger, abgemusterte Soldaten zu beschäftigen. Ein zweites Tor, ein geflüsterter Wortwechsel, während Bolitho, die Hand am Degen, in einem feuchten Raum wartete, Alldays schweren Atem hinter sich.

Er zuckte zusammen, als ein durchdringender Schrei, dem Rufe und dumpfe Schläge folgten, durch das Gebäude hallte. Andere Stimmen fielen ein, bis der ganze Kerker sich in Qualen zu winden schien. Noch mehr wütendes Geschrei, jemand schlug mit etwas Schwerem dröhnend gegen eine Tür, und dann wurde es schließlich wieder still.

Eine Tür ging auf, der Wärter ließ den Admiral in eine Kanzlei eintreten. Der Kontrast überraschte: gute Möbel, ein großer, mit Hauptbüchern und Papieren bedeckter Schreibtisch und ein Teppich, der hier ebenso fehl am Platz schien wie der Mann, der nun aufstand, um Bolitho zu begrüßen.

Untersetzt, fröhlichen Blicks, mit einer Lockenperücke auf dem kahlen Haupt, hatte er ganz die Erscheinung eines Landgeistlichen. »Sir Richard, dies ist aber wirklich eine Ehre.« Er sah nach der Uhr und lächelte wie ein keckes Kind. »Und eine Überraschung zu so später Stunde.«

Bolitho übersah seine ausgestreckte Hand. »Ich bin wegen Lady Somervell gekommen. Keine lange Diskussion – wo ist sie?«

Der Mann schien verwirrt. »Wirklich, Sir Richard – ich würde einen so tapferen Gentleman niemals enttäuschen wollen, aber ich fürchte, da hat jemand ein grausames Spiel mit Ihnen getrieben.«

Bolitho hatte noch den furchtbaren Schrei im Ohr. »Wen halten Sie hier fest?«

Der kleine Mann entspannte sich ein wenig. »Wahnsinnige und solche, die Irrsinn geltend machen, um ihre Schulden gegenüber der Gesellschaft . . .«

Bolitho ging um den Tisch herum und sagte leise, aber drohend: »Sie ist hier, das wissen wir beide. Wie können Sie eine Lady in diesem ekelhaften Haus festhalten? Ich frage nicht danach, welchen Namen man ihr gegeben hat oder unter welchem Vorwand sie hier sitzt. Wenn Sie sie nicht sofort freilassen und mir übergeben, lasse ich Sie festnehmen und zeige Sie an wegen Mißbrauchs Ihres Amtes und Beteiligung an einem Komplott, um ein Verbrechen zu vertuschen.« Er umfaßte den Griff seines Degens. »Und ich will keine weiteren Lügen mehr hören!«

Der Mann bat: »Vielleicht läßt sich morgen feststellen . . .«

Bolitho fühlte, daß ihn letzte Gewißheit überkam. Catherine war hier! Einen Moment hatte des Mannes Selbstsicherheit ihn zweifeln lassen. Nun schüttelte er den Kopf. »Nein, sofort!«

Morgen mochte man sie längst woanders hingebracht haben. Bis dahin konnte ihr alles mögliche zustoßen. Er befahl barsch: »Führen Sie uns zu ihr.«

Der kleine Mann riß eine Schublade auf und keuchte vor Angst, als Allday sofort reagierte und seine Pistole zog. Mit zitternder Hand hob er fast unter Tränen einen Schlüssel hoch. »Bitte, wir wollen doch vorsichtig sein . . .«

Bolitho stockte der Atem, als sie durch einen schwach beleuchteten Korridor gingen. Auf dem Boden lag Stroh, die Wände troffen vor Feuchtigkeit. Der Gestank war zum Übergeben. Es roch nach Unrat, Armut und Verzweiflung. Sie hielten vor der letzten Tür, und der kleine Mann flüsterte: »Bei allen Heiligen, ich habe nichts damit zu tun. Sie wurde mir überantwortet, bis ihre Schulden bezahlt sind. Aber wenn Sie sicher sind, daß . . .«

Bolitho hörte gar nicht hin. Er spähte durch ein kleines, vergittertes Fenster, dessen Stäbe von tausend verzweifelten Fingern glattpoliert waren. Eine Laterne wie jene, die in der Waffenkammer eines Schiffes hingen, beleuchtete die höllische Szene.

Ein altes Weib hockte an der Wand, sich von einer Seite zur anderen wiegend. Speichel rann aus ihrem Mund, als sie ein Kinderlied vor sich hinsummte. Ihre Haut war dreckig, ihre zerrissene Kleidung voller Flecken.

Ihr gegenüber saß Catherine auf einer schmalen Holzbank, die Beine gespreizt, die gefalteten Hände zwischen den Knien. Ihr Kleid war aufgerissen wie an dem Tag, als sie an Bord der *Hyperion* gekommen war. Sie war barfuß. Ihr langes, ungekämmtes Haar verhüllte das Gesicht und fiel ihr über die teilweise entblößten Schultern. Weder bewegte sie sich, noch schaute sie auf, als der Schlüssel im Schloß knirschte und Bolitho die Tür aufstieß.

Leise wisperte sie: »Wenn ihr mich anfaßt, bringe ich euch um.«

Bolitho streckte die Arme aus. »Kate, hab' keine Angst. Komm zu mir.«

Sie hob den Kopf und strich sich die Haare aus dem Gesicht. Noch immer blieb sie still sitzen, sie schien ihn nicht zu erkennen. Einen Moment fürchtete Bolitho, daß sie vor Entsetzen ebenfalls verrückt geworden sein könnte.

Da stand sie auf und machte ein paar unsichere Schritte auf ihn zu. »Bist du's? Bist du es wirklich?« flüsterte sie. Dann schüttelte sie abwehrend den Kopf und warnte: »Rühr mich nicht an! Ich bin unsauber . . .«

Bolitho faßte sie um die Schultern und zog sie an sich. Ihr Widerstand wich einem hemmungslosen Schluchzen. Er fühlte ihre Haut durch den Stoff des Kleides, sie hatte nichts darunter an. Trotz der dumpfen, abgestandenen Luft war sie kalt wie Eis. Er hüllte sie in seinen Umhang, so daß nur ihr Gesicht und die bloßen Füße zu sehen waren.

Als sie den Gefängnisleiter im Türrahmen stehen sah, versteifte sich ihr ganzer Körper. Bolitho herrschte ihn an: »Ziehen Sie den Hut in Gegenwart einer Dame, Sir!« Des Mannes Furcht ekelte ihn an, aber er schloß: »Oder, bei Gott, ich fordere Sie auf der Stelle!«

Der Direktor wich zurück, sein Hut fegte fast den schmutzigen Boden. Bolitho führte Catherine den Korridor hinunter. Einige Gefangene spähten durch die Zellenfenster, ihre Hände umklammerten die Stäbe wie Klauen. Diesmal schrie niemand.

»Deine Schuhe, Kate?«

Sie drängte sich an ihn, als ob er sie gegen alles und jedes schützen könnte.

»Was ich hatte, habe ich für Essen verkauft.« Sie hob den Kopf und sah ihn prüfend an. »Aber ich bin schon früher barfuß gegangen.«

Ihr plötzlicher Trotz ließ sie noch zerbrechlicher erscheinen. »Gehen wir wirklich hier fort?« Bolitho nickte nur.

Unbehindert erreichten sie das schwere Tor, vor dem die Droschke mit den zwei stampfenden Pferden wartete. Catherine sah die Gestalt im Innern der Kutsche und fragte ängstlich: »Wer ist das?«

Bolitho hielt sie fest, bis sie sich wieder beruhigt hatte.

»Das ist nur ein Freund, der genau wußte, wann er gebraucht wurde.«

XIII Das Komplott

Belinda schloß die Flügeltüren des Salons und lehnte sich dagegen.

»Sprich leise, Richard, die Dienstboten können dich sonst hören.« Sie atmete heftig, vielleicht aus Furcht, während sie ihm mit den Blicken folgte, als er den eleganten Raum kreuz und quer durchschritt.

Bolitho wirbelte herum. »Gott verdamme sie alle und dich dazu für das, was ihr getan habt!«

»Was ist denn, Richard? Bist du betrunken?«

»Glücklicherweise nicht. Denn ich weiß nicht, ob ich mich dann noch so in der Gewalt hätte.«

Sie erblaßte, und er versuchte sich zu beherrschen.

»Du wußtest es die ganze Zeit! Du und Somervell, ihr beide habt dafür gesorgt, daß man sie in ein Loch steckte, das nicht mal für Schweine geeignet ist.«

Wieder hatte er die Bilder vor Augen: Catherine in der ekelhaften Zelle und danach, als er sie zu Brownes Haus in der Arlington Street gebracht hatte und sie ihn bat, sie nicht allein zu lassen.

»Geh nicht, Richard. Das alles ist doch jetzt gleichgültig. Wir sind zusammen, nur das zählt«, hatte sie geflüstert.

Vor der wartenden Kutsche hatte er sich umgedreht. »Aber diese Lügner wollten es verhindern.« Er lächelte beruhigend. »Ich bin bald wieder da.«

Nun fuhr er Belinda an: »Sie ist ebensowenig eine Schuldnerin wie du, und du wußtest das, als du den Plan mit Somervell ausgeheckt hast. Ich hoffe nur, daß er so schnell mit der Klinge ist wie mit der Pistole, denn wenn ich ihn zu fassen kriege . . .«

Sie griff sich an die Kehle. »So habe ich dich ja noch nie gesehen!«

»Das wirst du auch nie wieder!«

»Ich habe es für uns getan, Richard. Für das, was wir waren und wieder sein könnten.«

Bolithos Herz klopfte. Er war nahe daran gewesen, sie zu schlagen. Catherine hatte ihm in der Kutsche in abgerissenen Sätzen alles erzählt, während der Regen gegen die Scheiben klatschte.

Sie hatte Somervell den größten Teil ihres eigenen Vermögens geliehen, als sie heirateten, denn er mußte wegen hoher Spielschulden um sein Leben fürchten. Aber er hatte Freunde bei Hofe, den König eingeschlossen, und ein Regierungsamt rettete ihn noch einmal.

Er hatte jedoch einen Teil ihres Geldes absichtlich unter ihrem Namen investiert und sie die Folgen tragen lassen, als sich diese Anlage als Fehlspekulation erwies. Das hatte Somervell auch Belinda erklärt. Bolitho schwindelte der Kopf, als er sich vorstellte, daß dieser Plan beinahe gelungen wäre. Wenn er in Belindas Haus eingezogen wäre und man ihn auf Admiral Godschales Empfang gesehen hätte, wäre Catherine von seiner Versöhnung mit Belinda berichtet worden: eine brutale und endgültige Verabschiedung für sie.

Somervell hatte das Land verlassen, soviel stand fest. Bei seiner Rückkehr hätte er Catherine halb verrückt vorgefunden oder sogar tot. Denn wie ein Seevogel hätte sie sich niemals in einen Käfig zwängen lassen.

Bolitho nahm den Faden wieder auf. »Für uns? Das hast du ebenfalls vernichtet. Denk daran, was du mir mehr als einmal ins Gesicht gesagt hast: Auch wenn du so aussähest wie Cheney, bedeute das noch lange nicht, daß du irgendetwas mit ihr gemein hättest. Das war das einzig Wahre, was du jemals sagtest.«

Er sah sich im Zimmer um.

»Behalte dieses Haus, Belinda, unter allen Umständen. Aber schenke hin und wieder auch einen Gedanken denen, die kämpfen und sterben, damit du besser genießen kannst, was jene niemals kennenlernen.«

Sie trat zurück, als er die Tür aufriß. Er glaubte einen Schatten hinter der Treppe verschwinden zu sehen. Die Dienstboten hatten etwas zum Klatschen aufgeschnappt.

»Das wird dich ruinieren!» schrie sie.

Sie rang nach Atem, als er auf sie zuging. Aber er nahm nur seinen Hut auf.

»Das ist mein Risiko. Eines Tages werde ich es meiner Tochter erklären.« Er sah sie noch einmal an. »Alles, was du nötig hattest, sollte dir von Falmouth geschickt werden. Aber selbst das hast du zurückgewiesen. Also genieße dein neues Leben mit deinen vornehmen Freunden.« Er trat durch die Tür. »Und Gott helfe dir!«

Ungeachtet des Regens, der sein Gesicht kühlte, wanderte er durch die dunklen Straßen. Er mußte zu Fuß gehen, um seine Gedanken zu ordnen. Er würde sich Feinde schaffen, aber das war nichts Neues. Es hatte genug Neider gegeben, die ihm wegen Hugh zu schaden versuchten, ihn durch Adam zu verletzen trachteten.

Wo sollte Catherine bleiben? Nicht in Falmouth, solange er sie nicht selbst hinbringen konnte. Das heißt, falls sie überhaupt dort hin wollte. Würde sie nach diesen Ereignissen seinen Worten einen Doppelsinn beimessen, einen nochmaligen Verrat argwöhnen? Er verwarf diese Gedanken augenblicklich. Catherine war wie die Klinge an seiner Seite, beinahe unzerbrechlich. Aber eben nur beinahe.

Eines schien sicher: Godschale würde bald erfahren, was sich zugetragen hatte, obwohl keiner offen darüber sprechen würde, um nicht als Mitverschwörer zu erscheinen. Er lächelte trübe. Für ihn hieß es wohl sehr bald wieder: »Gibraltar for orders.«

Sein wacher Sinn bemerkte einen Schatten und das Klikken von Metall. In der nächsten Sekunde lag der Degen in seiner Hand, und er rief: »Stehenbleiben!«

Adams Stimme antwortete, sie klang erleichtert. »Ich wollte nur nach dir sehen, Onkel.«

Bolitho steckte die Klinge in die Scheide.

»Ist es vorbei?« fragte sein Neffe.

»Aye, es ist erledigt.«

Adam faßte Tritt und lüftete den Hut, um in den Regen zu starren. »Ich habe das mit Catherine von Allday gehört. Es sieht fast so aus, als ob ich dich nicht einen Augenblick allein lassen sollte.«

Bolitho erwiderte: »Ich kann es selbst noch kaum glauben.«

»Die Menschen ändern sich eben, Onkel.«

»Das glaube ich nicht.« Er beobachtete zwei Infanterieleutnants, die sich unsicheren Fußes in Richtung St. James entfernten. »Die Umstände vielleicht, aber nicht die Menschen.«

Adam wechselte taktvoll das Thema. »Ich habe herausbekommen, wo sich Kapitän Keen aufhält: in Cornwall. Sie regeln dort einige Dinge, die Miss Carwithens verstorbenen Vater betreffen.«

Bolitho nickte. Er hatte schon befürchtet, daß Keen ohne ihn heiraten würde. Eigenartig, daß ihm eine solche Kleinigkeit noch so wichtig sein konnte, nach allem, was hier geschehen war.

»Ich habe ihn durch Boten benachrichtigt.«

Sie schwiegen und lauschten dem Geräusch ihrer Schritte auf dem Pflaster. Wahrscheinlich wußte Keen es schon, wie auch die ganze Flotte. Abstoßend für viele, aber ein willkommener Skandal in den übervölkerten Messedecks.

Im Haus stießen sie auf Allday, der sich einen Krug Ale mit der Haushälterin, Mistress Robbins, teilte. Sie war eine gebürtige Londonerin und hatte trotz ihrer vornehmen Umgebung eine Stimme, die sich wie die einer Straßenhändlerin anhörte. Nun kam sie gleich zur Sache.

»Die Lady liegt im Bett, Sir Richard.« Ihr Blick blieb gelassen. »Ich habe ihr ein Gästezimmer gegeben.«

Bolitho nickte dankbar, er hatte auch das Unausgesprochene verstanden: In diesem Haus würde es keinen Skandal geben, egal wie es nach außen aussehen mochte.

»Ich habe sie erst mal ausgezogen und ordentlich gebadet. Armes Ding! Die Kleider habe ich verbrannt.« Sie öffnete eine rote Faust. »Dies war im Saum eingenäht.«

Zum Vorschein kamen die Ohrringe, die er ihr geschenkt hatte, als sie in London zusammengewesen waren. Bolitho fühlte einen Kloß im Hals.

»Danke, Mrs. Robbins.«

Ihr strenges Gesicht wurde unerwartet weich. »Is' doch selbstverständlich, Sir Richard. Der junge Lord Oliver hat mir oft genug erzählt, wie Sie ihm das Fell gerettet haben.« Sie ging kichernd davon.

Allday und Adam traten ein. Bolitho sagte: »Habt ihr alles mitgehört?«

»Am besten, die Lady bleibt hier«, meinte Allday. »Mama

Robbins wird schon alle Mann an Deck rufen, wenn in der Nacht was passiert.«

Bolitho nahm Platz und streckte die Beine von sich. Er hatte seit dem Frühstück nicht eine Krume gegessen, aber ihm war auch jetzt nicht danach. Es war ein knapper Sieg gewesen. Doch die eigentliche Schlacht hatte noch nicht mal angefangen.

Catherine stand an einem hohen Fenster und blickte auf die Straße hinunter. Die Sonne strahlte, aber diese Seite lag noch im Schatten. Einige Leute gingen spazieren, und man hörte schwach die Stimme eines Blumenmädchens, das seine Ware anpries.

Sie sagte leise: »So kann es nicht bleiben.«

Bolitho saß mit gekreuzten Beinen in einem Sessel und sah ihr zu; kaum glaublich, daß es sich um dieselbe Frau handelte, die er der Erniedrigung im Kerker entrissen hatte; für die er alles riskiert hatte, einschließlich eines Kriegsgerichtsverfahrens wegen Nötigung des Gefängnisdirektors.

Er erwiderte: »Wir können nicht hier wohnen. Ich möchte mit dir allein sein. Dich wieder im Arm halten, mit dir reden.«

Sie drehte ihren Kopf so, daß ihr Gesicht im Schatten blieb. »Du machst dir noch Sorgen, Richard, aber das brauchst du nicht. Was meine Liebe zu dir betrifft – die hat nie geschwankt. Warum sollte sie jetzt?«

Langsam schritt sie näher und legte ihm die Hände auf die Schultern. Sie trug ein einfaches grünes Kleid, das die allgegenwärtige Mrs. Robbins am Vortag gekauft hatte.

Bolitho sagte: »Du bist jetzt in Sicherheit. Alles, was du brauchst, und alles, was ich geben kann, gehört dir.« Er sprach weiter, froh, daß sie sein Gesicht nicht sehen konnte. »Es kann Monate dauern, dein Vermögen wiederzuerlangen, das er dir gestohlen hat. Du gabst ihm alles und warst seine Rettung.«

Sie entgegnete: »Umgekehrt bot er mir Sicherheit, einen Platz in der Gesellschaft, wo ich nach Belieben leben konnte. War das töricht? Vielleicht. Es war eben ein ausgemachter Handel, keine Liebe.« Sie legte ihren Kopf an den seinen. »Ich habe oft Dinge getan, deren ich mich schäme, aber ich habe niemals meinen Körper verkauft.«

Er griff nach ihrer Hand. »Das weiß ich.«

Eine Kutsche klapperte vorbei, ihre Räder lärmten auf dem Kopfsteinpflaster. Nachts ließ dieser Haushalt wie andere in der Nähe von seinen Dienstboten Stroh auf der Straße ausbreiten, um die Geräusche zu dämpfen. London schien nie zu schlafen. In der vergangenen Nacht hatte Bolitho wach gelegen und an Catherine gedacht, die in ihrem Gästezimmer schlief, dem Kodex des Hauses entsprechend, der sie trennte.

Sie sagte: »Ich möchte irgendwo leben, wo ich von dir höre und erfahre, was du machst. Es wird für dich noch mehr Gefahren geben, ich möchte sie auf meine Weise mit dir teilen.«

Bolitho sah ihr ins Gesicht. »Ich werde sehr bald zu meinem Geschwader zurückkehren müssen. Jetzt, da ich mich festgelegt habe, will man mich in London wahrscheinlich so schnell wie möglich los sein.«

Er legte seine Hände um ihre Taille, fühlte ihren geschmeidigen Körper, ihr gegenseitiges Verlangen. Jetzt hatten ihre Wangen wieder Farbe, und ihr Haar, das offen über den Rücken hing, hatte seinen Glanz zurückgewonnen.

Sie las in seinen Augen. »Mrs. Robbins betreut mich gut.«

Bolitho schlug vor: »Ich habe ein Haus in Falmouth . . .« Doch als er ihr Widerstreben, ihren stummen Protest spürte, brach er ab. »Ich weiß, meine liebe Catherine, du willst warten, bis . . .«

»Bis du mich als dein ausgehaltenes Frauenzimmer nach Falmouth bringst.« Sie versuchte zu lachen, sagte aber nur heiser: »Denn so werden es die Leute sehen.«

Sie hielten sich an den Händen und sahen sich lange an. »Und ich bin auch nicht wundervoll oder entzückend. Nur in deinen Augen, liebster Mann.«

Er erwiderte: »Ich will nur dich.« Gemeinsam traten sie

ans Fenster, und ihm wurde bewußt, daß er seit jener Nacht das Haus noch nicht wieder verlassen hatte. »Wenn wir nicht heiraten können . . .«

»Genug davon!« Sie legte ihm den Finger auf den Mund. »Meinst du, das kümmert mich? Ich werde sein, was du wünschst. Und ich werde dich immer lieben und wie eine Tigerin verteidigen, wenn dir andere etwas antun wollen.«

Ein Diener klopfte und trat mit einem kleinen Silbertablett ein. Darauf lag ein versiegeltes Kuvert mit dem vertrauten Wappen der Admiralität. Ihre Augen waren auf ihn gerichtet, als er es öffnete. »Ich habe mich morgen bei Admiral Godschale zu melden.«

Sie hatte verstanden. »Neue Befehle?«

»Wahrscheinlich.« Er umarmte sie. »Es war unvermeidlich.«

»Ich weiß. Nur der Gedanke, dich zu verlieren . . .«

Bolitho sah sie wieder allein in London. Er mußte etwas tun.

Ihre Hände glitten über seine Schultern, seine Wangen. »Denke jetzt nur daran, daß wir noch einen Tag und eine ganze Nacht vor uns haben.«

»Aber wenn ich abreise . . .«

Sie berührte wieder seinen Mund. »Ich weiß, was du sagen willst. Aber jetzt, liebster Richard, sollst du mich so lieben wie in Antigua und wie damals in London. Ich habe dir einmal gesagt, daß du Liebe sehr nötig hast. Und ich kann sie dir geben.«

Mrs. Robbins schaute herein. »Pardon, Sir Richard.« Ihre Augen schienen den Abstand zwischen ihnen zu messen. »Ihr Neffe ist hier.« Sie wurde ein wenig freundlicher. »Sie sehen wohl und heiter aus, Mylady.«

Catherine lächelte ernst. »Bitte, Mrs. Robbins, nicht diesen Titel.« Und mit einem Blick auf Bolitho: »Ich habe derzeit keine Verwendung dafür.«

Mrs. Robbins oder Ma, wie Allday sie nannte, ging langsam die Treppe hinunter und sah Adam sein widerspenstiges schwarzes Haar vor einem Spiegel ordnen.

Der Teufel sollte die Männer holen, dachte sie. Jeder in der Küche sprach schon von der Affäre. Es war schlimm genug gewesen, das mit dem Zimmermädchen Elsie, als ihr kostbarer Trommeljunge mit einer Schwarzen aus Westindien durchbrannte. Und auch der alte Lord Browne war kein Frauenverächter gewesen, ehe er verschied. Aber dann dachte sie an Bolithos Gesicht, als sie ihm die Ohrringe aus dem schmutzigen Kleid gegeben hatte. Vielleicht steckte doch eine Menge mehr dahinter, als die Leute annahmen.

Sie nickte Adam zu. »Ich komme, Sir.«

Adam lächelte. Merkwürdig, dachte er. Er hatte seinen Onkel immer mehr geliebt als jeden anderen Mann. Aber bis jetzt hatte er ihn noch nie beneidet.

Admiral Sir Owen Godschale empfing Bolitho unverzüglich. Bolitho hatte den Eindruck, daß er eine andere Unterredung vorzeitig beendete, um dieses Treffen schnell hinter sich zu bringen.

»Ich habe Nachricht erhalten, daß die französische Flotte Nelsons Schiffen davongelaufen ist«, begann er. »Ob er sie noch zum Gefecht stellen kann, ist zweifelhaft. Es scheint auch unwahrscheinlich, daß Villeneuve von sich aus die Entscheidung sucht, bevor er seine Kräfte mit den Spaniern vereinigt hat.«

Bolitho stand vor der Übersichtskarte des Admirals. Die Franzosen befanden sich also noch auf See, konnten aber nicht allzu lange draußen bleiben. Nelson mußte angenommen haben, daß der Feind die britischen Besitzungen in der Karibik angreifen wolle. Oder handelte es sich lediglich um eine Ertüchtigungsoperation? Die Franzosen verfügten zwar über gute Schiffe, waren aber durch die wirksame Blockade der Engländer in den Häfen festgehalten und rostig geworden. Villeneuve war zu erfahren, um mit Schiffen und Besatzungen, deren Wert durch Untätigkeit nachgelassen hatte, im Englischen Kanal anzugreifen und Napoleons Landungstruppen den Weg zu bahnen.

Godschale erklärte rund heraus: »Darum wünsche ich,

daß Sie wieder Ihre Flagge setzen und das Maltageschwader verstärken.«

»Aber es war doch abgemacht, daß ich Konteradmiral Herrick dort ablösen sollte?«

Godschale schaute auf die Karte. »Wir brauchen jetzt jedes Schiff am richtigen Ort. Ich habe heute Herrick durch Kurierbrigg neue Befehle übersandt.« Er betrachtete Bolitho unbewegt. »Sie kennen sich?«

»Sehr gut.«

»Es sieht also ganz danach aus, daß das von mir geplante Dinner verschoben werden muß, Sir Richard. Auf ruhigere Zeiten, nicht wahr?«

Ihre Blicke kreuzten sich. »Wäre ich auch allein willkommen gewesen, Sir Owen?« Er sprach locker, aber die Schärfe in seiner Stimme war nicht zu verkennen.

»Unter diesen Umständen wäre es vorzuziehen gewesen.«

Bolitho lächelte. »Dann bin ich wegen der gleichen Umstände froh, daß es verschoben wurde.«

»Mir mißfällt Ihre verdammte Arroganz, Sir!«

Bolitho nahm den Ton hin.

»Eines Tages, Sir Owen, werden Sie vielleicht Grund haben, sich dieses nichtswürdigen Komplotts zu erinnern. Als wir uns letztesmal trafen, sagten Sie selbst, Nelson wäre nicht über Irrtümer erhaben. Nun, Sie sind es auch nicht, Sir! Und sollten auch Sie die Gunst des Schicksals verlieren, werden Sie ganz gewiß entdecken, wer Ihre wahren Freunde sind.« Er schritt davon, während der Admiral hinter ihm die Tür zudonnerte.

Bolitho kam noch verärgert in der Arlington Street an. Er fand Catherine mit Adam im Gespräch und hörte aus dem Nebenzimmer eine andere vertraute Stimme. Dann erschien Allday aus der Küche, und alle starrten Bolitho erwartungsvoll an.

»Ich soll so schnell zu meinem Geschwader zurück, wie es sich machen läßt.«

Eine Gestalt füllte den Türrahmen, und Kapitän Valentine Keen trat ins Licht.

Bolitho reichte ihm beide Hände. »Val! Das ist eine Freude!«

Hinter seinem Freund kam Zenoria Carwithen zum Vorschein, so schön, wie er sie von früher kannte. Beide waren noch staubig von der Reise. Keen erklärte: »Wir sind seit zwei Tagen unterwegs. Wir waren schon auf dem Rückweg von Cornwall, als wir durch Zufall deinen Kurier in einem kleinen Gasthaus trafen, wo er sein Pferd wechselte.«

Bolitho staunte, er verstand noch immer nicht ganz. Zenoria kam ihm entgegen und umarmte ihn.

Keen löste das Rätsel. »Ich soll Ihr Flaggkapitän werden, Sir Richard.« Hilfesuchend blickte er Zenoria an. »Ich wurde gefragt, und es ergab sich so. Kapitän Haven steht unter Arrest. Am Tag nach Ihrer Abreise griff er einen anderen Offizier an und versuchte ihn zu töten. Der Kommodore in Gibraltar erwartet nun Ihre Befehle.« Er übergab Bolitho das Schreiben und beobachtete seine Reaktion.

Bolitho setzte sich erst einmal. Catherine stellte sich neben ihn, eine Hand auf seiner Schulter. Er schaute zu ihr auf: meine Tigerin.

Haven, der arme, elende Mann, war also unter seiner Last zerbrochen. Der Brief besagte nichts weiter, aber der angegriffene Offizier mußte Parris sein. Wenigstens hatte er überlebt.

Keen schaute von einem zum anderen. »Ich wollte gerade vorfühlen, ob Ihre Lady vielleicht mein Zuhause mit Zenoria und meiner Schwester teilen möchte, bis wir wiederkommen.«

Bolitho ergriff Catherines Hand. Die Art, wie das dunkelhaarige Mädchen aus Cornwall Catherine ansah, machte deutlich, daß es ein perfektes Arrangement sein würde. Denn bei Gott, sie hatten wirklich vieles gemeinsam.

Keen hatte Zenoria von Bord des Gefangenentransporters *Orontes* gerettet, nachdem sie fälschlicherweise wegen versuchten Mordes angeklagt und verurteilt worden war.

Aber sie hatte sich nur gegen eine Vergewaltigung gewehrt. Trotzdem hatte man sie in eine Strafkolonie in Neusüdwales verbannt. Keen hatte das Transportschiff geentert und sie losgebunden, als sie auf Befehl des Kapitäns gerade ausgepeitscht werden sollte. Es lief Bolitho kalt über den Rücken, als er daran dachte, daß Catherine beinahe das gleiche Los erlitten hätte, wenn auch aus anderen Gründen. Eifersucht und Habgier waren gnadenlose Feinde.

Er fragte: »Was meinst du, Kate?« Alle anderen schienen zu verblassen, als nehme sein verletztes Auge nur sie allein ungetrübt wahr. »Bist du einverstanden?«

Ohne eine weitere Frage nickte sie, als sie seine Erleichterung erkannte. Nur ein Blinder hätte ihre Zusammengehörigkeit, das sie verbindende Vertrauen übersehen können.

»Also abgemacht.« Bolitho schaute in ihre Gesichter. »Dann sind wir ja bald wieder zusammen.«

Das bezog sie alle ein.

Leutnant Parris saß in seiner Kammer und hörte nur mit halbem Ohr die Schiffsgeräusche um sich herum. Verglichen mit dem Oberdeck, war es in der Kammer mit ihrer offenen Stückpforte beinahe kühl. Der Fünfte Leutnant, der jüngste der *Hyperion*, stand neben einem kleinen Tisch und hatte die Kladde mit den Disziplinarstrafen vor sich.

Parris fragte abermals: »Na, halten Sie es für gerechtfertigt, Mr. Priddie?«

Es war zum Gänsehautkriegen, dachte Parris. Kaum hatte der Vizeadmiral Gibraltar mit der *Firefly* verlassen, als Haven zu toben anfing. Auf See, wo man mit den Elementen kämpfte und das Schiff in Bewegung hielt, war man oftmals zu sehr mit anderen Dingen beschäftigt als mit Aufrechterhaltung der Disziplin. Aber *Hyperion* lag nun im Hafen. Unter der heißen Sonne wich die Schiffsarbeit und die Übernahme neuer Ausrüstung einer langsamen und bequemen Routine. Die Leute hatten Zeit, Ärger und Groll zu nähren.

»Ich – ich weiß nicht recht.«

Parris fluchte innerlich. »Sie wollten Leutnant werden,

aber nun, da Sie es sind, akzeptieren Sie ohne Vorbehalt jeden Vorwand für ein Auspeitschen?«

Priddie ließ den Kopf hängen. »Der Kommandant besteht darauf.«

»Ja, das tut er.«

Parris lehnte sich zurück und zählte die Sekunden, um sich wieder zu fassen. Zu jedem anderen Zeitpunkt hätte er um Versetzung auf ein anderes Schiff ersucht, und zum Teufel mit den Konsequenzen. Doch hatte er sein letztes Kommando umständebedingt verloren, und nun brauchte er jede Empfehlung, die ihm die Aussicht auf eine weitere Beförderung eröffnete.

Er hatte unter mehreren Kommandanten gedient, unter tapferen, aber auch unter übervorsichtigen. Wieder andere führten ihr Schiff getreu dem Buchstaben und gingen keinerlei Risiko ein, das einen Admiral hätte veranlassen können, die Augenbrauen zu heben. Er hatte sogar unter einem Sadisten gedient, der die Männer mit Genuß bestrafte und gierig jeden Peitschenhieb beobachtete, bis der Rücken des Opfers wie rohes Fleisch aussah.

Aber gegen Haven gab es keinen Schutz. Der haßte ihn und nutzte seine Autorität aus, um Seeleute ohne Rücksprache mit ihm zu bestrafen; als wollte er seinen Ersten Leutnant zwingen, ihn zum Duell zu fordern.

Parris hob die Disziplinarkladde. »Sehen Sie sich das an, Mann! Zwei Dutzend Hiebe für eine Rangelei. Für Unfug während der Hundewache, nichts weiter. Sie müssen es doch gesehen haben.«

Priddie errötete. »Der Kommandant behauptet, die Disziplin an Bord wäre zu lasch, man würde es von Land aus bemerken. Er dulde keine Nachlässigkeit mehr.«

Parris schluckte eine grobe Antwort herunter. Priddie hatte noch nicht vergessen, wie machtlos ein Fähnrich war. Als Erster Leutnant dagegen mußte er etwas unternehmen. Doch konnte er sich an niemanden um Rat wenden. Die anderen Kommandanten würden ein Vorgehen gegen Haven als Vertrauensbruch werten, der sich auch gegen ihre eigene Autorität richten konnte, wenn sie ihn unterstützten. Recht oder Unrecht, der Kommandant war der liebe Gott. Es gab nur einen Menschen, der ihm hätte helfen können. Aber der befand sich auf dem Weg nach England und hatte genug mit seinen eigenen Sorgen zu tun. Allerdings hielt Parris es für unwahrscheinlich, daß Bolitho auch nur ein Knie krumm machen würde, wenn er sich im Recht glaubte.

Parris zog den Chirurg als Helfer in Betracht, George Minchin. Aber er hatte das schon einmal versucht, ohne daß etwas dabei herausgekommen wäre. Minchin war Trinker wie so viele Schiffsärzte, ein Schlächter, unter dessen Händen mehr Menschen starben als an ihren Verletzungen. *Hyperion* hätte einen Senior-Chirurgen erhalten sollen, einen von mehreren, die man zu den verschiedenen Geschwadern schickte, damit sie über ihre Erfahrungen berichteten. Aber das waren Wunschträume, im Augenblick hatten sie nur Minchin.

Schließlich sagte Parris: »Überlassen Sie das mir.« Die Augen des Leutnants leuchteten dankbar auf, weil er sich nicht länger mit der Sache zu befassen brauchte, obwohl Parris ärgerlich hinzufügte: »Mr. Priddie, Sie werden niemals Kommandant werden, wenn Sie nicht die Verantwortung akzeptieren, die Ihr Rang mit sich bringt.«

Parris begab sich aufs Achterdeck, wo die Seeleute den Kreuzmast neu auftakelten. Es roch stark nach frischem Teer. Zimmermann Horrocks und seine Gehilfen bauten mit der Breitaxt einen neuen Kutter aus Bordmitteln. Sie arbeiteten gut, dachte er, und wären vermutlich so glücklich wie er, wenn Haven nicht mehr wie eine drohende Wolke über ihnen hängen würde. Seufzend machte er sich auf den Weg zum Kommandanten und wartete, daß der Posten Kajüte ihn anmeldete.

Kapitän Haven saß an seinem Schreibpult, Papiere in Reichweite, den Rock über die Stuhllehne gehängt, und fächelte sein Gesicht mit dem Taschentuch.

»Also, Mr. Parris? Ich bin sehr beschäftigt.«

Parris überhörte die Abweisung. Havens Schreibfedern

auf dem Pult waren alle sauber und trocken, er hatte nichts geschrieben. Doch sah es so aus, als hätte er seinen Besuch erwartet und sich trotz der Zurückweisung darauf vorbereitet.

Parris begann vorsichtig: »Es geht um die zwei Mann, die zur Bestrafung anstehen, Sir.«

»Welche zwei? Ich fange schon an zu glauben, daß sich alle Männer hier betragen, wie es ihnen gefällt.«

»Trotter und Dixon, Sir. Sie sind noch nie in Schwierigkeiten gewesen. Wäre der Fünfte Leutnant zu mir gekommen . . .«

Er kam nicht weiter, Haven unterbrach ihn: »Aber Sie waren nicht an Bord, Sir. Nein, Sie waren anderswo, glaube ich.«

»Auf Ihren Befehl hin, Sir.«

»Werden Sie nicht frech!« Haven drehte sich in seinem Stuhl um. Wie ein Angler, der merkt, daß ein Fisch angebissen hat, dachte Parris.

Haven sagte: »Die Leute betrugen sich abscheulich! Ich sah es, und wie gewöhnlich hatte *ich* das Treiben zu unterbinden!«

»Aber zwei Dutzend Hiebe, Sir! Ich könnte ihnen auch eine Woche Extraarbeit geben. Die Disziplin würde aufrechterhalten, und Mr. Priddie könnte daraus etwas lernen.«

»Aha, Sie wollen nun den jungen Leutnant tadeln.« Er lächelte, und Parris fühlte, wie ihn die Spannung fast zerriß. »Die Männer werden frech, und Mr. Priddie soll daran schuld sein. Gott verdamme Ihre Augen, Sir! Ich spucke auf Ihre Ansichten. Hier kommandiere *ich*, und man hat meinem Geheiß zu folgen. Habe ich mich klar ausgedrückt?« brüllte er.

»Das haben Sie, Sir«, erwiderte Parris.

»Freut mich zu hören.« Haven beobachtete ihn, seine Augen waren wie Schlitze im Halbschatten. »Ihre Rolle bei dem Handstreich wird der Admiralität ohne Zweifel zur Kenntnis gebracht werden. Aber Sie können an den Rockschößen Ihres Admirals hängen, so lange Sie wollen, ich werde schon dafür sorgen, daß Ihre Unehrlichkeit und Ihre verdammte Arroganz voll berücksichtigt werden, wenn Sie wieder zur Beförderung anstehen!«

Parris fühlte die Kajüte schwanken. »Haben Sie mich unehrlich genannt, Sir?«

Haven kreischte fast: »Jawohl, Sie wollüstiges Schwein, das habe ich!«

Parris glaubte, seinen Ohren nicht zu trauen. Er sah, daß sich der helle Spalt unten an der Tür durch den Schatten fremder Füße verdunkelte. Männer standen da draußen und lauschten. Mein Gott, dachte er verzweifelt, welche Chance haben wir noch nach alldem, wenn es einmal zum Gefecht kommen sollte? Er entgegnete: »Sir, ich glaube, wir haben uns wohl beide im Ton vergriffen.«

»Wagen Sie ja nicht, mich zurechtzuweisen! Ich vermute, daß Sie nachts in Ihrer Koje liegen und beim Gedanken an mich höhnisch lächeln – wegen der Gemeinheit, die Sie begangen haben. Na? Antworten Sie, verfluchter Hund!«

Parris wußte, daß er einen anderen Offizier hätte holen lassen sollen, weil er sonst Haven in den nächsten Sekunden niederschlagen würde. Etwas in seinem Unterbewußtsein warnte ihn, seinen Zorn und sein gekränktes Ehrempfinden überzubewerten. Er will, daß ich ihn schlage, dachte er. Er will mich als sein nächstes Opfer!

Haven ließ sich in seinen Stuhl zurückfallen, als hätten ihn Kraft und Wut verlassen. Aber als er wieder aufschaute, loderte erneut der Haß in seinen Augen. Beinahe beiläufig fragte er: »Dachten Sie, ich würde es nicht herausbekommen? Sind Sie wirklich so dumm?«

Parris hielt den Atem an, sein Herz pochte. Und er hatte gemeint, daß ihn nichts mehr erschüttern könne!

Haven fuhr fort: »Ich kenne Ihre Eitelkeit, Ihre Eigenliebe. O ja, ich bin ja noch bei Verstand und habe Augen im Kopf.« Er zeigte auf das Porträt seiner Frau, behielt aber Parris im Auge und sagte heiser: »Die Schuld liegt klar zu Tage – auf Ihrem Gesicht!«

Wieder glaubte Parris, sich verhört zu haben. »Ich bin der Lady einmal begegnet, aber . . .«

»Wagen Sie es nicht, in meiner Gegenwart von ihr zu sprechen!« Haven torkelte auf die Füße. »Sie mit Ihrer glatten Zunge und den geschniegelten Manieren. Genau jene Sorte, der sie zuhören würde.«

»Sir! Sprechen Sie bitte nicht weiter, wir könnten es beide bedauern!«

Haven ging nicht darauf ein. »Sie haben sie verführt, als ich mit diesem Schiff vollauf zu tun hatte. Ich arbeitete mich krank, um diesen verdammten Pöbel zu einer Mannschaft zu machen. Dann hißten sie darauf die Flagge eines ganz ähnlichen Weiberhelden, der denkt, daß er jede haben kann, die er will!«

»Ich darf das nicht mehr mit anhören, Sir. Es ist nicht wahr. Ich sah . . .« Parris zögerte und schloß: »Ich habe Ihre Frau niemals angerührt, das schwöre ich bei Gott!«

Doch Haven hörte nicht zu, er sagte kläglich: »Und das nach alldem, was ich ihr gab.«

»Sie haben unrecht, Sir.« Parris schaute zur Tür. Kam da nicht endlich jemand? Das ganze Achterdeck mußte doch den Wortwechsel hören.

Haven brüllte plötzlich los: »Es ist *dein* Kind, du verfluchter Beschäler!«

Das war es also. Parris ballte die Fäuste. »Ich gehe jetzt, Sir. Ich habe genug von Ihren Beleidigungen. Und was Ihre Frau betrifft, so kann ich nur sagen, daß sie mir leid tut.«

Er drehte sich um und wollte gehen, als Haven kreischte: »Du gehst nirgendwohin, Gott verdammich!«

Der Knall der Pistole in dem engen Raum war ohrenbetäubend. Und wie der Schlag mit einer Eisenstange. Dann fühlte Parris den Schmerz, die heiße Nässe des Blutes, als er zu Boden fiel. Dunkelheit hüllte ihn ein, Rauch und Nebel, die nur einen klaren Fleck freiließen: darin versuchte der Kommandant eine neue Ladung in seine Pistole zu zwängen.

Ehe der Schmerz ihn überwältigte, drang noch in Parris' gequältes Bewußtsein, daß Haven lachte. Er lachte, als könne er nie mehr aufhören.

XIV Für oder gegen

Am frühen Morgen eines schönen Junitages hißte Bolitho aufs neue seine Flagge auf der *Hyperion* und bereitete das Geschwader vor, den Hafen zu verlassen.

Während der schnellen Passage nach Gibraltar, an Bord der *Firefly*, hatten Bolitho und Keen viel zu erörtern. Falls die Tatsache, daß er Flaggkapitän eines Geschwaders geworden war, ohne es zu kennen, Keen verunsichert hatte, so zeigte er es kaum. Für Bolitho war es die Rückkehr eines Freundes, der ihn hervorragend ergänzte.

Auf Ersuchen des Hafenkommandanten hatte er Haven in seiner Haft an Land aufgesucht. Er hatte erwartet, ihn im Schock vorzufinden oder bereit, eine Erklärung vorzubringen, warum er Parris kaltblütig niedergeschossen hatte. Doch ein Arzt der Garnison teilte Bolitho mit, daß Haven sich an nichts erinnere und alles verdränge – oder sich nicht darum schere –, was vorangegangen war.

Als Bolitho Havens Zelle betrat, war dieser aufgestanden und hatte gemeldet: »Das Schiff ist bereit, Sir Richard. Ich habe Schritte unternommen, damit *Hyperion*, ob alt oder nicht, mit ihrer Artillerie jedem Franzosen ebenbürtig ist, wenn es dazu kommt.«

Bolitho hatte erklärt: »Sie sind abgelöst. Ich schicke Sie nach England.«

Haven hatte ihn fixiert. »Abgelöst? Ist meine Beförderung da?«

Da war er wortlos gegangen.

Bei der Rückkehr an Bord war Bolitho ein an Haven adressierter Brief ausgehändigt worden, den das Postschiff eben von Spithead gebracht hatte. Unter den gegebenen Umständen entschloß sich Bolitho, ihn zu öffnen. Vielleicht konnte er jemandem in England die bittere Wahrheit über Haven ersparen, bis die Fakten beim unvermeidlichen Kriegsgerichtsverfahren offenbart wurden.

Hinterher war Bolitho doch nicht sicher, daß er ihn hätte lesen sollen. Der Brief kam von Havens Ehefrau. Fast beiläufig besagte er, daß sie ihn verlassen hätte, um mit einem reichen Spinnereibesitzer zu leben, der Uniformen fürs Militär herstellte. Sie und sein Kind wären dort gut aufgehoben. Also sah es aus, als ob der Betreffende auch Vater des Neugeborenen war, jedenfalls stammte es gewiß nicht von Parris. Falls Haven schließlich wieder zu Verstand kam, würde das für ihn am schwersten zu ertragen sein.

Der Erste Leutnant war wohl unter einem glücklichen Stern geboren. Die für sein Herz bestimmte Pistolenkugel war im Halbdunkel zu hoch gezielt gewesen, hatte den Knochen zersplittert und lag in der Schulter eingebettet. Er mußte entsetzliche Schmerzen gelitten haben, als Minchin sie zu entfernen versuchte.

Keen fragte Bolitho: »Möchten Sie ihn an Bord behalten? Die Wunde braucht Wochen, um zu heilen, und ich fürchte, er wurde stümperhaft behandelt.« Er entsann sich wahrscheinlich noch des großen Splitters in seiner Leiste. Statt ihn einem betrunkenen Chirurgen zu überlassen, hatte Allday das gezackte Holz selbst herausgeschnitten.

»Parris ist ein erfahrener Offizier, ich hoffe auf seine Beförderung. Gott weiß, daß wir geschickten Nachwuchs in den Kommandostellen brauchen können.«

Keen hatte zugestimmt. »Es dürfte auch die anderen Leutnants anspornen.«

Und so begab sich das Geschwader auf die Reise ins Mittelmeer, das so viele Gefechte gesehen hatte und in dem Bolitho fast gestorben wäre.

Mit *Hyperion* an der Spitze, die Admiralsflagge im Vortopp, die anderen Linienschiffe im Kielwasser und alle zusammen in einem steifen Nordwest heftig arbeitend, liefen sie aus und weckten wahrscheinlich ebenso viele Spekulationen wie bei ihrer Ankunft. Bolitho hatte die berühmte Silhouette des Felsens betrachtet, bis sie sich im Dunst verlor. Die in den klaren Himmel aufsteigende, eigenartige Dunstwolke war eine gewohnte Erscheinung, wenn der Wind die erhitzten Steine abkühlte, so daß der Felsen aus der Entfernung wie ein schwelender Vulkan wirkte.

Der größte Teil der *Hyperion*-Besatzung kannte sich schon seit der neuerlichen Indienststellung des Schiffes. Keen war fast der einzige Fremde unter ihnen. Doch als ein Tag dem anderen folgte und jedes Schiff Segelmanöver und Geschützexerzieren übte, war Bolitho dem Schicksal dankbar, daß es ihm Keen zurückgebracht hatte.

Im Gegensatz zu Haven kannte er Bolithos Eigenarten und Maßstäbe. Er hatte als Fähnrich und als Leutnant unter ihm gedient, ehe er schließlich sein Flaggkapitän wurde. Die Mannschaft spürte das Band zwischen dem Kommandanten und dem Admiral. Die älteren Leute nickten und erkannten es an, daß Keen nicht zu stolz war, sie zu fragen, wenn er etwas über das Schiff nicht wußte. Es kam Bolitho nicht in den Sinn, daß Keen damit vielleicht seinem Beispiel folgte.

Oft dachte er an Catherine und an ihren Abschied. Sie hatte darauf bestanden, ihn die ganze Strecke nach Portsmouth zu begleiten, als er sich wieder auf der kleinen *Firefly* einschiffte. Keen hatte sich schon früher verabschiedet und war mit Adam in einer anderen Kutsche vorausgefahren. Neben den in der Sonne dampfenden Pferden hatte sich Catherine an ihn geklammert und sein Gesicht gesucht, es mit Zärtlichkeit und Trauer gestreichelt, als Allday meldete, daß das Boot warte. Er hatte sie gebeten, in der Kutsche zu bleiben, doch sie war ihm zu der hölzernen Treppe gefolgt, wo so viele Seeoffiziere das Land verließen.

Wie immer hatte sich dort eine kleine Gruppe Schaulustiger eingefunden, sehr wenige unter ihnen im dienstpflichtigem Alter, denn nur ein Narr hätte die Begegnung mit einer Preßgang riskiert. Die Leute hatten ihnen Beifall gespendet und Bolitho erkannt. Einer hatte gerufen: »Viel Glück, Dick, und der Lady ebenfalls!«

Zum erstenmal hatte er Tränen in Catherines Augen gesehen. »Sie beziehen mich mit ein.«

Als das Boot von den Stufen ablegte, hatte Bolitho sich umgedreht, aber da war sie schon verschwunden. Und doch, als sie über das unruhige Wasser des Solent schaukelten, spürte er, daß sie ihn bis zur letzten Sekunde beobachtete.

Es fiel ihm ein, wie Belinda sie in ihrem Zorn beschimpft hatte. Allday dagegen hatte Catherine eine Seemannsbraut genannt – und das stimmte. Bei ihm war es das größte Kompliment von allen.

Während die Fregatte *Tybalt* und die Korvette *Phaedra* nun jeden Küstenfahrer und Händler jagten und durchsuchten, der dumm genug war, sich in Reichweite ihrer Kanonen zu begeben, studierten Bolitho und Keen die knappen Berichte. Tag für Tag drangen sie weiter ins Mittelmeer vor.

Man sagte, daß Nelson sich im Atlantik mit seinem Freund und Zweiten Befehlshaber, Vizeadmiral Collingwood, vereinigt hätte. Nelson war wahrscheinlich zu der Überzeugung gelangt, daß der Feind die britischen Geschwader durch List und schnelle Vorstöße zu zersplittern suche. Erst wenn ihm das gelang, würde Napoleon zur Invasion über den Kanal ansetzen. Yovell hatte gemeint: »Wenn das stimmt, Sir Richard, sind Sie jetzt der ranghöchste Offizier im Mittelmeer.«

Bolitho hatte das noch kaum in Betracht gezogen. Doch falls es zutraf, bedeutete es für ihn eins: Wenn ihm der Feind über den Weg lief, brauchte er keinen erst lange zu fragen. Das machte die Last der Befehlsgewalt erträglicher.

Eines Vormittags sah er beim Spaziergang auf dem Achterdeck Leutnant Parris, der sich unsicher am Schanzkleid Bewegung verschaffte. Sein Arm war an der Seite festgeschnallt. Parris hatte sich seit Havens mörderischer Attacke mehr in sich zurückgezogen. Keen meinte, er wäre wohl zufrieden, ihn als Ersten zu haben, könne sich aber noch kein Urteil erlauben.

Parris ging langsam zur Leeseite des Achterdecks und suchte Halt an einem Want, um dem Flug einiger Seevögel zuzusehen. Bolitho trat zu ihm. »Wie fühlen Sie sich?«

Parris versuchte, sich aufzurichten, zuckte aber schmerzlich zusammen und bat um Entschuldigung. »Es geht nur langsam aufwärts, Sir Richard.« Sein Blick wanderte zu den geblähten Segeln und den winzigen Gestalten hinauf, die im Rigg arbeiteten. »Ich würde mich weitaus besser fühlen, wenn ich da oben wieder herumklettern könnte.«

Bolitho betrachtete sein ausgeprägtes Zigeunerprofil. War das ein Frauenheld?

Unter dem prüfenden Blick wurde Parris verlegen. »Ich möchte mich dafür bedanken, daß ich an Bord bleiben durfte, Sir Richard, auch wenn ich im Augenblick nutzlos bin.«

»Die letzte Entscheidung hatte Kapitän Keen.«

Parris verstand, seine Augen verloren sich in Erinnerungen. »Er macht dieses alte Schiff wieder lebendig.« Er zögerte, schien zu überlegen, wie weit er gehen konnte. »Ich hörte von Ihren Schwierigkeiten in London. Es tut mir leid.«

Bolitho schaute über das blaue Wasser; sein verletztes Auge fing an, sich in der feuchten Luft leicht zu trüben. »Die kühnsten Maßnahmen sind gewöhnlich die sichersten ... Ich glaube, auch das ist eine von Nelsons Redensarten.«

Parris trat zurück, als Keen erschien. »Ich wünsche Ihnen viel Glück, Sir Richard. Ihnen beiden.«

Keen traf Bolitho bei den Hängemattsnetzen. »Wir werden Malta morgen während der Vormittagswache sichten.« Er deutete auf die kräftige Gestalt des Segelmeisters. »Mr. Penhaligon hat mich überzeugt.«

Bolitho lächelte. »Ich unterhielt mich soeben mit dem Ersten Leutnant. Ein merkwürdiger Bursche.«

Keen lachte. »Ich weiß, ich sollte nicht darüber scherzen. Trotzdem, ich habe schon Kommandanten gehabt, die ich liebend gern erschossen hätte. Aber niemals war es umgekehrt.«

Unten auf dem Bootsdeck drehte sich Allday um. Er hörte sie lachen. Keens alter Bootsführer war auf ihrem letzten Schiff, der *Argonaute,* gefallen. Allday hatte einen neuen Mann für ihn ausgesucht, aber insgeheim gewünscht, es hätte sein Sohn sein können. Keens neuer Mann hieß Tojohns. Vorher war er für den Vortopp verantwortlich gewesen. Jetzt stand er neben ihm und blickte ebenfalls nach achtern. »Die *Hyperion* ist ein neues Schiff, seit er an Bord gekommen ist. Kennst du ihn schon lange?«

Allday lächelte. »Ein paar Jahre. Er paßt mir und ist gut für Sir Richard. Damit hat sich's.«

Auch Allday gedachte des Abschieds von Portsmouth Point. Das Publikum jubelte und schwenkte die Hüte. Frauen lächelten, bis sie in Tränen ausbrachen. Er runzelte die Stirn, als der andere Bootsführer seine Gedanken unterbrach. »Warum hast du gerade mich ausgesucht?« fragte Tojohns.

Allday überlegte. Tojohns war ein guter Seemann und wußte sich auch bei einer Prügelei zu behaupten. Er ähnelte nicht im geringsten Old Hogg, Keens früherem Bootsführer. Die beiden waren wie Feuer und Wasser, was man auch über ihn und Stockdale gesagt hatte. Allday antwortete: »Weil du soviel redest.«

Tojohns lachte laut heraus, schwieg aber, als ein vorbeigehender Fähnrich ihn scharf ansah. Er konnte sich nur schwer an seine neue Rolle gewöhnen. Nun brauchte er nicht mehr bei jedem schrillen Pfiff mit seinen Vortoppgasten aufzuentern, um die wildgewordenen Segel zu bändigen. Wie Allday war er vom Wachegehen befreit. Zum erstenmal in seinem Leben stellte er etwas dar.

Allday sah ihn eindringlich an. »Merke dir: Was du auch dort achtern mitbekommst, behalte es für dich. Verstanden?«

Tojohns nickte. Dort achtern . . . Ja, er war jetzt jemand.

Von der Back der *Hyperion* schlug es sechs Glasen. Kapitän Valentine Keen unterdrückte ein Lächeln, berührte seinen Hut und grüßte Bolitho. »Der Meister hat unsere Ankunft richtig berechnet, Sir Richard.«

Bolitho hob das Teleskop und musterte die vertrauten Mauern und Batterien von La Valetta. »Gerade noch so.«

Es war eine längere Überfahrt von Gibraltar geworden als erwartet. Für die zwölfhundert Meilen hatten sie mehr als acht Tage gebraucht. Das hatte Keen Zeit gelassen, dem Schiff seinen Stempel aufzuprägen. Bolitho aber hatte sie mit bösen Ahnungen wegen des bevorstehenden Treffens mit Herrick verbracht.

Er sagte langsam: »Nur drei Linienschiffe, Val.« Herricks Flaggschiff *Benbow* hatte er fast ebenso schnell wie der

Ausguck im Mast erkannt. Es war einmal sein eigenes gewesen und steckte wie *Hyperion* voller Erinnerungen. Keen würde sich seiner aus ganz anderen Gründen entsinnen. Er hatte sich dort einem Untersuchungsausschuß stellen müssen, den Herrick leitete. Wenn Bolitho nicht eingegriffen hätte, wäre er jetzt ruiniert gewesen. Alte Geschichten? Sehr unwahrscheinlich, daß er sie jemals vergessen würde.

Bolitho sagte: »Ich kann auch eine Fregatte ausmachen, sie ankert jenseits der *Benbow*.«

Die Fregatte hieß *La Mouette* und war eine Prise, die man den Franzosen vor Toulon abgenommen hatte. Nur ein kleines Schiff mit sechsundzwanzig Kanonen, aber Bettler durften eben nicht wählerisch sein. In diesem Stadium des Krieges war jede Fregatte willkommen. Bolitho hatte schon befürchtet, daß man sie anderswohin geschickt haben könnte.

Keen entgegnete: »Sie verstärkt unsere Kampfkraft auf acht Einheiten. Wir haben uns schon mit weit weniger beholfen.«

Jenour stand etwas abseits und überwachte die Signalfähnriche. Bolitho schritt zur anderen Seite und beobachtete, wie Thynnes *Obdurate* hinter ihnen Segel fortnahm.

Er sah Herrick auf *Benbow* vor sich, der vielleicht beobachtete, wie die fünf großen Schiffe des Bolitho-Geschwaders sich schwerfällig auf ihren Ankerplatz zubewegten. Es war sehr heiß, und Bolitho hatte Sonnenreflexe von vielen Teleskopen auf den hier versammelten Schiffen gesehen. Würde Herrick dieses Treffen scheuen? fragte er sich. Oder würde er daran denken, daß ihre Freundschaft schon bei einer Schlacht und einer Meuterei im Krieg gegen die amerikanischen Rebellen geprüft worden war?

»Gut denn, Mr. Jenour, lassen Sie signalisieren.« Er blickte Keen an. »Wir werden einfach acht Glasen anschlagen lassen, Val, und damit Mr. Penhaligons Ruf retten.«

Als das Signal mit einem Ruck niedergeholt wurde, drehten die Schiffe in die schwache Brise und ließen die Anker fallen.

Bolitho ging nach achtern, nicht ohne vorher sein Boot zu bestellen. Auf Keens Frage: »Sie warten nicht auf den Besuch des Konteradmirals, Sir Richard?«, hatte er nur den Kopf geschüttelt. Er wollte selbst hinüberfahren.

Keen ahnte, daß er die *Benbow* nur deshalb selbst aufsuchte, weil er vermeiden wollte, Herrick mit den üblichen Formalitäten zu empfangen. Bei ihrer letzten Begegnung hatten sie als Gegner einander am Gerichtstisch gegenübergesessen. Diesmal würde es im Interesse beider ein Mann-zu-Mann-Treffen sein. »Alte Freunde haben es nicht nötig, auf Etikette zu achten, Val.«

Bolitho hoffte, daß es überzeugter klang, als er empfand. Herrick mochte Neuigkeiten über den Feind haben, er war schon lange Zeit hier. Und Nachrichten waren alles. Ohne die vereinzelten Informationsfetzen, die Patrouillen und gelegentliche Scharmützel erbrachten, waren sie hilflos.

Er hörte, wie Allday seine Bootscrew forsch zusammenrief, hörte das Knarren der Taljen, als sein Boot und nach ihm andere über die Seite geschwungen wurden. Einige Kähne näherten sich schon den Schiffen, vollgepackt mit billigen Waren, mit denen die Seeleute um ihr bißchen Geld betrogen werden sollten. Wie in Portsmouth und anderen Seehäfen wurden so auch Frauen für die hungrigen Männer gebracht, wenn die Kommandanten sich blind stellten. Für den einfachen Matrosen mußte es hart sein, dachte Bolitho. Die Offiziere kamen und gingen, wie es ihr Dienst zuließ, aber nur zuverlässige Mannschaften und die Preßgangs durften den Fuß an Land setzen. Monat für Monat und Jahr für Jahr lebten sie so – ein Wunder, daß es nicht zu mehr Meutereien in der Flotte gekommen war.

Aus seiner Kajüte nahm er einige Briefe für Herrick mit, die man im letzten Augenblick auf die *Firefly* gebracht hatte, und lächelte grimmig. Versöhnungsgeschenke.

Ozzard tappte um ihn herum und hatte seine Augen überall, damit Bolitho nichts vergaß. Er sah Catherines Gesicht vor sich, als er ihr den von Ozzard gesäuberten Fächer zurückgeben wollte. Sie hatte gedankt. »Behalte ihn. Er ist alles, was ich dir geben kann. Wenn du ihn ansiehst, werde ich bei dir sein.«

Er seufzte und ging hinaus, vorbei am Posten Kajüte und an Keens offener Tür, wo frische weiße Farbe Havens zweiten Pistolenschuß überdeckte. Haven hatte Glück, daß Parris noch lebte. Wirklich? Seine Karriere war zerstört, und keiner wartete auf ihn, wenn er schließlich nach Hause kam.

Im glänzenden Sonnenschein standen die Seesoldaten bei der Relingspforte angetreten. Die Bootsmannsmaaten hoben ihre Silberpfeifen an die Lippen. Keen und Jenour warteten auf den Beginn der Ehrenbezeugung.

Major Adams hob den Degen und meldete: »Wache angetreten, Sir!«

»Boot ist längsseits, Sir Richard!« Das war Keen.

Bolitho lüftete seinen Hut in Richtung des Achterdecks und sah halbnackte Seeleute auf der Bagienrah arbeiten und zu ihm herunterstarren. Ihre Füße baumelten in der Luft.

Ein glückliches Schiff, eine gute Besatzung.

Bolitho stieg ins Boot hinunter.

Konteradmiral Thomas Herrick hatte die Hände auf dem Rücken verschränkt und beobachtete die Schiffe beim Ankern. Der Pulverdampf des Saluts trieb träge zur Küste. Herrick versteifte sich, als er sah, daß man das grüne Admiralsboot der *Hyperion* beinahe so schnell aussetzte, wie man vorne den Union Jack hißte.

Kapitän Hector Gossage bemerkte: »Es scheint, daß der Vizeadmiral gleich zu uns kommt, Sir.«

Herrick brummte nur. Er hatte viele neue Gesichter in seinem Kommando, auch sein Flaggkapitän war erst wenige Monate bei ihm. Sein Vorgänger, Dewar, war krankheitshalber in die Heimat entlassen worden, und Herrick vermißte ihn sehr. Er sagte: »Machen Sie alles klar für großen Empfang. Sie wissen, was Sie zu tun haben.«

Er wollte alleingelassen werden und nachdenken. Seit er seine neuen Befehle von Sir Owen Godschale aus der Admiralität erhalten hatte, dachte er kaum an etwas anderes.

Zuletzt hatte er Bolitho hier im Mittelmeer getroffen, als seine *Benbow* unter schwerem Beschuß lag. Wiedervereint im Gefecht, Freunde im Kampf ... Doch hinterher, als Bolitho nach England gesegelt war, hatte Herrick viel über den Untersuchungsausschuß nachgedacht. Wie Bolitho ihn verflucht hatte, als er von Inchs Tod erfuhr! Herrick glaubte noch immer, daß Bolithos Zorn und Ärger sich gegen ihn persönlich richtete, nicht gegen den Ausschuß als Ganzes.

Den abgeänderten Befehlen hatte ein privater Brief Godschales beigelegen. Unter anderem enthielt er Andeutungen über die Liaison zwischen Bolitho und einer gewissen Catherine Pareja. Insgeheim hatte er, Herrick, sich ihr gegenüber immer befangen gefühlt. Kate war eine stolze, selbständige Frau, der es in seinen Augen an Bescheidenheit und Demut mangelte. Gerührt dachte er an seine liebe Dulcie in ihrem neuen Haus in Kent. Gar kein Vergleich mit ihr.

Wie tapfer Dulcie gewesen war, als sie erfuhr, daß sie ihm keine Kinder würde schenken können. Leise hatte sie erklärt: »Wenn wir uns nur früher kennengelernt hätten, Thomas. Vielleicht hätten wir dann einen hübschen Sohn gehabt, einen Nachfolger für dich in der Navy.« Er dachte auch an Bolithos Leben in Falmouth, an das alte graue Herrenhaus, in dem er aus- und eingegangen war, als Bolitho die *Phalarope* führte und er zum Ersten Leutnant aufgestiegen war. Das schien ein Jahrhundert zurückzuliegen.

Herrick war von untersetzter Statur und hatte sich gemütlich gerundet, seit er mit Dulcie verheiratet war. Gleichzeitig war er zu der für ihn immer noch unglaublichen Höhe eines Konteradmirals aufgestiegen. Er war schon so lange hier draußen, daß sein ehrliches rundes Gesicht wie Mahagoni aussah, eine Farbe, die seine strahlenden blauen Augen und die grauen Strähnen noch mehr hervorhob.

Was dachte sich Bolitho eigentlich? Er hatte eine schöne Frau und eine gesunde Tochter, darauf konnte er stolz sein. Jeder aktive Offizier mußte ihn um seine Conduite beneiden. Er hatte Gefechte durch eigenen Einsatz gewonnen, aber auch nie den Wert seiner Männer außer acht gelassen. Seine Seeleute nannten ihn »Gleichheits-Dick«, ein Spitzname, den die populären Massenblätter im Lande aufgegriffen hatten, wenn auch einige von ihnen jetzt eine andere Geschichte erzählten. Nämlich vom Vizeadmiral, dem mehr an einer Lady als an seiner Reputation lag.

Godschale hatte in seinem Brief drumherum geredet. »Ich weiß, daß Sie beide alte Freunde sind, aber Sie mögen es jetzt schwer finden, unter ihm zu dienen, zumal Sie erwarten durften, abgelöst zu werden.«

Indem er nichts sagte, hatte Godschale alles gesagt. War es eine Warnung oder eine Drohung? Man konnte es so oder so auslegen.

Er hörte, wie die Seesoldaten an der Relingspforte antraten, während ihr Offizier sie inspizierte. Kapitän Gossage kam wieder zu ihm und begutachtete die Formation der verankerten Schiffe. »Sie sehen gut aus, Sir«, meinte er.

Herrick nickte. Seine eigenen Schiffe hätten ebenfalls abgelöst werden müssen, wenn auch nur für eine schnelle Überholung. Er hatte immer nur jeweils ein Schiff zum Wasserfassen und zur Ergänzung des Proviants entlassen können; der unerwartete Befehl, der ihn nun Bolithos Kommando unterstellte, überraschte jeden und verursachte viel Ärger.

Gossage erzählte weiter. »Ich diente vor wenigen Jahren unter Edmund Haven, Sir.«

»Haven?« Herricks riß sich aus seinen Gedanken. »Bolithos Flaggkapitän?«

Gossage bejahte. »Ein langweiliger Bursche. Er bekam *Hyperion* nur, weil sie nicht viel mehr als ein Wrack war.«

Herrick drückte sein Kinn in die Halsbinde. »Das würde ich nicht Sir Richard hören lassen. Er teilt diese Ansicht bestimmt nicht.«

Der Offizier vom Dienst rief: »Boot legt ab, Sir!«

»Also gut, besetzt die Seite.«

In ihrem letzten Brief hatte Dulcie wenig über Belinda gesagt. Sie standen zwar in Verbindung, aber es schien, daß sie alles Vertrauliche zurückhielt. Er lächelte trübe: auch vor ihm.

Herrick gedachte des Mädchens, das Bolitho einmal geliebt und geheiratet hatte – Cheney Seton. Er hatte der Hochzeit beigewohnt, und es war auch seine schreckliche Aufgabe gewesen, Bolitho die Kunde von ihrem tragischen Tod zu übermitteln. Er hatte gewußt, daß Belinda keine zweite Cheney war, aber Bolitho schien sich dreingefunden zu haben, vor allem seit sie ihm eine Tochter geschenkt hatte. Herrick bemühte sich, aufrichtig zu sein. Auch bevor Dulcie über das Alter hinaus gewesen war, ihm Kinder zu schenken, hatten sie schmerzlich an ihrer Kinderlosigkeit gelitten. Im Geist hörte er die Worte: Warum sie und nicht wir?

Und nun gab es also Catherine. Gerüchte übertrieben immer maßlos, wie schon bei Nelson. Auch dieser würde es noch bedauern. Wenn er einmal den Degen endgültig aus der Hand legte, würden viele alte Feinde nur zu schnell seine Triumphe vergessen. Herrick entstammte einer armen Familie und wußte, wie schwer es war, Vorurteile von Vorgesetzten zu überwinden, ganz zu schweigen von deren offener Feindschaft. Bolitho hatte ihm das erspart, hatte ihm eine Chance geboten, die er sonst nie bekommen hätte. Das durfte er nicht leugnen. Und doch . . .

Gossage rückte seinen Hut zurecht. »Boot nähert sich, Sir!« Eine Stimme schrie: »Oberdeck frei!«

Ein von Müßiggängern bevölkertes Oberdeck hätte nicht gut ausgesehen, wenn Bolitho an Bord kam. Aber einige schlichen sich doch dort hinauf, trotz verlockender Gerüche aus der Kombüse. Die Pfeifen schrillten, und die Flöten der Seesoldaten intonierten das »Herz aus Eiche«, während die Ehrenwache die Gewehre präsentierte. Bolitho, vom seidigen Blau der See eingerahmt, nahm seinen Hut ab.

Er hat sich nicht verändert, dachte Herrick. Obgleich ein Jahr älter als Herrick, hatte er noch keine grauen Haare. Bolitho deutete auf die Seesoldaten. »Schmucke Wache, Major.«

Dann schritt er mit ausgestreckter Hand auf Herrick zu. Herrick, der wußte, wie wichtig dieser Augenblick auch für Bolitho war, packte sie schnell. »Willkommen, Sir Richard!«

Bolitho lächelte mit weißen Zähnen im braunen Gesicht. »Schön, daß wir uns wiedersehen, Thomas. Ich fürchte nur, daß die geänderten Pläne dir nicht sonderlich behagen.«

Zusammen begaben sie sich nach achtern zur großen Kajüte, während die Wache abtrat und Allday das Boot loswarf, um die Zeit im hohen Schatten der *Benbow* angenehm zu vertrödeln.

Nach der Hitze des Oberdecks wirkte die Kajüte kühl. Herrick schaute Bolitho erwartungsvoll an, der sich auf die Heckbank setzte. Er sah dessen Blick umherwandern. Wahrscheinlich erinnerte er sich, wie es hier einmal gewesen war: *sein* eigenes Flaggschiff. Aber es hatte sich verändert, nicht nur das letzte Gefecht hatte dafür gesorgt.

Der Diener brachte Wein, und Bolitho bemerkte: »Es scheint also, daß sich Nelson noch im Atlantik befindet.«

Herrick schluckte seinen Wein, ohne ihn zu schmecken. »So sagt man. Ich hörte, daß er möglicherweise nach England zurückkehren und seine Flagge einholen wird, weil es nicht so aussieht, als ob die Franzosen eine Kraftprobe wollen. Jedenfalls nicht mehr in diesem Jahr.«

»Das denkst du also?« Bolitho betrachtete das Glas. Herrick war gereizter, als er erwartet hatte. »Es ist natürlich auch möglich, daß der Feind wieder durch die Straße von Gibraltar schlüpft und sich nach Toulon begibt.«

Herrick runzelte die Stirn. »In dem Fall werden wir ihn fassen, eingezwängt zwischen uns und Nelsons Flotte.«

»Aber angenommen, Villeneuve beabsichtigt, in eine andere Richtung vorzustoßen? Bevor Ihre Lordschaften uns informiert hätten, würde er durch den Kanal fegen, während wir uns hier ahnungslos die Beine in den Bauch stehen.«

Herrick fühlte sich unbehaglich. »Ich schicke ständig meine Aufklärer aus und . . .«

»Ich weiß. Hast du ein Schiff zuwenig?«

Herrick war überrascht. »Ja, die *Absolute.* Ich schickte sie nach Gibraltar. Sie ist so verrottet, ein Wunder, daß sie überhaupt noch schwimmt.« Er versteifte sich. »Es geschah auf meine Verantwortung. Ich wußte damals noch nicht, daß du hier den Oberbefehl übernimmst.«

Bolitho lächelte. »Keine Sorge, Thomas. Es war nicht als Kritik gedacht. Ich hätte wohl das gleiche getan.«

Herrick schaute zu Boden. »Ich würde gern deine Absichten erfahren.«

»Gleich, Thomas. Vielleicht können wir zusammen soupieren?«

Herrick sah, wie die grauen Augen baten. Er entgegnete: »Es wäre mir ein Vergnügen.« Dann stockte er. »Du könntest Kapitän Haven mitbringen, wenn du wünschst, obgleich ich meine . . .«

Bolitho starrte ihn an. Natürlich, er konnte es noch nicht wissen. »Haven ist unter Arrest, Thomas. Zu gegebener Zeit wird er sich vor Gericht verantworten müssen, wegen versuchten Mordes an seinem Ersten Leutnant.«

Herricks Erstaunen war verständlich, es klang wirklich verrückt. Deshalb fügte er hinzu: »Haven bildete sich ein, daß der Leutnant eine Affäre mit seiner Frau hätte. Sie bekam ein Kind. Wie sich herausstellte, hatte Haven unrecht. Aber der Schaden war schon geschehen.«

Herrick füllte sein Glas aufs neue und vergoß dabei Wein, ohne es zu beachten. Er kämpfte mit sich.

»Ich muß darüber sprechen, Sir Richard«, begann er.

Bolitho spitzte die Ohren. »Bitte keinen Rang oder Titel, wenn wir unter uns sind, Thomas.«

Herrick gab sich einen Stoß. »Dieses Weib . . . Was kann es dir schon bedeuten, außer . . .«

Bolitho beherrschte sich. »Wir sind Freunde, Thomas, laß uns das bleiben.« Er sah an ihm vorbei. »Ich liebe Catherine, ist das so schwer zu verstehen? Wie würde es dir gefallen, wenn jemand von deiner Dulcie als von ›diesem Weib‹ sprechen würde?« Er versuchte, den bitteren Unterton zu unterdrücken.

Herrick packte die Armlehnen fester. »Verdammt noch mal, Richard, warum verdrehst du die Wahrheit? Du mußt doch wissen, was sich jeder erzählt: daß du ihr verfallen bist, Frau und Kind verstoßen hast, um deiner Leidenschaft zu leben – und zum Teufel mit allen, die sich um dich sorgen!«

Bolitho dachte an Belindas großes Haus in London. »Ich habe niemanden verstoßen. Ich habe vielmehr jemanden gefunden, den ich lieben kann. Mit Hörigkeit hat das nichts zu tun.« Er erhob sich und wanderte zu den Fenstern. »Du weißt, daß ich mich in diesen Dingen nicht leichtsinnig verhalte.« Er fuhr herum: »Verurteilst auch du mich? Wer bist du denn – Gott?«

Sie standen einander wie Feinde gegenüber. Dann sagte Bolitho: »Ich brauche Catherine und bete, daß auch sie mich immer brauchen möge. Und nun laß uns damit aufhören.«

Herrick holte tief Atem und füllte beide Gläser nach. Die blauen Augen auf Bolitho gerichtet, erwiderte er: »Ich werde niemals damit einverstanden sein. Aber es wird meine Pflichterfüllung nicht beeinflussen.«

Bolitho nahm wieder Platz. »Sprich nicht von Pflichten zwischen uns, Thomas. Ich hatte zuviel davon in letzter Zeit.«

Dann kam er auf das eigentliche Thema zurück. »Für unsere jetzt vereinigten Geschwader sind wir gemeinsam verantwortlich. Ich eigne mir nicht deine Führungsrolle an, das sollst du wissen. Ich teile aber auch nicht die Ansichten Ihrer Lordschaften über die Franzosen. Pierre Villeneuve ist ein Mann von großer Intelligenz, er hält sich nicht stur an seine Gefechtsinstruktionen. Andererseits muß er vorsichtig sein; denn wenn er bei seinem eigentlichen Auftrag versagt, den Kanal für die Invasion frei zu machen, stirbt er unter der Guillotine.«

»Barbaren«, murmelte Herricks.

Bolitho nickte. »Wir müssen jede Möglichkeit berücksichtigen und unsere Schiffe zusammenhalten, mit Ausnahme der Aufklärer. Wenn die Zeit kommt, wird es schwer sein, Nelson und den tapferen Collingwood zu finden.«

Bedächtig setzte er sein Glas ab. »Ich glaube nämlich nicht, daß die Franzosen bis zum nächsten Jahr warten werden. Sie haben ihren Kurs schon abgesteckt . . .« Er schaute auf die in der Sonne ankernden Schiffe hinaus und schloß: »Wir aber auch.«

Herrick fühlte sich wieder auf sicherem Boden. »Wer ist jetzt dein Flaggkapitän?«

»Kapitän Keen. Es gibt keinen besseren, jedenfalls nicht, seit du über meinen Einfluß hinausgewachsen bist.«

Herrick verbarg nicht seine Rührung. »So hat es uns also alle wieder zusammengeführt?«

»Nur denk daran, Thomas, heute sind wir noch weniger.«

Bolitho stand auf und nahm seinen Hut. »Ich muß zur *Hyperion* zurück. Vielleicht später . . .« Aber er sprach es nicht aus, sondern legte Herricks Briefe auf den Tisch.

»Von England, Thomas. Es werden noch mehr ›Neuigkeiten‹ drin sein.« Ihre Blicke trafen sich, und Bolitho schloß leise: »Mir wäre es lieber gewesen, du hättest es von mir selbst erfahren, von deinem Freund, statt deine Ohren mit Klatsch aus London zu beschmutzen.«

Herrick protestierte. »Ich wollte dich nicht verletzen, ich mache mir nur Sorgen um dich.«

Bolitho zuckte die Achseln. »Wir kämpfen zusammen in einem Krieg, Thomas, das muß genügen.«

Sie standen Seite an Seite an Deck, während Allday mit dem Boot hastig herbeiruderte. So war er noch nie überrascht worden. Wie alle anderen hatte auch er angenommen, daß der Vizeadmiral länger bei seinem Freund bliebe.

Bolitho schritt zur Relingspforte, während die Seesoldaten Gewehre präsentierten, deren Bajonette wie Eis in der Sonne glitzerten. Sein Schuh verfing sich in einem Ringbolzen, und er wäre gefallen, wenn ihn nicht ein Leutnant gestützt hätte. »Danke, Sir!«

Er sah den Major der Wache herüberschielen, den präsentierten Degen noch in der behandschuhten Faust, und Herrick in jähem Erschrecken zu ihm treten. »Fühlen Sie sich nicht wohl, Sir Richard?«

Bolitho schaute zum nächstliegenden Schiff hinüber und biß die Zähne zusammen. Wieder überzog der Schleier sein Auge. Dieser Besuch hatte ihn so bewegt und enttäuscht, daß er alle Vorsicht vergessen hatte. Im Nahkampf hätte es nur einer Sekunde bedurft ...

Er erwiderte: »Wohl genug, vielen Dank.« Sie sahen sich an. »Es soll nicht wieder vorkommen.«

Einige Seeleute waren in die Wanten geklettert und begannen zu jubeln, als das Boot aus dem Schatten ins Sonnenlicht lief. Allday legte Ruder und lauschte den Jubelrufen, die sich auf die anderen Vierundsiebziger übertrugen. Ihr Narren, dachte er ärgerlich. Was wißt ihr schon? Nur er hatte es gemerkt, hatte es sogar unten im Boot gefühlt: zwei Freunde, die sich nichts mehr zu sagen hatten, um die Kluft zu überbrücken, die sie trennte wie ein Burggraben.

Er sah, daß der Schlagmann mehr auf Bolitho achtete als auf seine Arbeit, und funkelte ihn an, bis der andere erblaßte. Allday schwor sich, nie mehr jemanden nach dem bloßen Äußeren zu beurteilen. Für oder gegen Bolitho, das sollte sein Maßstab sein.

Bolitho drehte sich plötzlich um und beschattete seine Augen.

»Schon gut, Allday, entspann dich.«

Allday vergaß den unaufmerksamen Schlagmann und grinste verlegen zurück. Bolitho konnte sogar hinter seinem Rücken Gedanken lesen. »Ich habe mich nur erinnert, Sir Richard.«

»Ich weiß, aber im Augenblick habe ich genug davon.«

Das Boot glitt an *Hyperions* Großrüsten, und Bolitho schaute zur wartenden Ehrenwache auf. Er verhielt. »Zuweilen erhoffen wir eben zuviel, alter Freund.«

Dann war er ausgestiegen, und die schrillen Triller verkündeten seine Ankunft an Deck. Allday schüttelte den Kopf und murmelte: »So habe ich ihn noch nie gesehen.«

»Was ist, Steuermann?«

Allday drehte sich um, seine Augen blitzten. »Und du! Achte in Zukunft auf den Takt, oder ich zieh dir's Fell ab!«

Er starrte hart auf die hochragende Bordwand. Aus der Nähe konnte man die Narben der Schlacht unter dem Anstrich erkennen.

Wie wir selber, dachte er beunruhigt. Warten aufs letzte Gefecht. Wenn es dazu kam, würde Bolitho alle Freunde brauchen, die er noch besaß.

XV Vereint handeln

Bolitho saß an seinem Pult und setzte seine Unterschrift auf noch eine Depesche an die Admiralität. Die Luft in der großen Kajüte war schwer und feucht; selbst bei geöffneten Stückpforten und offenem Oberlicht fühlte er, wie der Schweiß ihm den Rücken hinunterrann. Er hatte seinen Rock abgelegt und das Hemd fast bis zur Taille aufgeknöpft, aber das nützte auch nichts.

Er schaute auf das Datum der nächsten Depesche, die Yovell ihm diskret unterschob. September . . . Mehr als drei Monate, seit er sich von Catherine verabschiedet hatte und nach Gibraltar zurückgekehrt war. Er blickte zu den Heckfenstern hinaus – kaum ein Gekräusel heute. Die See war wie Glas, die Sonnenreflexe schmerzten beinahe. Sie schienen ihm viel länger, diese endlosen Tage des Gegenankreuzens in den Fängen eines wütenden Levanter oder des Stillliegens ohne den geringsten, die Segel füllenden Hauch.

So konnte es nicht weitergehen. Sie saßen hier wie auf einem Pulverfaß. Zudem wurde das Frischwasser wieder knapp, was in den überfüllten Messedecks Unruhe hervorrufen konnte.

Vom Feind fehlte jede Spur. *Hyperion* und ihre Geleitschiffe lagen westlich von Sardinien, während Herrick und sein erschöpftes Geschwader von der Straße von Messina bis nördlich zur Bucht von Neapel patrouillierte.

Der andere Bewohner der Kajüte hüstelte höflich. Bolitho sah auf und lächelte. »Routine, Sir Piers, aber es wird nicht mehr lange dauern.«

Sir Piers Blachford lehnte sich in seinem Sessel zurück und streckte die Beine aus. Den Offizieren des Geschwaders war seine Ankunft mit der letzten Kurierbrigg lediglich als eine weitere Einmischung Londons erschienen: ein Zivilist, den man ihnen schickte, um zu sondieren und zu untersuchen, ein abzulehnender Eindringling.

Doch dieser merkwürdige Mann hatte nicht lange gebraucht, das alles zu ändern. Wenn sie ehrlich waren, bedauerten die meisten von denen, die sein Eintreffen geärgert hatte, nun seinen Fortgang.

Blachford war ein Seniormitglied des Kollegiums der Chirurgen und einer der wenigen, die sich freiwillig gemeldet hatten, die Geschwader der Navy zu besuchen, ungeachtet der eigenen Unbequemlichkeit. Er sollte die medizinische Versorgung in den spartanischen und oftmals entsetzlichen Verhältnissen eines Kriegsschiffs untersuchen. Als Mann unerschöpflicher Energie schien er niemals zu ermüden, wenn er von einem Schiff zum anderen gereicht wurde, sich mit den Bordärzten beriet und die Kommandanten über eine bessere Nutzung ihrer mageren Versorgungsmöglichkeiten der Kranken unterrichtete.

Obendrein war er gut zwanzig Jahre älter als Bolitho und dünn wie ein Bolzen, mit der längsten und ausgeprägtesten Nase, die Bolitho jemals gesehen hatte. Sie war mehr ein Instrument seines Gewerbes als ein Teil seines Gesichts. Blachford war sehr groß, und das Herumkriechen in den engen Decks und das Überprüfen von Lagerräumen und Krankenrevieren mußten seine Kräfte und seine Geduld sehr beanspruchen. Trotzdem hatte er nie geklagt. Bolitho würde ihn vermissen. Die abendliche Unterhaltung mit einem Mann, dessen Beruf heilte statt Feinde bekämpfte, war ein seltener Genuß für ihn gewesen.

Bolitho hatte zwei Briefe von Catherine erhalten. Beide waren in dem gleichen Päckchen mit einem Schoner gekommen. Sie lebte angenehm und sicher in Hampshire in dem Haus, welches Keens Vater gehörte, einem einflußreichen Geschäftsmann der Londoner City. Catherine war ihm ebenso willkommen wie seine künftige Schwiegertochter Zenoria. Der Vorteil lag auf beiden Seiten, weil eine von Keens Schwestern, deren Mann als Leutnant in der Kanalflotte gefallen war, ebenfalls dort wohnte. So waren die drei einsamen Frauen einander ein Trost.

Bolitho gab Yovell einen Wink, der die Papiere zusammenraffte und verschwand, und sagte zu Blachford: »Ich nehme an, daß Ihr Schiff nun bald eintreffen wird. Hoffentlich haben wir bei Ihren Nachforschungen helfen können.«

Der Chirurg beäugte ihn nachdenklich. »Wenn ich diese Höllenlöcher sehe, in denen die Verwundeten und Kranken leiden müssen, bin ich immer wieder erstaunt, daß unsere Verluste nicht noch größer sind. Es wird einige Zeit in Anspruch nehmen, um unsere Ergebnisse im Kollegium auszuwerten. Aber sie ist gut investiert und wird schließlich Menschenleben retten. Blutverlust, Wundbrand und der damit einhergehende Schock, alles muß unterschiedlich behandelt werden.«

Bolitho versuchte sich diesen hageren Mann mit dem wirren weißen Haar im Schlachtgetümmel vorzustellen. Zu seiner Überraschung fiel es ihm nicht schwer. Er sagte: »Das sind die Dinge, die wir alle fürchten.«

Blachford lächelte schwach. »Sie sind sehr ehrlich. Man neigt dazu, sich Flaggoffiziere als ruhmsüchtige Männer ohne Herz vorzustellen.«

Bolitho lächelte zurück. »Äußerlich scheinen unsere beiden Welten sehr verschieden zu sein. Als ich mein erstes Schiff betrat, war ich noch ein Kind. Ich mußte erst lernen, daß die vollgepferchte, erschreckende Welt zwischen den Decks nicht eine bloße Masse war, ein geistloses Instrument. Es dauerte lange«, sein Blick folgte den glitzernden Reflexen in der Kajüte, als sich *Hyperion* in der Brise drehte, »und ich lerne noch immer.«

Durch das offene Oberlicht kamen schrille Pfiffe und das Tappen nackter Füße, als die Wachgänger an die Brassen liefen. Die großen Rahen mußten jedem Windhauch angepaßt werden. Auch Parris' Stimme war zu hören wie damals, als einer der seltenen stürmischen Levanter überraschend aus Ost über sie hereinbrach und das Schiff ins Chaos stürzte.

Ein Mann war über Bord gefallen und achteraus getrieben, während das Schiff mit dem Sturm kämpfte. Der Mann mußte mit dem Tod rechnen, denn kein Kommandant konnte bei dieser Windstärke beidrehen, ohne den Verlust seiner Masten zu riskieren. Doch Keen war an Deck gewesen und hatte die Gig aussetzen lassen. Da der Mann schwimmen konnte, hatte er eine Chance, das Boot zu erreichen. Allerdings gab es Kommandanten, die unter diesen Umständen die Meinung vertreten hätten, ein Boot sei mehr wert als ein Seemann, der ohnehin sterben müsse.

Parris war mit einigen Freiwilligen in die Gig gestürzt und davongepullt. Am nächsten Morgen war der Sturm vorbei, und sie hatten das Boot mit dem halb ertrunken geretteten Seemann wiedergefunden.

Parris hatte nach diesem Zwischenfall einen Rückschlag erlitten. Blachford hatte seine Schulterwunde untersucht und alles getan, was er konnte. Und Keens Respekt vor Parris', vor seiner fanatischen Entschlossenheit, war gewachsen. Dank seiner Hilfe gab es jetzt in Portsmouth eine Familie, die nicht zu trauern brauchte.

Auch Blachford mußte Parris' Stimme erkannt haben. Er bemerkte: »Das war tapfer von Ihrem Ersten, die meisten hätten es nicht einmal versucht. Es ist furchtbar, mit ansehen zu müssen, wie sich das eigene Schiff immer weiter entfernt, bis man ganz allein ist.«

Bolitho rief nach Ozzard. »Etwas Wein gefällig?« Er schmunzelte. »Man macht sich auf diesem Schiff nur unbeliebt, wenn man um Wasser bittet.« Aber der Witz beschönigte die Wahrheit. Er würde das Geschwader bald aufsplittern müssen, wenn es nicht gelang, die Schiffe mit Frischwasser zu versorgen.

Die ganze Zeit betrachtete Blachford den Vizeadmiral nachdenklich. Er hatte sein verletztes Auge einmal im Gespräch erwähnt, das Thema aber fallen lassen, als Bolitho leicht darüber hinwegging. Jetzt sagte der Chirurg unvermittelt: »Sie müssen etwas für Ihr Auge tun. Ich kenne in London einen tüchtigen Kollegen, der es gern untersuchen würde, wenn ich ihn darum bitte.«

Bolitho beobachtete Ozzard, der den Wein eingoß und mit keiner Miene verriet, daß er jedem Wort lauschte. »Was könnte ich schon tun? Soll ich mein Geschwader verlassen, obwohl es jeden Tag auf den Gegner treffen kann?«

Blachford blieb ungerührt. »Sie haben einen Konteradmiral. Vertrauen Sie Ihrem Stellvertreter nicht? Ich hörte, daß Sie auch das Schatzschiff selbst eroberten, weil Sie das Risiko nicht delegieren wollten.«

Bolitho lächelte. »Vielleicht habe ich überhaupt nicht nach dem Risiko gefragt.«

Blachford nippte an seinem Wein, ohne die Augen von Bolitho zu lassen. Dieser fühlte sich an einen Reiher erinnert, der auf Beute lauert.

»Hat sich das nicht verändert?« Der Reiher blinzelte.

»Sie spielen mit mir.«

»Eigentlich nicht. Kranke zu heilen, ist nur ein Aspekt meiner Arbeit. Befehlshaber zu verstehen, die darüber entscheiden, ob ein Mann leben oder sterben wird, ist dabei ebenfalls notwendig.«

Bolitho erhob sich und ging ruhelos umher. »Ich bin wie eine junge Katze, immer auf der falschen Seite der Tür. Zu Hause sorge ich mich um meine Schiffe und um meine Besatzungen. Auf See sehne ich mich nach England, nach dem Gefühl weichen Rasens unter den Füßen, dem Geruch frischgepflügter Erde.«

Blachford entgegnete leise: »Denken Sie darüber nach. Ein schlimmer Sturm wie der, den ich miterlebte, das beißende Spritzwasser, die grelle Sonne und die ständige Belastung sind schädlich für Sie.« Er wurde deutlicher: »Ich sage Ihnen, wenn Sie meine Warnung nicht beachten, werden Sie die Sehkraft des Auges ganz verlieren.«

Bolitho lächelte traurig. »Und wenn ich Ihrem Rat folge, sind Sie dann sicher, daß das Auge gerettet wird?«

»Für mich ist nichts sicher«, erklärte Blachford, »aber . . .«

Bolitho berührte ihn an der Schulter. »Aye, immer diese Aber. Nein, ich kann hier nicht fort. Nennen Sie das, wie Sie wollen, aber ich werde hier gebraucht.« Er deutete aufs Wasser. »Hunderte Männer hängen von mir ab, so wie deren Söhne von Ihren Erkenntnissen abhängen werden.«

Blachford seufzte. »Ich nenne es eigensinnig.«

Bolitho sagte: »Ich bin noch nicht bereit für den Abfalleimer des Chirurgen, gerade jetzt nicht, und es geht mir auch nicht um den Ruhm, wie manche meinen.«

»Denken Sie wenigstens darüber nach.« Blachford wartete und fügte dann sanft hinzu: »Schließlich haben Sie noch jemanden zu berücksichtigen.«

Bolitho fuhr hoch, als eine ferne Stimme rief: »An Deck! Segel in Lee!«

Bolitho lachte. »Mit etwas Glück ist dies Ihre Passage nach England. Ich fürchte, ich bin Ihren Argumenten nicht gewachsen.«

Blachford stand geduckt unter den niedrigen Decksbalken. »Ich hätte es nie für möglich gehalten, doch jetzt tut es mir leid zu gehen.« Er sah Bolitho neugierig an. »Aber wie können Sie das schon aus dem Ruf des Ausgucks schließen?«

Bolitho grinste. »Kein anderes Schiff würde sich in unsere Nähe trauen.«

Später, als man den Neuen erkannte, meldete der Wachoffizier, es handle sich um die Brigg *Firefly*. Um jenes Schiff, das immer segelte, auch wenn die anderen schliefen, ähnlich der alten *Superb* in Nelsons berühmtem Geschwader.

Bolitho sah zu, wie Blachfords abgenutzte Kisten und Folianten an Deck gebracht wurden, und meinte: »Sie werden meinen Neffen Adam kennenlernen. Er leistet Ihnen bestimmt gute Gesellschaft.«

Aber *Firefly* wurde nicht mehr von Adam Bolitho geführt. Ein anderer junger Commander kam an Bord des Flaggschiffs. Bolitho empfing ihn achtern und fragte sofort: »Was ist mit Ihrem Vorgänger?«

Der Commander, der aussah wie ein eifriger Fähnrich, berichtete, daß Adam seine Beförderung erhalten hätte. Mehr wußte er nicht, und es verschlug ihm auch fast die Sprache, einem Vizeadmiral Angesicht zu Angesicht gegenüberzustehen. Besonders einem, der jetzt aus anderen als dienstlichen Gründen bekannt war, vermutete Bolitho.

Er freute sich für Adam, aber er vermißte ihn. Keen stand neben ihm, als *Firefly* wieder Segel setzte und aufkreuzte, um den schwachen Wind zu nutzen.

Keen sagte: »Ohne ihn als Kommandanten scheint der Brigg was zu fehlen.«

Bolitho schaute zu den gebraßten Rahen der *Hyperion* auf, dem in der Höhe sich kräuselnden Wimpel.

»Stimmt, Val. Ich wünsche ihm viel Glück.« Er stockte. »Wenn Männer wie Sir Piers Blachford jetzt endlich Interesse zeigen, wird Adams Navy vielleicht eine bessere werden als unsere.«

Er sah der Brigg nach, bis sie nur noch ihr Heck zeigte. In zwei Wochen würde *Firefly* in England sein. Keen ging, als Bolitho an der Windseite des Achterdecks seinen Spaziergang aufnahm. Im offenen weißen Hemd, mit dem wehenden Haarschopf, sah er nicht wie ein Admiral aus.

Keen lächelte. Er war auch nur ein Mann wie sie alle.

Eine Woche später sichtete die Fregatte *Tybalt* den im Auftrag der Admiralität segelnden Schoner *Lady Jane* und benachrichtigte sofort das Flaggschiff.

Der Wind ließ sich gut an, hatte aber beträchtlich gedreht, so daß der forsche Schoner mehrere Stunden kreuzen mußte, bevor Signale ausgetauscht werden konnten. Bolitho und Keen sahen vom Achterdeck aus die weißen Segel des Schoners in den Wind schießen, während Jenours Signalgasten eine Antwort aufheißten. Jenour berichtete aufgeregt: »Sie kommt mit Depeschen von Gibraltar, Sir Richard.«

»Das müssen aber dringende Nachrichten sein«, bemerkte Keen. »Der Schoner gibt sein Letztes her.« Er wies Parris an: »Machen Sie klar zum Beidrehen, wenn's beliebt.«

Die Trillerpfeifen jagten Trupps von Männern an Deck, wo sie von den Decksoffizieren gemustert wurden. Bolitho betastete sein Auge. Seit Piers Blachfords Abreise hatte es ihn kaum gestört. War es möglich, daß es sich trotz dessen ungünstiger Prognose besserte?

»*Lady Jane* hat beigedreht, Sir Richard. Sie lassen ein Boot zu Wasser.«

Jemand kicherte. »Meine Güte, der Kommandant sieht ja aus, als wäre er zwölf Jahre alt.«

Das kleine Boot glitt flott über die schwach atmende Dünung.

Bolitho war in seiner Kajüte gewesen, als der Ausguck das erste *Tybalt*-Signal gemeldet hatte, und hatte neue Befehle für Herrick und dessen Kommandanten verfaßt: *Teilt das Geschwader, zögert nicht länger.*

Jetzt blickte er gespannt zur Relingspforte. War es unrecht, die Langeweile zu verfluchen, wenn die Alternative ein plötzlicher Tod sein konnte? Was, wenn das Boot nur eine weitere nichtssagende Depesche brachte? Er unterdrückte seinen Ärger. In Gottes Namen, inzwischen sollte er sich daran gewöhnt haben.

Der Kommandant der *Lady Jane*, ein rotbäckiger Leutnant namens Edwards, kletterte an Bord und sah sich um, als säße er in der Falle. Keen trat vor. »Kommen Sie mit nach achtern, Sir. Der Admiral will mit Ihnen sprechen.«

Bolitho starrte überrascht eine zweite Person an, die ohne große Umstände, nur begleitet vom Grinsen der Matrosen, im Bootsmannstuhl an Bord geholt wurde. »Sir Piers! Wie ich sehe, konnten Sie sich doch nicht von uns trennen.«

Sir Piers Blachford hob warnend die Hand, als ein Seemann fast seinen Instrumentenkasten fallen ließ. Dann sagte er schlicht: »Ich kam nur bis Gibraltar. Dort erfuhr ich, daß die Franzosen sich mit ihren spanischen Verbündeten in Cadiz vereinigt haben. Da sich nicht absehen ließ, wann ich nun die Flotte erreichen würde, habe ich mich entschlossen, mit dem Schoner hierher zurückzukehren.« Er lächelte sanft. »Natürlich mit dem Segen der Behörden, Sir Richard.«

Keen meinte skeptisch: »Bei uns bekommen Sie höchstens einen Sonnenstich oder Durst, Sir Piers.« Dann sah er, wie die Nachricht Bolitho verändert hatte, wie die dunkelgrauen Augen plötzlich aufleuchteten.

In der Kajüte schlitzte Bolitho den dicken Leinwandumschlag selbst auf. Die Geräusche des Schiffes schienen auf einmal zu verstummen, als ob auch *Hyperion* den Atem anhielte.

Alle umgaben ihn wie auf ihr Stichwort wartende Schauspieler: Keen, breitbeinig, das blonde Haar in einem Sonnenstrahl leuchtend. Yovell am Tisch, eine Feder noch in der Hand. Sir Piers Blachford, der sich wegen seiner Größe hingesetzt hatte, aber ungewöhnlich still blieb. Jenour neben Bolitho, der als einziger sein schnelles Atmen wahrnahm. Und Leutnant Edwards, der mit seinem Schoner die Nachrichten aus Gibraltar gebracht hatte und nun dankbar einen Humpen Wein leerte, den ihm Ozzard in die Hand drückte.

Und natürlich Allday. War es Zufall oder Absicht, daß er sich bei der Wandhalterung mit den zwei Degen aufhielt?

Bolitho erklärte den Aufhorchenden: »Nelson holte vergangenen Monat seine Flagge ein und kehrte nach Hause zurück, nachdem es ihm nicht gelungen war, die Franzosen zum Kampf zu stellen.« Er blickte Blachford an. »Die französische Flotte liegt in Cadiz, die spanischen Geschwader ebenfalls. Cadiz wird für uns von Vizeadmiral Collingwood blockiert.«

Jenour flüsterte: »Und Lord Nelson?«

Bolitho sah ihn an. »Inzwischen ist Nelson wieder auf der *Victory* und jetzt ohne Zweifel bei seiner Flotte.«

Eine ganze Weile sprach keiner. Dann machte Keen den Mund auf. »Werden sie ausbrechen? Sie müssen!«

Bolitho legte die Hände auf den Rücken. »Ich stimme zu. Villeneuve bleibt keine andere Wahl. Aber welche Richtung wird er einschlagen? Nach Norden in die Biskaya oder zurück ins Mittelmeer, vielleicht nach Toulon?« Er musterte ihre gespannten Gesichter. »Jedenfalls werden wir bereit sein. Wir sollen uns Lord Nelson anschließen, zur Blockade oder zum Kampf, das hängt ganz von Villeneuve ab.«

Er fühlte, wie er sich entspannte, als ob ein Gewicht von seinen Schultern genommen sei. Er wandte sich an den rotbäckigen Leutnant. »Wohin sind Sie unterwegs?«

Der machte eine unbestimmte Handbewegung. »Erst nach Malta und dann...«

Er schien zu überlegen, wie er seinen Freunden von dieser Begegnung erzählen würde, wenn er erst dem Rest der Flotte die Befehle überbracht hatte.

»Ich wünsche Ihnen eine gute Reise.«

Keen geleitete den jungen Mann von Bord.

Bolitho sagte: »Signal an *Tybalt*, zur Wiederholung für *Phaedra*: Kommandant zum Flaggschiff aufschließen und ohne Verzögerung an Bord melden.«

Jenour schrieb es in seine Kladde. »Sofort, Sir Richard!« Er rannte fast aus der Kajüte.

Bolitho sah Blachford an. »Ich entsende *Phaedra,* um Herricks Geschwader herbeizurufen. Mit ihm zusammen beabsichtige ich, nach Westen zu segeln. Kommt es zum Kampf, werden wir daran teilnehmen.« Lächelnd fügte er hinzu: »Dann werden Sie hier mehr als nur willkommen sein.«

Keen kam zurück und fragte: »Sie schicken die *Phaedra* nach ihm, Sir Richard?«

Wieder einmal fiel Bolitho auf, wie sehr sich ihre Gedankengänge glichen. Es war nur ein Jammer, daß es nicht Adam sein konnte, der Herrick den Rückruf überbrachte.

Blachford wandte ein: »Aber wird es schließlich nicht wieder bloß mit einer Blockade enden?«

Keen schüttelte den Kopf. »Das glaube ich nicht, Sir Piers. Es steht jetzt zuviel auf dem Spiel.«

Bolitho nickte. »Nicht zuletzt die Ehre Villeneuves.« Er ging zu den Heckfenstern und rechnete nach, wie lange wohl Dunstan brauchen würe, um mit seiner Korvette zum Geschwader aufzuschließen.

Nelson hatte also England verlassen und sich wieder auf

Victory eingeschifft. Auch er mußte es im Gefühl haben. Bolitho strich über den abgenutzten Sims der Heckfenster und sah unten die See steigen und fallen. Zwei alte Schiffe. Er dachte an den Hafen, wo er sich von Catherine verabschiedet hatte. Auch Nelson mußte diese Stufen benutzt haben. Eines Tages würden sie sich treffen, das war unvermeidlich. Inch hatte ihn getroffen, und Adam hatte oft mit ihm gesprochen. Er lächelte in sich hinein. Unser Nel ...

Hinter der Tür wurde geflüstert. Keen meldete: »*Phaedra* ist in Sicht, Sir Richard.«

»Gut. Wenn wir Glück haben, können wir sie noch vor dem Abend auf den Weg schicken.«

Bolitho legte seinen goldbetreßten Rock ab und setzte sich an den Tisch. »Ich schreibe jetzt meine Befehle, Mr. Yovell. Sagen Sie Ihren Gehilfen, sie sollen für jeden Kommandanten eine Kopie ausfertigen.«

Die frische Tinte glitzerte in der Sonne.

»Nach Erhalt dieses begeben Sie sich auf schnellstem Wege zu ...« Ob richtig oder falsch, die Zeit zum Handeln war endlich gekommen.

Herrick saß groß und breit in der Kajüte der *Hyperion* und hielt mit beiden Händen einen Becher Limonade.

»Ein sonderbares Gefühl.« Er schlug die Augen nieder. »Warum eigentlich?«

Bolitho wanderte umher und entsann sich seiner eigenen Gefühle, als der Ausguck im Morgenlicht die *Benbow* und ihre zwei Begleiter gesichtet hatte. Er verstand Herrick: Sie waren zwei Männer, die sich wie passierende Schiffe auf See gegenseitig anzogen. Nun war er hier, und nicht einmal die kühle Begrüßung zwischen Herrick und Keen konnte seine Erleichterung beeinträchtigen. Er sagte: »Ich habe mich entschlossen, mit dem vereinigten Geschwader nach Westen zu steuern, Thomas.«

Herrick sah hoch, aber sein Blick schien von dem eleganten Weinschränkchen in der Ecke der Kajüte angezogen zu werden. Wahrscheinlich erkannte er Catherines Geschenk.

»Ich bin nicht sicher, daß es richtig ist.« Er zuckte die Achseln. »Doch wenn man uns ruft, Nelson zu unterstützen, dann ist es um so besser, je näher wir der Straße von Gibraltar sind.« Das hörte sich nicht sehr überzeugt an. »Wenigstens können wir dem Feind entgegentreten, wenn er uns in der Straße konfrontiert.«

Bolitho lauschte dem Trampeln der Füße, als die Wache die Kreuzbrassen bemannte, um wieder einmal über Stag zu gehen. Acht Linienschiffe, eine Fregatte und eine kleine Korvette. Das war nicht gerade eine Flotte, doch er war so stolz auf sie, wie man nur sein konnte. Ein Schiff fehlte noch, die kleine erbeutete Fregatte *La Mouette*, die Herrick weiter nach Norden entsandt hatte, um von der Küstenschifffahrt Informationen einzuholen.

Herrick sagte: »Wenn die Franzosen sich nicht herauswagen, bleiben wir über ihre Angriffspläne im Ungewissen. Was dann?« Er winkte Ozzard weiter, als der ihm ein Tablett mit Rotwein anbot. »Ich würde Limonade vorziehen.«

Bolitho wandte sich um. Lag es wirklich an Herricks Durst, oder war sein Vorurteil gegen Catherine schon so groß, daß er nichts aus ihrem Schränkchen annehmen wollte? Er bemühte sich, den Gedanken als kleinlich zu verdrängen, aber er blieb hartnäckig haften.

Laut sagte er: »Wir segeln in zwei getrennten Abteilungen, Thomas. Bei günstigem Wetter halten wir etwa zwei Meilen Abstand. Das gibt unseren Ausguckposten einen besseren Überblick und uns einen erweiterten Horizont. Wenn der Feind in unsere Richtung kommt, werden wir rechtzeitig gewarnt.«

Herrick wechselte das Thema; er fragte abrupt: »Was wirst du tun, wenn wir erst wieder nach Hause kommen?« Verlegen scharrte er mit den Füßen, »Dein Leben mit einer anderen teilen?«

Bolitho balancierte ein leichtes Schwanken des Schiffes aus. »Ich teile nichts, Catherine *ist* mein Leben.«

Die blauen Augen fixierten ihn eigensinnig. »Dulcie meint, daß du es noch bedauern wirst.«

Bolitho schaute zum Weinschränkchen mit dem gefalteten Fächer hin. »Man schwimmt entweder mit dem Strom, Thomas, oder gegen ihn.«

Herrick runzelte die Stirn, als Ozzard mit einem frischen Becher Limonade hereintrottete. »Unsere Freundschaft bedeutet mir eine Menge. Aber sie gibt mir auch das Recht, meine Ansicht zu äußern. Ich werde niemals diese –«, er leckte sich die Lippen, »– diese Dame akzeptieren.«

Bolitho nickte betrübt. »Dann hast du deine Wahl getroffen, Thomas.« Er setzte sich und wartete, bis Ozzard sein Glas wieder gefüllt hatte. »Oder haben es andere für dich getan?«

Als Herrick ärgerlich auffuhr, schloß er: »Vielleicht wird ja der Feind über unsere Zukunft entscheiden. Hier hast du *meine* Ansicht, Thomas: Möge der beste Mann gewinnen.« Er hob sein Glas.

Herrick stand auf. »Wie kannst du darüber scherzen!«

Die Tür ging auf, und Keen spähte herein. »Das Boot des Konteradmirals wartet, Sir Richard.« Er schenkte Herrick keinen Blick. »Der Seegang wird gröber, deshalb dachte ich. . .«

Herrick nahm seinen Hut auf. Dann wartete er, bis sich Keen zurückgezogen hatte, und sagte heiser: »Wenn wir uns wiedersehen . . .«

Bolitho streckte die Hand aus. »In Freundschaft?«

Herrick packte sie, sein Händedruck war so fest wie eh und je. Er erwiderte: »Aye, die kann nichts zerbrechen.«

Bolitho lauschte dem Trillern, als Herrick von Bord ging, um über das zunehmend rauhe Wasser zu seinem Flaggschiff gerudert zu werden.

In der anderen Tür trödelte Allday und wischte mit einem Putzlappen den alten Degen blank.

Bolitho bemerkte müde: »Man sagt, Liebe macht blind, alter Freund. Aber mir kommt es vor, als ob eher diejenigen, die Liebe nie gekannt haben, die Blinden sind.«

Allday lächelte und hängte den Degen wieder an die Wand.

Wenn es Krieg und die Drohung eines blutigen Gefechts brauchte, damit Bolithos Augen wieder leuchteten, dann sollten sie eben kommen.

Er begann träumerisch: »Ich kannte einmal ein junges Ding . . .«

Bolitho lächelte und dachte an die Überlegungen, mit denen er seine Befehle ausgefertigt hatte.

Vereint handeln.

Das klang wie eine Grabinschrift.

XVI Kriegsartikel

Dichter Nebel hüllte die Fregatte *La Mouette* ein. Der Ausguck konnte nur wenige Meter nach allen Richtungen sehen, und von Deck aus blieben die Maststengen und die schlaffen Toppsegel unsichtbar. Es wehte zwar eine träge Brise, aber der Nebel hielt mit dem Schiff Schritt und täuschte Stillstand vor.

Gelegentlich hallte die körperlose Stimme des Lotgasten nach achtern. Das Wasser war tief genug, doch wenn der Nebel sich plötzlich hob, konnte das Schiff näher zur Küste getrieben sein.

An der Querreling des Achterdecks starrte der Erste Leutnant John Wright in das triefende Panorama, bis seine Augen schmerzten. Nebel war ihm unheimlich. Der Klüverbaum ertastete sich seinen Weg wie der Krückstock eines Blinden. Es gab nichts jenseits der bleichen Galionsfigur, einer wilden Möwe mit weit aufgerissenem Schnabel.

Um den Leutnant standen wie Statuen die anderen Wachhabenden: der Rudergänger, dicht neben ihm der Segelmeister, dann der Fähnrich der Wache und ein Bootsmannsmaat. Ihre Gesichter glänzten vor Feuchtigkeit.

Niemand sprach. Das war nichts Neues, sagte sich Wright. Er sehnte sich nach einem eigenen Kommando, und der

Posten eines Ersten Leutnants war ein guter Schritt dazu. Aber mit einem Kommandanten wie Bruce Sinclair hatte er nicht gerechnet. Sinclair war jung, vielleicht siebenundzwanzig, schätzte Wright. Ein Mann mit hohen Backenknochen, der sich sehr aufrecht hielt und immer schnell bei der Hand war, Nachlässigkeit und Unwissenheit zu ahnden.

Bei einer Besichtigung hatte ein Admiral den Kommandanten ob seines schmucken Schiffes gelobt. Niemand ging je gemessenen Schritts über Deck, Befehle wurden stets im Laufschritt ausgeführt, und jeder Fähnrich oder Unteroffizier, der es unterließ, einen langsamen Mann zu melden, sah selbst einer Strafe entgegen.

Sie waren in mehrere Einzelgefechte mit Freibeutern und Blockadebrechern verwickelt gewesen. Dabei hatte sich Sinclairs unnachgiebige Disziplin, so sah es jedenfalls aus, günstig ausgewirkt.

Der Segelmeister gesellte sich zu Wright und sagte gedämpft: »Dieser Nebel darf nicht mehr lange dauern.« Er schien besorgt. »Wir könnten schon Meilen vom Kurs abgekommen sein.«

Sie blickten beide zum Geschützdeck hinab, als ein leises Ächzen die Männer der Wache aufschreckte.

Wie alle anderen Schiffe des Geschwaders litt auch *La Mouette* unter einem Mangel an Frischwasser. Kapitän Sinclair hatte befohlen, es für die Mannschaft drastisch zu rationieren, und vor zwei Tagen die Rationen nochmals verkleinert. Wright hatte vorgeschlagen, eine Insel anzulaufen, vorausgesetzt es zeige sich kein Feind, und dort den Wasservorrat zu ergänzen. Doch Sinclair hatte ihn kalt angesehen. »Mir wurde befohlen, Informationen über die Franzosen zu sammeln, Mr. Wright. Ich habe keine Zeit, die Leute zu verwöhnen, nur weil ihnen die Rationen nicht zusagen.«

Wright betrachtete den ächzenden Mann am Backbord-Seitendeck. Er war völlig nackt, seine Beine waren durch Fußeisen gespreizt, seine Arme nach hinten um ein Geschützrohr geschlungen, so daß er wie gekreuzigt aussah.

Hin und wieder rollte sein Kopf von einer Seite zur anderen, er stöhnte leise, aber seine Zunge war zu geschwollen in dem Mund voller Blasen, als daß seine Bitten verständlich gewesen wären.

Seemann McNamara hatte nachts eine Gallone Frischwasser gestohlen, als der am Wasserfaß auf Posten stehende Seesoldat vom Offizier der Wache abgerufen wurde. Auf Kriegsschiffen verachtete man einen Dieb. Die vom Zwischendeck ausgeübte Selbstjustiz gegen einen solchen Missetäter war oft weit schärfer als die der Vorgesetzten.

Deshalb hatte jedermann eine ernstliche Bestrafung erwartet, zumal McNamara als chronischer Drückeberger galt. Aber Sinclairs Reaktion hatte auch die härtesten Seeleute entsetzt. Fünf Tage hatte McNamara nun schon auf dem Seitendeck in Eisen zugebracht, in der gleißenden Sonne wie in der Kühle der Nacht. Er war in seinem eigenen Unrat mit Salzwasser begossen worden, weniger um seine Qual zu lindern, als um das Deck zu säubern.

Sinclair hatte die Mannschaft antreten lassen, die betreffenden Passagen der Kriegsartikel vorgelesen und schließlich McNamara ein Dutzend Hiebe versprochen, wenn die erste Strafe abgeleistet war. Wright fror. Es schien ihm unwahrscheinlich, daß McNamara bis dahin noch leben würde.

Der Meister zischte: »Kommandant kommt, Mr. Wright.« So war es nun mal an Bord: Geflüster, Furcht und schwelender Haß auf den Mann, der ihnen täglich das Leben zur Hölle machte.

Sinclair, adrett gekleidet, die Hand auf dem Degengriff, schritt erst zum Kompaß, danach zur Reling achtern, um die Segelstellung zu prüfen.

»Nordwest zu West, Sir!«

Sinclair wartete, bis Wright seine Meldung gemacht hatte, und sagte dann: »Lassen Sie sich Ihren Hut holen, Mr. Wright.« Er lächelte dünn. »Wir sind nicht auf einem Bombayfrachter, sondern auf einem Schiff des Königs.«

Wright errötete. »Tut mir leid, Sir, die Hitze . . .«

»Richtig!« Sinclair sah einen Jungen nach dem Hut rennen und bemerkte: »Verflucht, wieviel Zeit muß ich in diesem Nebel noch vergeuden?«

Der Elendsmann auf dem Seitendeck stöhnte wieder. Es hörte sich an, als ersticke er an seiner eigenen Zunge.

Sinclair blaffte: »Haltet den Mann ruhig! Ich lasse ihn auf der Stelle auspeitschen, wenn ich noch einen Pieps von ihm höre!«

Wright fuhr sich mit der Hand über die trockenen Lippen. »Es sind jetzt fünf Tage, Sir.«

»Auch ich habe einen Kalender, Mr. Wright.« Sinclair ging zur anderen Seite und spähte ins Wasser. »Die anderen werden es sich nun zweimal überlegen, ehe sie seinem Beispiel folgen.« Unvermittelt fügte er hinzu: »Mein Befehl lautet, zum Geschwader zu stoßen. Das Treffen ist schon überfällig, dank dieses verfluchten Wetters. Konteradmiral Herrick wird mich zweifellos inzwischen suchen lassen.«

Er zuckte die Achseln, der sterbende Seemann war vergessen. Der bloße Anblick seiner Leiden machte Wright schon krank. In einem Punkt irrte Sinclair: Der Groll der Mannschaft dem Dieb gegenüber war längst in Mitgefühl umgeschlagen. Darüber hinaus hatte Sinclair den Delinquenten jeder menschlichen Würde beraubt. Er ließ ihn wie ein angekettetes Tier in seinen eigenen Exkrementen liegen, erniedrigte ihn vor seinen Messekameraden.

Der Kommandant wanderte ruhelos an der Reling auf und ab. »Ich bin mir gar nicht so sicher, daß unser tapferer Admiral weiß, was eigentlich los ist. Übervorsichtig, wenn Sie mich fragen.«

»Sir Richard wird seine Gründe haben, Sir.«

»Wer weiß?« Sinclair schien in Gedanken woanders. »Ich höre, er will die beiden Geschwader vereinigen, und dann. . .« Er schaute stirnrunzelnd hoch, als ihn eine Stimme unterbrach: »Der Nebel hebt sich, Sir!«

Sinclair wandte sich an den Ersten Leutnant. »Wenn der Wind zunimmt, will ich jeden Fetzen Leinwand oben haben. Darum lassen Sie alle Mann rufen, diese Müßiggänger brauchen Arbeit, um in Form zu bleiben!«

Ohne seine Ungeduld zu zügeln, schritt Sinclair übers Seitendeck, verhielt mittschiffs und schaute zu dem nackten Mann hinüber. McNamaras Kopf hing herunter, als sei er tot.

Sinclair rief: »Weckt diesen Abschaum auf! Los, nimm deinen Stock, Mann!«

Der angerufene Bootsmannsgehilfe starrte ihn stumm an, schockiert über die Brutalität des Kommandanten. Sinclair stemmte die Hände in die Hüften und musterte ihn mit Verachtung. »Los jetzt, oder du mußt den Platz mit ihm tauschen!«

Wright war im stillen dankbar, als die Leute an die Brassen und Fallen eilten. Das Trampeln bloßer Füße übertönte das Klatschen des Rohrstocks auf McNamaras Schultern.

Der Zweite Leutnant kam achteraus gelaufen und winkte dem Meister. »Rasch ins Kartenhaus! Wir wollen unseren Standort bestimmen, sobald wir Land sichten.«

Wright schürzte die Lippen, als der Meistersgehilfe das Schiff klar zum Segelsetzen meldete. Gott helfe uns allen, wenn kein Land zu sehen ist, dachte er verzweifelt. Durch den Dunst fiel jetzt schwacher Sonnenschein auf Marsrahen und das milchige Wasser. Der Mann am Lot sang wieder aus: »Kein Grund, Sir!«

Wright preßte die Finger so hart zusammen, daß sie sich verkrampften. Der Kommandant stand am vorderen Ende der Laufplanke, seine Haltung verriet Sorglosigkeit.

»An Deck! Segel in Luv!«

Sinclair kam nach achtern, sein Mund war eine dünne Linie. Natürlich, der Ausguck oben würde das andere Schiff jetzt sehen können, wenn auch nur dessen Bramrahen über dem ziehenden Dunst. Der Mann brüllte wieder: »Englisches Kriegsschiff, Sir!«

Sinclair starrte in die weißen Wirbel. »Wer ist der Narr dort oben?«

»Tully, Sir, ein zuverlässiger Matrose.«

»Das hoffe ich in seinem Interesse.«

Sonnenlicht enthüllte nun die zwei Batterien, die schmukken, sauberen Linien, die in ihrer Halterung völlig gleichhohen Enterspieße am Großmast, aufgestellt wie Soldaten zur Parade. Kein Wunder, daß es den Admiral beeindruckt hatte, dachte Wright.

Sinclair schärfte ihm ein: »Stellen Sie sicher, daß unsere Erkennungsnummer klar zum Aufheißen ist. Kein hochnäsiger Vollkapitän soll an meinen Signalen etwas auszusetzen haben.«

Aber der Fähnrich, ein ängstlicher Junge, stand schon mit seinen Leuten bereit. Man blieb nicht mehr als einmal hinter den Erwartungen des Kommandanten zurück.

Das Vormarssegel begann sich zu blähen, der Segelmeister rief erleichtert: »Endlich Wind!«

»An die Brassen!« Sinclair deutete zur Reling. »Dort, den Namen des Mannes, Mr. Cox! Meine Güte, ihr bewegt euch heute wie die Krüppel!«

Der Schiffsrumpf neigte sich, Gischt spritzte über den Möwenkopf. Der Dunst flutete durch Wanten und Stagen und ließ an beiden Seiten blankes Wasser zurück. Der nackte Seemann riß den Kopf hoch und starrte wie blind zu den Segeln auf. Das Eisen hatte seine Hand- und Fußgelenke wundgescheuert.

»Klar auf dem Achterdeck, haltet das Erkennungssignal bereit!« wütete Sinclair. »Ich möchte nicht irrtümlich für einen Franzosen gehalten werden!«

Wright mußte zugeben, daß es eine kluge Vorsichtsmaßnahme war. Ein auf dieser Station neues Schiff konnte die ehemals französische *La Mouette* leicht für einen Gegner halten. Der Ausguck rief: »Es ist eine Fregatte, Sir! Läuft vor dem Wind!«

Sinclair brummte: »Auf gleichem Bug, in gleicher Richtung.« Er spähte angestrengt nach dem Windsack im Topp, doch der war noch durch letzte Schwaden verhüllt. Dann, als höbe sich ein Vorhang, lag die See klar und glänzend vor ihnen. Es sah aus, als wüchse das andere Schiff aus dem Wasser empor. Es war eine große Fregatte. Sinclair überzeugte sich, daß seine eigene Flagge an der Gaffel klar zu erkennen war.

»Sie hissen ein Signal, Sir!«

Sinclair sagte mit einem letzten Blick auf die Flagge der *La Mouette*: »Sehen Sie, Mr. Wright, wenn man die Leute trainiert, daß sie antworten wie vorgeschrieben ...«

Seine Worte gingen unter, als jemand alles überschrie: »Um Gottes willen, sie fahren die Geschütze aus!«

An der Bordwand der Fregatte hatten sich auf einen Schlag alle Stückpforten geöffnet. Im strahlenden Sonnenschein steckten die Rohre der Backbordbatterie ihre Nasen ins Freie. Wright rannte zur Reling und schrie: »Deckung!«

Dann explodierte ihre Welt in einem Getöse aus Flammen und wirbelnden Splittern. Getroffene Menschen und abgetrennte Gliedmaßen malten rote Lachen auf das Deck. Wright lag auf den Knien und erkannte unter all den schreienden Stimmen seine eigene. Sein betäubter Verstand erfaßte nur für Sekunden das entsetzliche Bild: den nackten Mann, der noch immer ans Geschütz gefesselt war, aber nicht mehr klagte, weil er keinen Kopf mehr hatte. Den über die Seite kippenden Vormast, den wie ein Hund winselnden Signalfähnrich.

Das Bild erstarrte und verblaßte. Wright war tot.

Commander Alfred Dunstan saß in der engen Kajüte der *Phaedra* am Tisch und studierte die Karte.

Ihm gegenüber wartete der Erste Leutnant Joshua Meheux, mit halbem Ohr beim Ächzen und Klappern der Takelage, auf einen Entschluß des Kommandanten. Durch die offenen Heckfenster konnte er sehen, wie der weiße Nebel der Korvette folgte. Er hörte, daß der Zweite erneut den Ausguckposten im Mast ablösen ließ. Bei schlechter Sicht, Dunst oder Nebel erlag selbst der beste Ausguck nach einer Weile optischen Täuschungen und sah nur das, was er zu sehen erwartete. Ein dunkler Fleck im Nebel verwandelte sich dann für ihn in eine Küstenlinie oder in das Marssegel eines anderen Schiffes auf Kollisionskurs. Er beobachtete seinen Vetter. Unglaublich, wie gut es Dunstan verstand, seiner Besatzung zu erklären, worauf es ankam.

Er sah sich in der kleinen Kajüte um, in der sie so viele Diskussionen gehalten, Pläne gemacht, Gefechte und Geburtstage gefeiert hatten. Dann erblickte er die großen Körbe mit Orangen und Limonen, die einen Teil des Raumes füllten. *Phaedra* war auf einen Genueser Frachter gestoßen, kurz bevor der Seedunst sie eingehüllt hatte.

Sie waren knapp an Wasser, bedrohlich knapp sogar, aber die Menge frischer Früchte, die Dunstan »organisiert« hatte, glich den Mangel im Augenblick aus. Dunstan schaute von der Karte hoch und lächelte. »Es riecht hier wie in Bridport an einem Markttag, nicht wahr?«

Sein Hemd war fleckig, aber besser so, als daß die Mannschaft glaubte, den Offizieren würde das Wasser nicht rationiert und sie könnten ihre Kleidung waschen.

Dunstan tippte mit dem Zirkel auf die Karte. »Noch einen Tag, dann müssen wir umkehren. Wir werden dringend beim Geschwader gebraucht. Wahrscheinlich steht Kapitän Sinclair ganz woanders. Wenn es nicht dunstig wäre, hätten wir sein Schiff schon gestern sichten müssen.«

Meheux fragte: »Kennst du ihn?«

Dunstan beugte sich tiefer über seine Berechnungen. »Nein, ich habe nur von ihm gehört.«

Der Leutnant lächelte. Dunstan war Kommandant, er wollte über einen anderen Kommandanten nichts weiter sagen. Nicht einmal seinem Vetter.

Dunstan lehnte sich zurück und fuhr sich durch das widerspenstige, rotblonde Haar. »Meine Güte, das juckt wie bei einer krätzigen Hure.« Dabei grinste er. »Ich glaube, Sir Richard will sich der Flotte Nelsons anschließen. Aber er wird alle Schuld auf sich nehmen müssen, wenn ihm die Franzosen zuvorkommen und im Hafen verschwinden.«

Mit einem Griff holte er eine Karaffe Rotwein unter dem Tisch hervor. »Auf jeden Fall besser als Wasser.« Er goß zwei große Gläser ein. »Ich wette, daß unser Vizeadmiral bald in der Tinte sitzt. Aber ein Mann, der freiwillig den Zorn der Admiralität und ihres stutzerhaften Generalinspekteurs auf sich zieht, ist wohl aus hartem Holz geschnitzt.«

»Wie war er als Kommandant?«
»Tapfer, höflich, ohne Dünkel.«
»Du mochtest ihn?«
Dunstan trank einen Schluck, die beiläufige Frage durchbrach seine Zurückhaltung. »Ich liebte den Boden, auf dem er ging. Alle in der Messe taten das. Ich würde ihm jeden Tag beistehen, ohne lange zu fragen.«
Es klopfte, ein Fähnrich in noch schmutzigerem Hemd spähte durch die Tür. »Empfehlung des Zweiten Leutnants, Sir, und er denkt, daß es bald aufklaren wird.«
Sie schauten hoch, als das Deck leise erzitterte und der Rumpf schwach murmelnd gegen den Anstoß protestierte.
»Bei Gott, es kommt Wind auf!« Dunstans Augen leuchteten. »Ein Kompliment an den Zweiten Leutnant, Mr. Valliant, und ich komme gleich hinauf.« Er hob die Karaffe und zog eine Grimasse, denn sie war fast leer. »Dieses Schiff ist trockener als üblich, fürchte ich.« Dann wurde er wieder ernst und sachlich. »Nun hör' zu, was ich vorhabe. Also . . .« Er kam nicht weiter.
Meheux starrte die Karaffe an, deren Stöpsel sekundenlang rasselte. Ihre Blicke trafen sich. Meheux sagte: »Was war'n das – Donner?«
Dunstan griff schon nach seinem schäbigen Hut. »Nein, diesmal nicht. Dies war Kanonendonner, mein Lieber!«
Er schlüpfte mit den Armen in seinen Rock und kletterte die Leiter im Niedergang hoch an Deck.
Oben standen seine Leute und gafften in die Dunstschwaden. Solch ein kleines Schiff und so viele Männer, dachte er flüchtig. Er versteifte sich, als wieder ein Dröhnen durch die Luft rollte, und fühlte den Nachhall gegen die hölzerne Bordwand prallen. Die Gesichter wandten sich ihm zu. Sofort erinnerte er sich an Bolitho, wie sie ihn alle angestarrt hatten, Hilfe und Verständnis erwartend; denn er war ihr Kommandant.
Dunstan steckte eine Hand in seinen alten Wachmantel mit den geteerten Knöpfen. Jetzt bin ich es, jetzt sieht man mich an, dachte er.

Meheux sprach zuerst. »Sollen wir abwarten, bis wir mehr wissen?«

Er antwortete nicht direkt. »Alle Mann an Deck, und sie sollen sich achtern aufhalten.«

Pfeifentrillern holte sie herbei. Als sie sich auf beide Seiten verteilt hatten, wobei sich einige an die Besanwanten und an den umgedrehten Kutter klammerten, berührte Meheux grüßend seinen Hut. In seinen Blicken stand Neugier.

»Unterdeck ist geräumt, Sir.«

Dunstan sagte: »Gleich lassen wir klar zum Gefecht machen. Aber ohne Getue! Keinen Lärm, kein Getrommel – diesmal nicht. Ihr geht auf eure Stationen, wie ihr das gelernt habt.«

Er schaute die Umstehenden an, junge Männer die Offiziere, ergraute Ältere der Bootsmann und der Zimmermann. Gesichter, die er sich derart eingeprägt hatte, daß er selbst in pechschwarzer Nacht jeden bei Namen kannte. Früher hätte er über diese Tatsache gelächelt. Denn seinem Idol Nelson wurde die gleiche Personenkenntnis nachgesagt, auch jetzt noch, nachdem er den Rang eines Flaggoffiziers erreicht hatte.

Doch jetzt lächelte er nicht.

»Hört!«

Donner grollte durch den Dunst. Ein geübtes Ohr konnte die Ursachen unterscheiden: das Feuer kämpfender Schiffe, das Tosen wütender Brandung auf einem Riff, Gewitterdonner über den Hügeln eines nahen Landes.

»Wir bleiben auf diesem Bug«, sagte Dunstan. »Eines der Schiffe da vorn muß ein Landsmann sein. Wir müssen Sir Richard Bolitho und seinem Geschwader darüber berichten.«

Eine einzelne Stimme rief hurra, und Dunstan dankte mit breitem Grinsen. »Darum haltet euch bereit, Jungs, und Gott sei mit euch allen.«

Er trat beiseite, als sie sich zerstreuten und auf ihre Stationen begaben, während der Bootsmann mit seiner Gruppe die Kettenschlingen ausbrachte und Netze für die Rahen, um den Geschützbedienungen einigen Schutz zu gewähren, falls das Schlimmste eintreten sollte.

Dunstan sagte leise: »Ich glaube, wir haben die *Mouette* gefunden.« Das weitere behielt er für sich; daß er nämlich hoffte, Sinclair wäre ebenso schnell im Kampf wie mit der Peitsche. Der Lärm beim Niederlegen der Zwischenwände, beim Verlagern von Vorräten und persönlichem Eigentum in den tieferen Rumpf halfen, den gelegentlichen Donner in der Ferne zu dämpfen.

Leutnant Meheux berührte grüßend seinen Hut. »Schiff ist klar zum Gefecht, Sir.«

Dunstan nickte und dachte wieder an Bolitho. »Zehn Minuten diesmal, sie halten sich ziemlich ran.«

Aber seine gute Laune verflog, und er lächelte nur noch knapp. »Gut gemacht, Josh.«

Die Segel blähten sich hörbar wie Riesen, die aus voller Brust atmeten. Das Deck legte sich schräg, aber Dunstan ordnete an: »Bringt sie noch einen Strich höher an den Wind, steuert Nordnordwest!«

Meheux schnallte sein Koppel um. »Die Leute fühlen, was in der Luft liegt.«

Er sah die geduckten Geschützbedienungen, die Schiffsjungen mit ihren Eimern voll Sand, die anderen an den Brassen oder in die Webleinen greifend, bereit nach oben zu spurten, wenn zum Setzen weiterer Segel gepfiffen wurde.

Dunstan entschloß sich. »Laden, wenn's beliebt, ich ...«

Plötzlich erhob sich ein großes Geschrei vieler Stimmen, als der Dunst in einer gewaltigen Detonation emporwirbelte.

Jeder Stückführer hob die Faust. »Alle geladen, Sir!«

Als der Dunst an Dichte verlor, richteten sich aller Augen nach vorn. Ein Feuerball detonierte dort, der Knall rollte auf sie zu und versiegte schließlich im Flattern der Segel und im Strömen des Wassers an der Bordwand.

»Schiff an Steuerbord, Sir!«

Dunstan griff zum Glas. »Enter auf, Josh. Ich brauche deine scharfen Augen dort oben.«

Als der Erste Leutnant die Wanten des Großmastes erkletterte, kam von der Back ein Warnruf: »Wrackteile voraus!«

Der Meistergehilfe der Wache warf sein ganzes Gewicht ins Rad, um mit den beiden Rudergängern das Steuer herumzureißen. Dunstan fiel ihnen in den Arm. »Halt, laßt laufen!«

Er begab sich zur Bordwand und sah etwas wie einen riesigen Stoßzahn drohend vor dem Bug auftauchen. Es war immer das Beste, so etwas von vorne zu nehmen, dachte er entschlossen. *Phaedra* hatte nicht die dicke Außenhaut eines Linienschiffes, nicht einmal die einer Fregatte. Die hohe, schwankende Spiere konnte den Rumpf wie eine Ramme durchstoßen.

Ein gebrochener Mast trieb seitlich vorbei, zerrissene Wanten und geschwärzte Leinwand wie faules Unkraut hinter sich herziehend. Leichen ebenfalls, in der Takelage verfangene Männer, deren Gesichter durch das klare Wasser emporstarrten, umgeben von rosa Blut.

Ein Bootsmannsgehilfe unterdrückte ein Schluchzen, als er auf einen der wie Korken dümpelnden Toten hinunterschaute. Der trug die gleiche blaue Jacke mit den weißen Biesen wie er selbst. Es bestand kein Zweifel mehr, wer in dem Kampf der Unterlegene gewesen war.

Als der Wind übers Wasser strich, bekamen die kleinen Wellen hier und da Schaumköpfe. Dunstan sah die Nebelschwaden abziehen, die See wurde wieder blank. Er verhielt, als weitere Rufe von vorne kamen. Sie galten einem langen dunklen Etwas, das kaum aus dem Wasser ragte, mit viel Seegras daran. Umgeben war es von großen Blasen, von Treibgut und verkohlten Überbleibseln. Es war ein Schiffskiel, das Rückgrat eines Fahrzeugs, das längst zur erforderlichen Überholung hätte entlassen werden sollen.

Dunstan sagte: »Noch einen Strich höher an den Wind.«

Oben klammerte sich Leutnant Meheux neben dem Ausguck an die Saling und schaute in die Ferne. Er entdeckte die Bramstenge und die Rahen eines anderen Schiffes und aus dem Dunst hervortretende Segel, dazu einen Vorsteven und seine vergoldete Galionsfigur. In Sekundenschnelle rutschte er an einem Backstag hinunter und erreichte Dunstan.

Der hörte aufmerksam zu. »Wir beide kennen das Schiff, Josh. Es ist unsere frühere *Consort*, jetzt ein Spanier.«

Er hob das Teleskop und betrachtete den Gegner eingehend, als mehr Segel zum Vorschein kamen und der glänzende Rumpf sich beim Wenden zu verkürzen schien. Weil er auf die *Phaedra* zukam.

Der Fähnrich winkte lebhaft mit den Armen. »Sir, dort treiben Menschen im Wasser, unsere eigenen Leute!« Er weinte fast.

Dunstan schwenkte das Glas, bis er die geschundenen Gestalten im Blickfeld hatte. Einige klammerten sich an Wrackstücke, andere versuchten, Kameraden über Wasser zu halten. Um besser sehen zu können, stieg er in die Wanten und hielt sich am geteerten Tauwerk fest. Der Ausguck im Mast schrie: »Schiffe in Nordost!«

Dunstan hatte sie bereits erblickt. Der Horizont trat jetzt so klar und scharf hervor wie die Klinge eines Degens. Jemand brüllte: »Das wird das feindliche Geschwader sein, Jungs! Auf sie!«

Andere stießen Hochrufe aus, die plötzlich abbrachen, als sie die Überlebenden der *Mouette* sichteten. Männer wie sie selbst. Die gleichen Uniformen, dieselbe Sprache.

Dunstan beobachtete die Schiffe am Horizont, bis sein Auge schmerzte. Er erkannte in der starken Linse das rotgelbe Geländer ihrer Marsen, das dem Ausguck noch entging. Er senkte das Glas und schaute voll Trauer den Fähnrich an.

»Wir müssen die armen Teufel da unten sich selbst überlassen, Mr. Valliant.« Das entsetzte Gesicht des Jungen ignorierte er. »Josh, wir müssen in aller Eile wenden und Sir Richard finden.«

Meheux wartete, von der Grausamkeit des Geschehens noch verstört. Der Kommandant zeigte zum Horizont. »Die Spanier kommen, ein ganzes verfluchtes Geschwader!«

Ein Schuß hallte über die See, die Luft zitterte. Die fremde Fregatte hatte mit einem ihrer Buggeschütze die Reichweite getestet. Der nächste Schuß . . .

Dunstan rief durch die gewölbten Hände: »Leute, an die Brassen, klar zum Wenden!«

Er biß sich auf die Lippen, als eine weitere Kugel neben ihnen einschlug und einen Wasserschwall bis zur Marsrah aufwarf. Seine Männer folgten den Befehlen, die Rahen schwangen herum, der Wind kam jetzt von der anderen Seite, und die Leereling der sich neigenden *Phaedra* tauchte ins Wasser.

Ein weiterer Schuß verfolgte sie, als die Fregatte mehr Segel setzte. Ihre Rahen waren voller Menschen.

Meheux winkte seinen Toppgasten mit dem Sprachtrichter. Atemlos schrie er: »Macht schnell, ehe sie uns zu fassen kriegen! Wir müssen die Unsern warnen . . .«

Dunstan verschränkte die Arme und erwartete den nächsten Schuß. Jeder dieser Neunpfünder konnte sein leichtes Schiffchen zerschlagen, bis es unter einer vollen Breitseite so kentern würde wie das Sinclairs.

»Hier steht mehr als ein Geschwader auf dem Spiel, Josh.«

Eine Kanonenkugel krachte durch die Achterreling und fegte längs Deck wie ein glühender Meteor. Zwei Männer wurden getötet, ehe sie den Mund zum Todesschrei aufreißen konnten. Aber Dunstan sah, daß zwei andere an ihre Stelle traten.

»Lauf, meine Schöne, lauf!« Er blickte zu den prallen Segeln empor, zu den Masten, die sich wie Peitschenstiele bogen.

»Nur dieses eine Mal, lauf! Heute bist du das wichtigste Schiff in der ganzen Flotte!«

XVII Klar zum Gefecht!

Kapitän Valentine Keen ging über das schräge Deck und stemmte seine Schultern gegen den Wind. Wie schnell das

Mittelmeer in dieser Jahreszeit doch sein Gesicht ändern konnte! Der Himmel war hinter tiefhängenden Wolken verborgen und die See grau.

Er blickte zum trüben Horizont. Alles sah feindselig und kalt aus. In der Nacht hatte es stark geregnet. Jeder erreichbare Mann war an Deck geschickt worden, um mit Segeltuchpützen und einfachen Eimern Frischwasser aufzufangen. Ein Glas davon, mit einem Schluck Rum heruntergespült, belebte die Geister.

Das Deck neigte sich wieder, *Hyperion* lag so hart am Wind, wie es sich machen ließ. Ihre gerefften Segel glitzerten vor Feuchtigkeit, während sie ihre Position hielt.

Wie schon Isaak Penhaligon, der Segelmeister, erläutert hatte: Bei dem auf Nordost drehenden Wind war es schwer genug, auf Herricks Schiffe zu warten, auch ohne die zusätzliche Last des Wendens auf jeder Wache. Denn wenn sie zu weit nach Westen trieben, war es fast unmöglich, Toulon anzusteuern, sollte der Feind versuchen, diesen Hafen wieder zu erreichen.

Keen stellte sich die Karte vor. Sie waren bereits am kritischen Punkt angelangt. Bei derart schlechter Sicht konnten sie sich meilenweit vom geschätzten Kurs entfernt haben.

Keen ging zur Querreling und schaute aufs Hauptdeck hinunter. Trotz des Regens steckte es wie gewöhnlich voller Leben. Da war Triggs, der Segelmacher, mit seinen Gehilfen. Auf dem Boden hockend, reparierten sie das Schwerwettertuch, das man ihnen von unten brachte. Triggs war erfahren genug, um zu wissen, daß man im Atlantik auf der Suche nach einem Feind jedes Reservesegel benötigen würde.

Sheargold, der Zahlmeister, überwachte mit argwöhnischem Gesicht eine Anzahl Fässer mit Salzfleisch, die aus einer Luke geholt wurden. Keen beneidete ihn nicht um sein Geschäft. Sheargold hatte für jede Seemeile vorauszuplanen. Jede Verzögerung oder plötzliche Änderung der Segelorder konnte das Schiff in die entgegengesetzte Richtung schicken, ohne daß er Zeit fand, die Vorräte aufzufüllen.

Kaum einer dankte es ihm. Im allgemeinen hielt man in den unteren Decks die Zahlmeister für wohlhabend, wenn sie sich zur Ruhe setzten – nachdem sie ihr Glück durch Kürzen der ohnehin dürftigen Portionen der Mannschaft gemacht hatten.

Major Adams stand vorne und überwachte eine Gruppe Seesoldaten beim Griffeklopfen. Wie grell sich doch ihre Scharlachröcke und weißen Schulterriemen bei dem milchigen Licht abhoben, dachte Keen.

Er hörte den Bootsmann, Sam Lintott, über den neuen Kutter mit einem Gehilfen reden. Letzterer hieß Dacie und hatte das Aussehen eines Banditen. Man hatte Keen erzählt, welche Rolle er beim Handstreich auf das spanische Schatzschiff gespielt hatte. Er glaubte es ohne weiteres. So wie der aussah, mit seiner Augenbinde und der krummen Schulter, konnte er jeden das Fürchten lehren.

Leutnant Parris näherte sich. »Bitte um Erlaubnis zum Geschützexerzieren heute nachmittag, Sir.«

Keen nickte. »Das wird sie nicht gerade freuen, aber es ist eine gute Idee.«

Parris schaute auf die See hinaus. »Werden wir auf die Franzosen treffen, Sir?«

Keen fixierte ihn. Äußerlich unbefangen und umgänglich mit der Mannschaft, schlug er sich innerlich doch mit etwas herum, was sogar in beiläufigen Gesprächen durchklang. War er hinter einem neuen Kommando her? Keen wußte nicht, weshalb er seines verloren hatte. Er hatte von Havens Haß auf ihn gehört. Aber vielleicht gab es noch einen weiteren übergeordneten Offizier, mit dem er die Klingen gekreuzt hatte.

Er entgegnete: »Sir Richard ist hin und hergerissen zwischen dem Zwang, die Zufahrten nach Toulon zu überwachen, und der Wahrscheinlichkeit eines baldigen Befehls, der uns zur Flotte ruft.«

Bolitho saß derweil in der Kajüte, diktierte Yovell und

dessen Gehilfen Briefe und erzählte dem jungen Jenour, was man von ihm erwartete, wenn sie auf den Feind stießen. Keen hatte es schon mit Bolitho diskutiert. Bolitho schien unter Druck zu stehen. »Ich habe keine Zeit, alle meine Kommandanten zusammenzurufen«, sagte er. »Vielmehr muß ich darauf bauen, daß sie mich gut genug kennen, um auf meine Befehle richtig zu reagieren.« Keine Zeit? Das war seltsam. Bolitho schien anzunehmen, daß eine Schlacht unvermeidlich war.

Parris sagte: »Ich überlege, ob wir dann Viscount Somervell wiedersehen werden.«

Keen merkte auf. »Was geht es Sie an?« Er milderte seinen Ton. »Ich würde sagen, er hält sich besser von uns fern.«

Parris stimmte zu. »Ja. Tut mir leid, daß ich ihn erwähnt habe, Sir.« Er las den Zweifel in Keens Augen. »Das hatte nichts mit Sir Richard zu tun.«

Keen schaute beiseite. »Hoffentlich.«

Er ärgerte sich über Parris' Interesse, mehr noch über sein eigenes sofortiges Abschirmen Bolithos. Er ging zur Windseite, ließ sich vom Fähnrich der Wache ein Fernrohr geben und richtete es auf die ihnen folgenden Schiffe. Die drei Vierundsiebziger bekamen es fertig, den richtigen Abstand zu halten. Der vierte, Merryes *Capricious*, verschwand fast in Gischt und Schaum. Er lag etwas zurück, weil man daran arbeitete, die Großbramstenge zu ersetzen, die eine plötzliche Bö weggerissen hatte, bevor man die Segel reffen konnte.

Keen lächelte. Die Verantwortung eines Kommandanten hörte nie auf. Der Mann, den die anderen für einen Halbgott hielten, würde nichtsdestoweniger in seiner Kajüte umhergehen und sich um alles und jedes sorgen.

Ein Ausguck rief: »An Deck! *Tybalt* signalisiert!«

Keen sah den Fähnrich an. »Hoch mit Ihnen, Mr. Furnival, *Tybalt* wird Neuigkeiten für uns haben.«

Später ging Keen in die Kajüte hinunter und meldete sich bei Bolitho. »*Tybalt* sichtet den Rest des Geschwaders im Osten, Sir Richard.«

Der Admiral schaute von seinen Papieren hoch. Er sah müde aus. »Immerhin etwas, Val.« Er deutete auf einen Stuhl. »Ich würde Sie ja bitten, sich zu uns zu setzen, aber ich weiß, Sie werden an Deck gebraucht, bis die Schiffe näherkommen.«

Als Keen ging, meinte Sir Piers Blachford: »Ein guter Mann, er gefällt mir.« Er lag halb in einem von Bolithos Sesseln, ein ruhender Held.

Yovell packte seine Briefe zusammen und die Notizen, die er den verschiedenen Kopien beifügen wollte. Ozzard trat ein, um die leeren Kaffeetassen abzuräumen, indes Allday den prächtigen Paradedegen polierte. Er war ein Geschenk der Einwohner von Falmouth für Bolithos Leistungen im Mittelmeer und bei den Vorgängen, die zur Schlacht von Aboukir geführt hatten.

Bolitho blickte auf. »Vielen Dank, Ozzard.«

Blachford hieb mit der Faust auf die Armlehne. »Natürlich, jetzt weiß ich's! Ozzard ist doch ein ungewöhnlicher Name, nicht wahr?«

Allday hatte mit dem Polieren aufgehört.

Blachford nickte gedankenversunken. »Ihr Sekretär und all die Briefe, die er zu kopieren hatte, brachten mich wieder darauf. Meine Leute bedienten sich einmal der Dienste eines gleichnamigen Schreibers unten bei den Londoner Docks – sonderbar, diese Namensgleichheit.«

Bolitho blickte auf den Brief nieder, den er zu beenden gedachte, sobald die anderen ihn verlassen hatten. Er wollte seine Empfindungen Catherine mitteilen, ihr von der unsicheren Zukunft erzählen, die vor ihm lag. Als ob er mit ihr spräche wie in jenen Augenblicken, als sie beieinander gelegen hatten und sie ihn zum Reden ermutigte.

Er entgegnete zerstreut: »Ich habe ihn nie danach gefragt.«

Aber Blachford ließ nicht locker. »Wie konnte ich das bloß vergessen? Ich war selbst hineinverwickelt. Es war der grausamste Mord, fast gegenüber vom Laden des Schreibers. Na so was, wie konnte ich das vergessen?«

In der Anrichte klirrte zerbrochenes Geschirr, und Bolitho erhob sich halb aus seinem Stuhl. Aber Allday kam ihm zuvor. »Ich sehe mal nach. Er muß gestolpert sein.«

Blachford nahm das Buch wieder auf, in dem er gelesen hatte, und meinte: »Kein Wunder bei dieser Schlingerei.«

Bolitho sah ihn an, entdeckte aber nichts anderes in seinem Gesicht als flüchtiges Interesse. Er hatte jedoch Alldays Miene bemerkt und seine stumme Warnung. Zufällige Namensgleichheit? Bolitho legte sich die Frage vor, ob er mehr wissen wollte. Er erhob sich.

»Ich gehe an Deck spazieren.«

Beim Hinausgehen fühlte er Blachfords Blicke im Rücken.

Erst am nächsten Tag waren Herricks drei Schiffe so nahe, daß man Signale austauschen konnte. Fähnriche bedienten die Flaggleinen, angefeuert von Jenour, dem bewußt war, daß der Mißmut seinen Vizeadmiral überkam.

Bolitho hielt sich am Stag fest und verglich die drei Hinzugekommenen mit seinem eigenen Vierundsiebziger, wie sie unter gekürzten Segeln im Wasser lagen. Als ob sie und nicht ihre Kommandanten Anweisungen erwarteten. Das Wetter hatte sich nicht gebessert, vielmehr über Nacht eine steile Dünung entwickelt. Bolitho bedeckte sein verletztes Auge mit der Hand. Seine Haut war feucht und heiß wie damals in dem Fieber, das Catherine und ihn zusammengebracht hatte.

Keen kam über die schlüpfrigen Planken und stellte sich neben ihn, sein Fernrohr umgekehrt unterm Arm, um die Linsen vor Spritzwasser zu schützen. »Der Wind kommt stetig aus Nordost, Sir Richard.«

»Danke.« Bolitho versuchte, das Quietschen der Pumpen zu überhören. Das alte Schiff arbeitete in allen Verbänden, und sie hatten jede Nachtwache pumpen müssen. Gott sei Dank verstand Keen sein Handwerk und kannte die Grenzen seiner Autorität. Haven hätte die unglücklichen Seeleute längst auspeitschen lassen, dachte er erbittert. Kaum eine Stunde war vergangen, ohne daß man die Leute nach oben gepfiffen hatte, um Segel wegzunehmen oder wieder zu setzen. Das Bedienen der Pumpen, das Festlaschen losegekommener Ausrüstung, all das erforderte sowohl Geduld als auch Disziplin, um die Männer davon abzuhalten, einander an die Gurgel zu gehen. Auch die Offiziere waren nicht frei von Temperamentsausbrüchen. Es kam zum Streit, wenn ein Leutnant seinen Vorgänger nur wenige Minuten verspätet ablöste. Bolitho hatte gehört, wie Keen einen zurechtwies, sich seiner Uniform entsprechend zu benehmen. Es war für alle nicht leicht.

Bolitho sagte: »Wenn es noch rauher wird, können wir nicht mehr Boote aussetzen.« Er musterte die verstreuten Schiffe, die seine Führung erwarteten. *Benbow* schlingerte beim Wenden, ihre Segel wogten und knallten, glänzten dann in der gefilterten Helle wie Brustpanzer. Herrick kam, um mit ihm zu reden. Von Angesicht zu Angesicht, typisch für ihn.

Herricks Boot brauchte drei Anläufe, ehe es der Bugmann an den Großrüsten festmachen konnte. Aber in der Kajüte klangen die Geräusche gedämpft, und nur der Horizont, verwischt durch das dicke Glas der Heckfenster, schwankte wie betrunken. Herrick kam gleich zur Sache.

»Ich will wissen, was du vorhast.« Er schüttelte den Kopf, als Ozzard sich mit einem Tablett in der Hand näherte. »Nein, danke.«

»Ich muß so bald wie möglich auf mein Flaggschiff zurück«, fuhr er fort. Und mit einem Blick auf das an den Fenstern herunterrinnende Spritzwasser: »Mir gefällt dies Wetter überhaupt nicht.«

Bolitho erkundigte sich: »Immer noch keine Spur von der *Mouette*, Thomas? Ich habe die *Phaedra* hinterhergeschickt, sie zu suchen.«

Herrick schüttelte den Kopf und beugte sich im Sessel vor. »Kapitän Sinclair weiß selbst, worum es geht. Er wird das feindliche Geschwader finden.«

Bolitho entgegnete: »Ich brauche jedes Fahrzeug, das für uns aufklären kann. Das ist keine Kritik.«

Herrick lehnte sich wieder zurück. »Ich glaube, wir sollten in Richtung Toulon segeln. Dann werden wir sehen, was los ist, auf die eine oder andere Art.«

Bolitho legte seine Hände auf den Tisch. Durch das Holz fühlte er, wie das ganze Schiff zitterte und das Ruderblatt gegen den Schaft ruckte. »Sollte der Feind wieder ins Mittelmeer kommen, Thomas, könnten wir ebenso leicht die Verbindung zu ihm verlieren wie Nelson, als er ihm nach Westen davonlief.« Entschlossen sagte er: »Ich habe die Absicht, nach Gibraltar zu gehen. Wenn wir dort keine Informationen vorfinden, laufen wir durch die Straße und schließen uns der Flotte im Atlantik an. Ich sehe keinen anderen Ausweg.«

Herrick beäugte ihn eigensinnig. »Oder wir bleiben hier und warten. Niemand kann uns daraus einen Vorwurf machen. Man wird uns aber sicherlich verurteilen, wenn wir Toulon ignorieren und den Gegner verfehlen.«

»Ich würde mir nur selber Vorwürfe machen, Thomas. Mein Kopf sagt mir das eine, mein Gefühl befiehlt mir das Gegenteil.«

Herrick neigte sein Ohr und lauschte auf die Pumpen. »Steht es so schlecht?«

»Das Schiff hält noch mehr aus.«

»Ich habe *Absolute* in den Hafen geschickt, weil sie zu verrottet war.«

Bolitho erwiderte: »Ich könnte sie jetzt gebrauchen, verrottet oder nicht.«

Herrick stand auf und ging zu den Heckfenstern. »Ich sollte aufbrechen. Das ist nicht unhöflich gemeint, aber mein Boot wird hart zu kämpfen haben, so wie es draußen aussieht.«

Bolitho schaute ihm voll ins Gesicht. »Hör zu, Thomas. Es ist mir egal, was du über mein Privatleben denkst; denn das ist nicht ausschlaggebend. Aber ich brauche deine volle Unterstützung, weil wir bald kämpfen werden.« Er stützte den Kopf in die Hände. »Ich spüre es.«

Herrick zögerte, als wittere er eine Falle. »Als Zweiter

Befehlshaber bin ich jederzeit bereit, wenn man uns zum Kampf ruft. Aber ich glaube noch immer, daß du dich irrst.«

Bolitho sagte verzweifelt: »Du hörst nicht zu, Mann! Ich befehle nicht, ich spreche von Unterstützung.« Er bemerkte Herricks Erstaunen und rief aus: »Um Gottes willen, Thomas, muß ich erst bitten? Ich werde langsam blind, hat sich das noch nicht zu dir herumgesprochen?«

Herrick schnappte nach Luft. »Ich hatte keine Ahnung . . .«

Bolitho sah fort. »Ich muß dich auch bitten, es für dich zu behalten.« Er fuhr herum, seine Stimme war rauh. »Aber wenn ich falle, mußt *du* diese Männer führen, mußt *du* sie dazu kriegen, notfalls ein Wunder zu vollbringen. Hörst du jetzt zu?«

Es klopfte. Bolitho rief: »Ja?«

Keen trat ein und schaute ins Leere. »Signal von der *Phaedra*, Sir, übermittelt durch *Tybalt*.«

Herrick fragte schnell: »Was ist mit *La Mouette*?«

Keen sah nur Bolitho an und erwiderte kurz: »Sie ist versenkt!«

Ihre Blicke trafen sich. »Neuigkeiten über den Feind, Val?«

»Ein spanisches Geschwader ist unterwegs - westwärts, Sir Richard.«

Herrick fragte: »Wie stark?«

Noch immer vermied es Keen, ihn anzusehen. »*Phaedra* hat noch keine Einzelheiten gemeldet. Sie wurde verfolgt, beschossen und beschädigt.« Er trat einen Schritt vor und ließ die Arme sinken. »Aber soviel wir wissen, sind es Linienschiffe.«

Bolitho fuhr sich durchs Haar. »Wie viele Schiffe hat Nelson?«

Keen sah ihn an und wußte, worauf er hinauswollte.

»Es war von zwei Dutzend Linienschiffen die Rede, Sir Richard. Die Franzosen und ihre spanischen Verbündeten, sagt man, hätten mehr als dreißig. Darunter befinden sich einige der größten und erstklassigsten, die zur Zeit schwimmen.«

Bolitho lauschte dem Ächzen des Windes. Teile und herrsche. Wie gut Villeneuve alles vorbereitet hatte. Dieser gewaltigen Kampfkraft, die *Phaedra* rein zufällig entdeckt hatte, dieser zahlenmäßigen Übermacht war Nelson unterlegen.

Er stellte fest: »Wenn sie durch die Straße entkommen, kriegen wir sie niemals rechtzeitig zu fassen.« Und mit Blick auf Keen: »Signal an *Phaedra*: zum Flaggschiff aufschließen. Und wenn das kleine Schiff dicht genug heran ist, im Klartext: gut gemacht.«

Als Keen gegangen war, äußerte Herrick plötzlich entschlossen: »Ich mache mit! Sag mir, was ich tun soll.«

Bolitho starrte durch die fleckigen Fenster. »Möglichst wenig signalisieren, Thomas, wir sprachen schon darüber.«

»Und dein Auge?« Es klang bedrückt.

»O nein, nichts mehr davon, Thomas. Die kleine *Phaedra* hat meine Blindheit aufgewogen. Aber wenn meine Flagge niedergeholt wird, muß *Benbow* die Führung übernehmen.«

Herrick nickte. »Einverstanden.«

»Darum sei nicht so streng, mein Freund. Zusammen können wir doch noch gewinnen.«

Er wandte sich wieder ab und schaute reglos aufs Wasser hinaus, bis er die Tür ins Schloß fallen hörte.

Bolitho setzte seine Unterschrift unter das letzte Schreiben und verfiel für mehrere Minuten in Nachdenken.

Der Seegang war so steil wie zuvor, aber der Wind hatte nachgelassen, so daß sich das Schiff mit majestätischer Schwerfälligkeit hob und senkte. Bleiches Licht durchdrang den Dunst und ließ die Salzflecken auf dem Fensterglas wie Rauhreif funkeln. Die Luft war getränkt mit Feuchtigkeit, mit den Ausdünstungen von Hängematten, Kleidung, Menschen.

Er überflog noch einmal den Schluß des Briefes, den *Phaedra* zur Flotte bringen sollte. Nelson würde als Seemann besser als alle anderen verstehen, was Bolithos Männer und Schiffe versuchen wollten.

Der Brief endete mit dem Satz: »Und ich danke Euch,

Mylord, daß Ihr meinen Neffen mit der gleichen Begeisterung erfüllt, die Eure Flotte so inspiriert.«

Er schob ihn Yovell zum Versiegeln hin und wog den anderen zwischen den Fingern. Dabei malte er sich Catherines dunkle Augen aus, wie sie jene Worte las, mit denen er ihr seine Liebe versicherte. Auch eine Menge anderer Briefe gingen mit der *Phaedra* ab. Was würde Herrick seiner Dulcie erzählen? Ihr gestriges Gespräch hatte bei ihm einen schlechten Nachgeschmack hinterlassen. Früher wäre so etwas unmöglich gewesen. Vielleicht änderten sich die Menschen doch, und er hatte sich geirrt.

Keen mochte seiner Zenoria geschrieben haben. Es war ihm ein großer Trost, daß Catherine bei ihr wohnte. Er stand auf, trotz der lauen Luft fror er plötzlich bis ins Mark. Val durfte nichts zustoßen. Nicht nach allem, was sie miteinander durchgemacht hatten.

Keen erschien und meldete: »Der Kommandant der *Phaedra* kommt an Bord, Sir Richard.«

Bolitho blickte überrascht zur Tür, als Dunstan hereinplatzte: ein junger Mann voll unerschöpflicher Energie und sicherlich einer der zerrauftesten Kommandanten, die ihm je unter die Augen gekommen waren. Bolitho streckte die Hand aus. »Gut, daß Sie selbst kommen. Man wollte Ihnen schon die Post an einer Leine übergeben.«

Dunstan verbeugte sich und schaute sich um. »Ich dachte, pfeif auf den Seegang und fahre selbst rüber, Sir Richard.«

Bolitho deutete auf den Poststapel. »Ich lege alles in Ihre Hände. Es ist ein Brief für Lord Nelson dabei, den sollten Sie ihm selbst aushändigen.« Er lächelte flüchtig. »Es ist mir offenbar bestimmt, ihm nie persönlich zu begegnen.« Er hob den Blick. »Ich höre, Sie hatten Verluste?«

»Aye, Sir Richard. Zwei Tote und zwei Mann durch Splitter verwundet.«

Einen Augenblick sah Bolitho den Kommandanten hinter der Maske des jungen Draufgängers; die Erfahrungen und Risiken, den Moment der Wahrheit, wenn Tod in der Luft lag.

Dunstan fuhr fort: »Ich bedaure nur, daß ich nicht so lange bleiben konnte, um die Kampfkraft der Spanier genau abzuschätzen. Aber die verdammte Fregatte saß mir im Nacken, und der Dunst verbarg viel.« Er zuckte die Achseln.

Bolitho bedrängte ihn nicht. Keen würde Dunstans Beobachtungen und Kalkulationen neben seine eigenen in die Seekarten eintragen.

Dunstan sagte: »Dabei kam mir in den Sinn, wie seltsam es im Krieg zugeht, Sir Richard. Es war nur ein kleines Gefecht, aber mit eigenartigen Gegnern.«

»Ich weiß. Eine gekaperte britische Fregatte kämpfte unter spanischen Farben gegen eine französische Prise unter englischer Flagge.«

Dunstan sah ihn voll an. »Ich möchte Sie bitten, jemand anderen zu Lord Nelson zu schicken. Mein Platz ist hier bei Ihnen.«

Bolitho nahm ihn am Arm. »Die Flotte muß wissen, was vor sich geht, und erfahren, daß ich die gesichteten Schiffe daran hindern will, sich mit Villeneuve zu vereinigen. Es ist lebenswichtig. Und ich kann keinen anderen erübrigen.« Er schüttelte ihn leicht. »*Phaedra* hat schon genug für mich und für uns alle getan. Denken Sie daran, und sagen Sie es auch Ihren Leuten.«

Dunstan nickte. Seine Augen suchten Bolithos Gesicht, als wolle er es sich für immer einprägen. Ungestüm streckte er die Hand aus. »Dann gehe ich, Sir Richard. Und Gott sei mit Ihnen!«

Später stand Bolitho noch eine ganze Weile allein in seiner Kajüte, beobachtete die Korvette beim Wenden und sah ihre Stückpforten eintauchen, als der Wind in die Segel griff. Er hörte ferne Hochrufe, ob von der *Phaedra* oder von anderen Schiffen, war schwer zu sagen.

Er setzte sich hin und massierte sein Auge, dessen Trübung er so haßte.

Allday polterte herein und beäugte ihn kritisch. »*Phaedra* ist also unterwegs.«

»Aye.« Bolitho wollte an Deck, das Geschwader wartete.

Noch vor der Abenddämmerung mußte es seine Schlachtformation eingenommen haben. Er dachte an seine Kommandanten. Wie würden sie wohl reagieren? Vielleicht zweifelten sie an seinen Fähigkeiten oder erkannten Herricks Widerstand gegen seine Pläne.

Allday fragte: »Kommt es zum Kampf?«

»Kann schon sein, alter Freund.« Bolitho sah ihn an. »Wenn wir ihnen in die Quere kommen, sind sie gezwungen zu kämpfen. Wenn sie uns entwischen, werden wir sie jagen.«

Allday nickte, Ferne im Blick. »Also nichts Neues.»

Bolitho grinste, die Spannung wich von ihm.

»Nein, nichts Neues. Deine Prägnanz, Allday, könnten sie im Parlament gebrauchen.«

Am nächsten Morgen hatte sich das Wetter wieder geändert. Der Wind hatte gedreht und kam direkt aus Osten. Das ließ jedenfalls auf einen glatten Weg Richtung Toulon hoffen. Das Geschwader schob sich nach Nordwesten, irgendwo an Steuerbord lagen die Balearen.

Der sechste in der Linie, seine eigenen Schiffe führend, war Konteradmiral Herrick. Seit Tagesanbruch war er auf den Füßen, unfähig zu schlafen, aber auch nicht gewillt, seine Zweifel mit Flaggkapitän Gossage zu teilen.

Er stand auf dem breiten Achterdeck der *Benbow* und blickte nach den Schiffen aus. Unter dem fast klaren Himmel, den nur Schäfchenwolken sprenkelten, boten sie einen schönen Anblick. Sein Gesicht wurde weicher, als er sich seiner Mutter erinnerte, in dem kleinen Haus in Kent, wo sie ihn geboren hatte. Achte immer auf die großen Schafe, Tommy! hatte sie ihm eingeprägt.

Herrick drehte sich nach dem Ersten Leutnant um, der mit einigen Decksoffizieren die Tagesarbeit besprach. Was hätte die liebe alte Dame jetzt von ihrem Tommy gehalten?

Kapitän Gossage überquerte das Deck, seinen Hut in dem flotten Winkel aufgedrückt, den er zu bevorzugen schien. Aber Herrick hatte keine Lust, die Zeit mit müßiger Konversation zu verbringen. Er fühlte sich unsicher, als hätte man ihn plötzlich seiner Autorität beraubt. Er beschattete die Augen und spähte durch die Steuerbordwanten. Die einzige ihm verbliebene Fregatte, *Tybalt,* stand weit ab vom Geschwader und würde als erste die feindlichen Schiffe sehen. Er biß sich auf die Lippen, bis es schmerzte. Vorausgesetzt, der Feind hatte sie nicht schon überholt.

Gossage bemerkte: »Ich nehme doch an, daß sich der Kommandant der *Phaedra* nicht geirrt hat, Sir?«

Herrick knurrte: »Jedenfalls hat irgendeiner die *Mouette* versenkt, und das hat er sich nicht eingebildet!«

Gossage konnte nicht an sich halten. »Hätte man uns auf Malta abgelöst, wären wir jetzt sowieso in Gibraltar. Dann hätte unser Schiff die Ehre gehabt ...«

Herrick platzte heraus: »Zum Teufel mit der Ehre! Sir Richard Bolitho gehört nicht zu jenen Männern, die den Ruhm für sich allein beanspruchen.«

Gossage hob die Augenbrauen. »Oh, ich verstehe, Sir.«

Innerlich schäumend vor Wut, drehte Herrick sich um. Nein, du verstehst gar nichts, dachte er. Wie er es auch anstellte, es gelang ihm nicht, die zwanzig Jahre, die er Bolitho nun schon kannte, aus seinem Gedächtnis zu streichen. Alle diese Siege, einige hart verdient, andere überraschend leicht gewonnen. Schlimme Wunden, Landungen und Überfahrten, bei denen sie sich manchmal fragen mußten, ob sie jemals wieder den Fuß auf festen Boden setzen würden. Nun war das alles verdorben, fortgeworfen wegen einer ...

Gossage versuchte es wieder. »Meine Frau schrieb mir, daß man von einer Ablösung Sir Richards spricht.«

Herrick staunte. Dulcie hatte nichts derartiges erwähnt. »Wann?«

Gossage lächelte. Endlich hatte er die Aufmerksamkeit des Konteradmirals.

»Nächstes Jahr, Sir. Die Navy wird umgestaltet, die Geschwader erhalten andere Stationen zugewiesen. In dem Artikel, den sie gelesen hat ...«

Herrick grinste kalt. »Verdammter Unsinn, Mann! Sir Richard und ich haben diese Parolen des Küstenklatsches unser Leben lang gehört. Der Tag, an dem wir ...«

Der Ausguck schrie: »An Deck! Signal vom Flaggschiff!«

Ein Dutzend Fernrohre hoben sich zugleich, und der Signalmeister rief: »An alle, Sir! Sichten *Tybalt* im Norden!«

Gossage zischte den Wachoffizier an: »Warum, in drei Teufels Namen, haben *die* sie zuerst gesehen?«

Herrick lächelte schwach. »Bestätigen.« Dem Ersten Leutnant rief er zu: »Schicken Sie einen guten Meistersgehilfen nach oben, Mr. O'Shea!«

Der Leutnant sah erst noch seinen Kommandanten an, aber Herrick blaffte dazwischen: »Nun machen Sie schon!«

Die Hände auf dem Rücken verschränkt, ging er davon. Er hatte sich nie an den Rang eines Flaggoffiziers gewöhnt, hatte ihn nicht einmal erwartet, ungeachtet der schmeichelhaften Dinge, die Dulcie ihm ständig sagte. Im Herzen würde er immer ein Kapitän bleiben und es nicht anderen überlassen, seine Pläne auszuführen.

Die ganze Schlachtlinie der acht Schiffe würde nun von Spekulationen schwirren. Herrick dachte an die abwesende *Absolute.* Da hatte er trotz allem richtig gehandelt. Noch so ein Sturm wie der letzte, und das arme, verrottete Schiff wäre sicherlich untergegangen. Aber daß Bolitho seine Entscheidung nicht gelten ließ, wurmte ihn doch. Er nahm sein eigenes Fernrohr, das neueste und teuerste, das Dulcie hatte finden können, und richtete es auf die nachfolgenden Schiffe. Sie bildeten eine perfekte Formation, die Wimpel an ihren Mastspitzen züngelten wie Schlangen, das Sonnenlicht strich über das Schachbrettmuster ihrer Stückpforten.

Abermals hallte ein Ruf von oben: »*Tybalt* in Sicht, Sir!«

Herrick kletterte auf die Steuerbord-Poopleiter und stützte sein schönes Fernrohr auf. Er konnte die Bramsegel der Fregatte eben ausmachen. Rosa umrändert und zart wie die Schäfchenwolken, standen sie auf dem messerscharfen, tiefblauen Horizont. Noch immer kein Anzeichen für Regen. Vielleicht würde sich Bolitho endlich doch entschließen und einige Schiffe auf die Suche nach Frischwasser schikken.

Er sah winzige Farbtupfer über die Segelpyramiden der Fregatte steigen: Signale. Herrick blinzelte; seine Sehschärfe war auch nicht mehr so gut wie früher, obwohl er das niemals zugegeben hätte. Er dachte an Bolithos Qual, als er ihm seine Augenverletzung offenbart hatte. Er war aus mehreren Gründen mit sich unzufrieden, nicht zuletzt deshalb, weil er versagt hatte, als Bolitho seine volle Unterstützung brauchte.

Herricks Flaggleutnant, ein ranker junger Mann namens De Broux, rief: »Von *Tybalt*, Sir!«

Herrick wartete ungeduldig. Der Flaggleutnant hatte ihm nie gefallen, er war zu weich, hatte sogar einen französischen Namen. Ahnungslos sagte De Broux: »Fremdes Segel in Nordost!«

Schon kam die nächste Meldung: »Vom Flaggschiff, Sir! An alle: mehr Segel setzen.«

Herrick sah den Bestätigungswimpel nach oben fliegen.

Gossage rief: »Toppgasten aufentern, Mr. O'Shea! Reffbändsel los!«

Der Konteradmiral hob das Fernrohr und stieg zwei Stufen höher. Dulcie war so stolz gewesen, als sie das teure Teleskop für ihn gekauft hatte, noch dazu von einem der besten Instrumentenmacher in London. Sein Herz sank, als er sich erinnerte, daß sie mit Belinda dorthin gegangen war.

De Broux schrie plötzlich: »*Tybalt* an Flaggschiff, Sir!« Dann wurde er unsicher und stotterte: »Schätzungsweise zwölf Linienschiffe!«

Herrick stieg wieder aufs Achterdeck hinunter. Er wußte selbst nicht zu sagen, wie ihm zumute war. Lähmte ihn das letzte Signal, oder nahm er es als schicksalhaft und unausweichlich hin?

Gossage starrte ihn offenen Mundes an und wollte gerade sprechen, als De Broux verzweifelt rief: »Signal an alle, Sir! Klar zum Gefecht!«

Herrick reagierte so gelassen auf Gossages Fassungslosigkeit, daß es ihn selbst erstaunte. Kühl fragte er: »Nun, Kapitän Gossage, wie gefallen Ihnen unsere Zukunftsaussichten?«

XVIII In der Stunde der Gefahr

Bolitho streckte die Arme aus und versuchte seine Ungeduld zu zügeln, als Ozzard ihm flink die weiße Weste zuknöpfte. Bei ihrem Wassermangel kam es ihm ungewohnt vor, von Kopf bis Fuß in sauberer Kleidung zu stecken. Über Ozzards Schulter hinweg sah er Kapitän Keen am anderen Ende der Kajüte stehen und die Befehle und Antworten auf dem Oberdeck mithören.

Hyperion war noch nicht gefechtsklar. Bolitho überließ es Herrick und den einzelnen Kommandanten, sich in der ihnen angemessenen Zeit vorzubereiten. *Hyperion*s Besatzung nahm schnell noch eine letzte Mahlzeit ein. Es überstieg Bolithos Verständnis, daß der Durchschnittsseemann vor dem Gefecht überhaupt noch etwas essen konnte.

Keen sagte: »Wenn die Dons sich weiter so nähern, wird keiner von uns die Luvseite halten können. Es sieht so aus, als liefen unsere Kurse zusammen.« Seine Augen waren dunkel vor Konzentration, als er sich die noch fernen Schiffe vorstellte. Ein Tag später, und der Feind wäre unbemerkt an ihnen vorbeigelaufen und hätte im Schutz der spanischen Küste Gibraltar erreichen können.

Bolitho entgegnete: »Ich muß ihnen die Luvseite wegnehmen. Andernfalls werden sie uns im Kampf Schiff gegen Schiff vernichten.« Keen pflichtete ihm bei, und beide sahen im Geiste, wie Bolithos Plan Gestalt gewann. »Wir bleiben bis zum letzten Augenblick zusammen. Dann ändern wir den Kurs nach Steuerbord und bilden zwei Kolonnen. Herrick weiß, was er zu tun hat. Seine Schiffe sind die kürzere Linie, aber das tut nichts zur Sache. Wenn wir erst einmal im Nahkampf stehen, können wir den Feind vielleicht aufsplittern.«

Ozzard kam mit Rock und Hut.

Keen protestierte gegen die auffallende Uniform. Er zeigte auf das goldene Gehänge mit der Nilmedaille, das Bolitho um den Hals trug. »Ich kenne Ihre Gewohnheiten, Sir Richard. Aber das heißt, das Unheil herauszufordern.«

Allday trat durch die andere Tür und langte nach dem alten Degen. Beiläufig bemerkte er: »Mit allem Respekt, Käpt'n Keen, Sie verschwenden nur Ihre Zeit.«

Keen und Allday sahen einander an. Allday entsann sich besser als jeder andere, wie Bolitho an Bord der kämpfenden *Phalarope* bei den Saintes die große Uniform getragen hatte, ein gutes Ziel für jeden Scharfschützen. Aber er wollte, daß die Männer ihn sahen. Allday wußte, es war unmöglich, ihm das auszureden.

Bolitho glitt in die Ärmel und wartete auf Ozzard, der sich auf die Zehen stellte und die glitzernden Epauletten mit den zwei Silbersternen anpaßte.

»Dies wird keine Schlacht, bei der man probeweise seine Kräfte testet, Val. Wir dürfen nicht einmal daran denken, sie möglicherweise zu verlieren. Der Sieg ist lebenswichtig, nehmt das zur Kenntnis.«

Keen lächelte schwach. »Ich weiß es.«

Ein Ruf vom Masttopp. Ein Leutnant kam vom Achterdeck gerannt und blickte Bolitho an. »Des Ersten Leutnants Respekt, Sir, und . . .«

Es fiel ihm schwer, die Augen von der Uniform des Vizeadmirals loszureißen und auf Keen zu richten. »Der Ausguck im Großmast meldet soeben: Feind in Sicht, steuert Südwest.«

Keen blickte Bolitho erwartungsvoll an. Der nickte. »Signal an alle: Feind in Sicht.« Dann winkte er Ozzard. »Räum die Kajüte aus. Der Bootsmann und seine Leute warten schon, um die Möbel ins Orlopdeck zu bringen.« Er legte ihm die Hand auf die knochige Schulter. »Geh mit ihm. Und keine Heldentaten heute.« Als Ozzard ihn trübsinnig ansah, fügte er hinzu: »Ich weiß nicht, was dich quält, aber ich werde es in Ordnung bringen. Verlaß dich drauf.«

Als Ozzard anfing, einige kleinere Gegenstände zu verstauen, unterbrach ihn Bolitho. »Nein, das nicht!« Er nahm Ozzard Catherines Fächer aus der Hand und steckte ihn in seine Rocktasche. »Nur eine Kleinigkeit, Val, aber es ist alles, was ich von ihr besitze.«

Allday folgte ihnen beim Verlassen der Kajüte. Noch einmal hielt er inne, den alten Degen in der Hand, und blickte zurück in den Raum, den er so gut kannte. Würde er ihn wiedersehen? Ihre Chancen standen schlecht, aber das war nichts Neues; wenigstens waren ihre Gegner Spanier. Allday hätte am liebsten ausgespuckt. Sogar die Franzosen kämpften besser. Er warf einen letzten Blick in die Runde und berührte dabei seine Brust an der Stelle, wo ihn die spanische Klinge verletzt hatte.

Die Kajüte war schon leergeräumt. Er drehte sich um, ärgerlich über seinen Trübsinn; aber es sah so aus, als würde sie für immer leer bleiben.

Draußen ging Bolitho zur Reling und nahm sich ein Fernglas vom ältesten Fähnrich. Dann musterte er ihn und die anderen Offiziere. Alle hatten sie ihre besten Uniformen angezogen. Er nickte ihnen anerkennend zu.

Als er das Fernglas ans Auge führte, hatte er fast sofort die Segel der *Tybalt* im Okular. Dann schwenkte er es weiter und sah die dunklen Unterbrechungen des sonst glatten Horizonts. *Hyperions* Wimpel wehte noch immer nach Backbord aus. Der Wind war stetig und nicht zu stark. Sein Vater hatte immer gesagt: ein guter Wind für ein Gefecht. Aber im Mittelmeer konnte sich das leicht ändern, wenn es der Zufall wollte.

Keen stand neben ihm, der Wind zauste sein Haar, wo es unter dem Hut hervorlugte, obwohl es nach moderner Art kurzgeschnitten war. Wie bei Adam. Bolitho packte die Reling mit beiden Händen, fühlte die Wärme des alten Holzes. Viele Hände hatten es vor ihm geglättet. An der Vorkante des Achterdecks stand Major Adams mit seinem Leutnant Veales und zwängte sich stirnrunzelnd in ein frisches Paar weißer Handschuhe.

Bolitho sagte: »Es wird Zeit.«

Keen hatte verstanden. Die Leutnants schauten einander an und fragten sich wahrscheinlich, wer von ihnen noch da sein würde, wenn sich der Pulverdampf verzog.

Keen bemerkte: »Der Wind steht durch, Sir Richard. Sie werden bis Mittag auf unserer Höhe sein.«

Penhaligon warf gleichmütig ein: »Schöner Tag für ein Treffen.«

Bolitho zog Keen beiseite. »Auf ein Wort, Val. Wir machen gleich gefechtsklar, danach werden unsere Aufgaben uns trennen. Aber Sie bedeuten mir nun einmal sehr viel, und das sollten Sie wissen.«

Keen erwiderte leise: »Ich weiß, was Sie sagen wollen, Sir Richard, aber es wird Ihnen nichts geschehen.«

Bolitho packte ihn fester. »Val, wie können wir das wissen? Es wird ein harter Kampf werden, vielleicht der schlimmste, den wir je durchzustehen hatten.« Er deutete auf die Schiffe in ihrem Kielwasser. »All diese Männer folgen uns wie hilflose Tiere, vertrauen darauf, daß ihr Admiral sie durchbringt, ungeachtet der Hölle, die auf sie wartet.«

»Sie werden auf Sie schauen.«

Bolitho lächelte flüchtig. »Das macht es nicht leichter. Val, was denken Sie, wenn die Dons uns umzingeln? Ohne mich wären Sie jetzt zu Hause bei Ihrer Zenoria.«

Keen sah Allday mit dem Degen erscheinen und entgegnete einfach: »Selbst wenn ich den heutigen Tag nicht überleben sollte, so habe ich doch wahres Glück kennengelernt. Nichts kann mir das nehmen.«

Allday hängte Bolithos Degen ein und lockerte ihn probeweise in der Scheide. Er brummte: »Dazu sag' ich Amen, Käpt'n!«

Sie sahen einander an. Keen grüßte Bolitho formell mit der Hand am Hut. »So sei es denn.«

Das laute Rasseln der Trommeln, die aus jeder Luke trampelnden Füße machten ihnen weiteres Reden unmöglich. Die Stückmannschaften stürzten sich auf ihre Kanonen, die Toppgasten schwärmten nach oben aus und riggten Schlingen und Netze auf. Selbst noch im Blutbad einer Breitseite würden sie die Schäden spleißen. Jenour tauchte auf, den Hut fest in die Stirn gedrückt, den schönen Degen an der Hüfte. Er sah ernst und irgendwie gealtert aus.

Als der Lärm der Vorbereitungen verhallte und sich wieder Stille über das Schiff senkte, schritt Parris nach achtern zum Kommandanten. Er trug ein Paar feine Stiefel.

»Schiff ist klar zum Gefecht, Sir!« meldete er. »Feuer im Kombüsenherd gelöscht, Pumpen bemannt.«

Keen zog seine Uhr nicht hervor, sondern sagte nur: »Neun Minuten, Mr. Parris, die beste Zeit bisher.«

Bolitho hörte es mit. Ob die Zeit stimmte oder nicht, spielte keine Rolle. Diejenigen, welche die Bemerkung aufgefangen hatten, würden Keens Lob in allen Decks verbreiten. Das war wenig genug, aber es half mit.

Keen trat zum Vizeadmiral. »Alles klar, Sir Richard.«

Bolitho sah sein Zögern. »Ist noch was, Val?«

»Ich überlege gerade, Sir Richard: Können wir nicht die Musikanten aufspielen lassen? Wie damals auf der *Tempest*?«

Wieder einmal verband sie eine gemeinsame Erinnerung. Bolitho war einverstanden. »Gut, machen wir das.«

Und so, während sich die alte *Hyperion* auf Backbordbug leicht schräg legte und der scharfe Horizont sich in Segel und Masten auflöste, bliesen die Pfeifer der Royal Marines einen anfeuernden Marsch. Begleitet von den Trommeln auf der Poop und dem Stampfen der Seeleute auf den mit Sand bestreuten Decks, marschierten sie hin und her, als ob sie vor ihrer Kaserne paradierten.

Bolitho fing Keens Blick auf und nickte; es war sogar die gleiche Melodie wie damals: *Portsmouth Lass,* Mädel aus Portsmouth.

Bolitho griff wieder zum Fernrohr und studierte die spanische Aufmarschlinie von einem Ende zum andern. Die beiden letzten Schiffe standen ziemlich weit vom Verband entfernt. Bolitho vermutete, daß sich das allerletzte Schiff absichtlich abseits hielt und das andere deckte, damit dieses Reparaturen ausführen konnte.

Er faßte die einzige Fregatte ins Auge. Es war leicht zu verstehen, daß der Kommandant der *Mouette* sich hatte täuschen lassen, denn es bedurfte schon mehr als nur einer fremden Flagge, um eine in England gebaute Fregatte zu tarnen. Bolitho wußte, daß die *Consort* am Medway vom Stapel gelaufen war, in der Nähe von Herricks Heim. Ob der jetzt wohl auch daran dachte?

Zwölf Linienschiffe. Das Flaggschiff an der Spitze war schon von Parris identifiziert worden, der es von früher kannte. Es war die mit neunzig Kanonen bestückte *San Mateo*, Flaggschiff von Admiral Don Alberto Casares, der die spanischen Geschwader in Havanna befehligte. Casares mußte die Rolle der *Hyperion* beim Handstreich auf Puerto Cabello kennen. Und einige seiner Schiffe hatten wahrscheinlich auch die Schatzschiffe nach Spanien geleiten sollen.

Bolitho beobachtete die *Intrépido*, vormals *Consort.* Die beiden Gegner hatten wenigstens etwas gemeinsam: jeder besaß nur eine Fregatte.

Er hörte Parris zu den Signalfähnrichen sagen: »Es wird noch eine Weile dauern.«

Bolitho schaute die beiden Jünglinge an, die ihre Augen vom Feind kaum loszureißen vermochten. Es war schlimm für jemanden, der noch nie eine Schlachtlinie zu Gesicht bekommen hatte. Erst nach Stunden würden sie einander nähergekommen sein. Bei den Saintes hatte es den ganzen Tag gedauert. Erst lugten nur die Mastspitzen über den Horizont, dann wuchsen sie immer höher und zogen die Schiffsrümpfe nach sich, bis die Flotte schließlich die gesamte Wasserfläche zu bedecken schien. Ein Leutnant, der von jenem Gefecht nach Hause berichtete, beschrieb die französische Flotte als »über den Horizont steigend wie die gepanzerten Ritter von Agincourt.« Das hatte die Situation genau getroffen.

Bolitho ging zur Vorkante und überblickte das Batteriedeck. Die Männer waren bereit. Die Stückführer hatten die besten Kugeln und Kartätschen ausgesucht; sie waren für die erste, doppelt geladene Breitseite bestimmt. Diesmal würden beide Schiffsseiten gleichzeitig zu feuern haben, denn sie wollten die feindliche Linie durchbrechen. Danach war jedes Schiff auf sich selbst gestellt.

Die besten Schützen der Seesoldaten, die Major Adams finden konnte, standen schon oben in den Gefechtsmarsen mit einigen Kanonieren, welche die Drehbassen bedienten. Die Masse der Seesoldaten war achtern angetreten. Noch kauerten sie nicht hinter den Hängemattsnetzen, um den Feind aufs Korn zu nehmen, sondern warteten in sanft schwankenden Reihen. Sergeant Embree und seine Korporale sprachen leise miteinander, ohne die Lippen zu bewegen. Penhaligon und seine Gehilfen hielten sich mit zwei Ersatzleuten beim Ruderrad auf.

Abgesehen vom Rauschen der See und dem gelegentlichen Klatschen des großen Besansegels über dem Poopdeck war alles still, nachdem der Spielzug aufgehört hatte. Das feindliche Flaggschiff war jetzt viel nähergekommen. Man bemerkte bereits die Sonnenreflexe auf Degen und Bajonetten. Männer schwärmten in die Wanten des Vormastes, andere stiegen auf die Kanonen und schauten dem sich nähernden Geschwader entgegen.

Der spanische Admiral mochte damit rechnen, daß sein Gegner in Schlachtlinie Schiff gegen Schiff kämpfen wollte. Aber damit hätten seine neunzig Geschütze gegen die alte *Hyperion* gestanden. Bolitho lächelte grimmig. Den Gefallen würde er ihm nicht tun.

Es wäre sogar unklug, in der ersten Phase das überladene Heck der *San Mateo* zu kreuzen. Wenn *Hyperion* beim Durchbrechen der gegnerischen Linie manövrierunfähig geschossen wurde, mußte das die nachfolgenden Schiffe durcheinanderbringen, und Herrick war dann sich selbst überlassen, um sich mit lediglich drei Schiffen auf eigene Faust zu schlagen.

Bolitho befahl: »Signal an *Tybalt*: Sie soll sich hinter *Olympus* setzen, das gibt der Herrick-Linie mehr Gewicht.« Die

Flaggen flitzten hoch, aber er behielt weiter das große spanische Flaggschiff im Auge.

Keen konnte offenbar seine Gedanken lesen. »Darf ich vorschlagen, daß wir die spanische Schlachtlinie hinter dem dritten oder vierten Schiff durchstoßen?«

Bolitho lächelte. »Je weiter weg von der Schönen, umso besser, jedenfalls bis wir deren Übergewicht etwas ausgeglichen haben.«

Jenour bei den Signalgasten hörte Bolithos gelassene Antwort. War seine Ruhe nur ein Bluff, oder glaubte er wirklich, er könne gegen so viele gewinnen? Jenour dachte an seine Eltern und wie er das alles in seinem nächsten Brief an sie schildern würde. Doch es überstieg seine Vorstellungskraft. Vielleicht würde es überhaupt keinen Brief mehr geben? Schreckliche Angst überfiel ihn, er hob den Blick zu den Wolken über Bolithos Flagge und begriff: Er ging dem Tod entgegen.

Fähnrich Springett, der jüngste an Bord, trat blinzelnd ins Helle. Seine Gefechtsstation war im halbdunklen unteren Batteriedeck, von wo er Meldungen zum Achterdeck zu bringen hatte. Bolitho sah, wie er sich umschaute, und achtete auf seinen Gesichtsausdruck, als er den Feind erblickte, wahrscheinlich zum erstenmal in seinem Leben. In diesem Augenblick verloren seine Uniform und der blinkende Dolch an seinem Gürtel völlig an Bedeutung. Er biß auf seine Fingerknöchel, als ob er einen Schreckensschrei zurückhalten müsse. Plötzlich war er wieder ein Kind.

Jenour ging zu ihm. »Mr. Springett, Sie könnten mir heute helfen.« Er deutete auf die beiden Signalfähnriche, auf Furnival, den Senior, und Mirrielees mit den roten Haaren und einem Gesicht voller Sommersprossen. »Die alten Männer da sind nicht mehr ganz auf der Höhe.« Die beiden Erwähnten stießen sich grinsend in die Rippen; es war alles ein großer Witz.

Der Junge starrte sie wie hypnotisiert an. Er flüsterte: »Danke, Sir«, und übergab ein Stück Papier. »Mit Mr. Mansforths Respekt, Sir.« Er drehte sich wieder um und trottete davon, ohne auch nur einen Blick auf die imposanten Segelpyramiden rundum zu werfen.

Keen sagte leise: »Der Flaggleutnant hat den Jungen davor bewahrt, in Tränen auszubrechen.«

Bolitho sah auf der *San Mateo* weitere Flaggensignale auswehen und dachte, daß Jenour selbst vermutlich auch nicht weit davon entfernt gewesen war.

Übers Wasser drang das dumpfe Rumpeln schwerer Geschützlafetten. Den wartenden Seeleuten entrang sich so etwas wie ein Aufseufzen, als dunkle Schatten über das hohe Freibord der *San Mateo* liefen. Alle Kanonen ihrer Backbordseite waren nun ausgefahren. Es war, als schauten sie einem Drachen ins offene Maul.

Das Geschmetter einer Trompete ertönte. Bolitho stellte sich die feindlichen Kanoniere vor, wie sie über ihre Rohre das Ziel auffaßten, während die nächsten Ladungen Pulver und Kugeln schon bereitlagen. »Heißt *Benbows* Nummer! Ich wage nicht noch viel länger zu warten, Val.«

Während man die Flaggleinen bestückte, achtete Bolitho auf die beiden konvergierenden Reihen, deren Kurse in einer Pfeilspitze zusammenliefen.

Ein dumpfer Knall - und von der Bordwand der *San Mateo* löste sich ein Rauchwölkchen. Die Kugel schlug aufs Wasser, prallte ab und flog weiter, eine zerfetzte Gischtfeder aufwerfend. Ein die Reichweite testender Schuß? Oder wollte man lediglich die spanischen Seeleute aufmuntern, während sie - wie die der *Hyperion* - in quälender Spannung warteten?

»*Benbow* hat verstanden, Sir!«

So wenig Signale wie möglich. Bolitho hatte dies im Prinzip immer für gute Taktik gehalten. Einem Gegner fiel es nicht schwer, aus den Signalen des anderen den nächsten Schritt zu erahnen. Zudem war es möglich, daß die Prise *Intrépido* den Spaniern mit einem noch gültigen Signalbuch in die Hände gefallen war. Als der arme Kapitän Price sein Schiff auf Grund gesetzt hatte, konnte er sich diese Situation kaum ausgemalt haben.

Bolitho wandte sich an Keen und seinen Ersten. »Wir gehen nacheinander über Stag. *Hyperion* und *Benbow* führen die beiden Reihen an.« Sie nickten. Parris sah ihm auf den Mund, als wolle er einen tieferen Sinn herauslesen. »Damit kommen wir so hoch an den Wind, wie sie es eben noch verträgt. Das wird unsere Fahrt verringern.«

Wieder hatten sie verstanden. Es konnte nämlich bedeuten, daß der Feind mehr Zeit fand, seine Kanonen auf sie zu richten. Bolitho ging zur Steuerbordseite und stellte sich auf die Lafette eines Neunpfünders. Mit einer Hand stützte er sich auf die bloße Schulter des einen Kanoniers.

Er konnte die Masten der *Benbow* hinter den anderen erkennen. Herricks Flagge flatterte vom Besan. *Benbow* hatte noch den Bestätigungswimpel stehen, ebenso wie *Hyperion* ihre Nummer vorgeheißt ließ: wie eine Trompete, die lautlos zur Attacke blies. Eine Attacke, die nun nicht mehr aufzuhalten war. Bolitho fühlte, wie sich die Schulter des Mannes spannte, als er zu ihm hochsah. Er blickte in sein Gesicht; um die achtzehn herum. Ein Gesicht, wie man es auf den Farmen und Landstraßen von Cornwall fand. Nur nicht in Kriegszeiten.

»Naylor, hab' ich recht?«

Der Kanonier grinste, während seine Kameraden einander zuzwinkerten. »Aye, aye, Sir Richard.«

Bolitho dachte an den entsetzten kleinen Fähnrich und an Jenour, der es mehr als das Gefecht fürchtete, seine Angst zu zeigen.

»Nun, Naylor, dort ist der Feind. Was sagst du dazu?«

Naylor musterte den nächststehenden Spanier mit seinen imposanten Flaggen und Wimpeln, von denen einige beim Auswehen fast das Wasser berührten. »Ich denke doch, daß wir mit denen fertig werden, Sir Richard.« Er nickte nachdrücklich. »Wir müssen den Weg für die anderen freimachen.«

Seine Kameraden brachen in Hochrufe aus, und Bolitho kletterte von der Lafette. Er fürchtete, daß sein Auge eben diesen Moment wählen könnte, ihn im Stich zu lassen.

Naylor war nur ein einfacher Seemann, der, wenn er diesen Tag überlebte, wahrscheinlich in einer anderen Schlacht sterben würde, bevor er ein Jahr älter war. Plötzlich fielen ihm das große Haus in London und Belindas beißende Worte ein. Wie borniert sie doch war ...

»Das werden wir auch.« Er nickte Naylor zu und ging davon. »Kapitän Keen!« Wieder schien die Zeit für beide stillzustehen. Dann sagte Bolitho sachlich: »Kursänderung drei Strich nach Steuerbord. Steuert Nord zu West!«

Er winkte Jenour. »Jetzt. Ausführungssignal!«

Auf Herricks Flaggschiff schien man nur auf diesen Augenblick gewartet zu haben. Sobald die Flaggen niedergeholt wurden, drehte *Benbow* auch schon aus ihrer Reihe, als ob sie allein eine Attacke gegen den Feind führen wolle.

Keens Augen waren überall zugleich. Von Parris angespornt, hievten die Seeleute an den Brassen, während andere dem mächtigen Großsegel Lose gaben und sich die Rahen knarrend drehten. Der Wind drückte das Schiff zur anderen Seite, das Deck neigte sich hinüber, und Penhaligon stellte sich breitbeiniger hin. Im Nu war Keen am Kompaß. »Stützruder! Recht so, laß laufen!«

Die Segel donnerten protestierend. Der Besan killte von oben bis unten, es schien ihn zerreißen zu wollen. Dann füllte sich die Leinwand und wurde prall. Sie lagen nun hart am Wind, höher ging es nicht. Den Spaniern mußte es so vorkommen, als ob alle ihre Segel mittschiffs standen und sich überschnitten.

Bolitho hielt sich an der Reling fest und sah zum Feind hinüber. Irgend jemand schoß, aber die Netze über der Kuhl und das riesige Großsegel verdeckten das Mündungsfeuer.

Benbow lief mit *Hyperion* auf Parallekurs, kaum drei Kabellängen entfernt. Die Schiffe hinter ihnen wendeten ebenfalls in Folge, während *Tybalt* hastig aufkreuzte, um ihre Position als letzte in der Reihe einzunehmen.

Keen rief bewegt: »Bei Gott, das hat die Dons überrascht!«

Das spanische Flaggschiff schien jetzt von *Hyperions* Backbordseite wegzustreben, während zwei andere Spanier ihm wie bisher folgten. Bolitho befahl: »Laden und ausrennen, Kapitän Keen!«

Der Befehl wurde wiederholt und weitergegeben. Kaum eine Minute verging, da blickte jeder Geschützführer nach achtern und hob die geballte Faust über den Kopf.

»Alles geladen, Sir!«

»Öffnet die Pforten!«

Laut quietschend rollten die Kanonen vor die Öffnungen in der Bordwand. An der tieferliegenden Leeseite schien die See bis zu den Mündungen heraufzulecken.

Das Deck der *Hyperion* erbebte, als die ihr am nächsten stehenden feindlichen Schiffe Feuer eröffneten. Doch das Aufdrehen der unerwartet geteilten Formation hatte den spanischen Admiral überrascht. Nun konnten die meisten seiner Stückführer ihre Ziele nicht mehr auffassen. Wasserfontänen wuchsen neben *Hyperions* Bordwand empor, aber Bolitho fühlte nur einmal den Einschlag einer Kugel in den unteren Rumpf.

»Untersegel aufgeien!«

Die Breitfock hob sich wie ein Riesenvorhang und gab den Blick nach beiden Seiten frei. Bolitho hörte einen der Fähnriche vor Schreck nach Luft schnappen, als vor ihnen das Heck des nächsten Spaniers wie aus dem Nichts erschien. Plötzlich war da eine hohe, überreich geschmückte Galerie, Gewehrfeuer versprühend, und der Name *Castor* über der Heckwelle.

Schüsse pfiffen über ihre Köpfe, die Geschützbedienungen duckten sich noch tiefer. Über ihre Gesichter rann Schweiß, während sie nach Zielen ausspähten.

»Achtung an Backbord!« Lovering, der Zweite Leutnant, trat von den vorderen Kanonen etwas zurück. »Ziel auffassen – Einzelfeuer!«

Keen hob seinen Degen, riß ihn herunter. »Feuer!«

Die Backbordkarronade vorn schleuderte ihre großkalibrige Kugel mit entsetzlicher Wirkung ins Heck der *Castor*. Bolitho hörte die Detonation im Innern des Schiffskörpers und konnte sich das Entsetzen vorstellen, als die Kartätschen wie eine Sense durch den leergeräumten Raum fegten. Sobald die Schotten zum Gefecht erst abgeschlagen waren, war jedes Kriegsschiff am verletzlichsten, wenn es dem Feind gelang, in sein Heck zu feuern.

Im Pulverdampf erschien auf der anderen Seite das nächste Schiff; aus all seinen Rohren zuckten ihnen rot-gelbe Zungen entgegen.

»Steuerbordbatterie – Feuer!«

»Backbord, zweite Division – Feuer!«

Mit ohrenbetäubendem Donner verschwanden beide Seiten in wirbelndem Rauch; verkohlte Kartuschenreste regneten herab. Das Schiff an Steuerbord wurde auch von *Obdurate* bekämpft, Bolitho sah ihre Mastspitzen wie Lanzen aus den Pulverdampfwolken ragen. Er fühlte das Deck ein-, zweimal unter Treffern erbeben.

Parris brüllte: »In der Aufwärtsbewegung – Feuer!«

Da krachte auch schon die nächste Division fast einstimmig. Bolitho sah den Kreuzmast der *Castor* wanken, wenige Augenblicke noch von der Takelage gehalten, ehe er krachend über die Seite kippte.

»Feuer!«

Keen überquerte mit tränenden Augen das Achterdeck. Die oberen Geschütze ruckten einzeln oder in Paaren in ihre Taljen und Brocktaue zurück. Sofort sprangen Männer mit Schwamm und Ladestock herbei, um die Rohre auszuwischen und mit der nächsten Kugel zu füllen. Sie taten, was man sie gelehrt hatte, ganz gleich, was um sie herum geschah.

Jenour hustete im Rauch und meldete dann: »*Obdurate* ist mit einem Spanier kollidiert, Sir Richard!« Er zuckte zusammen, als eine Gewehrkugel dicht neben ihm ins Deck schlug, und fügte hinzu: »Sie ersucht um Unterstützung.«

Bolitho schüttelte den Kopf. Keen sagte kurz: »Abgelehnt.«

Die Flaggen, die Keens barsches Signal ausdrückten, flogen hoch und verschwanden in einer Rauchdecke, die binnenbords gesaugt wurde, als die untere Batterie nach Steuerbord feuerte.

Parris jubelte: »Wir sind durch, wir sind durch!« Er schwenkte seinen Hut. »Hurra, Jungs, wir haben die Linie durchbrochen!«

Weiterc Segel wuchsen wie riesige Geister achteraus empor: *Crusader* und *Redoubtable.* Letztere kollidierte beinahe mit einem Spanier, der entweder sein Ruder oder seine Rudergänger verloren hatte. »Klar zur Kursänderung nach Backbord!« Bolitho warf sein Fernglas einem Fähnrich zu. »Das brauche ich jetzt nicht.«

»An Deck!« Irgendeiner hatte dort oben über dem Rauch und dem Eisenhagel eine klaren Kopf behalten. »*Benbow* ist durch die Linie!«

Es gab noch mehr Jubel. Die Backbordbatterie feuerte blindlings eine Breitseite durch die Schwaden. Einiges davon traf die Bordwand der *Castor*, während der Rest das zweite Schiff in der feindlichen Linie eindeckte.

»Legt sie auf Backbordbug, Mr. Penhaligon! Achterwache bemannt die Kreuzbrassen!« Die ausgewählten Seesoldaten legten ihre Gewehre nieder und rannten zu Hilfe, während andere über die Hängematten schielten und, den Kolben an die Backe geschmiegt, ein Ziel suchten.

Bolitho sah beschädigtes Tauwerk ellenlang von den Schutznetzen baumeln. Und über allem Wirrwarr wölbte sich noch immer derselbe friedliche Himmel.

Eine Kanonenkugel schlug an Backbord ein und traf die Bedienung eines vorderen Achtzehnpfünders. Zwei Mann wurden zu blutigen Brocken zermalmt, ein dritter rollte schreiend längs Deck. Sein Bein wurde nur noch von einem Hautfetzen gehalten.

Bolitho biß die Zähne zusammen und versuchte sich zu konzentrieren. Alle seine Einheiten mußten jetzt im Gefecht sein. Der Schlachtenlärm hörte sich an, als ob an allen Seiten Schiffe kämpften. Ihr eigener Rauch verbarg sie voreinander. Geschützfeuer grollte wie gigantischer Trommelwirbel auf dem Wasser hin und her.

Bolitho befahl: »Signal an alle: Aufschließen zum Flaggschiff, formiert Schlachtlinie!« Wie sie das mit den Flaggen übermitteln würden, war ihm selbst nicht klar. Doch schon bald kam Jenour. »Alles bestätigt, Sir Richard.«

Ein abseits stehender spanischer Zweidecker setzte mehr Segel. Sein Kommandant strebte entweder näher zum eigenen Flaggschiff oder wollte einen Zusammenstoß mit der bewegungsunfähigen *Castor* vermeiden.

Bolitho begriff. »Dort, Val! Greift ihn an!«

Keen gellte: »Achtung an Steuerbord!«

Der Spanier schien schneller zu werden, aber es war nur eine durch den Rauch verursachte Illusion. Bolitho erwartete, daß er wenden und den Kurs der *Hyperion* kreuzen würde. Er konnte auf seiner Fock das große Kreuz, das rotgoldene Banner Spaniens erkennen.

Keen hob wieder seinen Degen. »Einzelfeuer!«

Das gegnerische Schiff feuerte fast zu gleicher Zeit. Eisenstücke und Holztrümmer flogen über ihr Batteriedeck, während die Segel, so sehr durchlöchert, daß sie kaum noch den Wind hielten, kraftlos erschlafften. Bolitho wischte sich übers Gesicht und sah den Vormast des Gegners fallen. Takelage und Leinwandfetzen verschwanden längsseits.

Den konnte er nun vergessen. Aber *Hyperion* hatte es schwer getroffen. Ein Teil der feindlichen Breitseite war mit der Wucht eines Bergrutsches in ihren unteren Rumpf geschlagen. Bolitho wollte über Deck gehen, da wurde sein Fuß festgehalten. Er blickte hinab und sah den jungen Seemann Naylor. Er lehnte an seinem umgeworfenen Geschütz und versuchte, Worte zu stammeln. Sein Gesicht war schmerzverzerrt.

Keen rief: »Hierher, Sir Richard! Ich glaube, wir können . . .« Seine Füße rutschten in Blut aus, und als er Bolitho neben dem sterbenden Seemann knien sah, verstummte er. Bolitho ergriff die Hand des Jünglings. Die Spanier mußten ihre Breitseite mit Kartätschen geladen haben; Naylor hatte ein Bein verloren, und in seiner Seite klaffte ein faustgroßes Loch.

»Lieg still, Naylor.« Bolitho hielt die Hand des Schwerverwundeten. Das Deck schien unter ihm zu schwanken. Er wurde verlangt, dringend sogar. Ringsumher tobte die Schlacht ohne Unterbrechung.

Der Seemann keuchte: »Ich – ich sterbe, Sir!« In seinen Augen standen Tränen. Er betrachtete sein Blut, das in die Speigatten floß, wie etwas Fremdes. Verwirrt über das, was geschah, stemmte er sich noch einmal hoch, und Bolitho spürte eine letzte Festigkeit in seinem Griff. Naylor fragte: »Warum ich, Sir?« Dann fiel er zurück, aus seinem Mundwinkel sickerte ein rotes Rinnsal. »Warum gerade ich?«

Keen wartete, bis Bolitho die Hand losließ, die ihm nun kraftlos entglitt.

Dann meldete er: »*Capricious* ist wieder manövrierfähig, Sir Richard! Aber dort drüben bricht ein Spanier durch!« Er bestaunte seinen erhobenen Arm. Der Ärmel war aufgerissen, und doch hatte er die Musketenkugel nicht einmal bemerkt.

Bolitho eilte zur Reling. Ein zweites Schiff überholte schon den Spanier, der die Breitseite abgefeuert hatte. »Will sicherlich zu seinem Admiral.«

Keen winkte. »Mr. Quayle! Sagen Sie der unteren Batterie, wir werden den dort gleich angreifen!«

Der Vierte Leutnant hatte alle Arroganz verloren. Vielmehr war er fast außer sich vor Angst.

Keen drehte sich um. »Mr. Furnival!«

Doch der Fähnrich war ebenfalls gefallen, während sein Kamerad stocksteif neben Jenour stand. Sein Blick war auf die Flaggen gerichtet, zwischen denen sein getöteter Freund lag, als wolle er sich von der Hitze des Gefechts ausruhen.

Bolitho bellte: »Gehen Sie unter Deck, Mr. Quayle! Dies ist ein Befehl!«

Keen strich sich das Haar aus der Stirn und merkte, daß auch sein Hut weggerissen war. »Verflucht noch mal!«

»Alle feuerbereit, Sir!«

Keens Degen zuckte nieder. »Feuer!«

Schuß um Schuß der Breitseite bemalte das Kabbelwasser zwischen den Schiffen mit blutrotem Schein. Man hörte deutlich, wie das Eisen der *Hyperion* in die Bordwand des Gegners krachte und Menschen und Geschütze zerschlug.

Eine zunehmende Brise wirbelte den Pulverdampf weg.

Keen warnte: »Sie treibt auf uns zu! Ihr Ruder ist weggeschossen!«

Bolitho hörte es platschen. Als er sich umwandte, sah er einige Gehilfen des Bootsmanns von dem umgestürzten Geschütz wegtreten. Sie hatten Naylors Leiche schon über Bord geworfen, nur noch sein Blut markierte die Stelle, wo er gekämpft hatte und gestorben war. Immer noch hatte er seine Stimme im Ohr: »Warum gerade ich?« Es gab so viele, die diese Frage stellten.

Allday schätzte mit dem bloßen Entersäbel in der Faust das näherkommende spanische Schiff kalt ab. Parris schrie gellend: »Klar zur Abwehr von Enterern!«

Major Adams hastete nach vorn, als der lange Klüverbaum des Gegners den Rauch durchstach und sich mit einer Erschütterung im Bugsprit der *Hyperion* verhakte, die selbst die Geschützbedienungen innehalten ließ.

Keen brüllte: »Weiterfeuern!«

Die unteren Zweiunddreißigpfünder schossen gnadenlos über das mit Trümmern bedeckte Dreieck verräucherten Wassers. Wieder und wieder und noch einmal, bis des Feindes Klüverbaum brach, das Schiff mit einem Ruck längsseit klappte und die Mündungen von Freund und Feind zusammenstießen.

Gewehrfeuer knallte aus den Masten, Männer fielen neben ihren Geschützen oder brachen beim Aufräumen der heruntergefallenen Takelage getroffen zusammen. Aus dem Großmast der *Hyperion* bellten die Drehbassen und fegten eine Anzahl Spanier hinweg, die sich auf die Enternetze schwangen.

Keen brüllte: »Wir haben kein Ruder mehr im Schiff, Sir Richard! Müssen sehen, daß wir den hier loswerden. Der andere Zweidecker hat sich auch an ihm verfangen.«

Drei Schiffe, ineinander verkeilt. Dennoch wagten sie jetzt nicht, in das längsseit liegende Schiff zu feuern. Denn es bedurfte nur einer glimmenden Kartusche, um beide, Freund und Feind, in ein Flammenmeer zu verwandeln.

»Räumt die Unterbatterie, Val, schließt die Pforten! Ich brauche jede Hand hier oben!«

Mit nackten, von Pulverrauch geschwärzten Oberkörpern quollen sie herauf, um Major Adams Seesoldaten beizustehen. Gemeinsam gingen sie gegen die Angreifer vor.

Keen warf die Scheide fort und wog seinen Degen in der Hand. Er schaute im treibenden Rauch nach seinen Leutnants aus.

»Und wo ist mein verdammter Bootssteurer?« Seine Miene erhellte sich, als Tojohns auf ihn zurannte, mit hoch erhobenem Entersäbel, um die anderen Seeleute im Getümmel nicht zu verletzen.

»Hier, Sir!«

Jetzt kam auch Allday. »Zur Stelle, Sir!«

Keens Augen suchten den Ersten Leutnant an der Reling. »Bleiben Sie hier, Mr. Parris, und verteidigen Sie das Achterdeck!« Sein Blick streifte Bolitho, es war wie ein Händedruck zum Abschied.

Dann rannte auch er auf dem Steuerbord-Seitendeck nach vorn, wo der Feind herüberkletterte. Leutnant Lovering deutete mit seinem Degen. »Nach vorn auf die Back, ihr Burschen!« brüllte er. Doch mitten im Sprung stürzte er zu Boden, der Degen baumelte noch an seinem Handgelenk. Ein verborgener Scharfschütze hatte sein Ziel gefunden.

Dacie, der einäugige Bootsmannsgehilfe, war schon auf der Galion im Handgemenge. Er schwang sein furchtbares Enterbeil. Drei Spanier hatte er bereits niedergehauen, ehe einige Seesoldaten ihm beisprangen. Sie stachen mit ihren Bajonetten durch die Netze und schleuderten die Feinde beiseite, die sich wie Fliegen in einem Spinngewebe verfangen hatten.

Wieder krachten die Drehbassen im Großmast. Einige spanische Seeleute, die als erste zu entern versuchten, wurden von ihrem tödlichen Hagel umgemäht. Die sich bereits auf *Hyperion* befanden, fielen zurück. Einer warf seinen Entersäbel fort, als ihn die Soldaten in eine Ecke drängten, aber für Pardon war es zu spät. Rauch trieb übers Deck, und dahinter sah man nur noch Leichen. Triumphierende Seesoldaten erfochten sich ihren Weg auf das Deck des spanischen Schiffes.

Jenour stand mit gezogenem Degen neben Bolitho, das Gesicht so bleich wie das eines bereits Toten. Er schrie: »Zwei Spanier haben die Flagge gestrichen, Sir Richard!«

Trotz des Klirrens von Stahl und dem Knallen der Gewehre hörte man schwache Jubelrufe von einem anderen Schiff und, so kam es Bolitho vor, auch Trommeln und Pfeifen.

Er stieg auf die Poopleiter, rieb sich die Augen und spähte durch den alles verhüllenden Rauch. Mit Mühe konnte er die *Obdurate* erkennen, nun völlig entmastet und neben dem spanischen Zweimaster liegend, mit dem sie zusammengestoßen war. Doch über dem Spanier wehte jetzt die britische Flagge, und Bolitho vermutete, daß es Kapitän Thynnes Männer waren, die da jubelten.

Dann sah er *Benbow* sich an einem anderen schwer mitgenommenen Spanier vorbeischieben und ihm eine langsame Breitseite versetzen. Masten fielen wie gefällte Bäume, aber Herricks Flagge flatterte über dem Rauch, spöttisch und heiter im Sonnenlicht. *Hyperion* hatte ihnen den Weg freigemacht, wie es Naylor vorausgesagt hatte.

Allday schrie: »Da – paßt auf!«

Bolitho drehte sich um und sah eine Gruppe spanischer Seeleute das Seitendeck erklettern. Bevor es jemand merkte, hatten sie die Netze zerschnitten. Sie mußten an den Großrüsten emporgeklettert sein wie Geschöpfe, die aus dem Wasser kamen.

Bolitho zog seinen Degen. Diese Spanier hatten überhaupt keine Chance, wenn ihnen nicht der andere Zweidekker zu Hilfe kam. Doch den nahm jetzt einer aus Bolithos Geschwader, wahrscheinlich *Crusader*, unter Feuer und bestrich ihn mit einer Breitseite von hinten bis vorne. Rauch und Trümmer wirbelten in die Luft und flogen sogar bis auf die Decks der *Hyperion*.

Hier aber wurde kräftig gefochten. Ein Leutnant führte die kleine Gruppe der Spanier an. Als er Bolitho erblickte, zückte er seinen Degen und machte einen Ausfall. Jenour behauptete seinen Platz, aber der Spanier war ein guter Fechter. Er bog Jenours blaue Klinge wie ein Rohr zur Seite, drehte sie mit seinem Handschutz und ließ sie davonfliegen. Er drängte nach, balancierte sich für den Todesstoß aus – und starrte entsetzt auf einen Spieß, der durch die Leiter zum Achterdeck zuckte. Der Seemann dahinter stieß nach und bohrte das Mordinstrument mit einem irrsinnigen Schrei in den Bauch des Leutnants.

Bolitho sah sich einem anderen Spanier gegenüber, der mit einem schweren Entersäbel bewaffnet war. Er schrie: »Ergebt euch endlich, verdammt!«

Aber ob er begriff oder nicht, der fremde Seemann gab nicht auf. Die breite Klinge beschrieb einen großen Bogen. Bolitho sprang mit Leichtigkeit beiseite, stürzte aber beinahe, als ein Sonnenstrahl durch den Rauch fiel und sein krankes Auge traf. Er war wie schon einmal mit Blindheit geschlagen.

Parris brüllte: »Stoppt den Mann!«

Bolitho konnte nur mutmaßen, was sich ereignete, und erwartete die brennende Qual des Entersäbels, den er nicht sah. Jemand schrie auf, und zusätzliche Rufe verrieten ihm, daß mehr von Keens Leuten herzukamen, um die letzten Angreifer zurückzuschlagen.

Alldays Verstand setzte aus, als der Spanier gegen Bolitho ausfiel, der sich anscheinend nicht wehren konnte. Alldays Klinge traf ihn flach am Kopf und glitt ab, aber sie hatte die ganze Kraft des Bootsteurers hinter sich. Der andere Mann taumelte, blinzelte in die plötzliche Helle und sah Allday auf sich zukommen.

Jenour, der in den blutbefleckten Speigatten seinen verlorenen Degen suchte, hörte nur Alldays nächsten Hieb. Doch Parris, von einem Schlag auf seine verletzte Schulter gelähmt, sah, wie der Entersäbel des Spaniers Unterarm abhackte. Im nächsten Augenblick lag er, noch mit dem Säbel daran, an Deck. Allday schnaubte: »Und das ist für mich, du Hund!« Er unterbrach den Schrei des Mannes mit einem letzten Hieb ins Genick.

Dann faßte er nach Bolithos Arm. »Alles in Ordnung, Sir Richard?«

Bolitho atmete mehrmals tief durch, seine Lungen brannten wie Feuer. »Ja. Ja, alter Freund . . . Die Sonne . . ..«

Dann sah er, daß sich Jenour verfärbte, und hielt ihn zunächst für verwundet. Vom Deck des längsseit liegenden Spaniers und aus dem Durcheinander seiner Takelage ertönte wilder Jubel. Ein Windstoß blies den Rauch fort, und Bolitho erkannte die Ursache für Jenours Bestürzung.

Das spanische Flaggschiff *San Mateo* hatte sich des Nahkampfes enthalten oder so lange gebraucht, um zu wenden. Über seinem hohen Spiegelbild schien es zu strahlen. Es hatte weder eine Schramme noch einen Fleck an seinem Rumpf, auch kein Einschußloch in den eleganten Segeln, und bewegte sich sehr langsam. Bolitho sah viele Männer auf seinen Rahen. Offenbar bereitete es sich erneut zum Wenden vor, fort von der Schlacht.

Bolitho zitterten die Glieder, als ob sie niemals aufhören wollten. Er hörte Parris entsetzten Schrei: »Herr Jesus, sie feuert gleich!«

Die *San Mateo* hatte alle ihre Geschütze ausgefahren. Bei einer Entfernung von nur fünfzig Metern mußte jeder Schuß sitzen, auch wenn jetzt noch zwei ihrer eigenen Schiffe dazwischen standen.

Bolithos Verstand sträubte sich, die Absicht des spanischen Dreideckers zu akzeptieren. Es war *Hyperion* selbst, die der Spanier vernichten wollte, das trotzig herausfordernde britische Schiff mit der Vizeadmiralsflagge noch am Vormast, welches irgendwie ihre Linie durchbrochen hatte und die anderen begeistert mitriß. Er sah sich nach Allday um, aber der starrte ebenfalls das feindliche Flaggschiff an. Am Handgelenk baumelte sein Entermesser.

Der Spanier feuerte. Der Lärm war überwältigend, das volle Gewicht seiner Breitseite schmetterte in die stilliegende *Hyperion.* Bolitho fühlte, wie sich das Deck emporbog, als ob das Schiff seinen Schmerz teilte. Er wurde zur Seite geschleudert. Seine Ohren waren taub vom Krachen der brechenden Masten, vom Weinen und Kreischen der Getroffenen, bevor die zerrissene Takelage sie wie ein großes Netz über die Seite zerrte.

Bolitho kroch zu Fähnrich Mirrielees, packte ihn an der Schulter und wollte ihn auf den Rücken drehen. Aber dessen Augen waren fest geschlossen, und unter den Lidern quoll es wie Tränen hervor. Er war tot. Allday kauerte mit weit offenem Mund an Deck. Ihre Augen trafen sich, und Allday grinste gequält. Bolitho fühlte, daß ihn jemand auf die Füße stellte. Seine Augen waren blind im Sonnenlicht, das die Zerstörung offenlegte.

Dann senkte sich Pulverdampf über die Szene, und *San Mateo* verschwand von der Bildfläche.

XIX Das letzte Lebewohl

Sir Piers Blachford stützte sich auf den Behelfstisch, während die Geschütze oben noch immer donnerten und das ganze Schiff erbebte. Er wischte sich den Schweiß vom Gesicht und sagte: »Nehmt diesen Mann fort, er ist tot.«

Die Gehilfen des Chirurgen ergriffen den nackten Leichnam und zerrten ihn in den Schatten des Orlopdecks. Blachford richtete sich auf und spürte die schweren Decksbalken dicht über seinem Kopf. Wenn es wirklich eine Hölle gab, dachte er, mußte sie wie dies hier aussehen.

Das Licht der über dem Tisch schwingenden Laterne machte alles noch schlimmer, sofern das überhaupt möglich war. Sie warf Schatten auf die gewölbte Bordwand und legte die zusammengekauerten oder regungslosen Verwundeten bloß, von denen immer mehr ins unterste Deck des Schiffes gebracht wurden.

Sir Piers blickte seinen Kollegen an, George Minchin, den eigentlichen Chirurg der *Hyperion,* einen grobgesichtigen Mann mit spärlich sprießenden grauen Haaren. Seine Augen hatten rote Ränder, und das nicht nur vor Müdigkeit. Ein großer Krug Rum stand neben dem Tisch, um den Todeskampf oder die wachen Momente der jammernden Verwundeten zu lindern. Sie lagen auf den Tischen, entblößt und gequälten Opfern gleich, bis das Werk vollbracht war. Minchin aber schien mehr als seinen Anteil zu trinken.

Blackford sah die fürchterlichsten Verwundungen: Männer ohne Glieder, Gesicht und Leib verbrannt oder durch Splitter zerfetzt. Der ganze Raum, normalerweise Unterkunft der Fähnriche, wo sie schliefen, aßen oder aus Handbüchern im Halbdunkel ihrer Talglichter lernten, war mit Leidenden überfüllt. Es stank nach Blut, Erbrochenem und Schweiß. Jede dröhnende Breitseite, jeder schauderhafte Einschlag einer Kugel verursachte Geschrei und Stöhnen der auf Behandlung Wartenden.

Blachford konnte nur ahnen, was sich oben, im hellen Tageslicht, abspielte. Nach hier unten, ins Orlop, verirrte sich nie ein Strahl Sonne. Unterhalb der Wasserlinie gelegen, war es der sicherste Platz für das grausige Werk. Dennoch empörte es ihn.

Er deutete auf die gräßlichen Behälter unter dem Tisch, die mit amputierten Gliedmaßen gefüllt waren: eine brutale Warnung für die nächsten Verwundeten, was ihnen blühte. Das erhöhte ihre Marter so sehr, daß ihnen der Tod wie eine Erlösung vorkommen mußte. »Tragt das fort.«

Der Senior-Chirurg lauschte dem Hämmern im schmalen Zimmermannsgang, der unterhalb der Wasserlinie um die Bordwand lief wie ein enger Steg zwischen den Schiffsabteilungen und der Außenhaut. Von diesem Gang aus dichteten der Zimmermann und seine Gehilfen Einschußlöcher und Leckagen ab, die der Feind wieder und wieder in die Bordwand drosch.

Unmittelbar über ihren Köpfen gab es ein langgezogenes Gerumpel, und Blachford stierte an den Balken empor, als erwarte er, eingeschlossen zu werden. Eine ängstliche Stimme rief aus den Schatten: »Was war das, Toby?«

Irgendeiner antwortete: »Sie fahren die Unterbatterie ein, das war's.«

Blachford fragte schnell: »Warum tun sie das?«

Minchin schluckte eine Tasse voll Rum und wischte sich den Mund mit der blutigen Faust. »Die machen Schluß! Wir liegen Seite an Seite mit einem dieser Saukerle, und sie brauchen an Deck jede Teerjacke zur Verteidigung.« Heiser schrie er: »Der nächste, Donovan!«

Dann beäugte er Blachford mit etwas wie Geringschätzung. »Das hier ist wohl nicht ganz das, was Sie gewohnt sind? Keine geschmackvollen Operationsräume mit Reihen unwissender Studenten, die Ihnen jedes Wort von den Lippen saugen.« Er blinzelte mit seinen geröteten Augen, als Rauch durch das Deck zog. »Ich hoffe nur, daß Sie heute etwas Nützliches lernen, Sir Piers: nämlich, was wir im Namen der Medizin zu erdulden haben.«

Ein Schiffsjunge sagte: »Der hier ist ein Offizier, Sir.«

Blachford beugte sich über den Tisch, als dem Leutnant das zerrissene Hemd abgestreift und er flach hingelegt wurde. Es war der Zweite, Lovering, den ein Spanier niedergeschossen hatte. Blachford untersuchte die schreckliche Wunde in seinem Arm. Unter der schaukelnden Laterne sah das Blut schwarz aus. Wo die Kugel plattgedrückt war, nachdem sie den Knochen getroffen hatte, war das Fleisch zerfetzt. Lovering starrte ihn an, die Augen glasig vor Schmerz. »O Gott . . . Ist es schlimm?«

Minchin berührte seine nackte Schulter. Sie war kalt und feucht. »Tut mir leid, Ralph.« Er blickte Blachford an. »Der Arm muß ab.«

Lovering schloß die Augen. »Aber nein, doch nicht mein Arm . . .«

Blachford wartete auf einen Gehilfen, der ihm seine Instrumente brachte. Er hatte immer wieder darauf bestehen müssen, daß sie gereinigt wurden. Kein Wunder, wenn die Männer an Wundbrand starben.

Er beugte sich über den Verwundeten und sagte leise: »Er hat recht. Es ist zu Ihrem eigenen Besten.« Erst zweiundzwanzig Jahre alt, dachte er.

Der Leutnant drehte sein Gesicht aus dem Lampenlicht und wisperte: »Warum bringt ihr mich dann nicht gleich um? Ich bin doch sowieso erledigt.«

Weitere Einschläge erschütterten das Schiff, Instrumente fielen zu Boden. Blachford bückte sich danach und sah angeekelt eine Ratte ins Dunkle hasten. Minchin bemerkte seinen Abscheu und biß die Zähne zusammen. Was wußte der schon vom Krieg? Kam aus London hierher und verbreitete hohles, hehres Geschwätz. Aus dem Augenwinkel sah er Blachfords Messer blinken.

»Hier, Ralph.« Minchin schob Lovering einen Lederknebel zwischen die Zähne, bevor dieser protestieren konnte. »Hinterher gibt's einen ordentlichen Brandy.«

Eine Stimme gellte durch den Rauch: »Noch'n Offizier, Sir!«

Blachford sah Leutnant Quayle an einem der dicken Stützbalken zusammensacken und sein Gesicht mit dem Uniformrock bedecken. Ein Seemann erhob Einspruch: »Der hat ja nicht mal 'nen Kratzer!«

Auf dem Tisch kämpfte Leutnant Lovering wie ein Löwe. Wenn der Gehilfe nicht seinen gesunden Arm und Minchin ihn nicht an den Schultern festgehalten hätten, wäre er aufgesprungen. »Ihr blutigen Bastarde! Ihr feigen . . .« Seine Stimme brach, er fiel ohnmächtig auf den Tisch zurück.

Blachford schaute wieder Quayle an, der die Hände rang und wie ein Kind wimmerte. »Nennt es, wie ihr wollt, aber er ist ebenso ein Verwundeter wie alle anderen.«

Minchin nahm den Lederknebel aus Loverings Mund. Brutalität und Gefühlsrohheit waren die Merkmale seines Berufs. Er hielt Lovering fest und wartete auf die Amputation. Wenn Ralph Glück hatte, versank er in tiefe Bewußtlosigkeit, bevor die Säge zum ersten Schnitt ansetzte.

Minchin konnte das, was Blachford und viele seinesgleichen über die Chirurgen der Navy dachten, leichthin abtun.

Er konnte sogar Loverings Höllenqualen ignorieren, und dabei hatte er den jungen Leutnant immer gern gehabt. Statt dessen konzentrierte er sich auf seine Tochter in Dover, von der er schon seit zwei Jahren getrennt war.

»Der nächste!« Die Operation war schon vorbei. Lovering wurde weggetragen, und der amputierte Arm fiel in den Behälter, in den ›Wing-and-Limb‹-Kübel, was soviel wie Gänseklein bedeutete. So sagten jedenfalls die meisten – bis sie selber dran waren.

Blachford wartete auf einen Seemann, dessen Fuß unter einer Lafette zerquetscht worden war, und betrachtete seine eigenen Arme. Wie Minchins und die der anderen waren sie blutrot bis zum Ellenbogen. Kein Wunder, daß sie uns Schlächter nennen, dachte er.

Der Mann fing an zu schreien und zu betteln, trank aber gierig einen Becher Rum, wie ihn auch Minchin geleert hatte, ehe er den zerstörten Fuß bloßlegte. Der Schiffsrumpf erbebte abermals, und doch schien sich die eigentliche Schlacht etwas entfernt zu haben. Von überall her donnerten Kanonen, gelegentliche Schreie schwebten wie verlorene Geister durch die oberen Decks herunter.

Hyperion mochte geentert worden sein, dachte Blachford, oder der Feind hatte sich zurückgezogen und sammelte sich zum erneuten Angriff. Abgesehen von dem, was man ihm erzählt hatte und was er in der Gazette las, wußte er wenig über den Seekrieg. Erst seit er in der Flotte umherreiste, dachte er über die Menschen nach, die Siege oder Niederlagen erlebten und Politik in Fleisch und Blut umwandelten.

»Der nächste!« Es hörte nie auf.

Ein Seesoldat kam über die Leiter herunter und schrie: »Wir haben den Spanier längsseits erobert, Jungs!« Er verschwand wieder, und Blachford staunte, daß einige Verwundete tatsächlich noch ein schwaches Hurra herausbrachten. Verständlich, daß Bolitho diese Leute liebte.

Da schaute er auf einen jungen Fähnrich herunter, noch ein Kind.

Minchin sondierte den Oberkörper, wo die gebrochenen

Rippen weiß durch das Blut schimmerten. Blachford sagte leise: »Mein Gott, er ist ja noch so jung.«

Minchin, der ihn verletzen wollte, entgegnete: »Nun, Mr. Springett wird auch nicht älter werden, Sir Piers. Er hat 'ne Handvoll spanisches Eisen in sich!« Und mit einer ärgerlichen Handbewegung: »Tragt ihn fort!«

»Wie alt war er?«

Minchin wußte, der Junge war dreizehn, aber irgend etwas lenkte ihn ab: eine plötzliche Stille, der selbst fernes Geschützfeuer nicht die Bedrohlichkeit nehmen konnte. Das Deck schwankte schwerfälliger, als ob das Schiff tiefer im Wasser läge. Die Pumpen liefen noch immer. Meine Güte, dachte er, in diesem alten Kasten schienen sie niemals aufzuhören.

Blachford bemerkte seine Spannung. »Ist was?«

Minchin schüttelte den Kopf. »Ich weiß nicht ...« Er blickte auf die dunklen Gestalten an der Bordwand. Einige waren bereits tot, aber die anderen warteten, ebenfalls verstummt.

Er sagte grob: »Es sind alles Seeleute. Sie wissen, daß etwas nicht stimmt.«

Blachford behielt die rauchverhüllte Leiter im Auge, die ins untere Batteriedeck hinaufführte. Es kam ihm vor, als wären sie die letzten Lebenden an Bord. Er zog seine Uhr heraus und beäugte das Zifferblatt. Minchin bückte sich und füllte seine Tasse wieder bis zum Rand mit Rum. Trotzdem hatte er den feinen goldenen Chronometer mit dem eingravierten Wappen auf dem Schutzdeckel gesehen. Sollte doch der Teufel diesen alten Laffen holen!

Die Wirkung der einschlagenden Breitseite übertraf alles, was Minchin bisher erlebt hatte. Es mußten viele Geschütze gewesen sein, die da gefeuert hatten, und doch war ihr Abschuß zu einem gigantischen Donnerschlag vereint, der gegen das Schiff krachte, als ob das Geräusch selbst und nicht das Metall in die Hölzer drang. Das Deck verkantete sich und bebte lange nach, aber das Getöse hört nicht auf. Dem splitternden Brechen der Bordwand folgten unmittelbar der

Lärm zusammenbrechender Takelage und dumpfes Poltern der vermutlich losgerissenen Geschütze.

Die Verwundeten schrien und flehten um Luft. Einige zerrten sich mit Krallenfingern über die Planken zur Leiter, eine Blutspur hinterlassend. Blachford hörte zertrümmerte Spieren außenbords gegen die Seite prallen, dann plötzliche Schreie aus dem Zimmermannsgang. Die dort eingeschlossenen Männer tasteten in der Dunkelheit nach einem Ausweg.

Minchin, den Nachhall der Detonation noch im Ohr, raffte sich vom Boden auf. Einige Ratten rannten an den Toten vorbei hinaus. Er schüttelte den Kopf und versuchte klar zu denken. Als er an Blachford vorbeistolperte, fragte der: »Wohin wollen Sie?«

»In mein Krankenrevier. Alles, was mir in dieser verdammten Welt gehört, ist dort.«

»Um Himmels willen, sagen Sie mir, was los ist, Mann!«

Minchin stützte sich ab, als das Deck erneut ins Zittern geriet. Das Pumpen hatten schließlich aufgehört. Er schrie wütend: »Wir sinken! Aber ich bleibe nicht hier unten und ersaufe!«

Blachford schaute sich um. Falls ich dies überlebe ... Dann riß er sich zusammen. »Seht zu, daß wir die Verwundeten an Deck schaffen.«

Die Gehilfen nickten, aber ihre Augen wanderten zum Aufstieg. *Hyperion* sank! Ihr Leben, ihr Schiff, ihr Zuhause ... Das konnte doch nicht wahr sein! Schuhe klapperten auf der Leiter. Dacie, der einäugige Bootsmannsgehilfe, spähte zu ihnen herunter.

»Kommen Sie bitte herauf, Sir Piers. Das Deck ist ein blutiges Trümmerfeld.«

»Und was wird aus den Verwundeten hier?«

Dacie packte das Geländer und rieb sich sein verbliebenes Auge. Er wollte laufen, weglaufen, immer weiter laufen. Aber sein ganzes Leben lang hatte man ihn gedrillt zu bleiben und zu gehorchen.

»Ich sage es weiter, Sir Piers.« Weg war er.

Blachford nahm seine Tasche und eilte zur Leiter. Nach den ersten Stufen fühlte er den Unterschied in der Schräglage. Zum erstenmal beschlich ihn Furcht.

Jetzt begriff er auch Minchins Zorn.

Sie sanken.

Leutnant Stephen Jenour hielt Bolithos Arm fest, auch nachdem er ihn vom Deck hochgezogen hatte. Vor Schreck und Erleichterung war er unfähig, sich zusammenhängend auszudrücken. »Gott sei Dank, o Gott sei Dank!«

Bolitho sagte: »Nehmen Sie sich zusammen, Stephen.« Sein Blick glitt über das Achterdeck und dann nach vorn; er erfaßte das furchtbare Ausmaß der Zerstörung. Kein Wunder, daß Jenour dem völligen Zusammenbruch nahe war. Wahrscheinlich hatte er sich eingebildet, er wäre der einzige Überlebende hier oben.

Das Schiff machte den Eindruck, als hätte man es abgetakelt und entblößt, damit keiner seiner Schäden verborgen blieb. Der Kreuzmast war dahin, die Vormaststenge wie von einer Riesenaxt abgehackt. Die großen Spieren trieben mit anderen Wrackteilen längsseits: Rahen, Tauwerk und Menschen. Letztere hingen in den Trümmern der Takelage wie sterbende Fische.

Jenour keuchte: »Der Erste Leutnant, Sir Richard!« Er versuchte hinzudeuten, aber seine Hand zitterte dermaßen, daß er beinahe fiel.

Bolitho vergaß seine eigenen Sorgen, als er über die zersplitterte Treppe aufs Batteriedeck hinuntereilte. Die umgekippten Geschütze waren verlassen, die Männer tot oder verwundet um sie herum verstreut. Oder sie krochen blindlings zum nächsten Niedergang, um sich zu verstecken. Parris lag unter einem Achtzehnpfünder. Seine Augen starrten in den Himmel, bis er Bolitho sah.

Bolitho kniete sich neben ihn. Zu Jenour sagte er: »Schickt nach dem Chirurgen.« Er hielt ihn am Rock fest. »Und, Stephen, gehen – nicht rennen! Denken Sie daran, die Überlebenden setzen all ihr Vertrauen in uns.«

Parris hob die Hand, um ihn zu berühren. Durch die Zähne stöhnte er: »Gott, war das schlimm.« Er versuchte, die Schultern zu bewegen. »Was ist mit der *San Mateo*?«

Bolitho schüttelte den Kopf. »Sie ist fort. Es hatte für sie keinen Sinn, den Kampf hiernach fortzusetzen.«

Parris seufzte tief. »Ein Sieg also.« Dann sah er Bolitho flehend an. »Mein Gesicht – ist es noch heil, Sir?«

Bolitho beruhigte ihn. »Es hat nicht einen Kratzer.«

Parris schien etwas beruhigt. »Aber ich habe kein Gefühl in den Beinen.«

Bolitho musterte das umgefallene Geschütz. Das Rohr war, noch heiß vom Schießen, über Parris gestürzt, doch er fühlte nichts. Auf der anderen Seite waren seine Schuhe zu sehen. Beide Beine mußten zerschmettert sein.

»Ich bleibe bei Ihnen, bis Hilfe kommt.« Er warf einen Blick über das Trümmerfeld ringsum. Nur der Vormast stand noch, die Vizeadmiralsflagge knatterte lustig über den zerfetzten Segeln.

Wieder zitterte das Deck. Die Pumpen waren verstummt, wahrscheinlich verstopft oder beschädigt. Er mußte der Wahrheit ins Auge sehen: *Hyperion* lag im Sterben, während er hier wartete. Er schaute zu dem toten Fähnrich Mirrielees hinüber, dessen Körper vom Achterdeck hier herunter geschleudert worden war. Nur sechzehn Jahre alt. Ich war just so alt wie er, dachte Bolitho, als *Hyperions* Kiel zum erstenmal Salzwasser geschmeckt hat.

Er hörte Stimmen und Getrampel und sah Seeleute vom längsseit liegenden spanischen Zweidecker zurückkommen. Unter ihnen befand sich auch Keen, der einen Arm um Tojohns Schultern gelegt hatte und mit einem verbundenen Bein eilig auf ihn zuhinkte.

»Ich bin dort drüben ein dutzendmal gestorben, Sir Richard. Ich ... Ich dachte, Sie wären der Breitseite zum Opfer gefallen.« Er gewahrte Parris. »Wir sollten ihn wegbringen.«

Bolitho nahm ihn beim Arm. »Sie wissen Bescheid, Val, nicht wahr?«

Keen erwiderte: »Ja, ich weiß. *Hyperion* sinkt, und wir

können nichts dagegen tun.« Vor Bolithos Kummer wandte er die Augen ab. »Auch wenn wir die Kanonen über Bord werfen und das Schiff leichter machen, nützt das nichts mehr. Die Zeit arbeitet gegen uns.«

Parris stöhnte.

Bolitho, der bisher noch keinen Blick auf ihre spanische Prise geworfen hatte, fragte: »Ist uns der Spanier sicher?«

»Ja. Es ist die *Asturias,* achtzig Geschütze. Sie hat im Gefecht viel abbekommen wie die anderen auch, aber sie ist noch ganz nützlich zum Übermitteln von Signalen.«

Bolitho pochte der Kopf, die Ohren schmerzten ihn noch von der furchtbaren Breitseite. »Signalisiert an *Benbow,* die Prisen zu sichern und dem Feind mit allen noch seetüchtigen Schiffen zu folgen. Die Dons werden sicherlich den nächsten spanischen Hafen anlaufen –«, er starrte auf die blutigen Decks, »– und Freund und Feind sich selbst überlassen.«

Keen stützte sich fester auf seinen Bootssteurer. »Komm, Tojohns! Wir wollen die Überlebenden mustern.«

Bolitho wandte sich an Jenour. »Gehen Sie nach unten und übernehmen Sie die Gruppe des Bootsmanns. Schaffen Sie das?«

Jenour nickte und deutete auf Parris. »Und was wird mit ihm, Sir Richard?«

»Ich bleibe hier und warte auf den Chirurgen.« Er senkte die Stimme. »Ich fürchte, er wird ihm beide Beine abnehmen müssen.«

Parris murmelte: »Tut mir leid, Sir Richard ...« Keuchend holte er Luft, als ihn eine Welle des Schmerzes durchlief. »Ich hätte früher zu Ihnen kommen sollen, als ich von Ihren Sorgen in London erfuhr. Ich hätte helfen können.«

Was redete er da? Bolitho beugte sich über ihn und ergriff seine Hand. Aber waren es wirklich nur die wirren Worte eines Sterbenden?

Parris fuhr etwas kräftiger fort: »Ich hätte es offenbaren müssen. Aber ich wollte unbedingt ein neues Kommando, weil der Verlust meines ersten so sehr schmerzte.«

Vom Nachbarschiff kletterten noch mehr Leute herüber; Penhaligon, der Segelmeister, und seine Gehilfen traten aus der zerschlagenen Poop. Sie trugen den Chronometer der *Hyperion,* den gleichen, der ihr in all den Jahren gedient hatte. Nur mit halbem Ohr lauschte Bolitho Parris' Gestammel, er dachte vor allem an dieses Schiff, das er besser gekannt hatte als alle anderen. *Hyperion* hatte drei Admirale getragen, fünfzehn Kommandanten und Tausende von Seeleuten. Abgesehen von ihrer Zeit als Hulk, hatte sie keinen größeren Feldzug ausgelassen.

Parris sagte: »Somervell wurde mir sehr lieb und teuer. Ich kämpfte dagegen an, aber es war vergeblich.«

Bolitho sah ihn verständnislos an. Zunächst begriff er nicht, was Parris meinte. »Sie und Somervell – heißt das, Sie beide . . .« Die Erkenntnis traf ihn wie ein Schlag, und er war entsetzt über seine bisherige Blindheit. Da war Catherines Abneigung gegen Parris gewesen – nicht etwa, weil er ein heilloser Schürzenjäger war, wie Haven geglaubt hatte, sondern im Gegenteil: wegen seiner Affäre mit ihrem Ehemann. ›Es gab keine Liebe zwischen uns.‹ Er hörte fast noch ihre Worte. Deswegen mußte Parris auch sein erstes Kommando verloren haben, aber dieser Aspekt war von einer höheren Stelle, die keinen Skandal wünschte, unterdrückt worden.

Parris sah ihn traurig an. »Ja, wir beide. Ich wollte es Ihnen beichten, wenigstens Ihnen. Wegen allem, was Sie für mich und für dieses Schiff getan haben. Und weil Sie wegen meiner Torheit soviel zu erdulden hatten.«

Bolitho hätte mit Zorn und Widerwillen reagieren müssen. Aber er gehörte seit seinem zwölften Lebensjahr der Navy an, und was er in dieser Zeit nicht gesehen hatte, das gab es nicht. Daher meinte er nur gelassen: »Gut, nun haben Sie's mir ja erzählt.« Beruhigend berührte er Parris' Schulter. »Ich spreche gleich mit dem Chirurgen.«

Das Deck erzitterte abermals. Zerbrochene Blöcke und fortgeworfene Handwaffen rollten klappernd das Seitendeck hinunter. Endlich kam Blachford an Deck, das Gesicht so weiß wie ein Laken. Bolitho konnte sich vorstellen, wie es im Orlop für ihn gewesen sein mußte.

»Können Sie hier an Deck operieren?«

Blachford nickte. »Hiernach kann mich nichts mehr schrecken.«

Keen hinkte herbei und meldete: »*Benbow* hat bestätigt, Sir Richard. Konteradmiral Herricks wünscht alles Gute und bietet Ihnen jegliche Hilfe an.«

Bolitho winkte ab. »Nicht nötig, vielen Dank.« Hauptsache, Thomas war am Leben und unverletzt.

Keen sah, daß sich Blachford über seine Tasche beugte. Es hätte jeden von uns erwischen können, dachte er, oder alle zusammen. Schnell sagte er, damit Parris es noch hörte: »Sechs Spanier haben die Flagge gestrichen, einschließlich der *Intrépido,* die als letzte vor *Tybalt* kapitulierte.«

Es gab einen Knall. Einer der Festmacher brach, mit denen beide Schiffe zusammengelascht waren, und Keen bemerkte besorgt: »Sie zieht schon zu sehr an der *Asturias,* Sir Richard.«

Der sah sich um. »Ich weiß. Wo ist Allday?«

Ein Seemann antwortete im Vorbeigehen: »Unten, Sir Richard.«

Bolitho nickte. »Kann mir schon denken, warum.«

Blachford verkündete: »Ich bin soweit.«

In diesem Augenblick knallte es nochmals laut, doch diesmal war es ein Pistolenschuß. Bolitho und die anderen fuhren herum und starrten auf Parris nieder, dessen Arm an Deck fiel. Er hatte die rauchende Pistole noch in der Hand.

Blachford schloß seine Tasche wieder. »Vielleicht war es die bessere Lösung, besser als meine. Für solch einen mutigen jungen Mann wäre das Leben als Krüppel unerträglich gewesen.«

Bolitho nahm den Hut ab und schritt zur Achterdeckstreppe.

»Laßt ihn an Bord. Er ist hier in guter Gesellschaft.«

Rotröcke tummelten sich an Deck. Major Adams, ohne Kopfbedeckung, aber anscheinend unversehrt, bellte seine

Befehle. Bolitho sagte: »Die Verwundeten zuerst, Major. Alles hinüber auf den Spanier, danach ...« Er sprach nicht weiter.

Statt dessen drehte er sich um und sah die *Benbow,* begleitet von der *Capricious,* auf ihrer freien Seite passieren. Jetzt jubelten sie nicht, denn der Anblick der sterbenden *Hyperion* verschloß ihnen wohl den Mund. War es Einbildung, oder lagen die muskulösen Schultern ihrer Galionsfigur schon tiefer überm Wasser? Bolitho starrte nach vorn, bis sein verletztes Auge pochte.

Er konnte an nichts anderes mehr denken. *Hyperion* steckte die Nase weg und ging langsam unter. Sie konnten nicht einmal mehr ankern, denn die See war hier bodenlos tief. Und wie hätten sie ihre Position markieren sollen?

Männer arbeiteten geschäftig um ihn herum, aber wie bei seiner Flaggenhissung erkannte er ihre Gesichter nicht. Er tastete nach dem Fächer in seiner Tasche. Wenigstens sie war noch bei ihm.

Dann erblickte er Rimer, den durchtriebenen Meistersgehilfen, der ihn beim Handstreich auf das Schatzschiff begleitet hatte. Mit glasigen Augen lehnte er unbeweglich an einem Poller, so wie ihn die Kugel getroffen hatte. Korporal Loggie lag mit ausgebreiteten Armen über einem toten Seesoldaten, den er in Sicherheit hatte bringen wollen, als auch ihn ein Scharfschütze traf. Die ersten Verwundeten wurden durch eine Ladeluke an Deck gehievt. Einige schrien, als ihre Wunden dabei aufbrachen, doch die meisten stierten nur wie der tote Rimer vor sich hin. Sie hatten nicht erwartet, jemals das Tageslicht wiederzusehen.

Auch Allday tauchte auf und brachte Ozzard mit. »Er hockte noch im Laderaum, Sir Richard.« Und mit einem gezwungenen Grinsen: »Wußte wohl nicht, daß das Gefecht vorbei war.« Was er nicht erzählte: Er hatte Ozzard auf der Leiter sitzend vorgefunden, Bolithos Degen an die Brust gedrückt und in das schwarze Wasser starrend, das ihm im Widerschein der letzten Laterne langsam entgegenstieg. Ozzard hatte sich nicht retten wollen.

Bolitho legte dem kleinen Mann die Hand auf die Schulter. »Ich bin sehr froh, dich zu sehen.«

Ozzard entgegnete wie betäubt: »Aber alle Möbel . . . Und das Weinschränkchen von Ihrer Ladyschaft . . .« Er seufzte. »Alles verloren.«

Keen kam wieder. »Bedaure, wenn ich Sie belästigen muß, Sir Richard, aber . . .«

»Ich verstehe, Val. Tun Sie nur weiter Ihre Arbeit, ich kümmere mich um das Schiff.« Keen schluckte seinen Protest herunter, als Bolitho fortfuhr: »Schließlich kenne ich es besser als ihr alle.«

Da trat Keen zurück und zeigte auf die Festmacheleinen zum Spanier, die sich unter dem Gewicht der sinkenden *Hyperion* bis zum Brechen strafften. »Aber die Zeit wird knapp.«

»Ich weiß. Fiert die Leinen . . .« Und wie zu sich selbst: »Ich habe noch nie ein Schiff verloren.«

Minchin näherte sich mit einem seiner Gehilfen. Beider Kleidung war dunkel von Blut, und jeder trug eine Tasche. Der Arzt sagte: »Bitte um Erlaubnis, das Schiff mit den Verwundeten verlassen zu dürfen, Sir Richard.«

»Erlaubnis erteilt. Und vielen Dank.«

Minchin rang seinem verwüsteten Gesicht ein Grinsen ab. »Selbst die Ratten haben sich davongemacht.«

Bolitho wandte sich an Ozzard: »Geh mit den anderen.«

Ozzard drückte den Degen an sich. »Nein, Sir Richard, ich bleibe noch.«

Bolitho war einverstanden. »Dann aber hier, an Deck.« Er sah Allday an. »Kommst du mit?«

Der betrachtete ihn verzweifelt. Mußte Bolitho wirklich dort hinunter? Doch laut erwiderte er: »Habe ich Sie jemals alleingelassen?«

Sie begaben sich nach achtern und stiegen durch den ersten Niedergang ins untere Batteriedeck. Viele Stückpforten waren noch verriegelt, doch die meisten an Backbord hatte die Detonation aufgedrückt und die Kanonen aus ihren Laschings gerissen. Hier gab es nur wenige Tote, denn

Keen hatte das Deck beim Sturm auf den Spanier entvölkert. Aber einige lagen so da, als ob sie des rauchigen Lichts wegen die Vorbeigehenden aus zusammengekniffenen Augen betrachteten. Darunter ein halber Mann, von einer Kugel glatt entzweigerissen, als er mit dem Schwamm zu seinem Geschütz rannte. Überall war Blut. Obwohl die Wände stets vorsorglich rot gestrichen wurden, hob es sich deutlich ab. Leutnant Priddie, zweiter Vorgesetzter im unteren Batteriedeck, lag auf dem Gesicht, sein Rücken war von langen Holzsplittern durchbohrt, welche die Kugeln aus den Planken gefetzt hatten. Seine Faust hielt noch den Degen.

Über eine weitere Leiter ging es hinunter ins Orlop, wo sich Bolitho unter den niedrigen Balken ducken mußte. Hier brannten noch ein oder zwei Laternen. Die Toten waren aufgereiht und mit Segeltuch bedeckt. Andere lagen noch um den blutigen Tisch herum, so wie sie gestorben waren, während sie warteten.

Sie hörten beide, daß oben ein schwerer Gegenstand zu Boden fiel und wie lebendig über die zernarbten Planken rollte.

Allday flüsterte: »Barmherziger!«

Bolitho sah ihn an. Es mußte eine Zweiunddreißigerkugel sein, die aus ihrem Kranz gesprungen war und nun zielstrebig dem Bug entgegentrudelte.

Sie blieben an der letzten Ladeluke stehen, und Allday nahm den Bezug ab. Dies war eine der Luken, in denen Ozzard immer Wache hielt, wenn das Schiff im Gefecht stand. Bolitho kniete nieder, während Allday neben ihm die Laterne senkte. Sie hatten erwartet, Wasser zwischen den Fässern, Kisten und Möbeln glitzern zu sehen. Aber es war schon alles überflutet. Fässer schwammen auf der dunklen Brühe, die einen Seesoldaten umplätscherte, der sterbend die Leiter umklammert hatte: ein Posten auf Wache gegen entsetzte Menschen, die vor der Schlacht hier hinunter fliehen wollten. Vielleicht hatte sogar einer von diesen ihn umgebracht.

Das Deck ruckte abermals, und Bolitho hörte schwere

Trümmer im Zimmermannsgang poltern, wo Männer wie in einer Rattenfalle ertrunken waren.

Das Orlop und all die anderen Verschläge und Magazine hier unten waren seit dreiunddreißig Jahren in völliger Dunkelheit geblieben. Als man das alte Schiff nach hastiger Überholung wieder in Dienst stellte, hatte die Werft hier höchstwahrscheinlich einiges übersehen. Ungesehen und unentdeckt fraß die Fäule, der Schwamm, an Planken und Spanten bis hinunter zum Kielschwein. Das Bombardement durch die *San Mateo* hatte ihr nur den Gnadenstoß versetzt.

Bolitho ließ Allday die Luke schließen und bahnte sich den Weg nach oben.

Viele Erinnerungen würden mit diesem Schiff untergehen: an Adam als Fähnrich, an Cheney, die er hier geliebt hatte. So viele Namen und Gesichter. Einige von ihnen waren jetzt dort draußen in dem angeschlagenen Geschwader und sicherten die Prisen nach ihrem Sieg. Vielleicht beobachteten sie jetzt die sinkende *Hyperion* und erinnerten sich, welch stolzes Schiff sie einst gewesen war. Während die Jungen wie Fähnrich Springett ... Er fluchte und hielt sich die Hand vor Augen. Nein, auch er war tot wie so viele andere, an die er sich nicht mehr erinnern konnte.

Allday murmelte: »Ich glaube, wir sollten lieber ...«

Das Schiff schüttelte sich. Bolitho meinte, jetzt auch schon im Orlop glitzerndes Wasser zu sehen. Es sickerte durch die Decksplanken und würde bald das Blut von Minchins Behelfstisch schwemmen.

Sie kletterten ein Deck höher und sprangen zur Seite, als ein großer Zweiunddreißigpfünder lebendig wurde und wie von unsichtbaren Händen gestoßen seine Stückpforte rammte. *Laden! Ausrennen! Feuern!* Bolitho konnte beinahe die den Schlachtenlärm übertönenden Befehle hören.

Auf dem Achterdeck warteten Keen und Jenour. Der Kommandant meldete sachlich: »Schiff ist geräumt, Sir Richard.« Er hob den Blick. Im nachmittäglichen Sonnenschein hing dort noch Bolithos Flagge. »Soll ich sie niederholen lassen?«

Bolitho trat an die Reling und packte das Holz, wie er es viele Male als Kommandant getan hatte und dann als Admiral. »Nein, Val. Das Schiff hat unter meiner Flagge gekämpft, es soll mit ihr untergehen.«

Er blickte zur spanischen *Asturias* hinüber. Sie schien nun viel höher aus dem Wasser zu ragen. Jetzt konnte er mehr von ihren Schäden sehen, von den Wunden, welche die Breitseiten der *Hyperion* gerissen hatten.

Dann wandte er sich wieder dem Batteriedeck und seinen Gefallenen zu. Sie hatten den Feind erfolgreich abgewehrt und zerstreut. Auch Parris mit der Pistole, die er als letzten Ausweg gewählt hatte. Wenn man die treibenden Schiffe und die verlassenen Leichen betrachtete, wurde es ein fraglicher Sieg.

Bolitho flüsterte: »Mein Schiff . . .« Er sprach, als wäre er allein. »Wieder eine Hulk, aber diesmal in Ehren!« Dann stieß er sich von der Reling ab. »Ich bin soweit.«

Es dauerte noch eine ganze Stunde, ehe *Hyperion* untertauchte. Sie sank langsam über den Bug. Bolitho, der auf dem Achterdeck des Spaniers stand, hörte das Wasser gierig in die Pforten laufen und Trümmer mit sich reißen, um dem Schiff den Rest zu geben. Selbst die spanischen Gefangenen, die sich am Schanzkleid versammelt hatten und zusahen, waren merkwürdig still.

Hängematten lösten sich aus ihren Netzen und schwammen auf. Beim Ruderrad drehte sich ein Leichnam auf den Rücken, als ob er sich nur totgestellt hätte.

Bolitho merkte, daß er seinen Degengriff fest gegen den Fächer in seiner Tasche preßte.

Soviel verschwand mit der *Hyperion.* Ihm stockte der Atem, als die See unaufhaltsam dem Achterdeck entgegenrollte, bis nur noch die Poop, das Podest des Wachhabenden, und vorn die Mastspitze mit seiner Flagge herausragten.

Ihm fielen die Worte des gefallenen Naylor ein: *Hyperion* machte den Weg für die anderen frei, wie sie es immer getan hatte.

Laut sagte er: »Es gibt keine bessere als dich, old Lady!«

Im nächsten Augenblick war sie verschwunden. Nur Schaum und Treibgut blieben zurück, als sie kopfüber ihre letzte Reise zum Meeresgrund antrat.

Epilog

Am Rand der Klippe hielt Bolitho inne und spähte über die Bucht von Falmouth. Es lag noch kein Schnee, aber der Wind, der das Kliff umbrauste und unten Gischt hochriß, war bitterkalt. Die niedrigen, dickbäuchigen Wolken versprachen Graupel noch vor der Dunkelheit.

Bolitho fühlte den Wind an seinen mit Salz und Regen getränkten Haaren zerren. Er hatte eine kleine Brigg beobachtet, die sich vom Helford River durchschlug, sie aber aus den Augen verloren in dem winterlichen Dunst, der wie Rauch von der See hereinkam. Kaum zu fassen, daß morgen der erste Tag eines neuen Jahres war und daß er selbst nach seiner Rückkehr noch immer ein Gefühl des Verlustes und der Ungläubigkeit verspürte.

Als *Hyperion* untergegangen war, hatte er sich damit zu trösten versucht, daß weder ihr Ende noch der Tod so vieler Männer vergebliche Opfer gewesen waren. Hätte sich das spanische Geschwader der Vereinigten Flotte Villeneuves in Cadiz anschließen können, wäre Nelson wohl in die Rolle des Verlierers gedrängt worden.

Bolitho hatte sich schließlich auf der Fregatte *Tybalt* zur Reise nach Gibraltar eingeschifft und Herrick die Führung des Geschwaders überlassen, obwohl die meisten Schiffe unverzüglich eine Werftliegezeit benötigt hätten.

Beim Felsen hatten ihn die Ereignisse dann überrascht. Die Vereinigte Flotte war ausgebrochen, ohne auf weitere Unterstützung zu warten. Aber – ob nach Anzahl der Schiffe unterlegen oder nicht – Nelson hatte einen überragenden Sieg errungen. In einer einzigen Schlacht hatte er zwei Drittel der spanisch-französischen Flotte vernichtet oder gekapert und dadurch jede Hoffnung Napoleons vereitelt, in

England Fuß zu fassen. Aber die Schlacht vor Kap Trafalgar hatte Nelson das Leben gekostet. Trauer senkte sich über die ganze Flotte, und auch an Bord der *Tybalt,* wo keiner der Männer Nelson jemals gesehen hatte, waren alle so erschüttert, als ob sie einen Freund verloren hätten. Der Sieg selbst wurde völlig von Nelsons Tod überschattet, und als Bolitho schließlich Plymouth erreichte, entdeckte er, daß die Trauer auch in England die gleiche war.

Zu Bolithos Füßen kochte die See. Er wickelte sich enger in seinen Umhang.

Er dachte an Nelson, den Mann, den er so gern getroffen hätte, um mit ihm von Seemann zu Seemann zu reden. Wie ähnlich ihrer beider Leben verlaufen war, gleich Parallelen auf dem Papier. Er entsann sich, Nelson einmal gesehen zu haben, während des unglückseligen Angriffs auf Toulon, aber nur aus der Ferne, an Bord des Flaggschiffs. Er hatte Bolitho zugewinkt, ein eher schmächtiger junger Kapitän, der später die Welt verändern sollte. Sonderbar, das Flaggschiff, auf dem sich Nelson damals Befehle holte, war seine spätere *Victory.* Bolitho gedachte auch der wenigen Briefe, die er von ihm erhalten hatte, alle während der letzten Monate auf der *Hyperion.* In seiner eigenartig schrägen Handschrift, die er sich nach dem Verlust des rechten Arms angewöhnt hatte: »Dort werden Sie entdecken, wie eifrig sie ihre Kriege mit Worten und Papier ausfechten, statt mit Kanonen und hartem Stahl ...« Nelson hatte gegen hochtrabenden Pomp nie ein Blatt vor den Mund genommen.

Und dann jener Hinweis, so schicksalhaft für Bolitho, als er *Hyperion* zum Flaggschiff verlangt hatte und sie ihm nur widerstrebend gegeben wurde: »... Man gebe Bolitho jedes Schiff, das er verlangt. Er ist Seemann, kein Landmann.« Bolitho war froh, daß wenigstens Adam ihn getroffen hatte.

Er schaute zurück auf den windumtosten Felsenpfad, der nach Pendennis Castle führte. Die Befestigungsanlagen waren teilweise von Dunst oder niedrigen Wolken verborgen, der Rest sah grau und bedrohlich aus. Er wußte nicht mehr, wie lange er schon spazieren gegangen und warum er überhaupt hierher gekommen war. Auch nicht, ob er sich jemals so allein gefühlt hatte.

Wieder in England, hatte er der Admiralität einen kurzen Besuch abgestattet. Aber kein hoher Beamter war für ihn erreichbar gewesen, angeblich waren alle mit den Vorbereitungen für Nelsons Beisetzung beschäftigt. Bolitho hatte die Abfuhr ignoriert, London den Rücken gekehrt und war nach Falmouth gefahren. Von Catherine lagen keine Briefe vor. Es war, als hätte er sie abermals verloren. Aber Keen würde sie sehen, wenn er zu Zenoria nach Hampshire fuhr.

Dann würde er ihr eben schreiben. Überraschend, wie nervös ihn dieser Gedanke machte. Wieder wurde er unsicher, wie schon das erstemal. Wie würde sie ihn nach so langer Trennung aufnehmen?

Er schritt weiter gegen den Wind, seine Stiefel saugten sich in dem durchweichten Gras fest. Nelson würde man mit allem Pomp und Zeremoniell in St. Paul's Cathedral beisetzen. Verbittert dachte er, daß jene, die nun sein Lob in höchsten Tönen sangen, die gleichen waren, die ihn am meisten beneidet und herabgewürdigt hatten.

Dann sah er sein hinter der Bergkuppe liegendes Haus und war froh, daß er erst nach Weihnachten eingetroffen war. Seine Einsamkeit hätte alle Feierlichkeiten zum Schaden der anderen gedämpft. Er war niemandem begegnet. Allday saß sicherlich im Haus und klönte mit Ferguson über die Schlacht, die er hier und da mit eigenen Zutaten ausschmückte, wie es üblich war. Auch Bolitho dachte oft an die Schlacht. Wenigstens hatte es in Falmouth ihretwegen keine Trauerfamilien gegeben. Nur drei von der Besatzung der *Hyperion* stammten aus dem Ort, und alle hatten überlebt.

Von Adam fand er einen Brief vor, es war der einzige Lichtblick bei seiner Heimkehr. Adam war in Chatham und zum Kapitän befördert worden, Kommandant eines neuen Schiffes der fünften Klasse, das auf der Marinewerft seiner Vollendung entgegenging. So war sein Wunsch erfüllt worden, und zwar wohlverdient.

Auf einmal müde geworden, hielt Bolitho wieder an. Ihm fiel ein, daß er seit dem Frühstück nichts gegessen hatte. Jetzt war es Nachmittag, die Abenddämmerung würde bald kommen und den Pfad gefährlich machen. Er kehrte um, wobei ihn sein Umhang wie ein Segel umflatterte.

Wie gut seine Männer an jenem Tag doch gefochten hatten. Von der Nationaltrauer um Nelson überschattet, hatte es die Gazette nur in wenigen Zeilen zusammengefaßt:

»Am 15ten Oktober, einige hundert Meilen östlich von Cartagena, stießen Schiffe des Mittelmeergeschwaders unter der Flagge von Vizeadmiral Sir Richard Bolitho auf eine überlegene Streitkraft von zwölf spanischen Linienschiffen. Nach heftigem Gefecht zog sich der Feind zurück und ließ sechs Prisen in britischen Händen. Gott segne den König!«

Weder wurde *Hyperion* erwähnt noch die Männer, welche mit ihr nun in Frieden ruhten. Bolitho beschleunigte den Schritt und wäre fast gestolpert, nicht aus Blindheit, wohl aber aus innerer Erregung.

Gott verdamme sie alle, dachte er. Dieselben Heuchler würden nun den kleinen Admiral loben, weil sie seine Ehrlichkeit nicht länger zu fürchten brauchten. Aber die Getreuen würden seinen Namen hochhalten und dafür sorgen, daß er weiterlebte, für Adams Navy und die folgenden.

Eine Gestalt näherte sich ihm auf dem unmittelbar an der Kliffkante verlaufenden Pfad. Er spähte durch Dunst und Regen und sah, daß sie den gleichen Umhang trug wie er selbst. In einer Stunde, vielleicht schon früher, mußte ein Spaziergang hier halsbrecherisch werden. Ein Fremder also?

Die Gestalt kam ihm langsam entgegen. Ihr Haar, so dunkel wie sein eigenes, wehte im bitterkalten Seewind. Allday mußte geplaudert haben. Er war der einzige im Haus, der den Weg kannte. Diesen besonderen Weg, den sie beide nach seinem Fieber gegangen waren. Bolitho kam es wie vor tausend Jahren vor.

Er eilte ihr entgegen, hielt sie auf Armlänge von sich ab und sah sie abwechselnd lachen und weinen. Sie trug seinen alten Bootsumhang, den er zum Wandern bei kaltem Wetter aufgehoben hatte. Ein Knopf war abgegangen, der Saum eingerissen. Wenn der Wind ihn hob, wurde ihr schlichtes dunkelrotes Kleid darunter sichtbar. Welch ein Unterschied zu dem Leben in Luxus, das sie einst geführt hatte!

Bolitho preßte sie an sich, spürte ihr nasses Haar, das Streicheln ihrer Hände. Sie waren eiskalt, aber keiner von beiden merkte es.

»Ich wollte dir schreiben . . .« Er konnte nicht weitersprechen. Sie betrachtete ihn genau, dann strich sie ihm sanft über die Braue des verletzten Auges und drückte ihr Gesicht gegen seines, indes der Wind sie beide mit den Umhängen einhüllte.

»Val hat mir alles erzählt. Liebster Mann, wie entsetzlich muß es gewesen sein – für dich und dein altes Schiff.«

Bolitho legte ihr den Arm um die Schultern. Als sie den Hügelkamm überquerten, sahen sie wieder das alte graue Herrenhaus. In einigen Fenstern brannte schon Licht.

Catherine sagte: »Sie nennen mich eine Seemannsbraut. Wie könnte ich da fortbleiben?«

Bolitho drückte wortlos ihre Schulter. Sein Herz war zu voll, er konnte nicht antworten. Erst nach einer Weile sagte er: »Komm, ich bringe dich nach Hause.«

Unten blieb er stehen, um ihr über den alten Pferch zu helfen, wo er und seine Geschwister als Kinder gespielt hatten. Von der Leiter schaute sie auf ihn herab, die Hände auf seinen Schultern. »Ich liebe dich, Richard.«

Er suchte den Moment zu verlängern, denn er ahnte, daß endlich Friede in dieses Haus eingekehrt war.

Er erwiderte schlicht: »Jetzt ist hier auch dein Zuhause.«

Der einbeinige frühere Seemann namens Vanzell tippte grüßend an seinen Hut, als sie vorbeigingen, aber sie nahmen ihn nicht wahr. Ihre Herzen hatten Frieden gefunden, diesen höchsten Lohn des Schicksals.

Kurzbiographie
des Seehelden

Richard Bolitho

Historische Romanserie
von Alexander Kent

1756: Geboren in Falmouth, Cornwall, als Sohn des James Bolitho, aus einer alten Seefahrer-Familie.

1768: Erstmals im Dienste des Königs auf der *Manxman*.

1772: Midshipman auf der *Gorgon*. Siehe *Die Feuertaufe* und *Strandwölfe*.

1774: Beförderung zum Leutnant auf der *Destiny*. Siehe *Kanonenfutter*.

1775/77: Leutnant auf der *Trojan* während der amerikanischen Revolution. Siehe *Zerfetzte Flaggen*.

1778: Ernennung zum Kommandanten der *Sparrow*. Siehe *Klar Schiff zum Gefecht* und *Die Entscheidung*.
Schlacht in der Chesapeake Bay.

ein Ullstein Buch

1782: Als Kommandant der *Phalarope* in Westindien. Siehe *Bruderkampf*.

1784: Kommandant der *Undine*. Indien und Java. Siehe *Der Piratenfürst*.

1787: Kommandant der *Tempest*. Australien und Tahiti. Siehe *Fieber an Bord*.

1793: Kommandant der *Hyperion*. Mittelmeer, Biskaya, Westindien. Siehe *Nahkampf der Giganten* und *Feind in Sicht*.

1795: Beförderung zum Kommandanten des Flaggschiffs *Euryalus*. Verwickelt in die Große Meuterei. Mittelmeer. Beförderung zum Kommodore. Battle of the Nile 1798. Siehe *Der Stolz der Flotte* und *Eine letzte Breitseite*.

1800: Beförderung zum Konteradmiral. Schlacht von Kopenhagen. Ostsee und Biskaya. Siehe *Galeeren in der Ostsee* und *Admiral Bolithos Erbe*.

1802: Beförderung zum Vizeadmiral. Westindien. Siehe *Der Brander* und *Donner unter der Kimm*.

1805: Schlacht von Trafalgar. Siehe *Die Seemannsbraut*.

1812: Beförderung zum Admiral. Der zweite Krieg mit Amerika.

1815: Auf See gefallen.

Cecil Scott Forester

Die Hornblower-Romane

Fähnrich zur See Hornblower
Ullstein Buch 422

Leutnant Hornblower
Ullstein Buch 441

Hornblower wird Kommandant
Ullstein Buch 462

Der Kapitän
Ullstein Buch 481

An Spaniens Küsten
Ullstein Buch 502

Unter wehender Flagge
Ullstein Buch 529

Der Kommodore
Ullstein Buch 555

Lord Hornblower
Ullstein Buch 570

Hornblower in Westindien
Ullstein Buch 598

Hornblower auf der Hotspur
Ullstein Buch 2651

Zapfenstreich
Ullstein Buch 2834

ein Ullstein Buch

Heinrich Hauser
Pamir – Die letzten Segelschiffe (20492)

Alexander Kent
18 marinehistorische Romane um Richard Bolitho und 18 moderne Seekriegsromane

Ursel und Friedel Klee
. . . und immer mal wieder liegt Land im Wege (20354)

Wolfgang J. Krauss
Seewind (20282)
Seetang (20308)
Weite See (20416)
Kielwasser (20518)
Ihr Hafen ist die See (20540)
Nebel vor Jan Mayen (20579)
Wider den Wind und die Wellen (20708)
Von der Sucht des Segelns (20808)

Klaus-Peter Kurz
Westwärts wie die Wolken (22111)

Sam Llewellyn
Laß das Riff ihn töten (22067)

Bernard Moitessier
Kap Hoorn – der logische Weg (20325)

Wolfram zu Mondfeld
Das Piratenkochbuch (20869)

Nicholas Monsarrat
Der ewige Seemann, Bd. 1 (20227)
Der ewige Seemann, Bd. 2 (20299)

Herbert Ruland
Eispatrouille (22164)

Hank Searls
Über Bord (20658)

Antony Trew
Regattafieber (20776)

Karl Vettermann
Barawitzka segelt nach Malta (20383)
Die Irrfahrten des Barawitzka (20568)

Richard Woodman
Die Augen der Flotte (20531)
Kutterkorsaren (20557)
Kurier zum Kap der Stürme (20585)
Die Mörserflottille (20666)
Die Korvette (20742)
Die Wracks von Trafalgar (20787)
Der Mann unterm Floß (20881)
In fernen Gewässern (22124)